KB253712

문예신서
334

문학의 위상

장 베시에르

주현진 옮김

東 文 選

문학의 위상

Jean Bessière
Quel statut pour la littérature?

© Presses Universitaires de France, 2001

차 례

서 론

　우리는 정확한 시대 구분에 입각하여 문학을 읽기도 하고, 미학적이고 시학적인 논의에 따른 정확한 분류에 입각하여 문학을 읽기도 한다. 일반적으로, 장르(genre)를 초월하는 논증적 관점에 의해 문학에서 말해지는 모든 것들은 미학과 시학적 분류를 초월하는 하나의 방법으로 이해된다. 이 '초월' 이란 기능은 문학의 대상(對象)에 불변적인 지위를 부여한다: 또한 위에서 말한 두 유형의 분석 방식은 문학의 대상을 정확하게 밝혀 준다. 다시 말하자면 문학의 대상은 문학에 주어진 다양한 정체성들을 책임짐과 동시에 문학에 있어서 생소하지만 다양한 담론의 실현들을 책임져 주는 것이라 할 수 있다. 요약해서 말하면 문학의 대상은 한편으론 창조의 일반적인 분류에 얽매인 관점들과 문학 연구들을 보장해 주고, 다른 한편으론 장르를 뛰어넘어 논증적인 접근에 예속된 관점들을 보장해 준다. 그 어떤 묘사적 · 비평적인 관점이 적용되든간에 문학의 대상은 실제로 양면적으로 정의된다. 예를 들자면 양면적 정의는 현대 비평에서 문학과 일상적인 것에 관한 논제들로, 문학적 담론(談論; 언어 표현)과 평범한 담론에 관한 논제들로, 문학 작품의 형식상의 특징과 또 형식상 특징의 결여에 대한 논제들로, 미학의 장소에 대한 논제들로 드러난다.――미학적인 것으로 인식될 수 있는 특색들은 문학 작품의 부속물이란 말인가? 요컨대 서로 상반된 결론들이 동반되는 이런 논제들은 문학 대상의 양면성에 의거한 정의를 조건으로 삼는다: 이 가정(假定) 자체가 분석의 대상이 되진 않는다. 이 가정은 세 가지 이유로 인해 분석의 대상이 되지 못한다. **첫번째 이유**: 이 가정이야말로 문학에 주어진 힘을 정의해 준다는 것이다——문학 그 자체로서 힘, 담론 전체로 되어 있다는 것, 이중성에 의해 모든 담론과 많은 사물들에 가해질 수 있는 비평이라는 것. **두번째 이유**: 이 가정은 하나의 이야기를, 하나의 고고학[1]을 가지고 있다는 것이다. 그런데 만약 이 두 요소, '이야기'와 '역사'가 발전되었다면, 이것들은 두 세기 전부터 문학이란 장에서 말해지는 묘사의 주요한 축들과 함께 대부분 부서졌을지도 모를 일이다: 그것이 문학의 중요한 미학적·시학적 동향에 관한 문제이든, 시대적 분류에 관한 문제이든 말이다. 위에서 언급된 가정이 분석의 대상이 되지 못하는 **세번째 이유**: 양면성에 입각한 문학 대상에 대한 성격 규정은 문학 대상을 우리가 자기 합리화란 항구적인 권한을 부여하는 하나의 대상으로 바꿔 버리기 때문이다. 문학은 끊임없이 언급된다. 그로 인해 우리는 일종의 정당성을 문학에 부여하는데, 이 정당성은 문학이 스스로 부여하는, 또 문학 대상의 양면성에 의해 존재하는 합법성과 분리될 수 없다. 문학 비평과 문학 연구는 문학 대상의 합법성을 파괴하고자 함이 아니다.

위에서 설명된 이유들은 각각은 하나의 물음을 던진다: 만약 문학의 대상이 양면성이란 견지에서 존재하고, 문학적인 것과 보편적인 것이란 이중성의 견지에서 존재한다고 간주한다면 문학을 말하는 데 있어서 인식적(cognitive)이고 비평적인 관점은 무엇이란 말인가? 문학이 스스로 규정하는 여러 시점들, 다양한 사조들의 타당성과 기능은 무엇인가? 이 시점들과 사조들이 같은 역사와 같은 동기를 갖고 있다면 문학이 창조하는 것을 시도할 때마다, 더 정확히 말해서 문학이 새롭게 위치하고자 할 때마다——19세기 이후부터 모든 전위(아방가르드)의 성격이다——문학이 스스로 부여하는 독단적 성향을 어떻게 설명할 수

---

1) 저자는 문학의 역사가 그리는 도면이란 의미를 부여하기 위해 '고고학(archéo-logie)'이란 어휘를 사용하였다. 문학 작품 자체가 품고 있는 '역사의 힘'을 뜻하고자 한다는 데에는 의심의 여지가 없다고 본다. 〔역주〕

있을까? 문학이 자인(自認)하는 정당성은 문학 대상에 주어진 양면성에 속하는 자기 합리화에만 근거를 두고 있는가? 앞의 세 가지 질문에 일반적으로 주어지는 대답들은 여러 시기를, 다양한 사조들을, 여러 종류의 문학적 시학과 미학을 거친다. 이 답변들은 크게 세 종류의 추론에 의해 다시 언급될 수 있다. 인식과 비평적 관점은 문학을 학문적 지식의 총체로 보아 접근하는 관점에서 분리될 수 없다——이 접근 방식은 자체적인 모순적 답변들을 갖고 있다——; 이 관점은 객관성에 의거한 문학의 성격 규정을 불변의 조건으로 지니고 있다. 순전히 역사적인 관점에서 보자면, 문학의 각 시점과 각 동향은 문학사의 혹은 역사의 한 시점에 부여된 일종의 권한임을 의미한다. 이 권한은 많은 방식으로 설명될 수 있다. 이 권한을 언급하는 것은 문학이 역사의 한 요인으로 인식되어질 뿐만 아니라, 역사성을 지배하는 힘으로 인식되어짐을 말하고자 함이다. 문학 자체에 의한 문학의 승인과 문학 스스로가 지정하는 문학의 합법성은 문학이——자기만의 이유를 제시할 수 있는 합리성을 부여받고 있기에——앞선 두 질문이 교차될 수 있는 해답 안에서 생각되어질 수 있음을 조건으로 내세우고 있다. 문학이 갖는 자기 반성성(réflexivité)에 관한 언급은 이 합법성의 시도를 예증하고 마무리해 준다. 물론 문학을 인식적 관점으로 설명하는 데 있어서의 실패, 문학을 역사성의 지배력·합법성으로 평가하는 데 있어서의 실패는, 이 실패들을 강조해 주고 위의 질문들에 예속된 시학·미학, 그리고 문학 사조들만을 배제하지 않는다. 다만 모든 문학을 '포스트모던'으로 간주하면 된다. 또는 모든 문학이 언어로 인식된다고 말하면 된다. 그리고 첫째는 역사성을 다루는 데 있어서 실패했기 때문에, 또 둘째는 언어에 동일시하는 것이기 때문에, 이 질문들과 해답들의 부정적 측면에 의해서든 긍정적 측면에 의해서든 모든 문학이 공유될 수 있다.

　위의 질문들과 그 해답들이 역사와 장르를 초월하는 성향을 갖고 있음은 2세기 전부터의 문학만을 언급한다고 가정할 때, 또 하나의 새로운 질문을 이끌어 내는 것이 된다: 문학적이고 비평적인 꽤 광범위한 총체에 대해 논하기 위해서 문학적 현실들에 관한, 그리고 비평적 제안들에 관한 몇몇 특정한 질문들에 대답하기 위해서, 역사와 장르의 초월이란 상황과 위에 제기된 문제들을 추상적으로나마 설명해 주는 범주들(catégories)은 무엇인가? 위의 질문들과 그 해답들, 그리고 거기에 관한 논법들 저변에는 하나의 가설(假說)이 존재한다. 문학은 자신만의 합리성을 부여받고 자신만의 이유를 인정하고 있다는 것이다. 달리 말해서, 오로지 문학은 자기 합리성에 의한 하나의 행위이며, 인간 주체들의 합리성인 (타인들의) 객관성에 맞서고 있으며, 역사에 맞서고 있으며, 그리고 문학 자신에게 맞서고 있다는 것이다. 그러면서도 문학은 역설적으로, 보편적 담론과 변별될 수 없게끔 만드는 결정력을 늘 가지고 있다. 이 결정력은 문학이 그 자신의 선택에 의해 객관성과 역사 그리고 문학 그 자체에 대항하여 말하여질 수 있다는 것을 설명해 준다. 문학이 가진 결정력은 또한 이 생각의 고고학(문학 역사의 배치도)을, 그리고 문학의 실현을 수사학적 표현으로 재검토하게 해준다. 수사학적 표현은 한편으론 이러한 힘으로 스스로를 인식하는 문학을, 또 다른 한편으론 자신의 결정력을 그러한 힘에 동화시키지 않는 문학을 이해하게 한다. 그러니까 문학이 가지고 있는 두 가지 방향에 따른 읽기를 가능케 한다. 또한 이것은 문학의 장(場)이 두 형식으로 구축되어짐을 생각하게 하는 두 가지 상황에 따른 읽기를 가능케 하는 것이라 볼 수 있다.

한편으론, 결국 우리는 앞서 거론된 문제들과 해답들에 의해 규정된 문학을 **예외적 상황**의 문학으로 재독할 수 있다. 다른 한편으론, 문제의 관점을 바꾸기 위해 또, 제시된 세 가지 유형의 논법들과 질문들 중 그 어떤 것에도 치우치지 않는 해답들을 얻기 위해 질문들을 재검토하게 하는 문학을 확인할 수 있다. 앞선 질문들의 관점을 바꾸고 수정해 주는 문학 작품들, 문학의 유형들은 인식적 관점(혹은 이 관점에서 유래될 수 있는 모순적인 관점들)과 비평적 관점(비평적 관점에서 가지 친 변화된 관점들)에서 보자면 문학을 해방시켜 준다. 문학을 객관성에 대항하게끔 강요하는 결정력은 역량(잠재력)에서 행위까지의 이동을 나타내는 결정력을 교체한다. 또 역량(잠재력)에서 행위로의 이동의 형상화는 문학 작품들의 수사학적 기법을 재구성하도록 강요한다. 이 재구성은 독일 초기 낭만주의에서 잉태한 수사학적 기법과의 단절을 의미하고, 앞서 언급된 세 가지 유형의 질문들과 논법들의 진정한 고고학(역사)의 성립을 의미한다. 그러니까 이 수사학적 기법은 **윤리**(ethos) · **이성**(logos) · **열정**(pathos)[2]의 균등한 적용을 말한다.

독일의 초기 낭만주의에서 유래한 수사학적 기법은 학문적인 문제 제기의 동기가 되는 객관적인 현실성과 주관적인 존재론으로 나누어지는 이중적인 영향 아래 문학을 위치시켜 준다. 실제로, 수사학적 기법은 사회 건설(19세기 사실주의와 낭만주의 운동의 흐름)에 끊임없이 기여하는 문학이 객관성이란 분명한 목적과 주관적인 존재론을 책임지고 있음을 의미한다. 이것은 앞선 세 가지 유형의 질문들과 해답들이 우수하다는 것을 설명해 줄 뿐만 아니라, 이 질문들과 해답들이 객관성이란 요인이 문학 속에 적용되어야 될 필요성을 설명해 준다. 그리고 객관성과의 적절한 관계는 문학의 통제력을 만들어 준다. 발전과 반론을 통해 이 통제력은 2세기 전부터 문학의 연속성을 규정해 주고 있다. 반대로, 같은 시기 동안에 어떤 문학 장르는――이를테면 환상소설 · 공상과학 · 추리 소설 등으로 일컬어지는 장르――객관성에 대항하는 문학 상황이란 문제에서 출발해 위의 세 가지 유형의 질문들 · 해답들과 전혀 어울리지 않는 방향으로 발전되었다. 이 특별한 문학 장

---

2) ethos · logos · pathos의 번역은 가능하지 않다고 본다. 한국어에 그 뜻을 나타낼 수 있는 적당한 어휘가 있는지에 대해서도 확신할 수 없다. 하지만 일반적으로 철학에서 이처럼 해석하는 까닭에 옮겨 본다. 〔역주〕

르는 문학이 끊임없이 강조해 오고 있는, 문학이 학문적 지식의 총체로서의 역할을 한다는 관점을 전혀 고려하지 않는다. 이처럼 두 가지 형태로 나누어지는 문학의 결정력과 실현은 문학의 각각 다른 두 기능에 일치된다. 학문적 지식의 총체로서 보는 관점과 독일 초기 낭만주의에서 유래한 변함없는 수사학적 기법이라는 관점 안에서 문학은 일반화된 의사소통의 의도하에 발전되어 오고 있는데, 이같은 발전이 문학의 권위를 만들어 준다. 그렇기 때문에 학문적 지식의 총체로 보는 관점과 주관적 존재론적인 관점들은 서로 분리될 수가 없다. 문학을 학문적 지식의 총체로 보는 관점과 대립되는 의도에선, 문학은 지식 습득의 목적이 될 수 없는 것을 다루고, 우리 시대에 존재하지도 속하지도 않는 것을 다루며, 그렇기에 근원을 알 수 없는 정체불명의 것을 다룬다. 그래서 이런 문학은 아주 자유로운 서술법을 통해 일어날 수 없는 것을 묘사함을 전달의 목적으로 내세운다. 바로 여기에 문학의 명백한 권위의 종말이 있다. 또한 '변함없는 수사학적 기법'[3]에 결부된 상징들의 이용의 파괴를 예견해 주는 자유분방한 전달(communication at large)의 의도가 들어 있다. 달리 말해서 이 위험한 의도는 의미론적·비유적·의식학적·해석학적과 같은 다원적 결정의 축소를 뜻함이다.

오늘날의 문학 비평은 확실한 결론을 다양한 방식으로 제시한다. 다양한 시학들과 미학들 사이에서 만들어지는 차이점들을 가지고 얘기함으로써 말이다. 모던과 이 차이점들[4]을 다시 보여주는 방법인 포스트모던 사이의 차별을 이용함으로써. 문학을 언어 앞에서 무능력하게 만드는, 지식(le savior)[5]과 관련된 모든 효율적인 관계에서 문학을 배제시

---

3) '변함없는 수사학적 기법'은 저자의 용어이다. 이 용어는 이 책 전반을 통해 언급되고 있다. [역주]

4) 우리는 이 관점을 진전시킬 수 없다. 다양한 시점들과 다양한 문학 사조들 사이의 일반적인 차이점들을 간직하면서 포스트모던적인 비평이 역사의 구현과 사고라는 시선에서 변하지 않는 수사학적 장치의 논리적 귀결을, 결코 의도적이지 않은 방법으로 없애 준다고만 하면 그만이다.

커 버리는, 문학 속의 거품 빼기 방법을 증명함으로써 말이다. 언어의
능력에서 내쫓겨 버린 일종의 잠재력인 문체의 형상을 제시함으로써
말이다——이 문체의 형상은 죽음을 위한 일종의 예변법(prolepsis)[6]과
언어의 부정성(否定性)으로 연구해 나가는 방법일 뿐이다. 언어의 표현
성적인 동향에 관한 모순들과 낭만주의적 분석학의 모순들을 거론함
으로써: 이 거론은 문학적 표현의 실패라는 결론을 이끌어 내기 위함이
며, 또 자기 반성성(auto-reflexivity)과 상징주의 속으로 문학의 진입이
란 결론을 이끌어 내기 위함이다. 이같은 곤경에 대한 해결책은 감성[7]
을 공유하기 위해 문학을 다른 예술들과 함께 읽어가는 데에 있다. 그
렇지만 낭만주의와 연관된 공동 영역의 구성에 대해 말할 필요 없이,
낭만주의의 수사학적 전제 사항들과 함께 연구해야만 한다.

　오늘날 문학 비평의 이같은 주장들은 단 하나의 논법으로 된 방식
으로 말해질 수 있다. 포스트모던적인 상징적 묘사는 변함없는 수사학
적 기법이 문학과 담론들을 만들어 냄을 말하기 위함이다——담론들
은 그 자체의 총체적 방법을 가지고 있다. 이 담론들의 총체는 로고스
가 중시되는 체계 안에 **에토스**(ethos)와 **로고스**(logos)를 재구성할 것을
제시한다. 우리가 수사학적 기법의 규칙성을 던져 버릴 수 없기에, 우
리는 아무것도 의미하지 않는 어떤 지식도 전달해 주지 않는 **로고스**를
말하는 것이다——이것이 바로 철저한 모순인 것이다; 이 모순은 언
어로부터 해석된다: 언어는 현실성과 주체들을 소유하고 있다; 언어는
문학과는 불가분의 관계이다; 이 가정(假定)이 담론들의 분배라는 모
든 가정을 깨트려 버리는 까닭에, 또 이 가정이 담론들의 강압적이면

---

5) R. Barthes, *Leçon*, Paris, Le Seuil, 1989.
6) 미리 반박함으로써 항변을 예견하는 수사학의 형태이다. 〔역주〕
G. Agamben, *Bartleby ou la création*, Saulxures, Circé, 1995. Éd. orig. 1993.
7) J. Rancière, *La parole muette. Essai sur les contradictions de la littérature*,
Paris, Hachette, 1998; *Aux bords du politique*, Paris, La Fabrique, 1998.

서도 불안정한 보급을 암시하는 까닭에, 우리는 분리된 감수성의 상징적 묘사를 통해서 **파토스**(pathos)를 중요하게 생각하게 된다.

 이것은 비평의 마지막 말이 될 수 없다. 이 주장들에는 하나의 단순한 확증된 사실이 남아 있다: 문학에서의 그러한 모순들과 결과들이 말해질 수는 있는데, 그것은 문학이 보통명사들로 이루어진다는 이유 때문이다——그리고 이 보통명사들은 **에토스**에 속할 수도, **로고스**에 속할 수도, **파토스**에 속할 수도 있다. 보통명사는 수사학적 기법을 늘 다시 지정하게끔 한다. 2세기 전부터 문학 비평의 관습이 해오듯이 말과 사물의 관계에 대해 질문을 제기하는 것은, 그 관습으로 되돌아가는 것일 뿐이고, 동시에 변함없는 수사학적 기법과 무관하지 않는 전형적으로 언어학적인 의문 제기 아래 이 귀환을 은폐하는 것이기도 하다. 전형적으로 언어학적인 의문 제기는 **에토스**와 **로고스**의 상호성을 추정하고, 주체의 문제와 말과 사물의 관계란 문제를 추정하는데, 여기서 말과 사물의 관계의 조건은 수사학적·범주적으로서 양면적이다. 이 전형적인 언어학적인 의문 제기는 한 개인을 정당화하는 것에 대한 의문 제기이자 사물을 설명하기 위해 보통명사들을 이용하는 한 공동체에 대한 의문 제기인 것이다. 바로 여기서 이중적으로 이해되는 공동의 장(場)이라는 문제에 부딪친다: 보통명사의 고착(固着)을 증명하는 공통된 표현; 이같은 고착을 증명하는 지점, 그리고 같은 보통명사를 다시 고정해야만 할 필요가 있을 때 재확인할 수 있는 지점으로서의 장소. 그러므로 표현의 난점이 있다.

 변함없는 수사학적 기법에 있어서 사물에 적용되는 것은 주체들에게도 적용된다: 물론, 주체들은 원칙적으로 고유명사를 가지고 있다; 주체의 자격으로 주체들은 보통명사를 수용할 수 있다. 따라서 우리는 지적된 불명확함의 문제로 되돌아가게 된다. 2세기 전부터 문학은 인간 주체를 불명확한 주체로 표현하는 것을 멈추지 않고 있다. 인간 주체의 이름이나 행위가 언제나 명확하게 결정되는 것은 아니다. 무의식이나 꿈이라고 말하면 그만이다. 요컨대 변함없는 수사학적 기법은 전형적인 문학 장르(genre)들이 우세한 수사학하에 더 이상 위치할 수 없게끔 만든다. 마치 관례적으로 그래왔던 것처럼. 게다가 수사학적 기법은 장르를 특징짓는 우세한 수사학의 결여와 거기서 유래하는 장르의 불명확성으로 하여금, 문학 형식이 수사학 체계의 양극으로 나타나는 명백한 구성으로 재구성되는 것을 거부하게끔 한다. 그러므로 표현의 난점이 있고 표현의 규범적인 규정에 있어서 모든 난점이 있다──과연 무엇이 표현되는, 스스로 표현하는, 타인들을 표현하는 하나의 주체를 정당화할 수 있는가?

이 난점은 문제 자체로서 다루어질 수 있는데, 20세기에 이 난점은 적용할 수 있는 주요한 비평 이론들간의 대립의 핵심을 이끌어 나간다. 그리고 이 난점은 문학의 이중적 동향과 분리될 수 없다: 이중적 동향의 하나는, 이 문제점에 대한 대답이 되는 자기 반성성이다: 또 다른 하나는, 문학은 자기 자체에 따라 모든 것을 말할 수 있다는 사실인데, 이것은 자기 반성성과 분리해서 생각할 수 없다. 이 이중적 동향은 순수 문학상의 의미로 말해, 문학을 학문적 지식의 총체로서 보는 관점에 대한 사용과 주관적 존재론의 사용을 강조한다: 바로 여기에 문학이 소유하고 있는 모든 것을 말하는 힘이 있다; 이것이 바로 문학은 문학 스스로에 의해서만 말한다는 진실이다──이 진실 속에는 낭만주의의 주관적 존재론에 대한 오늘날의 대용물이 있다. 이처럼 스스로에 귀결되고 스스로에 의해 모든 담론을 규정하는 문학은 문학 구성에 관한, 또 변함없는 수수학적 기법과도 같은 문학의 고고학에 관한 물음을 잠잠하게 만든다. 그렇지만 이 물음은 여전히 실재하고 있다. 문학이 학문적 지식의 총체로서의 관점을, 혹은 그것과 비슷한 관점들을 포기할 때, 그리고 문학이 문학만의 담론의 사용에서 현실 자체에 관한 문제 제기(불확실한 자기 반성성이 기본 여건이다)를 할 때 이 물음은 분명히 드러난다.

따라서 문학이 문학을 반영(反映)하는 방법을 소개하는 또 다른 방식이 있다. 호프만이 쓴 환상의 문학인 《악마의 영약》이란 작품은 그 방법을 변함없는 수수학적 기법이 구성되는 순간에 반영된 문학이란 예를 통해 증명해 준다. 이 《악마의 영약》은 세 가지 시선으로 읽을 수 있다. 첫째는, 작품을 난해하게 만들어 버리는 원인인, 확실히 드러난 환상적인 요소에 의거하여 읽는 것이다. 둘째는, 작품에 드러난 난해성의 기능에 의거하여 읽는 것이다: 작품 속에 반영된 움직임에 의해 나타나는 환상적인 것의 묘사와 질문들 속에, 현실의 문제와 이 현실의 문제를 깨닫는 자의 질문을 삽입하는 것이다. 셋째는, 환상적인 것과 반영된 작품을 특징짓는 외재성(현실에 노출되는 성향)에 의거하여 읽는 것이다: 시간성·공간·역사·주체성에 관한 환상적인 유희들은——정확히 말해서, 환상적 유희들이 시간 공간 역사 주체성의 외재성 속에 실재하고 있다——언어의 표현성에 연결된 가설들과 묘사를 해체하는 수단들인 것이다: 더 넓게 말하자면, 환상적인 유희들은 묘사를 정당화게 만들어 주는 권한과 단절한다. 이처럼 환상적인 세상에서의 시간의 전환성은 권한으로부터 벗어나는 한 방법인 것이다——또다른 시간 개념에 대한 믿음을 제시하지 않는 한. 이 반성성과 전환성의 사용은 언어의 위력——불가능한 묘사들을 연결시켜 줄 언어의 위력——으로 옮겨지는 것을 가정하지 않는다. 하지만 현실·시간·역사(모든 현실은 역사에 대한 일종의 외재성인데, 문학 작품이 나타내는 외재성이다)가 가지는 역량의 형상화로 옮겨지는 것은 가정한다. 이 역량은 현실에 관한 문제를 제시한다.

언어의 표현성적 동향에서 떼어 놓을 수 없는 구상 예술과 현실주의의 독립을 전제로 하지 않고서, 위력과 행위라는 이중성에 의거하여 묘사하는 것이 유익한 장소, 그것이 현실성이다. 하지만 다른 장소도 다른 시간도 아닌 바로 문학만의 다른 장소와 다른 시간이란 모순에 의해 문학을 읽어야만 한다. 이같은 의견은 문학을, 2세기 전부터 문학을 구성하는 사고의 모순들에게서 벗어나게끔 한다. 이 문학만의 다른 장소, 다른 시간이란 모순에 얽매인 비평적 관점에 의하면, 문학은 권력과 정당성에 의거하여 드러나는 것이 아니라, 현실성에 대해 모든 보통명사가 만들어 내는 물음에 의하여, 또 이 물음의 형상화에 의하여, 이 형상화가 가지는 전달력과 전달할 수 있는 가능성에 의하여 문학은 드러난다. 이처럼 우리는 19세기 이후부터 두 개의 문학 계열을 소유하고 있다. 각 계열을 특징짓는 것은 문학 창조의 양극을 드러내게끔 해준다. 여기서 말하는 양극이란 것은 문학을 단순히 현실에 대한 문제 제기쯤으로 보는 것을 거부하는 관점과 이 문제 제기 자체가 우화(터무니없다는 측면에서)라는 관점이다.

제1장
문학, 수사학적 기법, 문학의 힘

문학과 수사학적 기법

2세기 전부터 서양 문학은 다음과 같이 분류되어 왔다. 일상적인 세상에 근접한 관점인 사실주의, 그 세상에서 격리된 관점인 상징주의, 문학이 개념성을 가진 사상으로 받아들여지는 사상 문학으로서의 관점인 독일의 이상주의, 비(非)개념성의 방식에 의한 해체론(파괴), 사상들과 미학적인 요소들이 뒤섞이는 작용에 의거한, 달리 말해서 상징주의와 현실성의 결합에 의한 초현실주의 등등이다. 이처럼 보편성에 의거하여 문학을 생각하려는 시도와 반면 이 보편성의 비(非)개념성을 문학에 부여하려는 시도에 의해 문학이 얘기되어져 왔다. 사실상 문학이 갖고 있는 사상들·시학들·미학들을 반박하는 것은 쉬운 일이다. 이 모든 것들을 근거 있는 견해로 혹은 근거 없는 견해로, 비평적 관점으로 혹은 비평적 관점이 결여된 방식으로 해석하는 것도 쉬운 일이다. 문학이 아주 다양한 방식으로 짜인 세상과의 조화를 아주 다양한 방식으로 특징짓거나 경우에 따라선 설명하려는 것을 늘 시도하고 있다고 표현하면 더 간단하다. 이런 관점으로 보아 문학은 문학을 통치하며, 아주 명백한 기준에 반대될 수 있는 기준들을 끊임없이 내세우고 있다. 보편적 담론(談論; 언어 표현)의 문학이 그것을 잘 말해 주고 있다.

이 조화의 생각 혹은 가설은 낭만주의가 제안하는, 문학에 존재하는 양자택일[1]의 결여라는 문제에서 분리될 수 없다. 낭만주의의 시인은 자신만의 고유명사로 또 전형적으로 말하기를 원한다. 그는 자신만의 담론과 전형적 담론의 혼돈에 대해, 또 결합에 대해 타인의 동의를 전적으로 가정한다. 그렇기에 자신만의 담론은 필연적으로 타인의 담론이며 타인의 관점이 된다. 그렇기에 전형적인(représentatif) 담론은 또 필연적으로 재현(représentation)의 한 언어 표현이 되는 셈이다: 공통된 담론은 세상과 세상의 동인(動因)들을 지시하는 담론인, 지식을 전달하는 담론인 셈이다. 이같은 낭만주의의 가설로 보면 문학의 유일한 반의어는 침묵인 것이다: 이 침묵은 병으로 간주되거나 혹은 지식적 담론, 타인의 담론, 또 고유한 담론에 대한 거부로 간주된다. 현대 비평이 끊임없이 되풀이하는 요지와는 반대로, 근대 문학은 부정(否定)의 가능성에 의거하여 구성되는 것이 아니라, 필연적인 사건에 의거하여 구성되는데 문학이 하나의 전형화(典型化)(프랑스어. representance)로 받아들여지는 순간부터——여기서 우리는 타인의 말(파롤; parole)로 지칭되는 고유한 말의 놀이라고 명명할 수 있다——그리고 사적인 담론이 될 수 없는 하나의 고유한 담론으로 받아들여지는 순간부터이다. 20세기에 문학이 완전하게 언어 속에 있다고 강조할 때, 우리는 낭만주의의 가설을 명백하게 재구성하는 것일 뿐이다. 왜냐하면 언어란 두 가지 담론의 방식이기 때문이다; 작가의 말과 누군가의 말의 혼동을 특징짓는 최상의 방법은——여기에 전형화의 결론이 있다——언어, 문학

---

1) 저자는 여는 글에서 문학과 연관된 양면성들을 얘기했다. 양면성이란 상반되는 두 가지 요소가 함께 존재한다는 의미이다. 이런 의미에서 저자는 낭만주의가 보여주는 권위적인 전형화가 이같은 양면성을 배제하고 있다고 보는 것이다. 또한, 이 저서에서 '양자택일의 결여' 라는 개념은 매우 중요하다. 이 개념의 프랑스어 어휘는 défaut d'alternative이다; alternative는 상반되는 두 요소가 교대로 존재하고 있음을 말하는 단어이다. 이런 의미에서 '양자택일의 결여' 는 '선택의 결여' 라고도 해석될 수 있다. [역주]

적 담론, 일상적 담론을 식별하는 데 있다. 문학에 포함된 이 양자택일의 결여는 재현(表象; representation)과 전형화(프랑스어. représentance)의 사용에 있어서, 지난 2세기 동안의 문학 사상과 문학 창작은 현실성과의 조화를 강조하고 있다는 것을 설명해 준다. 이 조화는 사실주의와 형상성(形象性)[2]을 끌어들이는 그리고 모든 의문점을 반박하는 범주화(categorization)에 의거하고 있으며, 가장 모순적인 시학과 미학들(이 두 분류 사이에는 양자택일의 결여가 있다)에 의해 증명하려는 꾸준한 시도에 의거하고 있다.

따라서 문학이 갖고 있는 양자택일(선택)의 결여가 가져오는 결과를 말해야만 한다. 이것이 바로 수사학적 기법이 갖는 규칙성이다. 만약 주관적인 담론이 일종의 전형적인 담론이라고 한다면, 만약 주관적인 담론과 객관적인 담론이 상호적이라고 한다면, **에토스**(ethos; 윤리)와 **로고스**(logos; 이성)의 평등이 존재하게 된다. 만약 **에토스**와 **로고스**의 평등성과 상호성이 존재한다고 하면, 모든 독특한 감수성은 일종의 보편적인 감수성과 같은 것이 된다; 감수성의 효과에 관한 모든 묘사는 이 효과가 담론(주관적이든 객관적이든)에, 또 이 담론의 세계에 일치된다고 가정하는 것이다. 공포의 문학이 그것을 확증해 주고 있듯이 말이다. **에토스**와 **로고스** 그리고 **파토스**의 평등성을 얘기해야만 한다. 이 시점에서 19세기의 시론들과 미학들 속에서 식별될 수 있는 모든 전환성(轉換性)들이 서로 연결되는 것이다. 이 전환성들은 작가와 그의 작품이 사실주의와 형상성의 사용에 의해서, 주관성의 작용 요인과 객관성의 작용 요인으로 동시에 받아들여질 수 있게끔 한다.

근대의 문학 기법에서 단독적으론 보장될 수 없는 문학적인 전달에 대해 전형화와 재현의 사용을 보장하려고 시도하는 것은 역설이다: 여

---

2) 여기서 말하는 문학의 형상성이란 어휘는 문학이 무엇인가를 (문학 작품이 갖는 주제를) 상징하고 표현하고 형상화하는 데에서 오는 것이다. 다시 말하자면 문학은 표현의 대상을 구체화시킨다는 의미이다. 〔역주〕

기서 문학적인 전달이 단독적으로 보장되지 못하는 것은 그것이 체계적으로 또 변별적으로 에토스의 극(極)과 로고스의 극[3]을 조직할 수 없기 때문이다. 또한 이 역설은 사적인 담론과 공적인 담론에 대한 낭만주의적 혼돈의 해석이자, 이 혼돈이 언어와 문학에 제공하는 표현성이 풍부하고 동시에 상징성이 짙은 속성의 해석이기도 하다. 의사전달의 타당성을 유지하기 위해 사실주의와 형상성을 상호 의존적인 소재들로 취급한다——말라르메가 말하는 사건의 개념처럼 말이다. 이 상호 관계는 현대 비평에서 여전히 중요한 요소이다. 특히 우리가 현실에 의거하여 메타포(은유)를 이해하려고 시도할 때 혹은 우리가 문학의 기표(signifiant)와 텍스트를 가시성(可視性)[4]이란 기능에 동일화하려고 할 때가 그렇다. 또한 문체의 상형성과 자의적 해석의 다양한 등급을 허용하면서, 현실에 역설적인 접근에 의거하여 문학을 규정할 때 상호 의존성은 중요하다: 현실로의 역설적 접근은 일상적인 것과 보편적인 담론들에 의해 강조될 수 있다. 변함없는 수사학적 기법은, 작품이 재현(프랑스어. représentation)과 전형화(프랑스어. représentance)의 사용에서 보존하는 것으로 이해되는 제약에 의거하여, 사실주의와 형상성의 상호 의존성을 사용하게 한다.

이같은 수사학적 기법은 지배적인 특색들과 변형들에 있어선 모순적이다: 문학의 궁극성에 관한 문제이든 수사학적 기법의 효과에 관한 문제이든 간에 상관없다. 수사학적 기법은 재현과 전형화를 모든 사적인 말(파롤)을 벗어나는 것으로 취급해 버린다: 재현과 전형화가 주체의 담론에 해당될지라도 말이다. 또한 수사학적 기법은 공동체의

---

3) 이 개념과 구성을 이해하기 위해서 다음의 책을 볼 것을 권장한다. M. Meyer, 《수사학의 문제. 언어, 이성과 유혹 *Questions de rhétorique. Langage, raison et séduction*》, Paris, Le Livre de poche, 1993.

4) 현실에 의거하여 이해하기. P. Ricœur를 참조할 것. 《생생한 메타포 *La méta- phore vive*》, Paris, Le Seuil. 가시성에 의거하여 이해하기. R. Barthes를 참조할 것. 《오브비와 옵투스 *L'obvie et l'obtus*》, Paris, Le Seuil, 1982.

모든 담론을 주체의 담론으로, 지식적인 담론으로 취급해 버리고, 반대로 주체의 담론과 지식적인 담론을 공통의 모든 담론으로 취급해 버리기도 한다. 수사학적 기법은 문학적 담론들의 지속적인 효과를 전제로 한다. 이상적으로 수사학의 사용은 늘 성공하고 있다. 그러나 사실상 수사학의 사용은 모호함을 없애지 못하고 있다. 이처럼 문학 작품은 목적을 증명하는 데 무력하다: 그렇지만 작품은 목적을 지시하고 있다. 이것이 사실주의의 명확한 특색이다. 이처럼 문학 작품은 자신의 목적에서 멀어지기도 하고 가까이 가기도 한다. 이것은 상징주의의 뚜렷한 특색이다. 또한 이런 특색은 사실주의 · 초현실주의, 문학적 담론과 일상적 담론의 교환이 포함되어 있음을 말해 준다. 이 특색은 의사전달을 모호한 방법으로 하게끔 한다. 이 모호함은 언어 자체로 옮겨갈 수 있다. 이 모호함 속에선 그리고 수사학적 극단들의 혼동(무분별) 속에선 언어는 재현과 전형화의 가능성을 늘 지니고 있는 것으로 받아들여진다. 그래서 사실주의에서는 지시(指示)의 문제가 단어가 지칭할 수 있는 것에 관련된 문제로 전도된다.[5] 그래서 상징주의에서는 언어의 부정성이 상징주의의 힘의 방식으로 간주된다. 그래서 초현실주의에서는 현실성 속에서 예상치 못한 일이 늘 언어에 적합하고 하나의 상징 논리 속에 포착된다. 그래서 일반적 담론과 문학적 담론의 교류는 상징적이고 지시적인 교류 이전에 무엇보다도 언어적인 교류인 것이다. 사실상 해체(파괴)는 사실주의와 형상성의 상호 의존성을 반박하는 것이 아니다. 해체는 이 상호 의존성에서 모순을 명백히 제거해 주는 상호 의존성의 작성법을 이끌어 낸다. 재현의 선행 현상을 거부하는 것은 상징의 실제를 인정하지 않는다는 것이 아니다.[6] 지시대상

---

5) 이것은 플로베르(Flaubert)의 묘사인데 자크 데리다(Jacques Derrida)가 자신의 저서 《글쓰기와 차이 *L'écriture et la différence*》에서 다시 언급한다. 이 책에는 한 비평적 사고의 연속성이 존재한다. 문학에서의 미학적 요소들, 시적 요소들, 그리고 이 두 가지의 철학적인 발전이 다양하게 변하고 있다 할지라도 말이다.

과의 격리가 일반적 형상성의 가능성을 열어 주지만, 일반적 상형성이 유물론의 영향 아래에서 정의된 것이란 생각을 배제하지 않듯이 언어의 범주화가 가지는 힘을 확인하고 읽어야 한다: 유물론에서는 한 사실주의의 제안을 잘 받아들여야만 한다.

문학에 부여된 양자택일의 결여는 작품을 이중적 가능성이란 양상 하에 위치시키는데, 이중의 가능성이란 재현의 가능성과 모든 것(모든 상징, 모든 언어 표현)을 작품에서 작품에 의거하여 수정하는 가능성이다. 이것을 강조하는 것은 재현의 사용이 주는 모호성들을, 우리가 언급했던 인식의 사용이 주는 모호성들과 마찬가지로 비교하는 것을 강조하는 것은 아니다——여기서 비교는 인식의 논증이 가지는 힘에 대한 비교일 수도 작품의 외연(denotation)이 갖는 힘에 대한 비교일 수도 있다. 이것을 지적하는 것은 결국 언어와 언어의 수사학적·언어학적 성격 규정 안에서 작품이 일종의 재현으로, 또 전형화로 제시된다고 강조하는 것과 같다——상징적 묘사와 전형화는 더 표본적으로 표명되어야만 한다. 재현을 통해 지시(denotation)[7]의 힘을 이해해야만 한다. 전형화를 통해 그 지시들을 (서로 구분된다 할지라도) 모으는 힘을, 달리 말해서 대표적인 한 총체로서 자처하는 문학이 가지고 있는 힘, 주체들의 재현이 될 수 있는 문학의 요소들을 헤아릴 수 있는 힘을 이해해야만 한다. 아무런 가식 없는 문학의 가설이 어떠하든간에, 문학의 언어학적 성격 규정이 만들어지는 순간부터 재현과 전형화라는 이중적 표기는 문학을 실현 불가능성이란 간단한 문제로 만들어 버리지 않는 한 피할 수 없는 것이다. 실현 불가능성이란 단순한 문제로 간주하는 것은 재현과 전형화의 문제와 권한으로부터 문학을 해방시킨다. 그렇다고 해서 문학이 재현과 전형화에 입각한 식별에서 해방되는 것

---

6) 자크 데리다의 책 참조. 《산종(散種) *La Dissémination*》, Paris, Seuil, 1972.

7) 외연(denotation)은 의미를 겉으로 드러내는 것인데, 여기선 '지시'라는 단어로 번역했다. 이 저서 대부분에서 이 단어는 '외연'으로 번역되었다. [역주]

은 아니다. 비록 우리가 언어학적 성격 규정을 오로지 기표(signifiant)에 의한 성격 규정과 비슷한 것으로 간주한다 할지라도 말이다. 20세기에 사르트르[8]와 켄달 월턴[9]에 의해 규정된 실현 불가능화에 대한 해석이 그것을 증명해 주고 있다. 사르트르에 의하면, 실현 불가능화는 실현시키지 않는 주체에게 있어서, 재현에 대한 제약을 소유하는 방식이자 이 제약을 주체의 것으로 만드는 방식인 것이다. 재현이 실현시키지 않는 주체에게 종속되는 관계는 현실성의 비평적인 표상과 비평적인 지각(知覺)의 권한을 성립한다. 켄달 월턴에 의하면, 실현 불가능화의 사용은 무엇인가를 상상하는 규정에 해당되는 것이다. 이 규정은 규정이란 계기에 주어진 맥락——이를테면 작품의 맥락——에서 떼어 놓을 수 없다. 이 규정은 맥락이 실현 불가능화에 종속되는 것을 강조하는 동시에 모든 상징적 묘사가 결국 이 실현 불가능화에 의한 것임을 강조하는 수단인 셈이다. 이 실현 불가능화 안에 지금까지 말한 규정의 권한이란 문제가 들어 있다.

　수사학적·언어학적 기법은 우리가 언어의 지시적인 개념(고전시대의 개념)에서 옮겨가는 것을 조건으로 삼는다. 여기서 언어는 한 주체가 스스로에게 갖는, 또 표현적 개념에 갖는 분명한 정신적인 담론을 상관 요소로 삼는다: 모든 대상과 주체를 포함하는 언어는 대상들을 명백하게 해주는 힘을 지니고 있고, 동시에 주체를 명백하게 하는 힘을 지니고 있다. 이 표현적인 개념은 일종의 반(反)주관론 방식을 초래할 수 있다——언어는 주체와 대상의 출현과도 같은 표현을 자체 내에 갖고 있는데, 주체의 어떤 일정한 표현에도 특권이 주어지지는 않는다. 그렇지만 이런 경우에 낭만주의의 표현주의적 이중성에 관한 문제이든, 원칙적으론 일종의 반(反)주관론인 19세기의 사실주의적 미

---

8) J. P. Sartre, 《상상적인 것 *L'imaginaire*》, Paris, Gallimard, 1940.

9) K. Walton, *Mimesis as Make-Believe*, Cambridge, Harvard University Press, 1990.

학의 표현주의에 관한 문제이든 간에, 문학 작품은 모든 전개와 모든 담론의 모음인 것이다.[10] 그렇기에 낭만주의 문학과 미학은 문학 대상의 자동사적 성질을 강조한다. 또한 낭만주의 문학과 미학은 문학이 끊임없이 작품들을 기호로서 읽게끔 하는 것을 강조한다. 문학의 낭만주의적 사고 안에서 또 이 사고의 결과들 안에서, 자동사적 성질과 작품이 갖는 기호학적 지위의 결합이 완벽한 자율성에 의거하여, 이 세상에서 또 담론들의 세상 안에서의 완전한 존재에 의거하여, 사실주의와 형상성의 유희에 의거하여 문학과 작품들을 산출하는 가장 확실한 수단을 설립한다.

재현과 전형화에 관한 이 낭만주의적 가설에는, 또 오늘날까지 이루어진 이 가설의 변형들에는, 이중적 오해가 존재한다. **첫번째 오해**: 문학이 언어에 의한 자신만의 구성이어야만 할 것과 문학이 결론적으로 문학 자체와 세상의 의미 내포에 의거하여——이 의미 내포의 논리적인 형식을 거론할 필요없이——진행될 수 있다는 것이다. **두번째 오해**: 문학이 이처럼 문학 자체 안에서 하나의 언어와 삶의 사상이라는 것——이것은 시에서 개시되는 모든 기호 체계들(상징들)이 끊임없이 제시하는 것이자, 2세기 전부터 문학의 미학적·시학적 정보들을 통해 문학이 자체에서 이끌어 내는 모든 반복들이 제시하는 것이다.

양자택일의 결여(이것에 의해 문학이 정의된다)란 지적 후에, 문학의 문제는 결국 다양한 미학적 문제들에 의해 이해되지 않는다——그러니까 "문학이란 무엇인가?" 그리고 "문학은 언제 존재하는가?"(이 두 번째 질문은 요컨대 일상적 담론과 문학적 담론의 교환이 가져오는 질문인 것이다.) 하지만 문학의 문제는 양자택일(선택)의 결여와 그 힘에 가해진 제한에 대한 문제에 의해서 이해된다: 양자택일의 결여와 그 힘은 문학 속에서 읽혀질 수 있다. 양자택일의 결여는 문학의 억류[11]라

---

10) 현대 비평에서 모음 유희란 기호 체계로서, 상호 추론적 성격을 읽어야만 한다.

는 작용 안에서 타자의 억류라는 작용으로 명백히 되풀이되어 말해질 수 있다. 이 문장이 갖는 상징은 수사학적 용어로 명확하게 다시 표현될 수 있다: 문학이 자신의 재현과 전형화의 사용 안에서 취급하는 타자가 그 무엇이든간에, 문학을 특징짓는 수사학적 작용의 테두리 안에서 근대 문학은 상징한다──양자택일의 결여에 의해 문학의 수사학적 기법의 분류할 수 없는 성향 안에서, 사실주의와 형상성의 상호 의존성 안에서. 이 관점을 수정하기 위해서는 문학에 비해 다른 것을 말해야 되는 것이 아니라, 문학 자체가 갖고 있는 양자택일의 결여에 만들어 주는 한계를 말해야 되는 것이다. 서양 문학이 아닌 다른 문학들 안에서 이 한계의 예를 찾는 것에 관한 문제가 아니다: 문학의 힘에 주어진 한계의 결여란 예를, 한계에 주어진 한계의 결여를 지나치게 해주는 논법을 완성시켜 줄 수도 있다고 가정할 수 있는 이 문학의 힘이 갖는 한계이란 예에 비교할 것이다.

이 문학의 힘이 갖는 한계의 결여는 두 가지를 이해하게 해준다. **문학은 한계가 없다**: 이것이 얘기되어진 것은 독일 초창기 낭만주의가 표명하는 이상주의에서 일상적 언어 표현과 문학적 담론의 교환까지이다. **문학은 문학 스스로에 의해서 표상과 전형화를 만들어 낸다**. 이것은 변함없는 수사학적 기법에서부터 얘기되어 진다. 또한 이것은, 문학은 언어에 일치된다는 관점 안에서 문학이 만들어 내는 위력과 신중함에서 얘기되어진다. 문학이 언어에 동일시된다는 관점은, 독일의 이상주의에서 순수 문학과 일상적 담론과 문학적 담론을 공유하는 문학에까지 전제된 것이다. 바로 이 관점 속에 수사학적 기법의 확증이 있다: 다시 말해서 **에토스**(윤리) · **로고스**(이성) · **파토스**(감성)의 혼동이 그것이다. 지금 말한 두 종류의 요약은 전환의 가능성을 가져올 수도

---

11) 이 주제에 관해선, J. Bessière, 《문학과 문학의 수사학 *La littérature et sa rhétorique*》, Paris, PUF, 1999, p.205 et sq를 보라.

있다. 단지 이 전환이 수사학적 기법의 영향에 의해 진행되어진다면 말이다: 이것은 유사점과 차이점의 사용을 복원시켜 주는, 문학이 언어에 동일시된다는 관점에 의한 분석인 셈이다. 또 이 전환의 가능성은 재현과 전형화의 사용이 문학에 속한 양자택일의 결여라는 관점에 의해 사고되어지는 것이 아니라, 문학 자체가 구축하는 양자택일에 의해 사고되어질 때에만 이루어진다. 문학이 갖고 있는 재현과 전형화 기능의 초월, 그러니까 문학의 사고를 해체하지 않는 초월을 전제, 소개함으로써 말이다.

포화된 상징, 힘, 그리고 문학의 예외적 상황

변함없는 수사학적 기법을 사용함에 있어서, 사실주의와 형상성의 재현과 전형화를 사용함에 있어서 문학 작품은 하나의 포화된 상징으로 표현되어질 수도 있다——예술 작품에 대한 넬슨 굿맨의 정의에 의하면 말이다.[12] 예술 작품에 관한 이같은 규정은 이론적인 의미에서 타당하다고 확신할 수는 없다. 그렇지만 2세기 전부터 문학을 창작하고 생각하는 방법론들과 적절하게 어울린다. 한편으로 상징(symbole)은 겉으로 표현되어진 것을 재현하는 것이다; 다른 한편으로, 상징을 포함하고 있는 작품 전체에 작품이 재현을 도로 가져다주는 것이 바로 상징이다. 그러니까 상징은 혼자서 하나의 작품을 구성할 수 있다. 그것은 마치 여러 방식의 재현들로, 결과적으로는 여러 개의 상징들로 이루어진 작품이 하나의 상징을 만드는 것과 같다. 작품이 구성하는 전체는 오로지 외연적 의미들에 의해 판독할 수 있는 것도 아니고, 포

---

12) N. Goodman, 《예술의 언어들 *Langages de l'art*》, Nîmes, J. Chambon, 1990. Éd. orig. 1967.

함하는 것일 뿐이며 또 외연적 의미들(denotation)에 의한 설명하는 것일 뿐인 전체에 의해서 판독할 수 있는 것도 아니다. 작품의 전체는 포함의 기능에서 유래하고 작품이 전체적으로 드러내는 것에서 유래하는 의미론적 불명료성에 의해 판독될 수 있다——여기서 작품 전체는 많은 이야기들일 수도 있고, 문학 그 자체일 수도 있다. 내포를 사용하는 것은 포함이 가지는 힘에 의해서만이 읽혀질 수 있다: 이 포함의 기능은 외연(의미를 겉으로 나타내는 것)의 결여를 진술하는데, 그것은 이 결여에 대한 진술들이 이 포함의 기능 속에 내포되어 있기 때문이다. 이 포함의 기능에서 떼어 놓을 수 없는 다의성과 명확하지 않은 의미론은 일종의 애매모호함을 야기한다. 이러한 모호성은 포함이란 기능에 의해서 작품이 스스로를 지정한다는 사실에 관련되어 있고, 이렇게 해서 작품이 애매모호함을 수집하고 예측케 하는 것으로 받아들여진다는 사실에 직접적으로 결부되어 있다. 여기서 애매모호함에 대한 수집과 예측은 문학을 증명해 주는 방식이자 외연(denotation)의 부재를 재현이 전달하는 외연으로 만들어 버리는 방식이기도 하다. 여기에 바로 작품에 의해 구축된 상징의 성격 규정이 존재하는데 이 성격 규정은 그러니까 상징이 갖는 위력에 대한 예측인 셈이다. 이 상징은 헤겔이 제시한 상징의 정의와는 반대로, 불가사의 속으로 달아나는 방식은 아니지만, 작은 불가사의를 노출시켜 주는 것이다. 이 작은 불가사의의 노출은 의미론상의 불명료성과 그 지배적인 특색을 확인시켜 주는 방식인 것이다. 또 의미론의 불확실성이 보여주는 특색은 넬슨 굿맨이 표현한 것처럼 하나의 허식인 것이다.

이같은 상징의 포화 상태와 이중성의 관점에서, 다양하고 또 대립적인 시론들과 그 특성들은 상징화와 해석이라는 같은 유희에 의해 이해될 수 있다. 초현실주의와 사상주의(프랑스어. *imagisme*)의 객관주의가 보여주는 것과 마찬가지로. 또한 명료하게 정의된 문학과 명료한 정의가 없는 문학이 보여주는 것과 마찬가지로.

사상주의와 초현실주의의 객관적 태도: 이 두 유형의 시풍은 엄정하게 서로 대조될 수 있다. 사상주의(프랑스어. imagisme)는, 시(詩) 전개의 주제로 간주되는 현실적 대상의 효과와 같은 것에 의해, 작품의 객관성과 작품의 객관적 효과를 전제로 한다. 초현실주의는 시적 경이로움 안에서 예측하지 못한 것, 미지의 것, 무의식 적인 것을 주장하고, 결론적으로 정신분석학의 명료한 참고를 주장한다. 사상주의의 객관주의에서 시는 가시적인 것으로, 본래 주어진 것으로의 환원과 언어가 갖는 이중의 힘을 전제로 하기 때문에, 시란 가시적인 것의 동의어로 받아들여질 수 있다. 언어가 갖는 이중의 힘은 주어진 것으로의 환원을 표현하고, 가시적인 것으로 혹은 가시적인 효과로 표현되어지는 것이다. 왜냐하면 언어는 가시적인 것의 유한성과 초월을 진술하는 것으로 전제되어 있기 때문이다. 그것도 이 유한성의 확증된 사실에 입각한――가시적인 것 자체가 갖는――해석의 가능성에 의해서 말이다. 이 이중적 작용은 사상주의의 효과란 가설을 성립한다. 여기서 외연(표면적인 것)을 말해야만 한다――외연은 사상주의란 용어가 지시하는 것이다. 또 포화 상태를 언급해야만 한다: 가시적인 것이 지시하는 바는 시가 나타내는 가시적인 것의 초월(지배적인 특색)에 의한 것일 뿐이다. 초현실주의적 상(像; image)이 발견되어지는 깊이 안에서는 예측할 수 없는 것의 가능성, 미지의 것의 가능성, 무의식적인 것의 가능성이 명백하게 말해진다. 여기서 시는 이미 구축되어 있는 모든 전통에서 해방된다. 시는 능동적인 상과 수동적인 상을 동등한 것으로, 혹은 서로 떼어 놓을 수 없는 것으로 제시한다――능동적인 상은 시가 부여하는 상이고, 수동적인 상은 능동적인 상이 전제로 하는 상이자 예측할 수 없는 것, 미지의 것, 무의식적인 것에 동일시되는 상이다. 능동적인 상은 자신의 유한성이란 통로에 의해서만 받아들여질 수 있다는 것을 이해해야만 한다――여기서 통로란 무의식적인 것의 묘사에 의해 설명되어질 수 있다. 우리는 초현실주의의 시란 전의의 시

이고, 융합할 수 없는 것들의 시이며, 우연한 전개들이고, 시가 말하고
자 하는 것의 예증을 다루는 시이고——그래서 초현실주의의 시가 증
인의 시 혹은 증언의 시이다——또 포화 상태의 인식 불가피성을 다
루는 시라고 이해하고 있다. 사상주의의 객관주의이든 초현실주의의
객관주의이든 간에, 문학이 구성하는 포화된 상징은 한없는 해석학에
서 분리되어질 수 없다. 이것은 독서에서는 객관적일 수 없다는 객관
성의 모순 때문이고, 무의식의 세계를 자백하는 시의 모순 때문이다
——하지만 여기서 시는 이 자백에 대해 후퇴할 수밖에 없고 부족한
상태일 수밖에 없다.

형태상으로 정의된 문학, 형태적 정의가 없는 문학: 형태상으로 정
의된 문학과 문학의 미(未)분류 상태(형식의 분류가 불가능한 상태)에
결부된 질문들은 문학적 상징의 특별한 성격 규정이라는 관점 안에서
명확하게 재조명될 수 있다. 형태상으로 정의된 문학은 문학 형식에
의해 명백하게 가시적인 것이 되어 버린 문학일 것이다. 그리고 문면
상 미분류라는 문제에서 분리시킬 수 없는 문학은 가시성의 결여에 의
해 영향받은 문학으로 말해질 수도 있다. 가시적인 문학 대상의 형태
상 구조는 지시와 포화 상태의 사용과 연결된다. 이것을 이해하기 위
해서는 작시법과 의미 부여의 관계를 생각하면 된다. 작시법은 작품
의 명료한 가시성을 만들어 준다. 작품은 품고 있는 의미에 의해서 문
학을 지칭하게끔 하고 결국 그 의미를 드러낼 수 있다. 요점을 말하자
면 작시법이 의미론과의 연속을 파괴하는 혹은 잠정적으로 중단하는
방법인 것은, 형태상 규정과 작품의 문면이 작품을 상징의 포화 상태
로 만들게끔 조장한다. 작품의 분명한 힘은, 한편으로는 형식이 다른
한편으로는 작시법과 의미 부여의 유희가 나타내는 상대적 지향성의
역류라는 방법 안에 머물고 있다. 형식적 특성이 없는 문학이 지니는
가시성의 결여는 문학이 작가나 독자의 의도적인 목적에 의해 명백하
게 말해진다는 것을 가정한다. 문학에 대한 인식은 이처럼 하나의 정

의(명백하든 함축적이든)에 의해 결정되는 것이다. 하지만 이 정의는 문학의 사실성(마치 우리가 언어의 사실성이 있다고 말하는 것처럼)이란 유일한 평가와 혼동되기도 한다. 그리고 문학의 사실성은 정확하게 기능적이다: 문학은 모든 담론들을 포함할 수 있는데, 결론적으로 모든 담론을 지칭할 수 있는 가능성과 그 담론을 문학 총체로 결부시킬 수 있는 가능성을 포함하고 있다는 것이다. 이같은 문학에 대한 인식은 여전히 포화된 상징으로서의 문학에 대한 인식인 것이다. 이처럼 문학이 언어로 되어 있다고 말하는 것은 자명한 이치——이것은 문학이 공통된 담론에 일치된다는 의견을 필요 조건으로 하는 것이다——이지만, 분명하게 드러나기도 한다. 한편으로, 문학이 모든 담론의 **잠재력**인 언어의 사실성, 의사 표현의 사실성에서 분리될 수 없다는 것을 이해시켜야만 한다. 또 다른 한편으로, 문학은 이처럼 언어가 가지는 위력의 표본적인 재현인 것이다: 언어의 힘은 정의하자면 분열된 힘인 셈이다. 그러니까 문학에 적합한 기능적 표시들을 문학이 제시하지 않을 때조차도 문학은 특수한 훈련이다. 각각의 문학 작품이 표본인 셈이다. 왜냐하면 작품은 공통 언어의 예증이기 때문이다. 형태상으로 분류할 수 없는 상태는 문학을, 문학이란 이름이 존재하는 시점에서부터 특수 담론적 공동의 장(場)으로 확실히 바꿔 버린다. 이 공동의 장은 독특함과 보편성이란 이중성에 의거하여, 언어가 가지는 잠재력에 의거하여 제작되고 이해될 수 있다. 독특한 작품은 작품이 상징하는 것——담론들의 보편성, 모든 사상——을 예증해 준다. 또 동시에 독특한 작품은 자신이 상징하는 것을 문학의 전체에, 또 문학으로 인식되는 언어 전체에 연결하듯이 되돌려 준다.

　포화된 상징의 이같은 효력은 두 개의 가설을 조건으로 삼는데, 이 두 가설은 변함없는 수사학적 기법과 20세기에 이루어진 그 변형들에게서 분리될 수 없다. **첫번째 가설**: 문학 텍스트는 담론과 언어를 문학 자체적으로 사용함으로써 언어를 이해하는 능력에 관한 훈련과 같다. 그리고 이를 통해서, 그러니까 아무것도 의미하지 않는 것이 결코 될 수 없는 발언의 모든 가능성들에 도달하는 것이다——의미론적으로 결정 불가능한 것으로 결론을 내리는 것은 '아무것도 의미하지 않는 것' 으로 결론을 내리는 것이 아니다. **두번째 가설**: 문학은 담론의 장과 해석의 장을 하나로 통합한다——여기에는 함축에 대한 정확한 훈련이 존재한다. 이 두 가지 가설들은 포화된 상징이 갖는 기능의 극단적인 성격 규정에 이르게끔 해준다.

문학이 답습할 수도 있고 예증할 수도 있는 언어를 이해하고 문학이 만들어 내는 것을 이해하려면, 사실상 현대 문학과 현대 비평이 지니고 있는 이중적 믿음을 참조해야 한다. 실제로 문학이 담론들에 대한 또 언어에 대한 이용이라고 말함으로써, 문학이 언어 훈련이자 동시에 현대 비평과 시론에서, 비유적 기능이 증명하는 언어에 내포된 이중의 믿음에 대한 훈련이라고만 말하는 것이 되어 버린다. 문학의 실행에 있어서 말이 의미하는 것은 우리 스스로 부여하는 설명들로 인해서 찾아 내는 의미들보다 더 많은 것을 지니고 있다고 우리는 믿을 수도 있다; 또한 우리가 설명을 통해 말에 부여했던 의미가 실제로 내포하고 있는 것보다 더 많은 것을 내포하고 있다고 우리는 믿을 수도 있다. 이 이중적 믿음은 비유법들을 사용함으로써 명백한 설명으로 표명된다. 그 방식은 다음과 같다: 말(예를 들자면 비유법[13]들)을 설명한다는 것은, 사실상 단어의 의미가 갖는 여분을 지칭한다; 길게 늘어놓는 것, 즉 말에 의미를 부여하는 것——말을 설명하는 것이지만, 결국엔 말의 장황한 설명(주석)일 뿐 결코 아무것도 아닌 **비유법들**을 쓰는 것과 같다——은 단어의 의미적 여분을 배열하는 것과 여전히 마찬가지이다.

이 이중적 믿음이 현저히 드러나는 것은 문학 텍스트와 정의를 통해

---

13) '비유법(trope)' 은 말의 수사이다. 이 비유법 안에 다양한 전의들이 포함되는 것이다. 이를테면 은유(metaphor) · 환유 · 제유 등. 〔역주〕

단어 자체가 갖는 의미(단어가 독자에게 전달하는 확신에 의한)의 모든 가능성들을 진술하는 것으로 전환시킬 때이다. 이 이중적 믿음이란 한도 내에서 우리가 문학일 수도 있는 의인법(prosopopoeia 혹은 활유법)——문학이 대상의 부재 상태에서 표현하는 것——에 귀결하고, 문학이 의미론적으로 결정 불가능한 것이라는 단정에 이르는 것은, 문학이 자체적인 포화된 상징의 사용에서 모든 표현, 모든 의미, 모든 것이 연관되는 총체로서 자처하는 것으로 이해될 수 있음을 의미하는 것과 같다——이것은 또한 우리가 장황하게 늘어놓은 모든 설명들이 오해일 수도 있다는 사실조차 가르쳐 주는 것 같다. 그러므로 문학은 담론의 일반적 규정으로서, 담론의 해석 단서로서, 모든 사고(외연적이든 내연적이든)의 반복으로서 이해되어질 수 있다. 텍스트와 독서는 언어를 이해하게끔 만들어 준다. 이러한 언어의 이해는 문학 텍스트가 스스로 만들어 내는 것을 자체 안에서 이해시킨다는 것을 전제로 한다. 결론적으로, 근대성이 제시하는 의견인 문학은 이해하기 힘든 난해성으로 인식되어지고, 또 의미 부여에 있어 불확실한 것으로 인식되어진다는 것을 이해해야만 한다: 포화된 상징의 특징하에 위치한 문학의 힘을 강조하는 문학으로, 또 언어적 이해를 강조하는 문학으로 이해해야만 한다. 이와 같은 언어에 대한 이해는 문학에 모든 것을 고려할 수 있는 능력을 부여해 준다.

바로 여기서, 19세기부터 전개된 문학이 지니는 언어적 위상의 향상이 완성됨을 본다. 낭만주의 문학의 특성인 변함없는 수사학적 기법과 분리될 수 없는 언어학적 위상은 "현실이 무성의 언어이다"와 "문학이 바로 이 언어를 해석한다"라는 것을 조건으로 한다. 이처럼 해석은 모든 것의 현실성을 개정해 주는 것이자, 문학과 관련된 문학이 해설하는 현실성을 개정해 준다: 물론 작가의 권한을 파괴하지 않으면서 말이다. 사실주의적 미학은 이러한 해설의 실현으로, 또 그 해설의 종결로 읽혀질 수 있다. **실현**: 모방적 계획은 현실의 기호들을 식별하는 계

획이자, 작품 안에서 이 기호들을 식별하게끔 하는 계획이다. **종결**: 모
방적 계획이 전제하는 비인격성에 의한, 사실주의 또한 이중적 권한(사
실주의의 조건)——작가의 권한, 언어의 권한——의 종료이다. 어쩌
면 사실주의적 미학은 문학이 실행하는 언어의 이해로 가는 길의 첫번
째 예증일지도 모른다. 반면, 상징주의적 미학은 언어의 권리와 떼어
놓을 수 없는 작가의 권한을 보호하기 위한 노력으로 읽혀질 수 있다.
말라르메의 시에 깃든 난해성이 보여주는 바와 같이, 상징주의적 미
학은 작가의 명백한 권한(시인에게 있어 문체의 소멸은 이 권한의 기피
와 동일한 것이 아니다) 아래 문학을 하나의 포화된 상징으로 제시한
다. 20세기에 와서 자체적인 해설의 가능성을 드러내는 작품들의 다
양성은 문학적 진술의 일반화를 나타낸다. 이것은 포화된 상징의 사
용에 의한 것이고, 문학의 권한에 대한 사유인 외부의 사유에 동일시
되는 언어에 대한 이해에 의한 것이다.

　"문학이 포화된 상징이다"라는 생각은 여전히 문학을, 담론들의 해
석을 광범위하게 이용함으로써 특징짓게 한다——여기서 담론들의
해석은 담론들과 담론들의 관계 안에서 이루어지는 것이다. 문학은
담론들의 영역과 해석의 영역을 하나로 통합하는 것일 수도 있다. 이
것은 이미 19세기의 사실주의적 미학 안에서 밝혀진 것이기도 하다.
어쩌면 이 사실주의적 미학은 **미메시스**(mimesis)에 속하는 것이리라.
이 미학은 사실주의가 단지 모방일 뿐만 아니라 현실성에 관한, 사실
주의적 표상에서 독립된, 있을 수 있는 연장임을 전제한다. 그렇기에
이 미학은 사실상 작품을 모든 담론과 모든 현실성의 해석 단서로 간
주하는 것이다. 사실주의적 미학이 원칙적으로, 작가를 삭제하고 작가
의 비인격성을 조건으로서 작품 자체에 부여하고 있기에 작품만을 말
해야만 한다. 바로 여기에 모든 근대 문학의 조건을 정의하는 것이 있
다. 문학은 모순들을 결합한다: 상반될 수 있는 여러 담론들과 사상들
을 결합한다. 여기서 문학이 전제로 하는 것은, 이런 결합이 문학 밖에

서 실재한다는 생각으로서 구성할 수도 있다는 것이다. 왜냐하면 이 생각은 응집력 있는 논증과 동일하지 않기 때문이기도 하고 연속적으로 명백하게 표명될 수 없기 때문이기도 하다. 또 이 생각은 모든 내용과 모든 내포로 옮겨질 수도 있기 때문이다. 이것이 바로 플로베르 작품 속에서 반어법(프랑스어. ironie)이 나타내는 것이다. 이처럼 문학은 모든 사상들의 대명사처럼, 또 통합처럼 되어 간다――그렇지만 문학은 이것을 명백하게 보여주지는 않는다.

작품이 구축하는 이중성[14]과 상징의 포화 상태라는 개념은 순수 문학이 생각되어지고 창작되는 방법들과 조화를 이룬다. 바로 여기에 순수 문학에 대한 언쟁을 극단적으로 답습하는 방법이 존재함과 동시에, 수사학적 관점에서 상징과 그 포화 상태라는 성격 규정을 끌어들이는 방법이 존재한다. 이런 시론들과 순수 문학의 사상들이 자체적으로 가지고 있는 언어적 판단 안에서 항구적인 모순 혹은 항구적인 양면성을 만들어 낸다――모순과 양면성은 두 시기에 의해 정의될 수 있다. **첫 번째 시기**: 언어적 판단이란 관점 안에서 허구(**창작력**)는 작가의 결정권과 언어의 경향에 속하는 것임이 확실하다. 이 확실한 사실에 대한 가장 명백한 훈련은 비유법(trope)들에 의해 증명된다. 비유법이야말로 언어가 가지는 의미상의 가능성들의 실현으로써 정의됨과 동시에 작가의 창작력으로 정의된다. **두번째 시기**: 만약 이 비유법이 언어의 경향을 특징짓는다면, 이 비유법은 결론적으로 언어의 위력을 지시하는 것이 된다――의미론적 공유를 나타내는, 모든 의미론상의 모순을 가능케 하는, 또 이 모순을 언어에 의해 정당화시키는 언어가 지닌 능력인 것이다. **문체**(표현법)는 한낱 이 위력의 실행일 뿐이다. 이것은 포화된 상징의 이중적 유희에 의해 읽혀질 수 있다. **외시**(표면적 지시;

---

14) 이중성은 앞서 언급된 "현실성은 설명 없는 언어이다" "문학이 바로 이 언어를 해석한다"라는 것을 말한다. 즉 사실주의적 미학 안에서의 실현과 종결. 〔역주〕

denotation): 비유법(trope)은 여전히 의미를 지시할 수 있다. **포화 상태** (saturation): 그렇지만 비유법은 우선 곧이곧대로 읽혀지는 실현된, 표현된 비유법으로 남는다. 그러니까 처음에는 의미론상의 불명확한 상황일 뿐인 것이다. 그리고 이 의미론적 애매함에 우리는 비유법을 확증해 주는 지배적인 특색을 제공할 수 있다. 더 놀라운 것은, 비유법은 아무것이나 서술하는 것을 허용한다는 것이다. 그리고 작품이 이중의 움직임에 의거하여 읽혀진다는 것을 비유법이 전제하고 있다는 것이다: 아무것이나 서술한다는 것은 세상을 사물들의 아무렇게나 생겨먹은 시리즈로 지칭하는 것이고, 이 서술을 담고 있는 모든 공동 장소를 고려하지 않는 것이다. 이것이 포화된 상징에 의해 만들어진 것이라고 가정한다면 말이다.

언어를 이해하는 능력, 문학을 보편적 담론에 동일시하는 것: 이것은, 문학은 세상에 대한 주석(장황한 설명)일 수 있다는 것과, 문학은 스스로의 주석을 구성한다는 것을 강조하는 데 있어 반대가 없다(문학이 지닌 힘에 의해 문학을 말할 때)는 것을 설명해 준다; 그리고 문학의 고유한 실현과 상호 추론적 성격을 강조하는 데 있어서 반대는 없다; 또 문학이 담론들에 대한 일반적 규정의 실현이라고 강조하는 데 있어, 그렇지만 문학은 결국 이미 표현된 것을——달리 말해서 문학이 표현된 모든 것을 문학에만 되돌려 줄 수 있다는 것——수용할 수 있다는 생각을 강조하는 데 있어 반대는 없다; 그리고 넬슨 굿맨이 말한 것처럼 허구(fiction)는 사실주의적 허구일 수도 있고 비(非)사실주의적 허구일 수도 있다——이것이 픽션의 성격 규정에 관해 영향을 미치지 않으면서[15]——라고 결론을 짓는 데 있어서도 반대는 없다. 이것은 사실상 문학의 우월성을 되풀이하는 것이고, 문학은 모든 표현된 것을 수

---

15) N. Goodman, 《이론을 통한 예술 행위를 통한 예술 *L'art en théorie et en action*》, Éd. de l'Éclat, 1996.

용할 수 있는 표현이자 담론들의 해석이라는 생각을 강조하는 것이다.

문학을 포화된 상징으로 보는 것은, 문학이 자체에서 보여주는 힘에 의거하여 문학에의 양자택일의 오류를 읽게끔 해준다. 우리는 "문학은 말하고 쓰는 능력을 전제로 하는 것이다"라고 생각한다. 또한 뿐만 아니라, 문학은 무엇보다도 "문학이 말을 한다"——그것도 문학 자체의 초월성에 의해서, 문학의 타당성에 의해서, 문학 자체로의 회귀에 의해서 말을 한다——라고 규정하면서 문학에 대해 사고한다. 여기서 '문학 자체로의 회귀'는 결국 문학의 타당성을 의미해 줌과 동시에 문학의 총체 안에서의 문학이 자기 초월을 한다는 의미를 가지고 있다. 이것은 결국 "문학이 의식의 전형에 의해 사고되어지는 것이다"라는 점을 강조해 준다. 여기서 의식은 세상의 의식이자 끊임없이 이 세상의 의식을 뛰어넘는 의식이다——이것은 **에토스**(ethos)와 **로고스**(logos)의 대등함과 교환의 올바른 작성인 것이다. 이 두 요소간의 상관 관계는 주목할 만한데, 그것은 이 상관 관계가 문학 의식의 한 방식을 제시하는 한에서, 또 문학의 성격 규정을 반박하는 한에서이다. 그리고 이 성격 규정에 의해서 문학은 의식과 주체로 복귀하지 않고서 말해져야 한다. 이 **에토스**와 **로고스**의 상관 관계는 우리가 즉각적으로 지시대상의 문제, 지시의 문제, 기호의 문제, 기표(시니피앙; 언어에 의해 문학을 특정지을 때 가장 빈번히 사용되었던)의 지시 결여 문제에 이르는 것을 가정하지 않는다.

변함없는 수사학적 기법의 문학과 이 기법의 가장 근래의 변형들은 요컨대 언어의 이중적 구도를 제시한다. 이 언어의 이중적 구도는 결국 언어이다; 이것은 언어를 보여준다; '언어적인 것,' 이것은 '언어를 보여준다는 것' 자체를 뛰어넘게 하는 초월의 방법을 가지고 있다. 이는 발레리의 권고이다: 발레리는 이 초월의 방법을 정신(esprit)이란 특징하에 위치시킨다. 이것을 더 간단히 말하자면, 문학은 재현들의 표본인 것이다. 이것 때문에 문학의 언어적 성격 규정을 다시 짚어 봐야 되는 것이다. 이 성격 규정은 문학의 정체성을 말하는 방법이 아닐 수도 있다. 하지만 다음에 열거된 생각을 요약해 주는 방법에 더 가까운 것 같다: 문학이 한편으론 대체 기능을 만들고, 다른 한편으론 언어와 모든 재현을 언어의 무한성이란 표상에, 언어의 객관성이란 표상에 종속시킨다——독자가 언어를 이해함에도 불구하고, 마치 이 언어가 독자에 속하는 것이 아닌 것처럼 말이다. 문학이 언어의 재현을 변하게 할 수 있고, 이 변화를 독자가 헤아릴 수 없는 것(결국 독자가 언어의 총체를 측정할 수 없듯이)으로 만들어 비릴 수 있다는 것은 명백하다. 언어의 재현·전형화·객관성이란 삼중의 명증에는, 언어가 제시하는 재현의 기능과 재현이 성립하는 순간에 드러나는 언어의 외재성이란 모순이 존재한다. 문학의 기표(시니피앙)에 관한 오늘날의 모든 가설들은 이 삼중적 사용을 회피하고자 하는 방법들이다. 그렇지만 이것은 기표의 한 단순한 설명의 가설이 언어의 외재성의 전개를 실제로 역행하여 간다는 것을 단언하는 것은 아니다. 뿐만 아니라 이것은 이 가설이 언어로 인식되는 문학 작품을 전형화의——정확히 말해서 모든 기표들의——사용으로 끊임없이 만들어 버린다는 것을 확신해 주는 것도 아니다. 그렇기에 하나의 공통 의미 속에 포함된 재현들은 특별히 지정되지 말아야 하는 책임이 있다.

문학을 언어에 동일시하는 것은 제2의 이중성을 가지고 있는데, 이것은 변함없는 수사학적 기법의 결과이다. 이 제2의 이중성의 첫번째 자료. 언어가 글자 그대로 말해질 수 있는 모든 것을 포함하고 있다고 한다면, 언어는 결국 모든 재현들과 전적이고 절대적인 전형화를 당연히 포함하고 있다. 이 견해들은 일상적 고찰에서 온 결과일 뿐이다. 그리고 이 일상적 고찰에 의거하면 언어의 저편은 존재하지 않는다. 이 제2의 이중성의 두번째 자료. 서술 행위 없는 언어는 존재하지 않는다. 다만, 언어의 단순한 잠재력인 말하고 쓰는 단순한 특성을 말하는 것을 제외한다면 말이다. 문학을 언어에 동일시하는 범위 내에서 이 서술 행위——작품을 만드는 서술 행위, 작품 안에서 주제성을 부여할 수 있는 서술 행위——는 언어 총체가 가지는 가변성에서 분리될 수 없다: 서술 행위는 절대적인 서술 행위로서 주어진다. 이 서술 행위를 상대화하기 위해 작품이 사용하는 방식이 무엇이든간에 말이다. 문학은 전형화를 준비시키는 것처럼 보이고, 문학의 서술 행위에 속하지 않는 모든 것을 외부에 방치한다. 달리 표현하자면, 언어에 동일시되는 문학이 지니는 함축의 기능은 일종의 거부에서 분리되지 않는다.

  이 이중성들은 계속적으로 보충적으로 읽혀질 수 있다: 변함없는 수사학적 기법에 언어에 동일시되는 문학은 언어의 권한에 의해서 재현한다; 문학은 언어의 외부를 끊임없이 창조한다; 문학은 언어를 하나의 외부로 제시한다; 언어는 외부에 대한 재현이자 지시인 동시에, 문학 자체가 이 외부와 같은 것이다. 이처럼 패러독스들에 관한 연속적이고 보완적인 이해는 다음을 조건으로 삼는다: 우리는 문학이 언어와 동일하다는 것에 전념할 것이 아니라, 그 결과에 전념을 해야 한다는 것이다. 오로지 동일화에만 매달리는 것은 결과적으로[16] 동어반복에 매달리는 것이고, 동어반복이 가져오는 절대적 믿음에 매달리는 것이다. 동어반복은 이중적이다: 변함없는 수사학적 기법의 범위 내에서 문학은 문학에 속한다; 문학은 언어에 속한다——이것은 자명한 이치이다. 이 동어반복이 주는 믿음은 문학 안에, 문학이 말하는 것 안에, 문학의 힘 안에 있는 존재하는 믿음인 것이다. 가설 안에서, 또 동어반복이란 범위 내에서 문학은 많은 이야기를 할 수 있다. 가설 안에서 또 동어반복과 믿음에서 분리할 수 없는 것의 범위 내에서 문학은 사용하는 미학과 시학이 어떤 것이든간에, **로고스적 방법을 구성하는데, 이 로고스적 방법은 신뢰를 통하여 주제와 에토스**를 끌어들인다. 바로

---

16) 이 이중성에 관해서, 특히 미술에 관련하여 G. Didi-Huburman을 참고할 것. 《우리가 보는 것, 우리를 관찰하는 것 *Ce que nous voyons, ce qui nous regarde*》, Paris, Minuit, 1992, 제1장.

여기서 문학에 의한 전형화의 사용을 재발견한다. 그리고 연속적인 것으로 규정된 문학의 힘이 낭만주의의 수사학적 기법이 지니는 내포에 이르는 것임을 확인한다: 이는 문학의 예외적 상황에 이르는 것이자, 담론 안에서 또 **로고스** 안에서 믿음을 전제로 하는 **로고스**와 **에토스**의 상호성에 이르는 것과 같다.

현대 비평은 문학이 스스로 인정하는 이같은 힘을 감지했다. 그럼에도 불구하고 현대 비평은 이 힘을 검토하지는 않았다. 그러나 이 힘을 언어로 옮겨 실었다——이는 파시스트 롤랑 바르트[17]에 의해 언명된 바이다. 이러한 이동은 아무것도 해결해 주지 않는다. 하지만 이것은 다음의 생각을 확고히 해준다: 이 문학의 힘이란 견해는 언어를 제외한 채 문학을 식별하는 생각이자 또 문학의 양자택일의 오류를 되풀이하는 생각이다. 사실상, 말할 수 있다는 사실에 대응할 만한 것은 없기 때문에(침묵도 대응하지 못한다) 언어를 인정하지 않는 것은, 쓸데없는 일이다. 이렇듯 언어를 고발하는 것은 언어를 위력으로, 또 실현된 담론의 잠재력으로 고발하는 것이다: 이같은 의견에서 이끌어 낼 수 있는 결론을 생각하지 않고서 말이다. 반대로, 지금껏 정의된 대로의 양면성들이란 결론을 고려하는 것은 다음과 같은 생각을 강조하는 것과 같다: 변함없는 수사학적 기법에 의해, 그리고 언어에 의해 문학을 식별하는 것은 문학 기능의 평가를 인정하는 것이다.

문학적 기념물을 다시 정의하기, 사실주의와 형상성 간의 상호 의존성을 재규정하기

문학이 만들어 내는 변함없는 수사학적 기법, 문학을 언어에 동일시

---

17) R. Barthes, 《*Leçon*》, *op. cit.*

하는 것, 재현과 전형화의 사용, 안과 밖의 분배의 유희는 반(反)독해라는 것을 가질 수 있다. 낭만주의가 문학을 기념비로 정의했던 방식에 대한, 오늘날 메타포(은유)에 주어진 비평적 특혜의 방식에 대한 비평적·이론적 재서술은, 사실주의와 형상성의 상호 의존성이 가지는 기능을 회복시켜 준다; 여기서 이 사실주의와 형상성 간의 상호 의존성은 변하지 않는 수사학적 기법의 표현법도 포화된 상징의 표현법도 연루시키지 않는다.

　　문학과 기념비: 낭만주의적 미학과 낭만주의를 계승한 미학에서는 문학 작품이 구축하는 문헌과 기념물이라는 이중성은 재현과 전형화의 사용으로부터 분리될 수 없다. 작품은 스스로 하나의 기념물로, 또 하나의 기능적 기호로 자처함으로써 양면성을 다루고 있다. 작품은 명백히 언어로 되어 있다. 그러나 비록 작품이 계속해서 기호로서 기능을 수행한다 할지라도 작품은 언어인 것으로 보일 수도, 언어의 범위 밖인 것으로 보일 수도 있다——언어의 범위 밖으로 보인다는 것은 결국 작품은 기념물이라는 것이다. 그렇지만 이 기념물은 언어로 만들어져 있다. 기호에 결부될 수 있는 양면성은 기념물의 양면성 안에서 자신에 상응하는 것을 가지고 있다; 여기서 기호가 나타내는 것은(우리는 기호가 무엇을 지시하는지 명백하게 알지 못한다), 이를테면 충분한 체계화와 만족스런 문맥의 결여이다. 이 기념물은 금방 그 특성이 규정된 것처럼 기호 안에서 자신만의 형상을 가지고 있다. 기념물이 기호로서 전적으로 자처하는 것에 따라 혹은 자처하지 않는 것에 따라, 기호가 완벽하게 읽혀질 수 있느냐에 따라 혹은 읽혀지지 않느냐에 따라, 기념물은 완전하게 읽혀질 수 없는 것만큼이나 완전하게 읽혀질 수가 있다. 확실하든 확실하지 않든 간에 기호는 언제나 기념물을 확인시키는 방식이다. 마치 기념물인 기호가 갖는 애매모호함을 기념물이 늘 확인하는 것처럼. 문학인 기호의 모든 상태에 문학은 적합하다. 문학을 기념물로 보는 정의는 기표(시니피앙)와 기의(시니피

에)의 분열 형태를 전제로 한다. 기념물인 문학 작품은 하나의 기의(시니피에)일 수가 없다――그렇기에 작품은 오로지 문학에 속하는 사실에 의해서만 말해지는 것이다. 작품은 기표들과 기의들의 사용인 것이다. 문학은 이 기호들[18]과 자신이 형성하는 기호를 자신의 외부에 반영하는 가능성으로 제시한다. 그렇기에 문학은 스스로 실행하는 반사의 통제이자 문학만이 갖는 타당성의 척도이다. 일반적인 관점에서, 기념물인 문학은 하나의 기의(시니피에)가 될 수 없다――그래서 문학 자체는 재현될 수 없다.

같은 관점에서 보자면, 많은 방법으로 표명될 수 있는 '문학은 문학이다' 라는 식의 동의어 반복을 현대 비평이 사용할 때, 통속적인 현대 비평은 문학을 문학이 갖는 타당성의 척도로서 단호하게 말한다. 그리고 다음의 견해가 예측되는 바이다: 문학이 거둬들이는 표현들이 다양한 한, 문학이 포함하는 작품들의 다양성에서, 이 작품들의 형태에서, 담론에서, 문학은 문학의 표상이라는 결론만을 궁극적으로 이끌어 낼 수 있다. 여기서 다음과 같은 견해가 표명될 수 있다: 문학이 재현할 수 있고 내포할 수 있는 표현(표상)들에 한계가 없는 것과 같이, 문학에는 한계가 없을 수도 있다. 또한 다음의 견해가 표명될 수 있다: 문학에 의해서만 문학 읽기가 존재한다. 사실상 이것은 사실주의적 미학 읽기의 가설이다. 이 가설이 문학에 복귀하지 않는다면, 사실주의는 결국 문학의 끝일 수가 있다. 왜냐하면 사실주의는 문학을 인식의 사용 안에서 파괴할 수 있기 때문이다. 사람들이 일반적으로 생각하는 문학은, 문학의 권한 아래서 모든 담론적 표현을 포함하는 것이다. 문학과 언어에 대한 이같은 생각은 문학 작품의 표출을 문학의 기호론적 위상과 결합하기 때문에, 모든 문학적 표상은 하나의 위계질서 안에서 두 번 이해될 수 있다는 결론을 만든다: 기호의 반사에 대한 일반적 사

---

18) 앞 문장에서 얘기된 기표들과 기의들을 일컫는다. 〔역주〕

용에 의해서; 이 사용과 문학의 표출이라는 관계에 의해서. 그래서 문학은 문학에 속하는 모든 것에서 추론될 수 있다: 문학 작품들은 **기념물과 문헌**[19]이라는 양면성에 입각한 형상성과 사실주의 간의 상호 의존성에 입각한 진술들이다.

문학의 기념물이라는 기능은 예외적 상황의 문학을 벗어나, 다음과 같은 의미들 속에서 명확히 표명된다. 기념물과 문헌으로서의 문학의 성격 규정과 현대 비평의 특성들에 입각한 문학의 회복은, 이같은 문학의 성격 규정에 의해 억제된 작품과 현실에 대한 이중적 인식을 조건으로 삼는다. 왜냐하면 작품이 재현이란 속성을 가지고 있기 때문이다. 이 억제가 거부하는 것은, 사실주의와 형상성 간의 상호 의존성은 앞서 말한 이중적 인식의 보고서처럼 간주되고 재현과 전형화를 구성하는 방식으로 간주되는 것이다; 전형화란 결국 표현된 요소들의 설명일 뿐만 아니라, 재현이 만드는 장면의 명백한 배치이다. 작품이 기호로 구성되고 또 작품이 전적으로 기능적인 기호로 구성되지 않는 것은, 작품을 기호론의 대상으로 인정케 하기도 하고 단순한 대상으로 인정케 하기도 한다. 이같은 양자택일은 문학 작품을 특별히 기능적으로 만든다: 문학 작품이 기호론의 대상일 수도 있고 동시에 기능적이지 않은 기호론의 대상일 수도 있다는 것은, 문학이 외부와 가지는 관계가 이 양자택일에 의한 것임을 알려 준다. 작품은 설령 담론적이라 할지라도, 세상의 대상들(사물들)을——단순한 대상들이든 기호론상의 대상들이든——지시하는 하나의 특별한 방법이다. 이는 이중적 결론을 보여준다: 언어적 오용을 통해 작품은 자립적으로 존재하게 된다; 또한 언어적 오용으로 인해 작품이 될 수 없는 것에 작품은 관련되어 있기도 하다. 작품이 표현의 방식이라고 하는 것보다 세상[20]의 대상들

---

19) P. Marot의 글 '문학과 기념비(Littérature et monument)'를 참조할 것. J. Bessière 가 이끈 공동 저서, 《문학 나누기, 허구 나누기 *Partages de la littérature, partages de la fiction*》, Paris, Champion, 2001, p.121-146.

(사물들)과 담론들을 식별하게끔 하는 방식이라고 하는 것이 더 적절하다. 작품의 이같은 기능은 세상·현실, 이것들(세상과 현실)의 대상들, 그리고 이 세상과 이 현실과 조화를 이루는 담론들에 대한 하나의 가설을 조건으로 가지고 있다. 이 현실, 이 세상, 이것들(현실과 세상)의 대상들은 틀림없이 정확하게 감지될 수 있고 담론은 정확하게 이해될 수 있다. 그렇지만 이 모든 것들(세상·현실·대상들·담론들)은 문학의 유희에 의해 정확하게 재현될 수는 없다. 단순한 대상과 기호론적 대상이란 이중성에 입각하여, 단순히 주의할 만한 것과 그 위에 해석할 만한 것이란 이중성에 입각하여 작품이 이해되는 대로, 달리 말해 작품이 스스로를 승인케 하는 대로 문학 작품은 열거된 이것들(세상·현실·대상들·담론들)을 의미할 수만 있다. 그렇지만 지금까지 얘기된 것이 "문학 작품들은 이같은 규정 안에서, 우리가 우리들의 언어에서 벗어날 수 있는 어떤 방법도 없다는 것을 입증하는 것일 수도 있다"라는 결론을 내리지는 않는다. 문제는 지시 기능에 의해 혹은 반(反)지시 기능에 의해 문학을 살리는 데에 있지 않다; 이는 언급된 양자택일(지시와 반지시)이 사실주의적 미학과 시학이 상징주의적 미학과 시학으로, 그리고 기표의 문체로 옮겨가는 과정에서 읽혀지는 것으로 봐도 알 수 있다. 결국 문제는 문학과 세상, 현실이란 이중적 결론 미달에 있는 것이다. 단순한 대상과 기호론적 대상의 이중성에 입각한 결론 미달은 문학과 세상이란 말의 보편적 오용을 초래한다. 문학 작품은 이같은 양자택일의 기능을 품고 있다. 작품은 이 기능에 의해 구성된다. 마치 모든 현실성에 이런 양자택일이란 상황이 존재하고 있듯이. 현실성은 이같은 양자택일의 사용을 구축하고, 결론적으로 현실성은 문학 작품이 구성하는 양자택일과 작품이 자신에 속하지 않는 것으

---

20) C. Taylor를 참조할 것.《현대인들의 자유 *La liberté des Modernes*》, Paris, PUF, 1997, p.21 et sq. 《철학적인 논쟁 *Philosophical Arguments*》, Cambridge, Harvard University Press, 1995, p.79.

로 만드는 양자택일을 입증한다. 그런 사정으로, 작품은 자신만의 메타 재현[21]을 만들어 낼 수가 없다. 왜냐하면 작품은 스스로 가지고 있는 양자택일의 기능을 처분하지 않기 때문이다. 이처럼 메타 재현의 결여로 인해 작품은 모든 재현들을 포함하는 것으로, 또 동시에 자신만의 권한을 행사할 수 있는 것으로 제시될 수 없다. 작품이 항상 같은 지위(자격)로 받아들여질 수 없는 이유로, 작품은 의미와 표상의 모든 명료한 부정을 거부한다. 이 부정은 재현의 모든 대상의 폐지와 의미의 폐지란 각도[22]에서 문학의 권한과 함께 추구해 나가는 것을 의미한다.

권한에 대한 구상을 떠나서 검토되는 작품의 위상은 재현의 확인이라든가 재현의 부정이란 결론에 도달하지 않고서도, 문학이 담론의 어떤 형태에서든 모든 것을 말할 수 있게끔 유도하는데, 여기서 '담론의 그 어떤 형태'는 비유적 형태일 수도 이야기된 그대로의 형태일 수도 있다――또한 이 시점에서 이 양자택일(비유적 형태 혹은 이야기된 그대로의 형태)의 수많은 변형들을 첨가할 수 있다. 담론들에 의해 존재하기 때문에 단순한 대상으로서의 문학이든, 문학 형태에 의해 존재하기 때문에 기호-대상[23]으로서의 문학이든 간에 문학은 해석적 확실성 관점 안에, 또 동시에 해석적 불확실성의 관점 안에 놓이게 된다. 문학 대상의 성격을 규정하는 구성 요소들 중의 하나에 연관된――문학의 기념물은 그 어떤 완전한 해석상의 체계에도 동화될 수 없다――

---

21) J. Bessière는 이 개념을 자신의 다른 저서, 《문학과 문학의 수사학 *La littérature et sa rhétorique*》, *op. cit.*, p.22 et sq에서 설명하고 있다.
간단히 설명을 붙이자면 'meta'라는 접두어는 '계속·변화·참가·포함'이라는 의미를 지니고 있다. 그렇다면 저자가 말하는 메타 재현(meta-representation)은 무엇을 의미하는가? 이것이 의미하는 바는 계속되는 재현이란 것이다. [역주]
22) 이 주제를 간결히 발전시킨 것이 G. Agamben의 저서이다. 《호모 사세르. 최고 권력과 헐벗은 삶 *Homo Sacer. Le pouvoir souverain et la vie nue*》, Paris, Le Seuil, 1997. p.33. Éd. orig. 1995.
23) 여기서 말하는 '기호-대상'은 앞에서 저자가 여러 번 언급한 기호론상의 대상을 간략하게 정리한 말이다. [역주]

이같은 설명들은, 문학 작품이 앞서 언급된 양자택일의 관점 안에서 해석 가능함이란 문제와 해석 불가능함이란 문제를 초월함을 보여준다. 무엇보다도 문학은 기호론상의, 형식상의, 의미론상의 부적절한 표현들을 인식하도록 해준다——이러한 부적절한 표현들을 통해 이해되는 문학적 기념비의 양면성은 형상(figure)이다. 이러한 인식은 여러 가지 방법으로 주제화될 수 있다. 모든 주제화는 이 인식에 대한 답변일 뿐이고, 위에서 말한 의미론상의 부적절한 표현들에 대한 지적인 것이다: 결국 사실상 여전히 문제가 되고 있는 것에 대한 답변인 셈이다. 재현과 전형화는 형상성을 포함하고 있는데, 그것은 재현과 전형화가 자신들만의 권한이 전제하는 '현실로부터의 격리'를 이용하기 때문이 아니고, 현실이 인식되는 순간부터 재현과 전형화는 현실의 문제 자체이기 때문인 것이다. 작품이 지니는 양자택일의 기능에 의해 또는 그 기능 안에서 이 현실의 문제는 다음과 같이 명백해진다: 인간이 만들지 않았던 부여된 현실성이란 것이 있다; 인간이 만들었던 작품의 현실성이란 것이 있다; 인간의 작품인 작품의 현실성이 있다. 이 단순한 확증은 우리가 만들지도 않은 현실적 감각을, 이 현실성이 유도할 수도 있는 규칙에 입각하여 이끌어 낸다는 것을 의미하진 않는다. 이는 우리가 이 현실성에 관한 개념을 가질 수 없다는 결과를 초래하진 않는다. 뿐만 아니라 같은 재현의, 또 같은 묘사의 반대되는 어휘들이 우리의 담론이 가지는 독단성과 같다는 결과를 가져오지 않는다. 우리가 현실성에 관해 어떤 개념을 가진다는 것은, 언어의 힘이 주는 단언 안에서 요약된다는 것 이상을 의미하진 않는다. 사실주의와 형상성 간의 상호 의존성은 이 언어의 위력으로 결론지어지는 것을 전제하지 않는다. 문학 작품이 형성하는 양자택일의 작용을 강조해야만 한다.

사실주의와 형상성 간의 상호 의존성: 형상성에 관한 질문들을 보자면, 그 성격 규정의 몇몇 결말과 몇몇 해석들에서 가장 극단적인 것들 중 두 가지의 예만 들어 보도록 하자. 메타포(은유)의 한 정의를 끌어들이는 **첫번째 예**, 도널드 데이비슨의 의견에 의하면, "모든 것은 언어이다"라는 말은 "모든 것은 언어 안에 있는 언어에 의해 말로 표현될 수 있다"[24]라는 것을 뜻한다——사실상 이것은 내재성과 초월성이란 언어 유희의 또 다른 표현인 것이다. "모든 것은 언어이다"라는 것은 또한 언어에서 속하지 않는, 표현할 수 없는 것이 있다는 것을 뜻하기도 한다——사실상 이것은 언어의 한계를 뛰어넘은, 말로서 설명할 수 없는 그 무엇을 표현하는 것이리라. 현대 문학은 이같은 애매모호함을 명백히 이용하고 있다: '말로 표현할 수 있음' 이란 것은 반대론으로 '표현할 수 없는 것' 이란 의미와 문체가 자신의 한계를 가지고 있다는 사실을 가지고 있다——여기서 문체 자체가 갖는 한계는 결국, 문체를 확립하는 것을 명확하게 지시할 수 없는 '불가능성' 에 의해 드러나는 것이다. 이것은 해체론의 통속성이기도 하다. 카프카의 작품이 가지는 해석학적 모순들을 해설하려는 것처럼, 여기서 강조하는 것은 메타포(은유)는 언어를 벗어나는 것처럼 불규칙(파격)이라는 것이다: 메타포는 늘 언어에 의해 특수하게 설명되어야만 한다; 그러니까 메타포는 '말로 표현할 수 있는 것' 으로서만, 물론 받아들여진 대로 존재할 수 있다. 첫번째 예의 변형이자, 메타포의 해설과 적용에 관련된 **두번째 예**, 여기서 유의해야 할 것은 메타포[25]는 일종의 재(再)묘사적 표상인 것이다: 메타포는 '말로 표현할 수 있는 것' 을 확장시킨다.

이 각각의 예들은 문학 스스로가 만들어 내는 힘을 강조하기 위해서 수정될 수 있다. 첫번째 예의 주장은 다음을 의미한다: 문학을 언어(언어 자체의 울타리에 의해 정의된)와 동일시하는 관점 안에서 문학은 말해질 수 있는 것과 말해질 수 없는 것이란 단호한 분열로써 스스로를

---

24) Donald Davidson, 《진실과 해석에 관한 탐구 *Enquêtes sur la vérité et l'interprétation*》, Nîmes, J. Chambon, 1993. Éd. orig. 1984.

25) 우리는 위에 언급된 Davidson의 저서 중 p.10을 참조할 수 있고, 앞에서 인용한 P. Ricœur의 저서 《생생한 은유(메타포) *La méta-phore vive*》를 참조할 수 있다.

만들어 나간다. 두번째 예의 주장은 다음을 가르쳐 준다: 메타포에 관한 논쟁은 사실상 문학이 갖는 재현의 힘에 관한 논쟁인 것이다. 이 재현의 힘은 이중으로 설명된다: 확장될 수 있는 가능성에 입각하여; 결국 이 확장의 법칙인 '말로 표현할 수 있는 것'에 입각하여. 앞서 말한 두 개의 예를 통해 서로 상반되는 두 주장을 비교하는 것이 적합하다. 왜냐하면 대립되는 두 주장은 같은 전제사항을 갖고 있기 때문이다: 문학이 갖는 언어적 작용 안에서 문학이 자체적으로 부여하는 주제와 대상에 관하여, 문학은 일종의 과도한 의미 규정(의미 제한적)이기 때문이다. 이 과도한 의미 규정(의미 제한)의 당연한 결과들을 검토하고 강조하는 것은, 요컨대 재현과 전형화의 기능의 반대를, 또 작품과 언어가 갖는 외재성의 반대를 특징짓게 한다. 여기서 제안된 비교는 (대립되는 두 주장들의 비교) 폴 리쾨르의 예로, 이어서 도널드 데이비슨의 예로 결정된다.

메타포를 특징짓는 데에 있어서의 애매함과 메타포에 결부된 논평들은 자유롭게 분석된다. 메타포를 개별화하는 특성을 강조하고 메타포가 만들어 내는 명명하기와 술어 기능의 사용을 강조하는 것은 아마도 메타포를 재(再)묘사의 훈련으로 보는 것과 같다. 폴 리쾨르가 이 같은 메타포의 정의와 실행을 존재론적 현상학적 직관에서 분리하지 않는다는 것을 우리는 알고 있다: 이 두 사항에서부터 메타포가 구축하는 의미로의 접근은 같은 상황의 존재론적 접근을 가정할 수 있다.[26] 메타포적(은유적) 재(再)묘사는 의미론의 경계를 위반하는 전적으로 언어학 의미론적인 훈련일 수도 있다. 그럼과 동시에 세상의 일괄적 성격과 연속성을 설명하는 훈련일 수도 있다. 이 시점에서 하나의 패러독스가 생겨난다: 메타포는 각각 다른 개체들의 정체성을 그들간의 차

---

26) 안 피에로(Anne Pierrot, 파리 8대학 교수)의 저서를 참고할 것. 《메타포적(은유적) 기술의 참고 *La référence des énoncés métaphoriques*》, *Esprit*, 1988, 7 - 8, p.274-289.

이 속에서 설명해 줄 뿐만 아니라, 메타포는 이 개체들 간의 존재론적 근접성을 가정한다. 이 개체들간의 존재론적 근접성은 두 방법으로 해석될 수 있다. **첫번째 해설**: 이 근접성은 구축되고——초현실주의자들의 그 유명한 메타포 '검은 우유' 가 좋은 예이다——언급된 소재들과 대상들의 존재론적 근접 혹은 연속으로 귀결할 것을 굳이 강요하진 않는다. '검은 우유' 의 예에선, '우유' 와 '검은색' 간에 근접성이 있는가를 알아보는 것이 문제가 아니라, 이 '검은 우유' 의 개성화를 어떻게 증명할 것이며 또 그 기능은 무엇인가를 알아보는 것이 문제이다. **두번째 해설**: 폴 리쾨르가 지적하듯이 메타포는 불균형에 입각하여 완성된다: 한쪽으론 비(非)서술화, 혹은 한 존재자(존재물)를 필수 조건으로 하는 명명(命名)하기——이를테면 '우유' ; 다른 한쪽으론, 일종의 판단이자 '우유' 의 일상적인 성격에 대한 위반을 진술하는 술어적 기능. 폴 리쾨르가 말하듯이 우리는 여기서 하나의 재(再)묘사가 존재한다고 말할 수 있다. 만약 우리가 절대적인 서술적 원리를 메타포에 부여한다면, 또 메타포에 절대적인 지시 기능을 허가한다면 말이다. 하지만 더 적합한 해설에 의하면, 불균형은 한 대상과 한 주체를 불균형에 연관된 대비에 입각하여 식별하는 방식이기도 한 것이다. 이 식별은 지시(언급)로 혹은 서술자의 진술로만 되돌아가는 가능성을 전적으로 열어 놓고 있다.

달리 표현하자면 메타포의 기능——다른 것들을 설명하는 것, 비(非)서술화와 서술 기능의 불균형을 다루게 하는 것——은 메타포의 해독을 허용하지 않는다. 이 불가능성은 쓰기의 장면과 읽기의 장면을 특징짓도록 요구한다. 마치 이 특징화는 메타포(은유)적 서식의 내부로부터만 질문되어질 수 있는 것처럼. 비(非)서술화와 서술 기능 사이에서 메타포의 불균형은 다음의 의견을 이끌어 낸다: 메타포(은유)적 명명하기는 그 안에다 첫번째 양자택일의 작용을 만들고, 이어서 대상의 모든 명명에 관한 두번째 양자택일의 작용을 만든다. 메타포의 패러독스가 제기하는 문제는 이 이중성과 양자택일의 상황에 관한 문제인 것이다. 메타포에 입각하여 글을 쓰는 것은 이 메타포가 그리는 개별성에서 출발하는 질문 방식의 치밀한 구성에 입각하여 글을 쓰는 것이다. 그러면 '검은 우유'는 어떠한가? 사실상 이 문제는 과도한 의미 규정의 사용에서 분리될 수 없다── '검은'이란 형용사에 의해 '우유'의 흰색이 과도하게 규정되어 있다. 여기서 과도한 의미 규정은 제2단계의 문제를 만드는데, 그것은 우유와 우유의 색깔에 대한 문제 제시를 전제로 하기 때문이다. 이 과도한 의미 규정[27]과 그것이 전제하는 것에 대한 표기의 결여로 인해 우리는 상반되는 두 개의 가설에만 이룰 수 있다: 한편으론, 우리는 여러 메타포들을 통해 세상에 있는 존재를 이해할 수 있다──이는 존재론적 근접성을 뜻하는 것이다; 다른 한편으론, 어떤 문제도 잠재우지 못하는 이 세상은 그 어떤 메타포로도 이해되지 못한다──글쓰기의 연속과 시간의 연속이 있듯이, 메타포를 단어들의 연속으로 만들어 버리는 것은 하이데거에서 따온[28] 해체 이론이다.

문학적 관점에서 의미 제한(과도한 의미 규정)에 입각한 메타포에 대한 이러한 재해석은 세 가지 해설을 요구한다. **첫번째 해설**: 과도한 의미 규정의 사용을 통해 메타포는 글자 그대로 의미론상의 엇갈림이다. 그렇지만 이 의미론상의 엇갈림은 메타포의 해결책을 만들어 내지는 못한다. 하나의 해결책을 위해 앞서 말한 것을 고집하는 것은 과도한 의미 규정(의미 제한)이 구성하는 패러독스를 무시하는 것이다: 메타포의 두번째 귀결은 메타포와는 다른 귀결인 것이다; 그렇다고 해서 그것은 전적으로 다른 것은 아니다──그것이 전적으로 다른 것이었다면, 우리는 존재론적 접근에 이르러야만 한다든가 혹은 일련의 대상

---

27) J. Bessière, *La littérature et sa rhétorique, op. cit.*, chap.3

28) H. Blumenberg, 《관중과 함께 난파하기 *Naufrage avec spectateur*》, Paris, L'Arche, 1994, p.110 et sq. Éd. orig. 1979.

과 말들이 하는 지시에 이르러야만 한다. 메타포의 과도한 규정(의미 제한)은 다른 것이 아닌 다른 것을 나타내고, 그러니까 역설적으로 '다른 것 없는 다른 것'을 나타낸다——다른 것은 어쩌면 또 하나의 같은 것일 수도 있다. 요컨대 이것은 일상적으로 알려진 "메타포는 본질적으로 메타포이다"라는 정보를 나타낸다. **두번째 해설**: 과도한 의미 규정은 표현된 언어의 속성일 뿐만 아니라 사실주의의 속성이기도 하다. 사실주의는 다소간 정확할 수 있다. 왜냐하면 사실주의는 무엇보다도 담론 안에서 자신의 대상을 불충분하게 규정하기 때문이다; 사실주의는 다양한 의미 제한들에 입각하여 이 불충분한 규정을 이용함으로써 구축된다. **세번째 해설**: 만약 메타포가 무의미한 것이 아니고 의사소통 안에서 기능적이어야만 한다면, 메타포는 추론들의 제한된 소집인 것이다. 이 제한이 없다면 메타포는 존재론적 접근의 가설과 같을 수 있고, 또는 일련의 해석들과 말들의 가설과 같을 수 있을지도 모른다. 사실주의의 불충분한 의미 규정 그리고 과도한 의미 규정의 사용은, 역시 문제가 되는, 불충분한 의미 규정에 의해 제한된 추론들의 소집 자체인 것이다.

반대로 도널드 데이비슨의 관점에선, "메타포는 언어 밖에 있는 언어를 제시하는 하나의 방식이자 언어 밖에 있는 이 언어를 언어에 데리고 오는 것이다"라고 주장하는 것은 결국 "우리는 언어의 반사율을 다룰 수 없다, 후에는 언어에서 벗어날 수 있게 될지 모르지만"이라고 지적하는 것과 같다. 우리는 무엇인가를 서술함에 있어서 메타 언어학적인 방식으로 우리 스스로에게 언어를 부여할 수 없다. 마치 언어는 의미하지 않는 것이기라도 한 것처럼 우리는 언어를 이용할 수 없다. 이 시점에서 다음과 같은 생각들이 거부된다; 메타포 안에서 언어는 언어 자체의 의미 상실에 관한 작용일 수 있고, 의미 상실의 예측일 수 있다; 또 언어는 의미 부재를 지시하는 것이 아니라 의미하는 행위를 연루하는 것을 지시하는 것이자, 이 행위를 언어 자체에 대립하게 만드는 것을 지시하는 것이다. 이 관점과는 반대로, 지금 말한 의미하는 행위의 연루와 그 행위와의 대립은 "언어는 언어 자체와 분리되는데 그것은 언어학적 증거를 언어 밖으로 인도하기 위해서이다"라는 것을 반드시 이해시키지는 않는다. 다음과 같이 말하는 편이 낫다: 언어는 언어의 숨김없는 진술 안에서 분석적 의미를 떠나 제시되는데, 언어가 지니는 이 진술과 의미라는 이중적 관점에 입각해서다. 결국 메타포는 언어의 위력이라는 또 다른 각도하에 소개된 언어인 셈이다. 언어의 위력이란 모든 상징들을 없애는 가능성이자 언어 자체만의 상징들을 문제시하는 가능성인 것이다. 언어 자체만의 상징들을 문제시할 때 언어의 명백한 사실을 파괴해선 안 된다: 이 말은 즉 언어는 모든 상징의 공동 장소라는 명백한 사실을 파괴하지 않는다는 것이다. 메타포 안에는, 언어로부터의 탈출이라기보다는 언어에 대한 관점의 실행이 있다. 이 언어에 관한 관점은 언어의 힘을 반박하는 것이고 언어를 언어의 숨김없는 상태 안에, 그리고 동시에 언어 자신의 테두리를 지시하는 능력 안에 제시하는 것이다. 또 여기서 언어 자체의 테두리라는 것은 의미 상실이란 예측 속에서 언어가 말하지 않는 것으로 결정하는 모든 것, 결론적으로 언어가 언어의 문제를 만들어 버리는 모든 것 ——이 문제의 근원적인 이질성에 귀착하지 않고서도 말이다: 왜냐하면 이 문제는 의미 상실의 예측에 입각하여 명확하게 읽혀질 수 있기 때문이다. 이 의미 상실의 예측이 없다면, 독자에게 이 예측과 상실을 이해시키지 않는다면 언어 안에서 메타포의 재해석이라는 가설은 만들어지지 않을 수도 있다. 메타포가 다양한 의미이자 다양한 재현일 수 있는 것은, 언어에서 제외되었던 것들——다른 의미들, 다른 재현들——보다 언어가 더 광범위해질 수 있도록 허용하는 것을 의미 상실에 관한 예측으로 취급해 버리는 것이다.

여기서 개체성의 재현을 겨냥한 것이 아니라, 언어의 위력 자체를 겨냥한 문제 제기에 대한 설명을 다시 찾을 수 있다. 이 문제 제기는 언어를 메타포 안에서 불충분한 의미 규정의 가능성 없이는 이루어지지 않는 과도한 의미 규정의 실행으로 명백히 지적한다. 이것은 평범한 방식으로 다시 설명된다: 메타포는 너무 많은 것을 말하거나 아니면 충분히 말하지 않는다고 말할 수 있다. 이 이중성에는 언어의 객관성을, 재현의 또는 객관성의 또는 언어 위력에 대한 사용이 더 이상 아닌 하지만 재현에 대한 사용으로 만들어 버리는 방식이 있다——재현의 사용은 언어의 위력에 결부된 것이고 과도한 의미 규정, 그리고 불충분한 의미 규정의 명백한 사실에 결부된 것이다. 문학 안에서 재현은 문학에 속한 양자택일이란 단점을 벗어나 그런 방식으로 존재한다. 재현과 전형화를 모두 함께 제시하는 레이몽 크노[29]의 시를 인용하기만 하면 설명은 충분하다. 이 예증은 사실주의에게 똑같이 적용된다: 특히 사실주의가 아이러니(irony)와 결부되거나, 혹은 사실주의와 모든 낭만주의적 원근법주의를 확립하는 관점들을 강조하는 것에 결부될 때. 사실상 이 아이러니와 관점들은 사실주의가 불충분한 의미 규정 또는 과도한 의미 규정이란 확증에 입각하여 제시된다고 가정한다; 아이러니와 관점들은 작가의 간접적인 권한에——아이러니——대한 견해를 내포하기보다는, 혹은 총괄적인 관점을 거부하고 언어의 잠재력을 전제로 하는 객관성에 대한 추구를 나타내기보다는 재현된 사물들의 상태가 갖는 일종의 잠재력을 더 암시하고 있다.

첫번째 애매함은 '말로 표현할 수 있음'과 '말로 표현할 수 없음'의 애매함인데, 메타포의 성격 규정에 대한 해설을 근거로 하여 재해석된다. '말로 표현할 수 있음'은 결국 재현과 의미에 대한 성공된 예측인 것이다. '말로 표현할 수 없음'을 언어의 한계로 보기보다는 언어가 의미 상실과 개체성의 예측 속에서 이끌어 내는 문제의 형상화라고 보

---

29) 여러 메타포(은유법)의 해설에 관한 문제이다. R. Queneau, 《'지옥스인(人)들' 을 앞세우고 온 치명적 순간 *L'instant fatal* précédé de *Les Ziaux*》, Paris, Galimaed, 〈Poésie〉, 1992, p.75, Éd. orig. 1943.

는 것이 옳다. 이 언어의 한계를 그 자체 안에서 해석해선 안 되지만, 일반적으로 언어를 억압하는 것에 대한 지적으로 해석하면 된다: 개별성의 문제와 범주화(카테고리화)[30]의 문제; 언어가 구축하는 공동 장소의 문제. 공동 장소에선 서술자(화자)와 수신자(청자)는 조화될 수 없다. 같은 기법 안에서 **에토스 · 로고스 · 파토스** 간의 혼동은 앞서 말한 것 자체를 거부하는 것이 된다.

문학의 위상, 불충분한 의미 규정, 과도한 의미 규정

문학을 기념물로 보는 낭만주의적 인식을 통한, 그리고 사실주의와 형상성 간의 상호 의존성을 통한 문학이 지니는 재현의 속성에 관한 비평적 읽기는, 오늘날 표현되고 있는 대로 이중의 가르침을 준다. **첫번째 가르침**: 문학을 언어와 동일하다고 말하는 것은 모순이고, 언어를 포괄적인 총체로 설명하는 것도 모순이다. 언어를 포괄적 총체로 보는 것은, 언어는 사실주의를 증명하는 것만큼 상징주의, 문학의 객관주의를 증명할 수 있다고 믿는 것이다; 문학의 객관주의는 결국 "기표는 문학과 언어의 궁극성이 있다는 것을—— '세상은 아마도 언어 속에 얽혀 있다' 라는 식의 관점——표시해 주는 것이다"라고 말하는 것이고, 또한 "기표는 이 얽힘은 관념화될 수 없고 재현될 수 없다는 것을 지적해 주는 것이다"라고 말하는 것이다. 그래서 독일의 초기 낭만주의는 문학의 총칭적이고 논의적인 우유부단과 사고를 확인하는 것이다. 그래서 문학을 포화된 상징과 동일하게 보는 관점은 늘 가정되어 온 것이다. 또한 그래서 메타포의 해석과 같은 난점은 문학 비평의

---

30) 범주화와 억압의 관계에 대해서 **M. Meyer**를 참조하라. 《문제 제기와 사실성 *Questionnement et historicité*》, *op. cit.*, p.253 et sq.

기본적 논술이 되어 버린 것이다. **두번째 가르침**: 이같은 모순에 대한
표현은 문학을 관념화하도록 허용하고, 재현을 반박하진 않지만 재현
의 한계와 상황을 정의하는 의미 상실에 관한 예측으로서 언어적 사용
을 관념화하도록 허용한다.

　모순은 고고학적인 방법(시대적인 구분법)으로 설명될 수 있다. 모순
은 존재의 담론과 세상의 담론을 의미하는 문학의 낭만주의적 사고의
모순이다. 이 모순은 문학이 명백한 문제 제기를, 특히 자기 반성성
(reflexivity)이 갖는 애매모호함에 대한 문제 제기와 총칭적인 우유부단
에 대한 문제 제기를 하지 않아서 언어와 존재의 얽힘, 언어와 세상의
얽힘이 후천적이었던 것인 양 오해하게 한다. 이 모순은 사실주의와 상
징주의에서 읽힌다. 거기서 모순은 언어와 존재의 얽힘이란 문제를 모
르는 척하게 하는 언어와 세상의 얽힘이란 모순이다——플로베르의
《보바리 부인》과 《성 앙투안의 유혹》이 잘 보여주고 있다. 여기서 모
순은 언어와 존재의 불가능한 얽힘이란 모순이다——이 얽힘은 세상
속에 언어의 유한성이란 확실한 사실을 강요하지만, 문학을 언어에 동
일시하는 사고를 배제하진 않는다. 문학을 언어로 보는 사고는 상징주
의에선 언어의 유한성이란 사실 안에서, 그리고 문학의 힘이란 가설
안에서 문학의 훈련을 보고하는 유일한 방식이다. 해체론은 언어의 한
계를 명백하게 서술함으로써 이 모순을 정식으로 인정한다: 언어는 존
재의 의미에 대한 관념화를 이끌어 낼 수 없다. 불가피한 동향을 통해
모순은 언어의 힘에만 도달하는 것이다. 모순은 언어의 한계를 관념
화의 결여에서부터, 또한 언어의 힘에서부터 설명하려고 시도한다: 언
어는 언어 자체의 내재성이자 초월성일 뿐이다. 이는 바로 문학의 힘
을 이해하지 않고, 또 문학의 힘을 언어의 제한으로 인식하는 것을 이
해하지 않고서 언어의 불확실성을 설명하는 것이다. 현대 문학의 큰
부분이 해체론의 영향 아래서 읽힐 수 있고 문학의 위상이 지니는 이
최종적인 모순을 보여준다. 사르트르 · 카뮈 · 베케트 또 그밖의 많은

작가들이 보여준 것처럼 존재에 관한 문학들은, 이 관점에 있어서 해체 문학의 명백한 선구자들이다. 존재에 관련된 문학들은 같은 모순인데 이 모순을 반영하지는 않는다. 한편으론 이 문학들은 문학의 언어적 힘에 의해 자유를 재현하고 추상적인 것을 제한하고, 꾸밈없는 언어를 제시하는 있는 그대로의 문학과 같은 편에 서 있다. 다른 한편으론 이 문학들은 완전한 고립이란 상태에 문학을 위치시킨다――그러므로 사르트르 소설들의 원근법주의[31]를, 카뮈의 글들이 품은 객관주의를, 베케트가 구축하는 언어의 힘을 이해해야만 한다; 이것은 있는 그대로의 문학의 '이해할 수 없음'을 설명하는 것이다――《구토》는 '필자'를 미래에 올 작가로 바꿔 버리는데, 결론적으론 문학으로서 제시되는 것이 아니다. 또한 베케트는 작가를 보고 책 읽는 것을 금지하도록 주장하는데, 왜냐하면 작가를 보고 읽는 것이 결국에는 작품의 문학적 성격 규정을 일그러뜨리는 것이기 때문이다; 하나의 종합적 논리에 의해 이해될 수 있는 것이 아무것도 없는 까닭에, 자유와 세상에 관한 모든 사고는 부정적 예들만을 의지할 수밖에 없다는 결론을 만든다.

반론은 체계적으로 읽힐 수 있다: 자주적 참고(auto-reference)라는 역설에 입각하여, 구성되고 파괴되는 언어라는 역설에 입각하여, 과도한 의미 규정이라는 역설에 입각하여. 이 역설들을 증명하기 위해서 문학과 문학의 메타포들을 또는 그 메타포에 대등한 것들을――이를테면 자주적 참고에 의해――세상의 소리에 답할 수 있는 문학적 소리 같은 것으로 귀착시키는 것으론 충분치 않다. 이는 바로 숨겨진 의미에 입각하여 메타포를 읽는 것을 전적으로 거부하는 것이다; 그렇지만 문학의 특별한 힘을 보호하는 것이다: 문학은 의도적으로 세상의 소리와 일치를 이루는 담론일 수도 있는데, 이 담론이 세상의 소리에서 의도

---

31) 원근법주의란 모든 지식이 사고하는 존재의 근본적인(생명에 관한) 필요성에 대해 상대적이라는 사실은 투시도처럼 예측할 수 있다는 데서 온 개념이다. [역주]

적인 소재를 만들어 낼 수 있는 까닭이기 때문이다. 이는 결국 문학을 형상성의 일반적 특성하에 또다시 위치시킨다는 말이자, 문학을 이 형상성의 것으로 간주한다는 말이다. 왜냐하면 문학은 일종의 객관성인 세상의 소리에 동의하기 때문이다——사실주의와 형상성 간의 상호 의존성을 더 명백하게 설명해 준다는 말이다. 이 시점에서 변함없는 수사학적 기법과 그 변형들의 부조리성들을(일관성 없음) 인정하는 편이 낫다. **기념물과 문헌이라는 이중성으로 특징지어진 자기 참조의 패러독스**: 이 이중성을 다시 특징짓는 명확한 방법이 있을지도 모른다. 기념비적인 작품은 우리들의 적용 속에 포함될 수 있는 의미를 갖지 못한 것일 수도 있다; 작품이 또한 문헌이라는 것은 우리들이 일상적으로 말하는 것에, 우리들의 표현 방식에, 우리들의 확장된 언어 목록에 작품이 속할 수 있다는 것을 보여주는 것일 수도 있다. 독일 낭만주의적 이상주의의 시학에서, 자기 반성성(reflexivity) 때문에 제품이 생산자를 포함한다고 하는 것은 이 이중성의 확실한 궁극성을 강조하는 방식인 것이다. 사실상 은유적 서술에 찬동하게 하고, 적합성이란 평범한 직관에 귀착함 없이 반사적 작용에 찬동하게 하는 것은 담론을 특별한 것으로 바꿔 버리는 것과 같고, 스스로를 참고하고 동시에 많은 준거들을 포착하고 주제화시키는 것이다——많은 준거들의 포착은 보편적으로 이해되는 방식이 아닌 문학의 힘을 특징짓는 방식 안에서 행해져야 된다. 포화된 상징에 준거하여 특징화되고 **사실주의와 형상성 간의 상호 의존성에서 떼어 놓을 수 없는 언어가 갖고 있는 구성되고 파괴되는 힘의 패러독스**를 보자. 문학은 사실주의와 같은 긍정적인 방식으로든지, 해체에 가까운 문학들이 보여주는 것처럼 부정적인 방식으로든지 문학 대상들을 범주화하는 것에 전념하지만, 범주화의 조건들에 이르지 않는다. 이 시점에서, 우리가 앞에서 인용했던 메타포에 관한 상반되는 두 주장들을 '말로 표현할 수 있음'과 '말로 표현할 수 없음'에 관한 견해들과 마찬가지로 다시 다루어야만 한다. 요컨대 20세기의 시는 구성되고 파괴되는 언어에 의한 것이다. 이 언어 덕택에 시는 존재의 말과 같음과 동시에 언어적 창작이라고 주장된다. **작품이 진술하는 주제화로부터 특징지어진, 과도한 의미 규정의 패러독스:** 그렇기에 메타포의 상반된 두 성격 규정들을 동시에 읽어야만 한다: 어떤 경우엔 과도한 의미 규정이 개성화시키는 요인으로 간주된다; 또 다른 경우엔 과도한 의미 규정이 의미와 재현에 대한 개성화의 모든 가능성을 잃게 하는 것으로 간주된다. 그래서 '말로 표현할 수 있음'과 '말로 표현할 수 없음'의 애매모호함을 읽어야만 하는 것이다: '말로 표현할 수 있음'의 경우에선 과도한 의미 규정이 타당한 것으로 간주된다; '말로 표현할 수 없음'의 경우에선 이 과도한 의미 규정은 타당하지 않은 것으로 간주된다. 매번 과도한 의미 규정의 특수한 교정(校正)인, 의미상실에 관한 예측과 불충분한 의미 규정은 무시된다; 문학 속에서 언어가 특수한 방법으로 자기 반성성을 다룬다는 사실이 등한시된다: 이 자기 반성성은 언어의 꾸밈없음을 표출하기 위함이자, 동시에 문제 제기 방식을 과도한 의미 규정으로 바꿔 버리기 위함이다.

이런 관점에 있어서 스스로를 참고하는 작품에 의해 나타난 대로, 자기 반성성의 이용은 명확하게 할 필요가 있다. 글자 그대로 작품은 객관성처럼 또 동시에 여러 재현들의 전형처럼 언어——문학의 언어——를 만든다. 그리고 작품은 꾸밈없는 언어로서 또 동시에 형성된 상징으로서 작품 자체를 특징짓는다. 이 기법은 역설적이다. 언어의 꾸밈없는 성향을 드러냄으로써 작품은 스스로 형성하는 상징과는 별개의 것으로 주어진다; 이 별개의 것은 별 다를 것 없는 다른 것인데, 이유는 이 별개의 것이 작품의 언어이기 때문이다. 이것은 다음의 견해를 발하는 한 방법이다: 객관성으로 제시된 언어와 대치하는 언어는 과도한 의미 규정의 작용으로 규정될 수 있다. 또한 다음의 견해를 말하는 것이기도 하다: 과도한 의미 규정은 본질적으로 '말로 표현할 수

있음'과 '말로 표현할 수 없음'이란 조항, 그러니깐 개별화하는 묘사
와 언어를 넘어선 언어라는 조항과 관계가 없지만, 의미 상실에 관한
예측——언어의 꾸밈없는 성향과 같은 언어의 객관성——과 관계가
있다. 쓰기는 읽기와 마찬가지로 언어의 장소와 언어의 이면을 동시
에 만들어 낸다. 이 **다를 것 없는 다른 것**이라는 수식은 메타포의 한 특
징인데, 매우 넓게 사용될 수 있다. 문학은 다른 것을 주제화하기만 하
면 된다. 그렇지만 이 다른 것을 언어의 힘이 미치지 않는 것으로 제
시해서는 안 되고, 이 다른 것을 언어의 단순한 기능으로 인식해서도
안 된다. 도널드 데이비슨에 의해 정의된 대로——언어를 벗어난 언
어적 증명——그리고 여기서 해석된 대로 보면, 메타포의 구조는 문
학이 갖는 힘으로부터 관념 형태의 출생과 변천을 보여주는 여러 현대
문학 장르(genre) 속에서 확인될 수 있다——문학의 권한에 의한 재현
과 전형성——: 환상 소설·추리 소설·공상과학 소설. 이런 문학들
의 등장은 이론상으로 표현할 수 없는 이타성과 표상의 관습들을 초
월하는 위반이 주제화된 것이다. 이 주제화는 눈으로 보는 법칙에 의
해서이고, 정신착란이 아닌 **낯선 것**(alien)에 의해서이며, 통상적인 지
식에 의해 이 위반의 주제화라는 영역을 여는 방식이 아닌 과도한 의
미 규정에 의해서이다. 이처럼 특수한 문학 장르들은 '다를 것 없는 다
른 것'의 실행인, 몽상적인 얘기의 문학과 시적 실현 속에서의 연장이
라 할 수 있다.

이 시점에서 문학의 궁극적인 동기가 읽혀진다: 언어나 언어의 힘
에 대한 해설에 입각하여 규정되어서는 안 된다; 기표와 기의의 이중
성에 의해, 메타포의 불명료성에 의해 '말로 표현할 수 있음'과 '말로
표현할 수 없음'이 갖는 불명료성에 의해 담론을 규정하지 말아야 한
다; 언어의 방향 전환에 의해 담론을 규정해야 한다——복잡한 상징
을 구성할 수 있는 것과 같이 언어는 언어의 주관성으로 귀착할 수 있
다. 이 방향 전환의 기법은 삼중으로 해석된다. **첫번째 해석**: 언어의

내재성과 초월성 그리고 이 내재성과 초월성이 갖고 있는 힘에 대한 견해를 다시 명확하게 하는 것이다. 내재성과 초월성의 사용을 통해서 언어와 문학 작품은 재현의 전형으로, 또 재현의 외형에 대한 구상으로 자처하는 것이다. 언어와 구성된 상징 체계가 갖는 객관성을 통해서 언어와 작품은 재현이 그러하듯 외부적으로 존재하는 언어 같은 것이다——달리 말해서 언어와 작품이 갖는 힘과는 반대되는 형상인 것이다. **두번째 해석**: 이중적으로 읽히는 과도한 의미 규정의 확증된 사실로 다시 돌아가야만 한다: 재현이란 전형의 과도한 의미 규정에 의한 것이자, 언어의 불충분한 의미 규정에 의한 것이다——이 불충분한 의미 규정은 언어의 객관성인 것이다. 이 객관성에는 작품과 문학 대상들에 관한 문체가 만들어 내는 것의 형상(외형)이 존재한다——작품과 문체가 언어 자체일 수 있다: 대상의 불충분한 의미 규정에 입각하여, 또 대상의 과도한 의미 규정에 입각하여 이중적인 질문을 던져야 한다. 아주 다양한 시학들에 의해 창작된 작품들이 이를 입증하고 있다. 이처럼 존 애슈베리의 작품에서 불변적인 메타포가 주는 모든 정보를 떠나서, 혹은 메타포의 비(非)언어적 성향을 떠나서 메타포는 삼중의 용법을 가지고 있다: 재(再)묘사, 과도한 의미 규정과 의미 상실의 사용을 포함하고 있는 메타포(은유)적 일반 담론의 언급, 사물들이 갖고 있는 작용하는 힘,[32] 즉 존재하는 힘을 지시하는 메타포를 있는 그대로 읽기. 사실주의에서 얘기되어진 것을 상기하는 것이 좋다: 사실주의는 형상화와 혹은 이 형상화와 동등한 것들을 배제할 수 없다——이것은 과도한 의미 규정과 불충분한 의미 규정의 사용인 것이다. 또한 **일반 담론과 문학적 담론을 동일화하는 작품들이 말해질 수도 있다**: 이같은 동화가 제기하는 문체론적 형식적 문제들을 넘어서서, 문학적 담론은 불충분하게 의미 규정된 것으로——여기서 일상적 담론

---

32) J. Ashbery, *April Galleons*, New York, Penguin, 1987.

과 혼동된다――또 동시에 과도하게 의미 규정된 것으로 제시된다: 문학적 담론이 과도하게 의미 규정된다는 것은 담론 자체만의 표본일 수도 있고 동시에 일상적 담론의 표본일 수 있다는 뜻이다. 그러니까 언어가 갖는 자기 반성성은 작품의 대상과 작품의 사용에 관해 이중적으로 질문하는 데 이용된다: 단순한 질문에 입각하여, 과도하게 의미 규정된 질문에 입각하여. **세번째 해석**: 과도한 의미 규정과 불충분한 의미 규정이란 양면성에 의해 방향 전환의 작용이 표현된 시점에서부터, 방향 전환의 작용은 불충분한 의미 규정에서 과도한 의미 규정으로의 변화가 형상화된 것을 진술한 것과 같고, 또 다른 한편으론 불충분한 의미 규정을 읽어내는 방식과 같다. 의미상실에 관한 사용, 과도한 의미 규정과 불충분한 의미 규정에 관한 사용은 결국 변함없는 수사학적 기법의 문학은 언어의 위력에 결부된다는 것을 조건으로 갖고 있는 재현과 전형화의 사용을 반박하는 일종의 방법인 것이다. 불충분한 의미 규정과 과도한 의미 규정이란 작용에 의해서, 말하는 행위와 힘의 재현으로서의 문학을 말해야만 하고, 또 '모든 것을 말하기' 속에 영속적으로 기입되는 행위와 힘이란 이중성을 형상화하는 방법으로서의 문학을 말해야만 한다: 물론 문학을 언어의 힘과 제한성에 동일화시키지 않으면서.

과도한 의미 규정이 모든 사물, 모든 행동, 모든 주체의 재현과 주체의 발언에 관계되듯이, 힘과 행위의 이중성을 형상화하는 것은 온갖 유형의 동인(動因)과 동작 그리고 시간성과 관련된다. 바로 여기에 과도한 의미 규정의 특권과 사실주의와 형상성 간의 기능적인 균형이 형성하는 난관에 대한 제2의 해답이 있다. 만약 과도한 의미 규정이 불충분한 의미 규정에 대한 답이라면, 불충분한 의미 규정에서 과도한 의미 규정으로의 이행은 언어의, 또는 불확정적인 상상의 세계――이를테면 초현실주의적 상상의 세계――의 위력과 제한성을 형상화하는 것으로 바꾸는 방식이 아니라, 재현과 전형화의 대상인 문학 작품의 외부일 뿐인, 외부에서 능력과 잠재력이 증가된 외부로의 이행일 수 있다.

　문학적인 표현을 보자면 텍스트성의 형상들(상징; figures)과 자주적 참고(auto-reference)의 형상들을 강조하기만 하면 된다. 문학 작품이 행위와 힘을 형상화하는 방법을 선택한다면, 텍스트성과 자주적 참고의 형상들은 잠재적인 작품과 실현화된 작품이란 이중적 재현이라는 관점에서 또한 다루어질 수 있다. 같은 방식으로 보면, 화가가 그린 이중적 의미를 갖는 초상화는 두 상(像; 이마주)에 관한 유희라기보다는 불충분한 의미 규정과 과도한 의미 규정의 훈련인 셈이다. 그렇게 해서 재현된 것 혹은 화가가 뜻하는 바는, 이중적 관점에 따른 보이지 않는 정의에 의해, 그리는 행위가 갖는 힘과 그려진 대상에 대해 취해진 모든 관점이 갖는 힘인 것이다.[33] 그러므로 여기서 문학과 그림은 자신들이 대상으로 취하는 것이 갖는 힘에 의해 말해질 수 있다.

　시간적 관점으로 또 사실성(역사성)의 관점으로 표현하자면, 과도한 의미 규정은 예변법(prolepsis)에 의해 설명된다: 과도한 의미 규정이 보장하는 것에 따라서 예변법은 다양한 목적을 가질 수 있다. 어떤 이야기도 이 예변법의 사용 없이는 진행될 수 없다는 것을 우리는 알고 있다. 《잃어버린 시간을 찾아서》가 아무리 회고적[34] 소설이라 할지라도, 역설적으로 추억 없는 소설이라 불릴 수도 있다는 것을 우리는 알고 있다. 왜냐하면 하나의 이야기를 추적해 나가는 것은 예변법적일 수 있기 때문이다. 그러나 모든 이야기에서, 특히 《잃어버린 시간을 찾아서》에서 예변법은 비축된 과거에 의한 것일 뿐이란 것을 충분히 말해 주고 있다——그러니까 여기서 과거는 서술 행위가 갖는 위력일 수 있으며, 또 과거 자체가 모든 행위의 형상(figure)일 수가 있다. 그

---

33) F. Dagognet, 《반전(급변)의 철학 *Philosophie d'un retournement*》, La Versanne, Encre marine, 2001.

34) P. de Man, 《독서의 알레고리 *Allégories de la lecture*》, Paris, Galilée, 1989. Éd. orig. 1979.

러므로 과도한 의미 규정은 이야기하는 능력의 지표로써 읽혀서는 안
되지만, 과거라는 것이 갖는 특별한 힘의 형상으로 읽혀야 된다. 옛날
에 과거는 단순히 현재의 의미 규정(현재에 규정되는 것)인 것만은 아
니다——만약 과거가 그러했다면 예변법의 기능이나 서술적 기능은
당연히 헛된 것이었으리라. 왜냐하면 우리는 과거의 의미 규정(과거에
규정된 것)을 처분해 버릴 수 없다는 것을 잘 알기 때문이다. 그러니까
결국 과거란 현재 안에 존재하는 과거의 역량인 것이다: 행위와 역량
의 항구적인 형상. 이처럼 과도한 의미 규정은 과거의 표상을 변하게
하는 방식이다. 이것은 미래로 비추어 보아 늘 충분하게 규정되지 못
하는, 모든 현재가 갖는 가능성들의 형상일 뿐인 다양한 가능성에 입
각한 것이다. 다를 것 없는 다른 시간인 과거의 소설은 그러니까 결국
모든 소설의 예변법적인 시간의 정확한 역전이자, 언어의 역량에만 동
일시되는 시간에 대한 재현의 역전인 것이다.

표현적 의미로 보자면, 의미 상실과 과도한 의미 규정에 대한 예측
의 기능으로 되돌아가기만 하면 된다. 이 기능은 결국 변함없는 수사
학적 기법에 의해, 포화된 상징에 의해 재현되는 문학의 모순을 책임
진다. 이 문학 안에서 재현의 변화와 문학적 담론의 변화는 문학의 동
어반복(tautology)과 이 동어반복과 분리해서 생각할 수 없는 문학이 주
는 확신 안에서 간주되는 것이다. 의미 상실, 불충분한 의미 규정, 과
도한 의미 규정에 대한 예측의 사용에서는 문학의 동어반복은 더 이상
존재하지 않는다; 일련의 시간들과 유사한 일련의 단어들은 더 이상
존재하지 않는다——여기서 문체는 해체론에 의해 명확하게 다시 표
명된다. 결국 문학의 변화가 형성되는 것인데, 이 변화에 의해 문학은
문학 대상들의 모든 가능한 변화를 헤아린다; 대상들의 가능한 변화
는 모든 재현과 모든 전형화의 한계다. 문학이 변화를 제한할 수 있다
고 이해해서는 안 된다——미셸 뷔토르는 이것을 시험삼아 시도해 보
았다. 상실에 대한 예측의 기능이 주는 가르침인데, 결국 문학은 대상

과 시간이 갖는 모든 양상들의 담론인 것이라고 이해해야만 한다——
문학은 대상과 시간의 드러나지 않는 성향이 갖는 모든 양상들의 담
론이다: 이 불가시성은 절대적 메타포를 요구하지도 않고 그 불가능
성의 확증도 요구하진 않지만, 불가시성과 맞지 않는 이상하리만치 과
도한 의미 규정에 관한 사용을 요구한다. 불가시성은 숨겨진 것, 다른
곳에 있는 것, 세상의 저편에 있는 것으로 읽혀야 되는 것이 아니라,
보이지만 아직은 드러나지 않은 그 무엇으로 읽혀야만 된다.

그래서 문학은 문제점으로 소개될 수 있는 가능성을 가지고 있다.
이것은 문학이 반론과 논쟁의 대상이라는 의미가 아니다. 하지만 문
학이 변함없는 수사학적 기법의 결과인 패러독스를 벗어나서 읽혀질
수 있다는 의미이다: 이러한 패러독스 속에 연루된 문학의 시학과 미
학이 어떠하든간에 이 패러독스는 수사-언어학적 용어로 특징지어졌
다. 이 패러독스와 밀접한 관계에 있는 두 표현적 기능(재현과 전형화)
을 다시 거론하자면, 한편으론 이 패러독스는 문학이 세상에 일치되는
기호로써 여전히 이해될 수 있다. 그렇지만 이 일치는 경우에 따라서
체계적으로 소개될 수도 있는 국부적 소재들 이외에는, 세상은 표현할
수 있는 것이 아니라는 생각을 전제 조건으로 한다——이것은 변함없
는 수사학적 기법과 언어의 표현적 동향에 의한 것이다. 이 시점에서
이같은 체계성의 방식 또는 형상과 같이, 사실주의 소설에서의 삶의
구성을 얘기해야만 할 것이다. 우리에게 지각력이 있는 한, 그 구성은
있는 그대로 전달될 수 없다——상징주의부터 초현실주의와 메타픽
션(meta-fiction)에 이르기까지, 또한 제임스 조이스를 잊지 않고서 문
학이 얼마나 많이 반직관적인 것을 이용하는가를 강조해야만 할 것이
다: 이 반(反)직관적인 것은 사실주의를 깨뜨리는 방법인 것이다. 다
른 한편으론, 우리가 변함없는 수사학적 기법을 거론하기 시작한 순간
부터 위에서 언급된 이 패러독스는 문학 자체가 인정하는 가능성, 즉
그 누구든 또는 그 무엇이든 표현할 수 있다는 가능성에 결부될 수 있

지만, 오로지 문학의 능력인 드러낼 수 있고 또 드러낼 수 없는 능력에 의해서다——사실상 문학에서 사실주의의 유효성에 관한 논쟁은 **미메시스**(mimesis)의 가능성 혹은 불가능성에 대한 논쟁이 아니라 바로 이 점에 관한 논쟁인 것이다.

이처럼 모순을 지적하는 것은 결국 다음의 견해를 강조하는 것과 같다: 문제점으로 인식되는 문학을 다루는 것은 문학적 실현과 시학들 그리고 미학들 간에 상호적으로 만들어 내는 일상적인 반대 명제들로 귀결하는 것에서 벗어나는 것이다. 문제점으로 인식되는 문학을 다루는 것은, 문학에 관한 명백한 문제 제기 속에서 문학을 주제화하는 문학으로 귀결해야 한다는 것을 당연히 전제로 하는 것은 아니다——오로지 과도한 의미 규정의 사용만이 있을 뿐이다. 변함없는 수사학적 기법과의 단절은 언어의 역량에 대한 평가를 전복함에 따라 이해될 수 있는데, 이 전복은 외연(denotation)과 외연의 부재에 대한 한결같은 사용이 야기하는 것이다. 이같은 단절은 작품들의 파괴이며 문학 장르들의 파괴인 것이다. 그런데 이 문학 장르들은 언어는 하나의 공동 장소라고 규정하고 있고, 언어는 결론적으로 낭만주의에서 받아들인 수사학적 기법을 배제한다고 규정하지만, 언어는 공동 장소들의 실현을 필요 조건으로 한다고 규정한다; 그러므로 언어가 만들어 내는 자기 반성성은 경우에 따라 객관화하는 폐쇄라는 양상하에서 언어를 특징짓는 것은 아니지만, 다음에 설명할 두 동향에 의해 언어를 특징짓는 사실 자체 때문에 재현과 전형화의 가능성이 있다고 규정한다. **첫번째 동향**: 언어는 실현되는 것이다; 문학은 언어의 저장으로 확인할 수 있기에 앞서, 바로 이 실현화인 것이다. **두번째 동향**: 언어는 정면 대치란 방법으로 지시하는 것이 아니다; 언어는 자기 반성성에서 진술되는 것의 형상을, 자기 자신으로 또 별개의 것으로 자처하는 것의 형상을 만든다——메타포에 관하여 '별다를 것 없는 다른 것'을 말한 적이 있다. 공동 장소의 가능성은 언어적 작용들에 관한 질문에 따른 것인데,

이 언어적 작용들은 이 질문에 의하여 공유되는 명사들인, 또 공유되기 때문에 그 질문에 주어진 한계인 보통명사들로 복귀된다. 이 관점은 2세기 전부터의 문학사를 있는 그대로 이해하지 말 것을 당부하고 있다——다양한 미학과 시학을 있는 그대로 읽지 말 것을 당부한다——그리고 역사의, 시간의, 행동의, 공동 장소의 (결국 역설적인) 구상으로 이르기 위해서는 비(非)직역화를 스스로 이용하는 문학 유형들과 작품들을 가려낼 것을 당부한다. 이같은 재조명은 문학에 부여된 속성을 회복하는 것과 관련이 있다.

낭만주의가 전해 주는 것에는 단순한 명증들로 설명되는 두 가지 문제가 남아 있다: 공동의 장(場)은 주체들의 상징적이고 담론적인 관계들에 의해 정의될 수 있는 것이 아니라, 인물들의 상징적이고 담론적인 관계들에 의해 정의될 수 있는 까닭에 그 어떤 공동의 장도 설립될 수 없다; 어떤 전형화도 정당화될 수 없는데, 왜냐하면 전형화는 주체들을 전제로 하는 것이 아니라 인물들을 전제로 하기 때문이다. 이 시점에서 다음과 같은 지적이 필요 불가결하다: 문학이 갖는 재현적 속성은 언어의 표현성적인 동향의 가설로 따져 보면, 상형(형상)적인 것과 재현적인 것 간의 상호 의존성에 의해서만이 말로 표현될 수 있다. 이같은 상호 의존성은, 이 두 요소들(상형적인 것, 재현적인 것)이 함께 만드는 인물이라는 특별한 문제를 은폐해 버린다. 재현적인 것과 상형적인 것의 교류를 통해 추적해 나가고 이 두 요소들의 숙련을 제시하는, 진술된 것의 의미에 관한 질문이 중시된다. 문학의 지배적인 두 사상, 즉 초기 독일 낭만주의와 해체론은 재현적인 것이란 문제의 상실을 증명해 준다. 초기 독일 낭만주의가 갖고 있는 이상주의는 문학 작품이란 생산품과 작가라는 생산자를 명료하게 구분하지 말 것을 주장한다: 답변자와 상징에 대한 답변은 상징 속에 뒤얽혀 있다. 해체는 아무것도 궁극적으로는 메타포(은유)의 형태로 표현할 수 없다고 주장하고, 또 아무것도 은유적으로 표현될 수 없다고 주장하며, 또 모든 것은 메타포(은유)의 대상이 될 수는 있다고 주장한다.[35] 이것이 의미하는 바는 문학이 갖는 비(非)개념성인 것이다. 초기 독일 낭만주의의 이상주의가 제시하는 가설에서는 '은유적으로 표현할 수 있음'에서 작가와 작품의 뒤얽힘과 동등함이 이해되고, 해체론적 비평이 제시하는 가설에서는 '은유적으로 표현할 수 없음'에 의미를 부여하며, 또 바로 거기에 언어적 유희와 숙련이 존재하고 있다: 모든 것은 은유적으로 표현될 수 있고, 아무것도 은유적으로 표현될 수 없다. 이것은 매번 메타포(은유)의 가능성이자 한계인 언어의 무한성을 두 경우——의미의 억제와 의미의 애매함의 억제——안에서 가정하는 것이다. 수사학적 기법의 일정함——**에토스 · 로고스 · 파토스**——으로 복귀해야만 한다. 반대로, 의미 상실의 사용은 수사학적 기법을 예외적 문학 속에 형성된 대로 재(再)조직화하는 결과를 가지고 있다. 주체-독자가 또는 작품 속의 주체인 인물이 의미 상실의 예측의 사용과 과도한 의미 규정의 사용을 책임지는 한, **에토스와 로고스**의 논법은 복원된다. 이 **로고스**는 더 이상 표현적인 표현성적인 능력과 동일하지 않다. 이것은 의미 상실의 예측에 관한 과도한 의미 규정의 작용으로부터 수사학적 기법이 그려내는 양자택일들에 관한 (함축적이든 명백하든) 심의의 준규정이다. 이 양자택일들은 마치 잠재력들의 한 집합체인 양 재현의 대상들인 세상과 주체를 묘사한다.

---

35) 이 시점에서부터 절대적인 은유(메타포)는 축출되는 것이다.

제2장
문학의 예외적 상황

문학이란 집합적 문제에 도달하는 것은 예외적 상황을 갖는 문학의 내부적 비평을 이해하는 것을 가정한다. 이같은 문학의 내부적 비판은 문학의 무한성화에 대한 비판일 수 있다: 인문과학들에 대한 성격 규정 속에 등장하고 있듯이, 또 문학의 주요한 사조들과 미학들에 대한 성격 규정 속에 등장하고 있듯이. 이 두 가지 성격 규정은 공통의 가설을 가지고 있다: 문학은 문학 자체에 속한 일종의 전체이자, 초월성이자 또 내재성이라는 것이다: 문학은 끊임없이 발전한다——문학의 장에서, 더 넓게는 사회의 장에서——; 게다가 문학은 문학의 분야들에서만 구현될 뿐 그 어디에도 존재하지 않는다. 이같은 이중성은 몇몇 조건을 갖고 있다: 우리는 문학의 순서를 진술하지 않는다; 문학은 더 이상 전통에 의해 말해지지 않는다; 문학 발전의 다양성은 문학의 총체성과 초월성을 무너뜨리지는 않지만, 이것들을 연관과 무(無)연관이라는 모순적 작용에 의해 실현한다——문학 작품들은 상호간의 필연적인 관계없이도 증가해 가고, 총체인 '문학'을 반박하지도 않는다. 무연관은 연관에서 떼어 놓을 수 없으며, 내재성은 초월성에서 떼어놓을 수 없다. 이것은 결국 무한성화의 도면을 보여준다: 이 무한성화는 현대적 개념으로 텍스트주의(textualism)라고 한다. 결국 이 텍스트주의는 내재성과 초월성에 따른, 또 이것들에 의해 문학이 스스로를 대입하는 절로 된 시(詩; stance)에 따른, 담론적 창작(실현)들의 평탄한 읽기를 설명해 준다. 이는 바로 변함없는 수사학적 기법의 당연한 결과들을 절로 된 시라는 문학적 정의 속에서 다시 읽는 것이다. 만약 문학이 주체의 담론을 전형적인 담론으로, 전형화의 담론으로 만들어 버린다면 문학은 **에토스**와 **로고스**의 혼동 안에서, 마치 문학이 사회 자체를 대표하기라도 하듯이 주제를 명백히 밝히든 밝히지 않든 개의치 않고서 더 광범위하게 다루어질 수 있다——주제는 늘 **로고스**에 의해 연루된다. 이것이 말하는 바는, 문학은 전적으로 문학적 실현으로 읽힐 수 있는 것과 마찬가지로 본보기로서의 사회적 실현으로 읽힐 수 있다는 것이다. 또한 예외적 상황에 대한 정의는 어디에서든 한결같다는 것을 말해 주며, 변함없는 수사학적 기법의 조건인 언어의 표현성적인 동향은 문학과 언어의 한 동향으로써 굳건하게 위치할 수 있음을 말해 준다. 내재성과 초월성의 이중성, 변함없는 수사학적 기법의 연속성은 모두 다 다음과 같은 사실을 말해 준다: 전적으로 미학적인 관점에 의해 검토되는 문학에 대한 성격 규정의 어떤 파열도, 또는 이 문학 기능의 어떤 파열도 존재하지 않는다——여기서 전적으로 미학적인 관점은 무위(無爲)의 문학과 기표(signifiant)가 제시하는 시학들과 미학들에 속하는, 명백하게 전형적인 시학들과 미학들인, 즉 사회 총체적 표현에 일치되는 문학에 속한다.

현대 비평은 내재성과 초월성으로 대립되는 이중성을, 결국 하나의 진술로 축약되고 마는 여러 개의 진술들을 내세우며 강조하지 않는다: 문학은 문학 자체의 증거들을 가지고 있다; 문학은 여전히 앞으로 다가올 미래인 것이다. 그러므로 문학의 다양성과 총체성이 거론되고 문학이 갖는 사실성의, 결국 역사의 재현과 지배가 거론되는 것이다. 이것은 여전히 다음과 같이 설명되어질 수 있다: 문학은 특수화와 보편화 간의 상호 관계를 끊임없이 만들어 낸다. 초월성과 내재성이라는 양면성은 문학의 특수화와 분리될 수 없다: 문학은 문학 자체적인 절차에 의해 전개되는데, 이 절차에서 가장 뚜렷한 진술은 자주적 참고(auto-reference)의 기능들——광범위하든 혹은 제한되든——이다; 이 절차는 작성의 절차만인 것은 아니다; 이 절차는 일종의 문학의 권리를 주장하는 방법이기도 하다——특수화와 보편화에 의해 실현되는 문학의 권리, 이 특수화와 보편화로 사회 총체의 전형을 만들어 내는 문학의 권리, 모든 작품을 문학의 실현화로 해버리는 문학의 권리. 이것은 바로 한편으론, 헤르더에게서 읽어낼 수 있는 관점을 다시 거론하는 것이다: 언어는 스스로를 반영하고 모든 것을 포함하므로, 언어는 지시(의미)할 수 있다. 또 다른 한편으론, 프랑스 헤겔 철학파와 조르주 바타유가 답습하는, 헤겔에게서 읽어낼 수 있는 관점을 거론하는 것이다: 기호를 사용하지 않는 부정성은 언어가 갖는 힘의 조건이다. 변함없는 수사학적 기법과 분리해서 생각할 수 없는 이 두 관점을 인용하는 것은——첫번째 관점은 **에토스**와 **로고스** 간의 상호성을 전제로 하고, 두번째 관점은 이 상호성이 언어의 힘을 조건으로 요구함을 보여주고——인문과학에 의한, 미학적·문학적 여러 사조들에 의한 문학의 정의들을 어떤 방식으로 진술하는지를 보여준다: 문학 전체는 특수화와 보편화라는 이중성에 의해, 또 내재성과 초월성이라는 이중성에 의해 자주적 참고를 문학 자체만의 기능에 또 문학 자체만의 규범에 일치시킨다; 이러한 이중성을 통해 문학 전체는 사회를 해석하는 주체라는 견본이 되는 것이다. 이것은 바로 변함없는 수사학적 기법은 그 자체 안에 자리한 일종의 모순임을 강조하는 것이다: ‘전형적인 것’은 문학의 규범과 떨어질 수 없다. 문화에 대한 텍스트적 접근의 표시처럼 일반적으로 해석되는 인문과학에 따른 문학의 성격 규정은 사실상, 초월성과 내재성이란 관점 안에서, 또 특수화와 보편화라는 관점 안에서 다음과 같은 생각들을 표출한다; 문학은 자체적인 자율성에 의거한 모든 담론을 특별한 담론에 종속시키는 자체적 능력에 의거한 사상이다; 문학은 모든 종류의 주제에 민감한데, 이 주제들은 문학이 글자 그대

로 받아들이기도 하고 참고하며 동시에 자주적 참고를 구축하는 데 이
용한다.

　이같은 관점들을 벗어나서 문학은 작가이든 독자이든 간에, 보통 사
람의 문학이다. 이 보통 사람은 예외적 사람이 될 수 없다. 보통 사람
은 언어가 지니는 힘의 기능을 인간의 정체성에 대한 사용을 늘 반복
하는 언어적 사람이다. 비록 타자가 발견할 수 없는 상태에 있든 혹은
진짜 발견할 수 없을지라도, 보통 사람은 결국 이타성의 활용에 이른
다. 이 논법에 의거하여 어떤 현대 문학을 평범함(진부함)의 문학이라
고 칭해야만 될지도 모른다. 낭만주의에서 계승된 언어에 관한 이중
적인 관점은 여기서 지워져 있다——이 이중적 관점은 문학이 자인하
는 예외적 상황의 암시이다. 이 관점의 소거는 초월성과 내재성의 이
중성은 보통 사람이란 형상(figure)에 의해 명백하게 해체되었음을 전
제로 한다. 작가를 특징짓는 전형적인 행위에 반대되는 평범한 사람은
초월성 같은 것에 의해 타인을 감지한다——20세기 문학에서 타인을
주제화하는 것은 (경우에 따라선 부정적인) 이 초월성을 강조하는 것
임과 동시에 거부하는 것이다. 이 상황은 의사소통의 실제적인 표현들
로 다시 명백하게 표현될 수 있다. 타인들의 초월성을 야기하는 타인
들과의 근접한 관계는 사회적 의사소통(커뮤니케이션)을 일종의 결정
불가능함으로 바꿔 버리는 것이자, 그러면서도 이 결정 불가능함이란
규약을 전제 조건으로 요구하는 것이다——타인들은 공통적으로 언
급된다. 문학은 다음과 같은 표현들에 의해 다시 이해될 수 있다: 문
학 작품은 다른 담론들(타인들의 담론)의 초월성과 그 담론들의 근접성
을 인정함으로써 존재하는 것이고, 이 다른 담론들이 구성하는 공통된
것에 의해 존재한다. 문학은 일종의 양자택일의 사용에 의해 구성되는
것이다; 문학은 타인들에게서, 타인들의 담론에서 문학 자신의 권리를
얻는다——여기서 이 타인들의 담론은 자체적인 공통된 ‘결정 불가
능함’을 그들만의 ‘공동된 것’이란 규약으로 만들어 버리는데, ‘다를

것 없는 다른 것'의 유희에 의해서다.

인문과학이 야기하는 문학의 성격 규정은 재해석되고 다시 표명되는데, 이것은 예외적 상황과 인문과학이 문학에 제공하는 초월성과 내재성이란 이중성을 떠나서이다. 사회 총체가 전체론적인 사고를 전제로 한다는 것은 문학을 이 전체론적인 사상과 동일하다고 말하는 것이 아니다: 여기서 문학을 이 전체론적인 사고와 같게 보는 것은 문학의 특수화하기와 보편화하기라는 식의 생각에서, 그러니까 문학이 만드는 규범에서 떼어 놓을 수 없다고 하는 것은 역설이다. 반대로, 문학의 다양성과 그 다양성을 끊임없이 또 필연적 방식 없이 승인하는 것은 양자택일의 사용에 의해, 사회가 제시하는 전체론적인 사고의 가능성을 의사전달의 사고에 결부하는 것에 의해 설명된다. 이런 생각은 타당성이란 평범한 직감과 어울리는데, 양자택일의 사용을 이룩하기 위해 '다를 것 없는 다른 것'의 형상들의 구성을 절차로 삼는다.

왜 문학인가? 문학의 예외적 상황을 규정하기 위해선 사회과학이 필요하다

현대 비평의 주된 현안인 문학을 재인식하는 가능성은 문학 기능의 문제를 문학의 성격 규정이란 문제로 대체하는 것과 분리될 수 없다. 문학은 정체성의 문제로 더 이상 논해지지 않는다. 문학은 문학이 던지는 재인식의 문제를 초래하는 사실의 문제인 것이다. 바로 여기에 수사학적 기법의 규칙성이 지니는 최종적 기능이 존재한다: 만약 문학이 교체라는 개념을 갖지 않은 상태라면, 그리고 규칙적인 수사학적 관점에서 만약 문학이 전체로 부여된다면 가능한 결말은 오로지 두 경우일 뿐이다——문학이 불명확하기만 한 문학적 원칙에 의해 존재하든가, 문학과 문학의 쟁점이 그 쟁점에 해답을 주는 다른 영역으로 이

동된다든가.

사회과학은 이같은 이동을 다루었고 또 다루고 있다. '왜 문학인가?' 라는 문제에 대한 답은 사회과학의 방법론 안에서, 또 사회 자체 안에서 서술적인 것의, 즉 허구(픽션)의 우세함이란 결론에 도달한다. 특히 신화적 허구와 서술적인 것과 구별되는 문학적 허구와 서술적인 것의 우세함. 사회과학에 관한 질문을 떠나, 이 확인된 사실은 문학을 읽게 하고, 문학의 이야기들과 허구를 읽게 한다. 이것은 다르게 정의될 수 없는 문학의 권한하에 모든 사회적 재현들을 광범위하게 포함하는 방식과도 같은 것이다. 이런 식으로 문학은 인간 공동체들의 본보기로써 문학적 이야기들과 허구를 제공하도록 허용된 것이고, 사회과학은 해석상의 표본들을 문학 속에서 가려내도록 허용된 것이다. 문학은 사회적 실천들과 사회과학의 방법론들과는 불가분의 관계로 간주된다. 그러므로 문학은 하나의 광범위한 공동 장소를 구축한다. 그러므로 또한 문학은 더 이상 특별한 사유가 아니다. 문학은 모든 것의, 누구든지의, 자기 자신조차의, 사회과학의 그리고 사회의 해석 주체인 것이다. 여기서 우리는 양자택일(선택)의 결여라는 문제로 되돌아간다. 이것은 문학의 충만한 역량들을 말하는 것과 같다——사료 편찬학과 민족학 그리고 다른 사회과학들의 고유한 영역을 정리하기 위해 도입될 수 있는 이 역량들간의 차이점들이 어떠하든간에. 결국 문학의 성격을 나타내는 상황의 결여를 지적하는 또 다른 방법인 것이다. 문학은 그 실현들이 어떠하든간에 설정할 수 없는 것이다. 왜냐하면 문학은 사회 전체와 불가분의 관계인 것이다; 혹은 문학 작품들의 확증된 사실에 의해서만 문학이 설정되어질 수 있다. 이처럼 문학에서 인지된 역량은 문학을 본래 늘 타당한 것을 만들어 버린다. 문학은 모든 담론, 모든 행동, 모든 대상으로 옮겨질 수 있다. 모든 담론, 모든 행동, 모든 대상은 문학으로 옮겨질 수 있다. 문학이 설정하는 해석은 문학의 타당성을 만들어 준다.

이처럼 사회과학은 낭만주의에서 물려받은 수사학적 기법의 규칙성이 제시하는 함축된 의미들을 읽게 한다. 문학은 재현의 문제와는 상관 관계에 있는 전형화의 힘이자 가능성이다. 문학은 일종의 공동 장소인데, 문학이 사회 전체의 단위를 나타내는 형상인 까닭에 이 공동 장소는 토론의 대상이 될 수 없다. 문학에 대한 성격 규정과 장르의 결여는 기능적이다: 이 결여는 담론들을 나누는 문제를 제시하지 못하게끔 한다. 그러므로 사회과학 속의 문학은 이 기능 외의 또 다른 정의를 갖지 못하는 것이고, 서술적인 것과 허구적인 것에 대한 성격 규정 외의 또 다른 성격 규정을 갖지 못하는 것이다——서술적인 것과 허구적인 것은 매우 광범위하게 이해되지만, 명백한 함축을 이끌어 낸다: 문학은 본질적으로 전형화와 재현——특히 서술적인 것에 의한 표상들의 전형이며——문학 자신의 권한이다——문학이 허구라는 것은 문학은 문학 자체를 납득해선 안 된다고 주장하는 것이고, 문학은 허구들(픽션)을 판단하는 그 어떤 재판권도 드러내지 않고, 이 허구들을 재현하고 포함하는 그 어떤 총체도 만들어 내지 못한다고 주장하는 것이다.

아주 풍요한 담론들——서술적인 것, 허구(픽션)——의 유형론들과 방식들은, 그 자체로 다루어질 수 있는 일종의 범주(카테고리)화적 방식인 문학의 성격 규정화에서 분리될 수 없다. 서술적인 것과 허구는 개체들의 서술과 허구인 것이다——이 개체들 자체는 모든 권한을 벗어나서 표현될 수도 있다. 문학에서 승인된 권한에서 사회 전체 속에서 행해지는 문학의 개별적인 실현에 의해 간주되는 문학에 이르기까지 모순은 표시되어 있지 않다.[1] 문학은 하나의 분명한 전형화이다. 문학은 각각의 문학적 실현이다. 문학적 실현들은 우리가 '개체들'이라고 말하는 순간부터 문학 자체로, 그리고 유일한 것으로 개별적으로

---

1) M. Augé를 참고. 《망각의 형태들 *Les formes de l'oubli*》, Paris, Payot, 1998.

간주될 수 있다. 이 문학적 실현들(작품들)이 사회의 전형인 문학의 총체에 속함에도 불구하고서 말이다. 이것은 변함없는 수사학적 기법에서부터 이 기법이 가정하는 것에까지 이른 문학의 **예외적 상황**을 재발견하는 것이다. 주체들과 동인(動因)들이 형성하는 재현들이 내포하는 것과 재연(再演)하는 것, 그리고 예측하는 것에 있어서 문학은 불명확한 상황 속에서 문학 자체가 갖는 전형화의 기능을 완성하고 낭만주의에서 물려받은 기법의 자가당착을 정정한다: 고유한 담론과 전형적인 담론 간의 혼동은 모든 담론을 한 주체의 담론으로 바꿔 버리지만, 다른 인물에 관한 전적인 예측 속에서 뚜렷해지는 한 인물의 담론으로 바꿔 버리는 것은 아니다. 사회과학에 의한 문학의 성격 규정에선, 변함없는 수사학적 기법을 반박하지 않는 이같은 해석은 문학의 힘을 일종의 정당화된 힘으로 바꾼다.

이렇게 규정된 대로의 문학은 재현을 갖고 있지 않다. 문학은 복합적인 한 총체이다——그래서 문학은 명료하게 정의될 수 없는 것이다. 문학은 사회과학이 포함하고 있는 모든 문학적인 혹은 문학적으로 간주되는 증거들을 재현한다——그러므로 이야기들과 허구들의 다양성을 참조하기 위해서 서술적인 것과 허구에 대해, 더 이상 구별할 필요도 없이 말할 수 있다. 문학적 증거들은 다양한 개체들의 다양한 상황들을 진술한다——이 상황들이 현실이든 상상이든 중요하지 않다. 이 다양한 증거들은 같은 재현 안에 속해 있는 범위 내에서 서로 비슷하다——물론, 여기서 재현은 문학이 만들어 내는 것이다. 이같은 공통된 소속[2]에 의해 문학이란 복합적인 총체를 필히 참고하지 않고서도, 다양한 증거들은 또 다른 진술 속에서 고려될 수 있다——바로 여기에 상호 텍스트성의 확실한 정의와 정당화가 존재한다. 달리 표현하

---

2) 이 전문 용어에 관해서는 A. Badiou를 참조할 것. 《존재와 사건 *L'être et l'événement*》, Paris, Le Seuil, 1988, p.109 et sq.

자면, 문학을 생각하는 것은 두 가지 방식에 의해 이루어질 수 있다: 그 첫번째 방식은 모든 재현을 벗어나서 문학을 설정하는 것이자 문학을 문학 요소들의 전형으로 정의하는 것이다; 또 다른 방식은 여러 증거들이 같은 총체에 속하는 사실을 가지고, 증거들의 유사점을 강조하는 것이다. 사회과학의 범위 내에서 문학이 신화와 종교에 점점 더 무관하게 표현되어지는 것은 이 두 방식의 사용에 의해 설명된다. 사실상 이 두 방식은 불균형적이지만, 두 방식 모두 문학이 구성하는 표현할 수 없는 복합적인 총체를 필요 조건으로 한다. 신화와 종교는 복합적인 총체들을 구성하지는 못하지만, 자신들만의 재현을 전제로 하고 ——믿음이란 궁극의 단어 속에서—— 자신들의 다양한 구성 요소들을 서로 연결하고 재(再)연결하는 총체들을 구성한다.

진부한 이야기들로 형식화된 문학의 실현들 속에서, 문학은 사물과 행동에 대한 모든 묘사들을 이해하기 쉽게 만들어 준다. 문학은 행동과 사물들[3]에 대한 모든 묘사들의 상징적인 문맥을 구성한다. 일반적 상징의 구성이 명시될 필요없이, 여전히 한번 더 일반적인 카테고리(범주)들로 복귀하지 않는다 할지라도 문학은 여전히 상징들의 상징처럼 드러난다. 문학은 문학 자체에 소속된 사회의 투명성——사회·문화·개체들——을 표시할 수 있는 모든 담론과 모든 상징적인 형성의 가능한 대체와 전형으로써 표현된다. 그런데 이것은 사회 속에서 이 투명성을 나타내는 모든 담론과 상징이 없을 때에만 가능하다. 문학의 예외적 상황은 **소속**에 관한 **지나친** 함축에 의해 설명된다: 문학은 담론과 상징이 속한 대상들과 총체들을 표현하지 않는 것과 마찬가지로 모든 대상을 포괄하는 것인 양 문학적 표현들을 제시하진 않는다——대상이 속한 총체로써 대상이 특별히 소개되지 않는다면 말이다. 재현될

---

3) 이 텍스트주의적 접근에 있어서는 **P. Ricœur**를 참조할 것. 《시간과 이야기 *Temps et récit*》, Paris, Le Seuil, 1983-1985.

수 없는 문학은 문학의 복합적인 실현들, 그러니까 자발적인 비축이자 동시에 함축의 과용이다. 우린 여기서 패러독스에 부딪친다: 문학을 있는 그대로 생각하는 것은 본질적으로 작품들·기능들·이야기들 간의 유대 관계에 근거를 두는 것이 아니고 또 작품들이 진술하는 것의 유대 관계에 근거를 두는 것이 아니라, 작품들·기능들·이야기들 간의 다양성과 무연관성에 근거를 두고 있다. 이것은 공동 장소 구축의 부재가 주는 결과인 것인데, 이 공동의 장은 역사적인 관점에서 변함 없는 수사학적 기법과 분리할 수 없다.

따라서 현대의 인문과학은 문학의 이러한 낭만주의적 사고를 끊임 없이 다루고 있다. 이처럼 기념물과 문헌이 갖고 있는 가역성을 다룬다. 이것은 미셸 푸코[4]가 이미 밝힌 바 있다. 달리 말하자면 소속과 진술의 작용을 다루는 것이고, 과용과 내포의 작용을 다루는 것이다. **문헌**: 문학은 셀 수 없을 정도로 많은, 공통된 또는 형식적으로 문학적인 이야기들과 허구들이다. 이런 의미에서 문학은 사회적 실행들을 의미하는 징후 중의 하나인 셈이다. 문학 자체와는 또 다른 것의 표시인 양, 문학은 기호학적 차이점을 해소하는 해설적 담론 속에 통합될 수 있다. 그러므로 우리는 문학 작품의 **진술적** 기능을 반복하는 것이다. **기념물**: 그렇지만 문학은 문학 자체만의 단위로써, 또 표본으로써 이해되고——그래서 우리는 서술적인 것과 허구를 언급하는 것이다—— 또 이로 인해 문학은 시간과 문화 속에 존속하는 것으로써 이해되고 있다. 문학은 문학 자체의 기호, 자동적인 기호와 같은 것이다. 문학은 이 '자체적 기호'라는 입장을 과시하고, 해석을 이끄는 담론이 제시하는 명령에 전적으로 통합되는 것을 피한다. 이로 인해 우리는 문학이 갖는 재현의 오류를 반복하는 것이다. 그렇지만 문학은 기의-기표

---

4) 미셸 푸코는 이 점에 관해서 특별히 언급한 바 있다. 《지식의 고고학 *L'archéologie du savoir*》, Paris, Gallimard, 1969.

(signifié-signifiant)상의 차이를 만드는 원칙을 고집한다. 그렇기 때문에 문학의 힘에 대한 사유는 낭만주의에서부터 사회적 사유로써 받아들여질 수 있기도 하다: 즉 다시 말해서 사회와 불가분의 관계인 사유, 문헌과 기념비적 작품이란 이중성에 전적으로 관련된 사유로써 말이다.

이 문헌과 기념물이란 이중성에서 문학은 모든 담론과 모든 주요한 상징에서 환멸을 느끼게 하는 주체로써 드러난다: 문학은 개성화라는 기능에 의해 이야기들·허구들을 끊이지 않고 첨가한다. 또한 문학은 환멸을 느낄 수 없는 것처럼 느껴지기도 한다——문학은 자신의 죽음을 자초하진 않지만, 연관 관계에 있는 것으로 이해되는 이야기들과 허구들의 죽음을 야기하는데, 이는 이야기들과 허구들을 표현하는 결정적인 말 한마디에 의해서이다. "원래 형식에 의해 정의되었던 문학은 자신의 고유한 정체성 속에 억압되어 있고, 구별되지 않고서도 발달될 수 있다"라는 주장은 이 환멸의 불가능성에 의해 읽혀질 수 있고, 문헌일 수도 있는 기념물이 갖는 항구성에 의해 읽혀질 수 있다. 문헌과 기념물이란 이중성은 담론의, 이야기의, 허구의 본질이 제시하는 이중성——외부에 기별하고 그리로 옮겨질 수 있음과 동시에 독립적인 기호로써 구성되는——으로써 이해된다.

'문학이 설립하는 재현을 분리하는 것'과 담론들의 특색을 드러내는 '문학에 소속되는 것, 즉 나타낼 수 있는 능력'이란 이중성은 인문 사회과학의 저서들이 던지는 논거들에 영향을 미친다. 이처럼 폴 리쾨르의 저서 《시간과 이야기》에서 사료 편찬상의 이야기는 문학적 이야기를 해석항으로 삼는다. 여기서 문학적 이야기는 행동들에 대한 재현들을 갖는 준(準)텍스트들에 의해 해석되며 글자 그대로 시간의 전형일 수 있다. 달리 말해서 문학적 이야기는 전적으로 문학적일 수 있는 반복되고 개별적 이야기들의 형태로, 시간을 보내고 재현하는 기념물일 수 있다. 폴 리쾨르가 제시한 것으로 이해되는 논거에 대항하여 역사성(사실성)을 고려하는 것에 대한 거부를 주장할 수는 없고——이것은 이야기들을 바꿔 버리는 것이고, 이야기들을 외연(표면적으로 드러내는 것)과 독립성이란 양면성으로 만드는 것이다──이 거부가 바로 문학이라고 주장할 수 없다. 문학의 특색을 드러내는 이러한 이중성은 리처드 로티[5]에 의하면, 문학으로 하여금 사회 전체를 자유롭게 표현하도록 한다. 문학은 세상과 공동체에 관한 상투적인 협의를 본질적으로 드러내진 않지만 표현하는 이야기들의 증가와 혼동된다. 더 정확히 설명하자면 이 생각은 프루스트에게서 나온 것으로써, 작가는 (사회 전체의) 권력을 공동의 우연성으로 한정함으로써 자신의 권한를 얻는다: 이것은 구속력 없는 권력인, 재현 없는 권력인 복합적인 전체, 각 개인이 속한 복합적인 전체를 말하는 또 다른 방법인 것이다. 이 상투적인 협정의 방법들과 조건들은 달리 명시되진 않는다. 이 방법들과 조건들은 문학과 혼동된다. 이에 다음을 이해해야만 한다: 문학이 재현되지 않고서 이 담론들을 표현한다는 범위 내에서 문학은 명확히 표현될 수 없는 이 협의──세상과 공동체에 관한 상투적인 협의──의 형상이다. 문학은 말로 표현할 수 없는 복합성인데, 이 복합성은 한 개인에 의해 정의되거나 형성된 전체에 의해 정의되는 것이 아니라 다음의 기능에 의해 정의된다: 문학에 속하며, 문학에 포함된 것이자 총체적인 담론이 될 수 있는 이 모든 담론들을──작품들과 그 작품들이 하는 진술들──재현하는 것. 여기에는 문학은 문학적 담론들의 연관 관계들에 의거하는 것이 아니고, 문학은 사회적 연관 관계에 의거하는 사회에 관한 협의이자, 사회의 재현일 뿐이라는 명백한 사실이 존재한다. 여기서 문학과 사회의 재현은 이것들이 원칙적으로 배제하는 무연관성에 근거를 두고 있다. 폴 리쾨르와 리처드 로티의 논거들은 근본적으로 다른 목적성과 관점들에도 불구하고, 예외적 상황이 가져오는

---

5) R. Rorty, *Contingency, Irony and Solidarity*, New York, Cambridge University Press, 1989.

문학의 패러독스를 없애 준다: 문학은 변함없는 수사학적 기법의 덕택에 얻는 기능을 재현할 수도 사고할 수도 없다──역사학자·철학자에 의해 외부에서 논평될 가능성이 있을지 모르지만. 달리 표현하자면 문학은 자신이 갖고 있는 위력을 깨달을 수 없다.

사회과학이 풀어 나가는 문학 해석에 따른, 그리고 문학을 사용하는 것에 따른 문학의 위상에 대한 해석에서 문학의 권리에 관한 문제가 아닐지라도 문학은 '문제없다(no problem)'라는 결론을 내려야만 한다. 문학은 사건들을 명백히 하는 담론들을 재현한다; 문학은 사건들과 주제를 묘사하는 담론들을 내포하고 있다. 언어의 표현성에 의해 문학은 타당한 것인 양 늘 전개된다. 언어의 견지에서 검토되는 것은 하나의 총체란 그 자체를 언제나 형성한다: 문학이 재현하는 작품, 세상, 이 작품이 표현하는 세상의 상황들. 이 총체는 문학의 총체로 옮겨갈 수 있다. 여기엔 문학, 작품 그리고 상황들이 구성될 때 가장 명료한 후퇴가 있다. 이런 실정에서 문학, 작품 그리고 상황들은 모(某)장소의 형상이자 동시에 모(某)시간의 형상이지만, 전혀 다른 장소, 전혀 다른 순간을 나타낼 수도 있다. 여기에 오늘날 문학은 환상에서 깨어날 수도 있다는 사실에 대한 또 다른 설명이 있다. 문학은 상황에 들어맞을 수도 있는 담론이다. 왜냐하면 결국 제어의 문제인 담론의 독자적인 상황에 대한 문제는 아니라 할지라도, 이 담론은 그 어떤 문제도 보증하지 못하기 때문이다. 또 왜냐하면 담론은 자발적인 제어를, 어느 의미 어느 표현을 거부할 수 있는 것으로 제시한다. 문학은 공동의 결정일 수도 있다. 마치 문학이 공동의 결정이 아닐 수 있는 것과 마찬가지로──그 어떤 것에 대해서도, 존재 자체에 대해서도. 문학은 그 무엇이든간에 표현된 것의 회수를 나타낼 수 있다. 문학에서 인정된 모든 것을 재현하는 능력이 그 어떤 경우에도 망가짐 없이, 문학이 표현된 것들 중에서 선택할 수 있는 것처럼 말이다. 이것은 문학을 자명한 상징성으로서 특징짓는 것과 같다.

현대적 문맥에서 이 상징성의 이면 혹은 반대를 이해하는 유일한 방식은 숭고미이다.[6] 숭고미는 칸트에게로의 회귀를 뜻하는 것이라기보다는 문학의 예외적 상황에서 납득될 수 있는 문학의 유일한 무능력을 표시하는 것이다——이는 세상과 확실하게 직면하기에 대한 무능력인데, 여기에 문학이 재현과 전형화란 자신의 기능을 실행함에 있어 실패한다는 특성과는 다른 방법으로 생각할 수 있는 것에 대한 불가능이 있다.[7] 만약 이같은 숭고미의 해석이 받아들여진다면, 이 해석은 현대 문맥에서 변함없는 수사학적 기법의 적용과 조건들이 더 이상 설립되지 않음을 증명하는 것과 같다. 이것은 숭고미의 표기와 떼어 놓을 수 없는, **파토스**에 의해 본질적으로 드러난다: **파토스**는 모든 재현과 모든 전형화의 부적절함을 나타내준다. 이 순간부터, **에토스**와 **로고스**의 동등성과 상호성은 근본적인 정당화 없이 대등하게 나타난다.

범주(카테고리)화, 난해함, 문학에서 추방, 의사소통의 결여

언어는 현실의 독립된 범주화(categorization)라고 얘기될 수도 있다. 문학은 그러한 범주화라고 말해질 수 없다. 문학이 고유한 힘에 결부될 경우만 제외하고서——이것이 바로 폴 리쾨르와 리처드 로티의 주장이 의미하는 바이다: 이 고유한 힘은 변함없는 수사학적 기법의 힘이기도 하다. 이 견해는 19세기에 낭만주의에서 상징주의까지 문학이 특수한 담론이 될 수 있고, 모든 담론들의 명료함과 고유성에 의거한 담

---

6) J.-F. Lyotard, 《비인간적인 것. 시간에 대한 잡담 *L'inhumain. Causeries sur le temps*》, Paris, Galilée, 1988, p.147 et sq.

7) J.-F. Lyotard, 《숭고미의 이익 *L'intérêt du sublime*》, in *Du sublime*(숭고한 것), Paris, Belin, 1988.

론이 될 수 있는 힘에 의해서 말해진다. 낭만주의에서 상징주의로 넘어가는 과정에서, 문학의 민주적 목표의 실패를 강조해서는 안 된다――이 목표는 문학과 두 사조의 공통된 명료함의 결합을 나타내는 것일 수 있다.[8] 이 과정에선 이같은 결합이 야기하는 패러독스들의 개정을 강조해야만 한다: 문학을 공유된 담론과 같은 것으로 바꿔 버리는 것――그렇지만 이 공유된 담론은 문학의 권한과 범주(카테고리)들에 의한 것이다. 그러므로 사실주의의 미학들의 과도기에서, 문학의 진리 조건적인 목적에 의해 문학은 모든 담론과 모든 주체의 가능한 객관화로써 나타난다――이 객관화는 문학의 권한과 문학의 해석상의 역량에 속한 다양한 선택·분배·총론에 따른 것이다(요컨대 20세기의 사실주의들은 같은 방식으로 이해된다). 그래서 낭만주의 기법과 상징주의 기법은 사실주의 문학 미학을 구성하는 데 있어서 양쪽에서 상호적으로 대응하는 것으로 읽힐 수 있다. **낭만주의**: 작가라는 주체는, 규칙적인 문학 기법의 가독성인 완전한 가독성의 **보증인**이다. **상징주의**: 언어가 그같은 **보증인**이 되어야만 하는데, 결국 보증인은 작품의 언어이다. 영미 문학의 후(後)상징주의(post-symbolism)가 말라르메적 난해성에――말라르메적 언어에 의한 작품은 사실상 일반적인 가독성의 **특이한** 보증인이다――제시한 대답은 명백하게 상징적인 형태(T. S. 엘리엇)를 회복하는 데에 있고, 혹은 일반적 가독성이란 목적에 속한 명백히 객관주의적이고 표의주의적인 형태(에즈라 파운드)를 회복하는 데 있다: 이 형태들은 초현실주의가 상상에 의해 일반적인 가독성을 정의하는 것과 같은 방식으로, 일반적인 가독성이란 목적을 갖고 있다. 그러니까 이 가독성이 갖고 있는 작품의 권위를 망가뜨리지 않는 것이다.

　20세기에, 특히 근래 몇 년 동안 이같은 범주화(categorization)는 작

---

8) 이 실패에 대한 주장은 J. Rancière가 한 것이다. 《소리 없는 말 *La parole muette*》, *op. cit.*

품이 진리조건적인 재현——이것은 사실주의의 연속성을 나타내는 것이다——이 갖고 있는 보편성이라는 조건으로, 기표라는 조건으로, 상상력이란 조건으로, 공통된 담론의 조건으로 설정된다는 사실에 의해 설명된다——그 누구든 공통된 담론을 이해되도록 정의할 수 있는데, 결론적으론 공통된 담론은 어느 누구에게라도 호소력이 있다. 또한 이 범주화는 작품의 자기 반성적인 특징에 의해 설명된다——원칙적으로 작품을 이해하기 쉬운 것으로 만들어 주는 자주적 참고(auto-reference)와 자주적 해설(auto-commentary)이 바로 이 자기 반성적인 특징에 속하는데, 왜냐하면 작품은 스스로를 재현할 수 있고 해석할 수 있기 때문이다. 낭만주의적 문학 기념물을 뒤이어가는 기호의 기능을 변하게 하면서, 최근의 시학과 미학들은 이 변질을 문학의 주요한 성격 규정으로 바꿔 버린다. 그리고 문학 자체의 방식들에 결부된 사조와는 다른 사조에 문학을 확립하는 것이 불가능한 것이라는 결론에 이른다: 여기서 문학 자체의 방식들은 **에토스 · 로고스 · 파토스**의 형상(figure)들을 그 안에 응집시킨다. 그렇기에 문학은 바로 문학 자체의 범주화 명령인 것이다. **기표의 문학**: 기호의 완전한 기능은 명백히 인정되지 않는다——문체는 문학의 역량에서 실행을 이끌어 내는 특수한 부문별 명령이다. **무위의 문학**: 작품은 명백한 기호학적 목적을 가진 대상으로서 구성되지 않지만, 작품을 기호로 인식하는 것을 배제할 순 없다——이것이 말하는 바는 문학의 역량이 존재한다는 것이다. 이 역량은 의미(sens)와 무의미(non-sens)의 가능성의 효력을 나타내게 하는 역량이다. 달리 말해서 의미의 가능성을 준비하는 역량인데, 이 가능성을 의미에 대한 명백한 거부와 분리하지 않는다. **공통된 담론의 문학**: 문학이 공통된 담론에서 구별될 수 없다는 것은 문학이 기표로서 구별될 수 없다는 결과를 야기한다. 그렇지만 이 확증된 사실은 하나의 상관 요소를 초래한다: 왜냐하면 이 가설에서 문학적 사고는 보존되고, 문학은 모든 담론의 기의(프랑스어. signifié)가 될 수 있거나 혹은 없기 때문이다. 이것은 바로 작품의 사상과 가능성은 존속하나 있는 그대로 알려질 수 없다는 것을 강조하고, 그럼에도 불구하고 이 작품의 사상과 가능성은 범주화 명령들임을 강조하는 것이다.

문학이 자체적으로 발견하는 이 범주화의 역량은 시간과 공간의 떼어 놓을 수 없는 관계에 의하여 명백히 설명된다. 이 시간과 공간의 떼어 놓을 수 없는 관계는 문학 작품을 범주(카테고리)의 단위로 바꿔 버리고, 문학이 자체적으로 부여하는 목적이 '떼어 놓을 수 없음'이란 문제로서 고려되어질 수도 있다는 것을 인정하지 않는다. 이 문제가 거부되는 까닭에 문학은 자체적으로 갖고 있는 범주화 역량을 정의하고 명백히 하기 위해서 문학 자체를 이용한다——상징적으로 문학은 이 범주화의 실행으로서 또 수용으로서 점점 더 명백히 전개된다.

사실주의: 《살랑보》를 언급하면 사실주의에 대한 설명은 확실하다. 플로베르는 '한 근거지를 만들길 원했다고' 명시한다. 이것이 뜻하는 바는 플로베르가 역사적 소설 하나를 썼다는 것이자, 또한 근거지라는 것의 의미론주의와 개념에 의해 소설을 썼다는 것이다. 여기에는 전적인 언어이자, 단어와 의미론주의의 불변성에 따른 시간과 역사(사실)의 재현인 문학의 역량이 존재한다. 이같은 설명은 플로베르의 또 다른 작품들에서도 일반화될 수 있다. 또한 멜빌의 《사기꾼》을 예로써 언급할 수 있다. 주인공, 먼저 벙어리 노릇을 하는 사기꾼은 문학이 자체적 침묵 속에서 만들어 내는 것을 표시한다: 모든 표현(표상)을 내포할 것 그리고 문학, 작품, 문학적 공간, 문학적 시간에 의해 이 표상을 드러낼 것——여기서 문학적 공간과 시간은 아주 다른 공간과 시간을 포함하고 있을 수도 있다. 정확하게, 문학은 표현되지 않은 표현이다——이것이 침묵이란 테마이다. 문학은 표현된 것들의 수용이다. 사실주의 소설의 혹은 사실주의 소설과 유사한 소설의 가설에서 사실주의적 재현은 일종의 비현실성이다: 문학 자체가 갖는 재현의 오류에 따른 것이 아닌 다른 방법으로 정의되지 못한 채 문학은 표현된 진술을

고려한다. 이런 경우에 이 재현의 오류는 유일한 장소와 시점에서 이루어지는 모든 공간적이고 시간적인 진술의 가능성이다. 근거지, 사기꾼 남자의 침묵이란 의미론주의적 테마들은, 문학을 재현함에 있어 불가능성을 나타낸다. 왜냐하면 문학은 범주화의 수단이기 때문이다. 이런 접근은 언어적 일원론 차원에서 발전될 수 있다. 마르크스주의 미학이 증명해 주는 바와 같이 말이다. 문학적 재현과 이 재현이 객관적으로 야기할 수 있는 교훈에 관련된 주장들은 언어의 변함없는 역량과 타당성을 전제로 한다. 물론 작가가 이 역량과 타당성을 실행시키는데, 현실의 인식 안에서 그리고 언어 자체의 움직임——작품의 실현——을 야기할 수 있는 언어의 능력 안에서이다. 이 언어 자체의 움직임은 현실의 움직임과 불가분의 관계에 있는 것과 같고, 즉 시간과 공간 안에서의 움직임인 이 언어 자체의 움직임을 포함하는 것과 같다.

상징주의와 후(後)상징주의(postsymbolism): 말라르메에서 엘리엇까지, 글자 그대로 시대 고증적 오류일 수도 있는 신화적 혹은 민속적 형상들을 상기하는 것은 문학 작품에 의해, 작품이 갖는 형상성에 입각하여 공간적–시간적 범주화에 대한 책임성을 표현하는 것이다. **칸토스**(Cantos)와 시(詩)가 동화되어야만 하는 표의문자 언어들의 이미지즘을 말하기만 하면 된다. 이 언어들은 기념물과 문헌의 기능에 대한 예증이다. 작품은 총량과 문체의 연속성에 있어 이 기능과 유사하고, 'eternal watcher of things'인 것처럼 전개된다. 작품은 표의문자에 의해 표현된 하나의 표현이고, 모든 역사적인 것의 또 모든 장소의 수용일 수 있는 표현이다. 사상과 역사에 대한 진술은 문학과는 불가분의 관계에 있다; 또한 문학은 문학의 권한에 따른 시간과 역사의(즉 세상의) 후퇴인 것이다.

모더니즘: 모더니즘은 일반적인 가독성을 규명하고, 결론적으로 작품들의 주제들을 이 작품들의 구성에 정확히 대응하는 것으로부터 이끌어 내면서 문학의 역량을 규명한다. 프루스트를 인용하면서 소설은

표현된 것, 즉 기억(Memory)이란 것을 예측하는 표현이라고 강조하면
된다: 기억이란 기억 자체가 재현이 없는 것이며, 일종의 기념물이자
많은 진술들과 많은 담론들을 포함하고 있다. 기억의 상황은 문학의
예외적 상황과 같은 것이다──기억은 그 자체이자 기억이 허용하는
추억들인 것이며, 또한 문학과는 불가분의 관계에 있다. 초현실주의자
들에 관해서는, 다음과 같은 견해를 강조하기만 하면 된다: 객관적인
우연과 상상력을 교차시키는 것은 여러 진술(표현)들의 인식 혹은 거부
라는 영향 아래 문학적 진술을 설정하는 것이다; 동시에, 상상력은 작
가의 권한에 의한 이러한 진술들의 수용인 것이다; 또한 현실은 예측
할 수 없는 것의 영향하에 있는, 양자택일(선택)의 사용인 것이다──
이것은 주목할 만한 것이자, 또한 그렇지 않은 것이기도 하다. 그러
므로 시는 상상력[9]의 조절되지 않은 사용이고, 이 상상력이 갖는 기회
의 기준은 결정할 수 없는 것이라고 파베세가 언급할 때, 시의 범주화
역량과 권한을 주장하는 것이다: 상상력은 모든 진술을 포함할 수 있
는 하나의 복잡한 총체인 것이다; 시는 문학에서 인정되는 예외적 상
황에 상응하는 것이다.

사실상 이같은 문학의 발전은 변함없는 수사학적 기법과 그 결과들
이 두 가지를 전제로 한다는 것을 나타낸다: 특수한 수사학적 장과 무
언의 증거. 한편으론, 수사학의 장을 언급하는 것은 수사학적 기법의
규칙성을 드러나게 하기 위해 보존되어야만 된다. 사실주의는 스스로
참고 자료가 된다고 끊임없이 주장한다. 그런 덕택으로 인물들은 한
이야기 속에 명백히 존재하는 동인(動因)으로써 제시될 수 있다. 또한
사실주의는 일종의 독립적 개관(파노라마)으로서 구성된다. 이 개관 속

---

9) C. Pavese, 일하는 것은 피곤하다. 죽음은 올 것이고 죽음은 네 눈을 갖게 될 것
이다 Travailler fatigue. La mort viendra et elle aura tes yeax〉, Paris, Gallimard,
〈Poésie〉, 1979, p.177. Éd. orig. 1943.

에선, 다양한 방식들에 의한 동인들과 행위들에 대한 해석이 우세하게 작용한다. 상징주의에서 에즈라 파운드까지, 시의 장은 세상의 장을 받아들인다. 시의 장은 문학에 의한 세상의 재현이자 해설이다. 모더니즘에서 작품의 주제(테마)화는 예외적 상황의 작품이 스스로에 부여하는 구조와 비슷하다. 다른 한편으론, 낭만주의에서 야기된 수사학적 기법에서 언어 표현주의적 사유는 세상을 말하는 힘을 정당화한다. 그리고 이 사유는 아무것도 이미 말해졌던 것과 같지 않고, 또 같지 않았던 것임을 전제로 한다. 반대로 전제해 보자——사물들과 주체들은 언급된 그대로였고 그대로라는 것을——이 전제는 재현과 전형화의 작용으로 인해 담론들을 서로 조정해 주는 수사학의 장을 회복시킬 것을 지시하는 것일 수도 있다. 문학을 이해시켜 주는 증인은 본질적으로 무언의 증인이어야만 한다——허튼소리에서 추상적인 것 그리고 침묵에까지 이르는 다양한 형상들에 입각하여서. 또한 이 증인은 너무 말을 많이 하여 말한 것의 이해를 헛되게 만들기조차 한다. 2세기 전부터 문학사에서 문학의 위상은 너무 지나친 사물들과 동인들에 달린 문제도 아니고, 사물들과 동인들이 본질적으로 언어에 접근할 수 없다는 사실에 달린 문제도 아니다——지시대상의 불가능성이다, 마치 과거가 그러한 것처럼. 하지만 문학의 위상은 문학만이 진정으로 말하고 있다는 주장에 달린 문제이다.

문학의 움직임은 이처럼 역설적이다. 이 움직임은 확실한 방편을 제시한다——움직임, 문헌, 작가의 말을 보증하는 범위 내에서, 그같은 방편으로 간주되는 언어의 표현주의적 사유를 제시한다. 그리고 동시에, 문학의 움직임은 일종의 침묵을 이 방편에 제공한다——말로 표현할 수 없는 것의 주제를 상기하기만 하면 된다. 이 움직임은 변함없는 수사학적 기법에 의해, 아주 다른 것에 호소하는 무한한 문학의 가능성으로써 전개된다: 왜냐하면 문학은 언어적 표현성의 영역이기 때문이다. 그럼과 동시에 문학의 움직임은 자체적으로 모든 것을 재현할 수 있다. 기표와 무위의 문학과 공통된 담론의 문학은 이 마지막 모순을 기입한다. 사실주의와 상징주의가 문학의 첫번째 모순을 기입하는 것과 같이. 그래서 문학은 현실을 말하는데, 현실에 의해——헨리 제임스가 유형들을 언급했다——그리고 문학이 현실에 제공하는 침묵에 의해서다. 따라서 문학은 문학 자체를 기호들과 공통된(일반) 담론들로, 또 여러 종류의 본질로 만들어 버린다——문학에서 다시 언급되는 일반 담론은 이 변형에 의해 그런 종류의 본질이 되어 버린다.[10]

　그러므로 20세기에 문학이 만들어 내는 것 같은 예외를 말하는 간단한 방법이 있다: 문학은 문학을 재현할지도 모르는 한 총체의 성격을 지닐 수 없다——인간의 다른 업적들, 다른 예술들, 재현의 다른 형태들, 지식 도입의 다른 형태들, 그리고 아주 심하게는 다른 담론들을 다 포함하는 총체의 성격을 지닐 수 없다는 것이다. 그런 정의는 문학이 사회 · 문화 · 언어에 소속되지 않는다고 믿게 하진 않는다——여기엔 비현실적이고 모호한 주장이 있을 수 있다. 그런 정의는 문학이 그 어떤 다른 총체로도 축소될 수 없는 문학 자체만의 총체를 구성한다고 이해하게끔 해준다——그러니까 문학이 품고 있는 요소들과 유사한 요소들을 포함하는 총체들, 이를테면 담론의 실행들, 형식적인 실행들, 상징적인 실행들, 재현적인 실행들, 해석학적인 실행들과 같은 총체들로 축소될 수 없다는 것이다. 이 예외는 여전히 표명될 수 있다: 문학은 그 자체를 별다른 전체로서 식별한다——이 별다른 전체는 어떤 총체 속에서도 재현될 수 없는 것이다; 문학은 모든 담론을 문학이 갖는 담론으로 만들어 버린다. 따라서 문학은 수많은 담론에, 수많은 형태에, 수많은 재현에, 수많은 참고(reference)에 속한다; 그렇지만 문학은 문학만의 차이점을 만든다——이 차이점은 문학에 속하는, 문학이 구성

---

10) 예술에 관한 유사한 논법에 있어서, **T. de Duve**를 참고하면 된다. 《레디메이드의 빈향 *Résonnances du readymade*》과 《아방가르드와 전통 사이의 뒤샹 *Duchamp entre avant-garde et tradition*》, Nîmes, J. Chambon, 1989, p.11 et sq.

할 수도 있는 같은 것에 속하는 내면적인 차이점과 같은 것이다.

이 관점에서 작품의 형태·한계·개요, 또 이 개요[11]의 결여에 관한 현대의 논의들은 확실히 같은 가치들을 가지고 있다. 작품이 그 자체를 변질시켜 버리는 것, 혹은 작품이 어떤 변질에 의해 더 이상 구별되지 않는 것, 그것은 바로 작품이 자신만의 범주(카테고리)로서 자신만의 승화로서 존재한다는 것을 강조하고, 또한 작품은 모든 범주(카테고리)를 벗어난다는 것——이것은 여전히 범주화 역량을 전제로 한다——을 강조한다. 또한 작품이 구성하는 카테고리의 강조와 카테고리 결여의 강조는, 작품은 이타성(변질)에 대한 거부의 비유를 자신에게 부여한다는 것을 전제로 한다. 이 거부에 대한 표명은 상반되는 형태를 만든다: 문학은 아무것에도, 심지어는 저자에게조차 명백하게 적용되지 않는다; 하지만 문학은 자체적으로 모든 것[12]에 적용된다. 여기서 **에토스**와 **로고스**의 동등성과 상호성의 귀결이 명백해진다: 동등성과 상호성은 담론을 제어의 담론으로 정의한다.

작품의 형식적이고 독립적인 범주화에 관해, 헨리 제임스의 저서 《양탄자 속의 심상》에 초기 몇몇 예시들 중의 하나가 나타나 있다; 작품 틀과 일반적인 문체의 결여에 대한 언급에 있어서, 그것은 폴 드 만에게서 증명되는 문체의 물질주의에 따른 문체의 성격 규정에 있어 최근의 예시를 갖고 있다. 헨리 제임스와 폴 드 만은 같은 논리에 의해 읽혀야만 된다. 《양탄자 속의 심상》은 언급된 것과는 반대로 본질적으로 작품의 신비, 즉 작가의 의도가 지니는 신비에 관한, 비평에 관한, 또 해석에 관한 단편 소설이 아니다. 우리는 다음의 사실을 알 수 있

---

11) 사실상 G. Genette는 파라텍스트(paratexte)를 하나의 개요에, 그리고 작품의 식별과 인식의 한 방식에 동일화한다: 저서 *Seuils*를 참고, Paris, Le Seuil, 1987.

12) 문학에로의 이같은 접근에 대한 헤겔주의의 그리고 낭만주의의 기원의 언급을 위해, G. Agamben의 저서 《언어와 죽음 *Le langage et la mort*》을 참고, Paris, Bourgois, 1997. Éd. orig. 1982.

다: 《양탄자 속의 심상》이 보여주는 패러독스는 이 심상이 명백히 사유되는데, 우리는 이것을 확인할 수 있는 아무것도 말할 수 없다는 것이고, 또 독자는 이 사실에서 벗어날 수도 없고 적응할 수도 없다는 것이다. 이처럼 이 단편 소설은 아주 특별한 논거를 소개한다. 문학은 인생에 속하는 것이다──그리고 결국 비평들에 속하는 것이다. 이 비평들은 작품에 다가가지 못하고 동떨어진 채로 있다. 작품은 포착하는 단계까지 명료하다; 작품은 모든 것과 누구나에게 포함된다──이것이 바로 인생이다; 작품은 비평의 유효성을 허용하지 않는데, 이 비평에서 변질에 대한 거부를 인정해야만 한다; 작품은 이같은 거부를 진술한다──비평가들은 작품에 연루된 것 같은 인물들이지만, 결국 작품에겐 이방인들로 남는다. 바로 여기에 문학의 예외적 상황에 의해 기술된 문학에 결부된 배제의 정확한 진술이 있다. 그러므로 《양탄자 속의 심상》은 마지막 문제를 제시한다. 만약 작품이 그러한 배제를 의미한다면, 특히 작품이 자신이 갖는 범주화 역량에 의해 소개될 때, 만약 결과적으로 작품이 자신의 문면(文面)과 당연히 제외된 것의 진술일 수도 있는 진술들일 뿐이라면, 만약 작품이 설명에 있어서 거의 불가능하다면 결국 작품은 작품이 갖는 문면의 물질성일 뿐이다. 그러므로 문면은 '진술할' 수 있고, 동시에 자신의 지시적 함축들로부터 벗어날 수 있다──이를테면: 작품은 당연히 작가의 삶과 연관 없다. 이 시점에서 변함없는 수사학적 기법의 효과들 중의 하나가 읽혀진다. 문면의 물질성을 언급하는 것은, 작품이 스스로 인정하는 작품의 범주는 여기서 타당하지 않다는 것을 강조하는 것과 같다. 그래서 우리는 실현된 작품의 확증이 실현된 담론의 확증에 동일하다는 것으로 쉽게 옮겨갈 수 있다. 이 옮겨감과 동일화는, 폴 드 만의 표현에 의하자면[13] 불가피한 지시적 작용에의 이동처럼 읽히고 이 지시의 불가피한 왜곡의 식별처럼 읽힌다──텍스트를 통해서 말이다. 여기서 우리는 작품의 범주화가 더 이상 존재하지 않기 때문에 변해 버린 문헌

과 기념물의 이중성을 발견한다: 이 이중성은 모든 담론의 지시와 무일관성의 이중성으로 되어 버린다. 그로 인해 문자의 물질성이라는 결론에 도달한다. 이 물질성의 확증이 '일반적이고 의미상 불명확한 잠재력이 특별한 단위로의 적용'[14]으로서 정의된, 지시적 작용의 결과이자 의미론적 불명확함의 결과라는 것은 놀랄 만한 일이다. 헨리 제임스에게 있어서 이는 일반적인 역량인 재현 속에 포함시키거나 포함시키지 않는 움직임이다; 폴 드 만에게 있어서 이 움직임의 고유성을 파괴하는 움직임이다. 이 고유성을 파괴하는 것은 아마도 지명(표시)을 결정하는 자가 갖는 힘에 대한 거부로서 해석될 수 있다. 그렇지만 이같은 제스처(즉 거부)는 언어적 적용의 제스처로 정의된다. 여기서 작품 카테고리를 배제하는 것은, 결국 작품을 특징짓는 언어학적 역량과 범주(카테고리)화로 되돌아가는 것이다.

헨리 제임스에서 폴 드 만에 이르기까지 발견되는――물질주의란 용어는 글쓰기가 모든 배제에서 온전할 수 있다는 결론에 이르게 할지도 모른다――이 모순은 현대 비평의 패러독스들 속에서 모순의 달성을 발견한다: 특히 현대 비평이 문학, 자유, 자유의 힘, 문학의 비평적 힘, 문학에 의한 힘의 비평을 식별할 때 말이다. 이 모순을 강조하기 위해서는 진술적인 것, 주관적인 것, 인식적인 것의 지시들에 입각하여 앞서 말한 패러독스들을 다시 언급하기만 하면 된다. 여기서 말한 세 가지 유형들의 지시에 입각하여 주체는 보통 타인이며 세상이 되는 것이다. 그리고 이 지시들에서부터 작품의 힘·위치·절차들 그리고 작품이 갖는 비평적 힘이 일반적으로 해석된다.

진술적인 것(프랑스어. *Présentationnel*): 문학이 갖는 결단력은 이데올로기(사상)들의 자유로운 공간을 설립할지도 모른다――그로 인해 주

---

13) P. de Man, *Aesthetic Ideology*, Minneapolis, University of Minnesota Press, 1996.

14) *Ibid.*, p.17.

체는 자신의 욕망과 의지에 입각하여 스스로를 인식하고 자신이 갖는 차이점에 의해 타인을 인식한다; 그러므로 타인은 자신의 정체성에 늘 맡겨질 수 있는데, 결론적으론 가치의 특성하에 설정될 수 있는 것이다. 이 결단력은 현실의, 담론의, 동인들의 외재성을 결정하는, 당연히 닫힌 이데올로기(모든 문제에 대한 답변)의 방식으로 일종의 외재성처럼 모든 현실성을 결정하는 한 문학의 범주화에서 떼어 놓을 수 없다.

주관적인 것(Subjectif): 담론들의 비인격성에 의해, 상징주의에 의해, 관점들의 복잡성에 의해, 상호 추론적인 성향에 의해——이 모든 것에 문학이 동일화되고 있다——우리가 배제하려고 하는 주관화의 가능성인 것이다. 이같은 문학의 선택은 공적인 공간과 사적인 공간을 구별하지 않는 불명료함의 대가이다: 이 불명료함은 상호 추론성에 대한 강조를 결론으로 제시한다. 여기서 불명료함은 문학 법칙의 항구적인 적용, 그리고 담론들과 언어의 항구적인 적용을 전제로 한다—— 담론들을 문학의 공유에, 또 '공동의 상태'의 유일하게 가능한 형상화인 언어의 공유에 결부시키거나 결부시키지 말아야 하고, 이로 인해서 이 '공동의 상태'의 형상화를 '공동의 상태'를 표시하는 기법으로 또는 이 표시의 결여에 대한 기법으로 바꿔야 한다. 이 명확한 재표명은 타자를 상기하는 것에서, 특히 타자에 대한 문학의 태도에서 분리될 수 없다——여기서 타자에 대한 문학의 태도는 정신분석학적인 표현법에 입각하여 규정된다. 타자에 대한 언급은, 문학은 재현이 갖는 배제할 수 있는 가능성에 의해 구성된다는 것을 강조하고, 이 배제 작용이 문학의 진정한 결의임을 강조한다. 명백함과 예리하지 못함의 사용, 주관화와 단절하는 방법으로서 소개된 포화된 상징과 무의식의 사용은 문학의 반전형적인 자질을 인식함에 있어서, 문학의 타율적인 특성을 언급함에 있어서 가장 분명한 표현을 발견한다——바로 여기에 문학이 설정하는 범주화의 명확한 재표명이 있다.

인식적인 것(Cognitif): 문학은 지식일 수 있다——지식에 의해 문학은 비평 능력을 부여받은 것이다. 그럼에도 문학은 이 지식과 현실의 헤아릴 수 없는 광범위함이다. 이것은 상징주의·사실주의, 그리고 20세기에 등장한 이 사조들의 변형들의 가설이다. 언어 학문의 상당 부분에서, 그리고 이 학문과 조화를 이루는 문학 비평에서, 앞서 언급한 문학의 광범위함은 언어의 광범위함으로 명확히 재조명된다. 이것은 결과적으로 모든 현실성과 모든 주체에게 소속된 언어의 공유를 실천하는 문학의 광범위함이다. 이 관점들로 보자면 문학 작품은 확실한 진실이 될 수 없다는 것은, 문학이 갖는 광범위함이 언어란, 문학이란 공동체에 따른 자유에 대한 실행의 기회일 수도 있다는 것의 증거이다. 그래서 '인지'의 관점에 있어서 문학은 모든 현실성이 지시하는 것을 형상화할 수 있는 동시에, 모든 현실성이 거부하는 것을 형상화할 수 있다——여기에 변함없는 수사학의 기법이 제시하는 최종적인 작용이 있다.

　진술적인 것, 주관적인 것, 인식적인 것의 재구성은 문학이 해독의 실행으로서 그럼과 동시에 암호화의 실행으로서 전개된다는 것을 설명해 준다. 무엇보다도 다음과 같이 말해질 수 있다: 이 이중적 작용에서 작품은 스스로를 해독하고, 동시에 스스로를 암호화하는데, 이것은 작품이 자신에게 부여하는 진술들에 의한 것이다. 여기엔 자기 반성성이란 경향이 존재하고 있다. 이 자기 반성성의 경향은 낭만주의적 주체가 만들어 내는 이중적 반사성의 완성이다: 같은 동향에 따라 스스로를 검토하는 것이고, 세상을 검토하는 것이다. 사실주의적 미학들은 이 이중적인 반사성과 비견될 만한 것을 지니고 있다. 사실주의적 미학들의 모순이 작가의 선택에서 오는 모순이라든가 대수롭지 않은 인생들[15]의 완전한 **미메시스**의 시도에서 오는 모순이라고 주장하는 것으론 충분치 않다. '문학이다'라는 문제는 중지시키는 기능——익명

---

15) J. Rancière의 논문. 〈정치적인 것의 테두리 Aux bords du politique〉, *op. cit.*

의 삶들과 그것들이 갖는 가독성을 떼어내 눈에 띄게 하는 것——으로부터 거론되는 것이 아니라, 특별한 제스처로부터 거론되는 것이다: 평범한 삶들의 진술을 억제하기, 작품이 설립하는 보조 단위가 '말로 표현할 수 있는 것'의 '가시적인 것'과의 관계에서 혼란과 같이 읽힌다는 결과를 만들기, 그리고 이 혼란을 해독과 암호화의 기회로써 제시하기. 이것이 바로 플로베르식 아이러니의 기능이다. 헨리 제임스의 객관주의는 겉모습이 주는 신비를 강조하는 것을 조금도 금하지 않는다. 마르크스주의 문학 미학이 보여주는 바와 같이, 평범한 삶들의 예를——그러니까 본보기적 평범한 삶들——눈에 띄게끔 강조하는 것은 예를 보여주기보다는 패러독스에 이르는 것이다: 문학의 권한에 의해, 결론적으론 역사의 권한에 의해 재현(표현)하는 것, 본보기를 전체에서 떼어내 전체에서 배제시키는 것, 이 예를 어떤 현실의 재현으로써 취급하는 것——이 하나의 현실이 떨어져 나오는 순간부터 특별한 재현이 된다. 패러독스는 예가 규범을 참조하는 것으로서, 이 규범이 지시하는 전체에 속하는 것으로서, 또는 예가 증명하는 한 규범을 추론하도록 (하지만 예가 떨어져 나오는 순간 이 규범에 속하지 않는다) 허용해야만 하는 것으로서 읽혀지는지 읽혀지지 않는지가 결정될 수 없다는 결론을 이끌어 낸다. 여기에 문학이 결단력을 보여주는 가장 확실한 구상이 있다.

　가장 현대적인 미학들과 시학들은——기표·무위·상상력·일반적 담론——이 피할 수 없는 애매모호함을 법적으로 인정해 준다. 이러한 승인은 문학과 문체를 문학(혹은 문체)의 메타재현(meta-representation)을 구분하지 않는다는 상황 아래 설정하기 때문이다. 무위, 픽션(허구)의 혼돈과 연속, 메타픽션(meta-fiction), 문학을 일반 담론들과 동일시하는 것, 이 모든 것들이 제시하는 기표의 연속, 한계에 대한 사유의 결여와 작품의 의미론적 형식적 구성에 대한 사유의 결여는 문학과 문체(글쓰기)의 메타재현을 무한하게 만드는 방법들이다. 이같은 무한성과 하나의 명백한 메타재현의 결여는 작품과 문체의 난해함과 힘을 확인해 준다. 기표 · 무위 · 공통된 담론의 미학들과 시학들은 이 메타재현의 결여에 의해 문학의 이상주의적 접근 방식들에 대한 고발을 뜻한다. 문학이 이처럼 모든 사물과 담론에 대한 표상들을 포함한다는 것은 작품이 구축하는 표상 속에, 그리고 문학 속에 이질성이 늘 존재한다는 것을 의미한다. 이같은 관점에 있어서 현대의 미학들과 시학들은, 문학이 이 이질성의 확증을 성립하지 못하는 순간부터 문학이 만들어 낼 수도 있는 거짓된 보편성에 대한 거부로서 이해될 수 있다. 하지만 문학이란 명칭을 유지하면서, 이처럼 몇몇 문학적 실행들과 성격 규정들을 인정하지 않는 것은——문학이 보편에 동화된다는 것은 당연히 거짓이다——허구의 보편성을 초월한다는 것이 아니다. 왜냐하면 문학과 문학의 예외적 상황은 여전히 이 거부가 거론되는 시점에 근거를 두기 때문이다. 이것은 단순히 문학의 근본적인 애매모호한 성향을 고백하는 것이다. 그리고 이 불명료한 성향을, 문학 작품이 많은 표상(표현)들과 많은 담론들을 수용할 수 있고, 많은 부속물들에 의해 평가하는 식의 태도에 의해 문학을 정의할 수 있다는 것을 정당화하는 방법으로 만들어 버리는 것이다.

의미의 부재——특히 문학에서——에 대한 해체론적 견해들은 문학의 역량에 대한 주장을 인정한다. 견해들은 이 주장을 확증해 준다: 의미의 부재라는 가설에서, 언어와 문학은 모든 사물과 모든 주체를 무의미한 것으로 만들어 버린다——비록 이 사물과 주체가 언어와 문학의 대상들이라 할지라도. 이같은 조건들 속에서 우리는 전적으로 예술적인 혹은 있는 그대로 표현된 것의 삭제를 언급할 수 있다: 이것은 바로 언어의 단순한 구현과 언어가 갖는 권리의 영향하에 시(詩)를 위치시키는 것일 뿐이다. 우리는 여전히 미(美)에 대한 근심을 없앨 것을 논할 수 있다——이를테면 아름다운 양식에 대한 근심(플로베르가 말하는 표현에 의하자면): 이것은 바로 문학에서 언어의 권리에 의해 읽힐 수도 있는 궁극성과는 다른 모든 궁극성을 박탈하는 것이다. 게다가 우리는 문학의 형식적인 무관심(초연함)을 말할 수 있다. 이것은 바로 문학의 언어에 대한 관계로 간접적으로 되돌아가는 것이다: 형식적인 초연함은 문학적 담론과 일반 담론의 관계에 대한 질문을 하게 하지 않는 만큼, 형식적인 초연함은 문학을 언어의 목적론에 의하여, 그리고 언어의 권리에 대한 모방을 통하여 단순하게 언어의 구현으로서만 드러내진 않는다. 결국 우리는 허구로서 허구의 애매모호함을 거론할 수 있다: 일반적으로 현대적 허구와 허구의 특징들에 결부된 의미론적이고 외연적 불명료성은 언어 권리의 글자 그대로의 해석이다. 문학이 의미할 수 있고, 의미할 수 없고, 표시할 수 있고, 표시할 수 없고, 문체일 수 있거나 혹은 신기한 집합체(프로이트가 무의식을 여기에 비교한다)의 완벽한 실현일 수 있음은 다음과 같은 결론을 이끌어 낸다: 문학은 일종의 항구적인 잠재력인 것이고 언어가 갖고 있는 위력과 불가분의 관계에 있다. 현대의 시학들·미학들·비평들로 다방면에 걸쳐 표기된 반담론은 양면성을 지니고 있다. 아마도 이같은 반담론이라는 견해는, 권위 혹은 역량의 모든 참여를 벗어나 문학의 가능한 독립성을 나타낸다. 그럼에도 글자 그대로 검토된, 이 반담론이라는 견해는 다음과 같은 생각을 나타낸다: 문학은 모든 공통된 재현에서 자유로울 수도 있다——글자 그대로 객관적 사고[16]의 반대이다. 그로 인해 문학은 인간 담론과 그 진술들에 대한 배제로서 존재할 수도 있다. 여기에는 권한의 실행이 있을 수도 있다.

　이 모순들은 문학이 결국에는 담론들과 같은 것으로, 또 상호 추론성에 의해 전개된다는 것을 설명해 준다. 이것은 문학이 문학의 매체에 동일시하는 것에 의해 요약되는 것이다. 문학의 종말에 관한, 소수

---

16) 여기에 관해 미셸 푸코의 《말과 사물》의 결론과 푸코에게서 영향받은 비평들을 읽어야만 한다.

파의 문학에 관한 논의들이 제시하는 애매함이 거기에 있다. 문학에 대해 꾸준히 말하면서 문학의 종말을 언급해야 한다는 패러독스에 의해 우리는 사실상 문학의 가능성을 주장하고, 문학이 언어의 가능성의 현행일 수도 있다는 것을 주장한다——이것은 상호 추론성이 지시하는 바가 이미 전제하는 것이며, 해체론과 몇몇 작가들이 명백하게 발전시키는 것이다. 바로 여기에 순수 문학의 조건과 가설인 것의 갱신이 있다: 문학은 자신의 매체와는 불가분의 관계일 수 없는데, 즉 순수할 수 없다는 것이다——문학이 언어의 위력이라 할지라도 말이다. 여기에는 모순이 있다: 언어에 대한 이러한 태도는 문학의 순수성을 특징짓는 방법이 아니다. 왜냐하면 언어의 위력은 어떤 언어든지 언어가 갖는 위력일 수 있고, 또한 아무나 사용하는 언어의 위력이기 때문이다. 여기에 문학과 같은 것에 의해 창작되고 정의되는 것으로 이해되는 문학의 모순이 있다. 문학이 이런 조건들 속에서 언어와 같은 것일 뿐임에도 불구하고.

문학이 언어와 같다는 견해는 기념물로 보는 문학의 위상에 대한 명료한 토론을 포기하게끔 하고, 낭만주의에서 물려받은 변함없는 수사학적 기법을 고려하지 못하도록 한다. 그렇지만 이같은 견해——문학이 언어와 같다는 견해——는 기념물이란 낭만주의적 사유에서 문학에 결부된 거부의 기능을, 언어를 정의하는 것에 의해 배제하진 않는다. 뿐만 아니라 이 견해는 모든 작품의 내포, 모든 문학적 표현의 사용 역시 배제하지 않는다. 언어는 언어 자체이자 언어의 저편과 같은 것이다; 언어는 의미할 수도 의미하지 않을 수도 있다; 언어는 말하는 또한 말하지 않는 권리를 갖고 있다. 이로 인해 언어는 내부(안)와 외부(바깥)를 구별하는 것의 실행이자 형상이다. 동시에 언어는 내부와 외부를 다 포함한다. 이로 인해 문학이란 문제는 문학의 권리에 대한 문제가 된다. 이 문학은 마치 언어처럼 공동의 것으로 자처하면서, 의미들과 외연(표시된 것)들 속에서 안과 밖을 구별할 수 있기도 없기도 하고, 또한 의미할 수 있기도 없기도 한다. 문학의 예외적 상황에 대한 성격 규정은 언어에 대한 성격 규정과, 그리고 언어의 유용성과 밀접한 관계를 맺는다고 단언하는 것은, 이 '떼어 놓을 수 없다는 상황'이 언어로부터 문학의 실증주의적 묘사를 요구하는 것을 암시하는 것은 아니다. 문학의 예외적 상황에서, 문학이 언어에서 전제하는 것이 지적되고, 또한 이 전제의 결과들이 지적된다: 언어는 그 자체가 최고의 예외와 같은 것이다.

이러한 양면성들 때문에 문학의 예외적 상황은 작품에서 이타성[17]의 실용적 구상을 허용하지 않고, 문학에 의한 그 실용적 형상화를 허용하지 않는다. 이와 유사한 관점에서 **미메시스**에 관한 논쟁들과 반(反)**미메시스**(anti-mimesis)에 관한 논쟁들은 결국 같은 것인데, 이 논쟁들이 이타성의 실용화를 전제로 하지 않는 한에서이다. 재현의 관례적인 미학들과 상호 추론성의 미학들은 같은 방식으로 읽혀져야만 한다. 거기에 바로 재현이 형성하는 의미를 포착하고, 또 실례를 다루는 과정 안에서 망가지는 이타성에 대한 재인식이 있다. 이는 담론들이 구성하는 일반적인 모방 안에서 흐트러지는 이타성에 대한 인식이기도 하다. 기표·무위·문학적 담론의 공통된 담론에 대한 동일화의 미학은 같은 적용들을 정당화한다. 기표들, 문학적 담론들, 공통된 담론들이 갖는 유사성은 문학이 모든 차이점과 모든 이타성을 수용한다는 것을 말해 준다.

이처럼 문학과 어울릴 수도 있는 나머지 것――언급된 이타성――은 여러 가지 방식으로 설명된다. 첼란의 표현에 의하자면 그것은 '흩어져 있는 것들을 집결시키는 장소 없는 추방'[18]으로서 말해진다. 여

---

17) '문학의 이타성(이질성)'란 표현이 의도하는 바는, 문학 속에 깃든 변질(혹은 왜곡)될 수 있는 가능성이다.〔역주〕

18) P. Lacoue-Labarthe, 《경험으로서의 시 *La poésie comme expérience*》, Paris, Bourgois, 1986, p.89.

기에는 문학의 '공간을 벗어난 상황' 에 대한 모든 언급들을 가장 훌륭하게 설명할 수 있다: 문학은 자체적 역량에 의한, 문학이 담론들에 적용하는 차별에 의한, 문학 자체적 절대성의 전개와 떼어 놓을 수 없는 추방의 재현에 의한 것일 뿐인 공간을 벗어난 무엇인 것이다. 의미를 배포하는 것이자 거부하는 것으로 보이는 예외에 대한 실행은 이타성과의 관계를 고려하지 않는다──근본적인 배제('흩어져 있는 것들을 집결시키는 장소 없는 추방')의 형태에 따른 것이 아니라 할지라도, 또 이 추방의 재현에 의한 것이 아니라 할지라도 말이다. 언어와 세상 간의 관계들에 대한 변함없는 의문을 반복해야만 한다──이 의문은 추방의 가능성에 관한 문제이다: 이 의문은 문학을 어떤 역량(힘)의 실행 속에 설정하는데, 비록 문학이 세속적인 역량들을 진술할 수 있다고 할지라도, 이 역량은 그 어떤 세속적인 역량과도 혼동되어선 안 된다.

왜냐하면 문학은 공동의 장으로 자처하기 때문이고, 비록 확실하게 해석될 수는 없다 할지라도 이해될 수 있는 것으로 자처하기 때문이다. 왜냐하면 문학은 지금까지 언급된 양면성들에 의해 다루어지기 때문이다. 또 왜냐하면 문학은 자신이 갖고 있는 나머지 것을 깨달을 수 없기 때문이다. 작품은 작품 자체도 또 작품이 속해 있는 것, 즉 문학도 완벽하게 전달할 수 없기 때문이다. 난해함의 가능성을 강조해야만 한다. 이는 19세기와 20세기의 문학에서 상징주의의 모든 전통에 의해 알려진다. 이는 작품이 자체적으로 갖고 있는 메타재현의 작용을 '말로 표현할 수 없는 것' 이란 양상하에 설정한다는 사실에 의해 알려진다──카프카 작품들에 나타나는 규율의 테마를 상기하기만 하면 된다. 또한 이는 사실주의의 미학들과 시학들의 특성이다: 물론 이 사실주의의 미학들·시학들은 우선 이 난해함의 사용을 벗어난 듯해 보인다. 그렇지만 난해함은 문학적 재현을 완벽히 정당화하는 그 시점부터 존속한다. 문학적 재현은 어쩔 수 없이 담론의 근원이 제시하는 '이질적이지 않는 것' 의 모순으로, 작품의 자기 참조(auto-reference) 성향의 모순으로, 진실성 추구의 모순으로 되돌아간다. 사실주의의 미학들에 따른 사고방식으로 보자면 마르크스 문학의 미학은, 현실성을 '가능함'으로 설정하면서, 자신의 일원론을 유토피아, 그리고 미래라는 양상하에 읽게끔 한다: 기술된 것, 기록할 만한 것은 기술되지 않은 것에 의해 이루어지는데, 이것이야말로 문제이자 난해한 추천인 것이다.

이 모든 경우에 있어서 문학과 문학에 대한 재인식은 의사소통(communication)의 양면적 사고를 조건으로 삼는다; 작품은 커뮤니케이션과 비커뮤니케이션의 가능성을 규정하지 않는다는 것을 잘 보여주지 않는다. 문학의 형태가 어떠하든간에 커뮤니케이션은 기생되는 것이다――이것은 로만 야콥슨이 시적 기능에 대한 정의를 가지고 명확히 표명한 바이다. '말걸기'의 유형론이기도 한 커뮤니케이션의 유형론에서 우리가 이 유형론을 따를 경우, 커뮤니케이션의 기생 구조를 주장하는 것이 타당하다고 강조하는 것은 쉽다. 이같은 언급과 관련된 해체론적 비평의 일반적인 논의들은 그 언급들을 본질적으로 반박하진 않는다. 담론은 호소된 것이 아니라고 지적하는 것은 결국 두 가지 사항을 지적하는 것과 같다: 담론이 자전적 진술(auto-exposition)이고 아무나에게 우연적일 수 있다. 작품 또는 문체의 의미가 없다고 말하는 것은 그 어떤 의미도 작품과 문체에 할당될 수 없다고 지적하는 것과 같다. 이는 "작품과 문체는 상황에 따라 모순적인 의미들의 내포도 진술도 아니다"라고 말하는 것이 아니다. 왜냐하면 작품과 문체는 모든 담론, 모든 의미, 모든 재현을 내포할 수 있기 때문이다. 이것이 의미하는 것은 작품과 문체는 모순들을 진술하고 이 진술의 전파를 가능케 하는 권한을 갖고 있다는 것이다――이 진술은 완성된 커뮤니케이션의 형상들을 만들지는 않는다. 문학을 언어에 동일시하는 것은 커뮤니케이션 실행의 모든 형상을 지워 버린다――이는 문학이 언어를 문체의 규정으로, 또 모든 가능한 명료함으로 만들어 버리는 범위 내에서 이루어진다.

문학에 대한 사유와 실천은 불가능한 일이다: 사유와 실천은 문학에서 커뮤니케이션의 총체로 만들어 내고 재현을 이끌어 내는데, 여기서 재현은 커뮤니케이션의 조건이다; 문학의 사유와 실천은 문학을 이타성의 활용에 대한 거부로 제시한다——여기서 문학에 대한 사유의 변함없는 결정력인 언어의 표현주의적 사유를 상기하기만 하면 된다; 이 사유와 실천은 문학과 작품들이 문제 제기 성향이란 특성하에 범주화되는 것을 거부한다.

문학이 예외적 상황에서 문학 자체에 제시하는 정당화가 무엇이든 간에, 두 가지 주요한 이유로 인해 문학은 문제로 남는다. **첫번째 이유**: '예외'의 해석과 실행은 문학 자체가 문학을 탄생시키고 결정하는 것에 대한 답변임을 전제로 한다. **두번째 이유**: 현대 문학과 현대 문학 비평의 관습은 근대성이 제시하는 이중성을 버리려고 시도한다: 근대성은 '나'와 이타성(타자)의 분리를 확증해 준다. 문학적 예외를 구축하는 것은 이 이중성의 해체를 의미하는 것을 상징적으로 만드는 것과 같다——낭만주의의 변함없는 수사학적 기법이 그것을 증명해 주는 것처럼 말이다: 문학 안에서 모든 것과 그 재현을 설명하고 포함하는 기능에 의해——인식의 기능이라는 양상하에, 언어로 옮겨가는 문학이란 양상하에(양상 아래), 현대 비평의 해석적인 혹은 반해석적인 전략들의 양상 아래: 이 전략들 모두 다 언어와 언어적 실천들이 만드는 공동체와 자유로운 공간일 수 있는 공간에 대한 사유를 전제로 하고 있다. 문학과 비평이 자체적으로 인정하는 이런 상황들은 어떤 방식에선, 미친 상황들이라고 강조해야만 한다. 문학이 제시하는 설명이, 마치 언어가 제시하는 설명과도 같이, 의미 있는 것의 권한에 따른 것이 아닌 설명일 수 있다는 것을 앞서 언급된 상황들은 가정해 준다.[19] 이것은 19세기부터 있어온 문학——낭만주의와 사실주의——을 설정하는 모순이다. 사실주의 작가는 작가로 남으며, 문학을 모든 이타성에 대한 개성 없는(객관적인) 수용으로 바꿔 버리려고 시도한다.

문학의 고유성과 현실을 중요시하는 문학 경향에 관련된 주장들의 발전이——여기서 진술적·몰개성적·인식적인 관점들을 다시 언급해야만 할 것이다——사실주의적 미학의 모순에 대한 답변임은 명백하다. 또한 이 답변이 예외라는 양상 아래, 모순들과 이타성에 대한 포기를 고집하는 것도 명백하다.

재현의 사용에 의해 또 문학에의 소속이란 상황에 의해, 문학이 형성하고 작품들이 구성하는 문제 제기, 즉 문제라는 확증된 사실과, 기념물이란 기호에 동화되는 문학이 만들어 내는 추론들은 커뮤니케이션이란 명확한 기능 안에 다시 놓일 수 있다. 이 커뮤니케이션의 사용은 단순한 '말걸기'의 기능도 아니고, 오로지 커뮤니케이션을 돕는 것도 아니다. 이 기능은 평범한 직관의, 누구든지에 의한 적용에 따른 것이다. 이 평범한 직관은 문학과 작품들을 해석상 평범한 맥락들로 귀결시키고, 이 문제라는 것 때문에, 그리고 문제 제기 때문에 커뮤니케이션의 수단으로, 다시 말해서 커뮤니케이션을 허용하는 공통된 재현들로 귀결시킨다. 문학은 명료한 특수 상황들을 진술하지 않는다는 것을 이해해야만 한다. 있을 수 있는 애매함이 어떠하든간에 문학은 공통된 명료함을 피할 수 없다. 공통된 명료함은 작품의 적절한 수용의 표시이자, 또한 작품을 구성하는 이중성을 명백히 보여주는 방식이다: 기념물과 기호, 공동 장소와 불가능한 공동 장소, 권한의 사용. 이로 인해 문학의 예외적 상황에 대한 성격 규정에 있어서 문학의 역량에, 또 문학의 예외적 상황에 가해진 이중적 제한을 읽을 수 있다——여기서 문학의 역량과 그 예외적 상황은 작품들의 의미론과 작품들이 진술하는 세상들의 창조이다. **의미론주의**: 예로서 전의법을, 한 전의에 의해 실행되고 적합성 실행의 기회인 추론적 작용에 동일화시켜야만 한

---

19) 이러한 광기에 대한 고백에 관해 J. Derrida를 참고할 것. 《세기와 용서에서 기인된 신앙과 지식(앎) *Foi et savoir* suivi de *Le siècle et le pardon*》, Paris, Le Seuil, 〈Points〉, 2000, p.133.

다. **진술된 세계들**: 작품의 권한에 의해 진술하는 작품의 위력과, 작품들과 진술들을 자체적 권한에 의해 재현하는 문학의 위력은 진술과 재현의 독립성과 혼동되진 않는다. 또한 작품과 문학의 위력은 문학과 작품의 유일한 권한에 속하기 위해선 충분히 다르지는 않지만, 거의 다른 세상들이 지니는 명백성과 혼동되지 않는다——여기서 이 '거의 다른 세상들'은 누구든지 갖고 있는 명료함과 권한에 속할 수도 있다.

예외적 상황 밖의 문학: 문학, 커뮤니케이션에 대한 사유, 그리고 이타성의 실용

문학의 역량이 되는 요소를 벗어난 문학의 변이는 문학 자체적 진술의 사용에 의한 것이 아니다——그러니까 세상을 말하는 대신에, 문학은 기의(시니피에)의 추방에 의해 문학이 인정하는 담론들을 선택함으로써 스스로를 말한다. 하지만 문학적 변이는 이타성을 인식하도록 선동함으로써 이루어진다. 일반(공통) 담론으로 인식되는 문학을 거론할 때, 피할 수 없는 이타성에 대한 인식이 표명된다: 문학의 창시는 간혹 모든 담론의 반복에 따른 것이다; 이같은 반복은 이타성의 상황들을 재구성하고, 이타성의 실용을 형상화하며, 문학 창시의 문제로서 또 상황들의 문제로서 이타성을 지적한다. 이타성의 항구성과 일반성은 비슷한 것의 명백성과 반복에 의해 다시 만들어질 수 있다. 이타성에 대한 인식과 반복에 연관된 규칙들의 있을 수 있는 결여는, 작품엔 규칙이 없을 수도 있다는 생각을 야기한다. 하지만 작품은 언제나 창작이다. 설령 작품 창작이 일반적 담론들의 의미와 형태에 따른 보통 예측할 수 있는 형상이라 할지라도 말이다. 작품을 전시하는 것이기도 한 창시 행위는 작품을 다른 대상의 초월성에 대한 확증된 사실로서 만들어 버리고, 이타성에 대한 질문으로 바꿔 버린다.

　예술에서 이타성의 관점은 건설된, 창시된, 전시된 대상으로부터 설명되는데, 이 대상은 또 다른 대상과 혼동될 수 없는 것인데, 이 대상이 갖고 있는 예술적인 혹은 비예술적인, 아주 다른 대상과 있을 수 있는 관계라는 형태에 의한 것이다. 예술이 자신의 다른 것(타자)을 일종의 초월성으로 스스로에게 부여하는 것은 다른 세상의 초월성을 전제로 하는 것을 요구하지 않고, 또한 이 세상 자체가 일종의 초월성이 되는 것을 요구하지도 않는다. 이는 다른 것(타자)에 대한 관계가 어떤 규칙에 의해 필히 말로 표현할 수 있어야 한다는 것을 의도하진 않는다: 무엇보다도 다른 것(타자)은 오로지 작품에 속한 문제이다. 이런 언급들은 문학에서 말 그대로 변경시킬 수 없다. 그렇기 때문에 아무도, 문학 대상에서 일반적인 다른 대상으로 혹은 담론의 다른 대상으로 유사함이란 규칙에 의해 옮겨가는 것을 제시하는 **미메시스**의 가설을 세울 것을 강요하지 않는다. 그렇기 때문에 **미메시스**가 유사함이란 유일한 규칙에 의해 짜여지는 것이 아니라 만들어진 대상과 다른 대상들 사이의 있을 수 있는 유사함에 의해 짜여지는 순간부터 아무도 **미메시스**를 거부할 것을 강요하지 않는다.

　이처럼 문학 작품은 특별한 방식으로 읽기를 유도하는 작용자이다. 구성상의 이중성 때문에 작품과 문체는 대상들과 담론들을 읽는 일상적인 방식들에 의해서만 궁극적으로 읽힐 수 있다. 대상들과 담론들을 읽는 일상적인 방식들은, 이 방식들이 이중성으로 인해 야기하는 질문의 정도가 어떠하든간에 평범한 직관력이 주는 타당성에 의해, 또는 일반적인 이해력에 의해 읽는 방식이다. 이것은 명료함의 법칙을 식별할 것을 전제로 하진 않는다. 이것은 우리가 대상들과 담론들에서 얻어내는 이해력은 전체적인 이해력이며, 주체의 담론들로 전개될 수 있는 이야기들·허구들·담론들보다 더 적은 개념들로 이루어져 있음을 전제한다. 문학이 전체적인 이해력에서 분리될 수 없는 것은, 문학과 다른 결말의 부재로 인해, 있음직한 것에 의해, 불가능한 것에서 문학이 발견하는 한계에 의해 문학이 사유되어짐을 의미한다——
여기서 불가능한 것이 의미론적 불가능한 것일 수도, 재현에 있어서
불가능한 것일 수도, 해독상의 불가능한 것일 수도 있다. 왜냐하면 작
품은 그 자체로서 작품이 대상으로 간주하는 것의 공통된 읽기이기 때
문이다; 또한 작품은 문학적 담론의 의미론주의로부터 이 담론이 세
상에서 만들어 낼 수 있는 기호로부터 가능한 추론들을 제한하기 때문
이다——가능한 명료함에, 있는 그대로의 불가능한 것에 대한 사유에
가해진 제한이다.[20]

　추론적 작용들에 가해진 제한은 두 가지 방법으로 얘기되어질 수 있
다. **첫번째 방법:** 문학적 담론이 질문으로서, 추론적 관여로서 명백히
전개된다고 결론을 짓는 직역주의에 따른 것이다. 그렇지만 이 직역
주의는, 직역주의 안에서 문자는 문자 이외의 아무것도 아니라는 사
실, 문자는 저편으로 멀리 가는 것을 허용하지 않는다는 사실에 의해
제한된다. 문자는 그 자체의 문제인데, 이 문제는 공통된 재현들에 의
해, 평범한 직관에 의해, 문자에 전체적 의미를 문자에 부여할 수 없는
상황이 만드는 한계에 의해 추론들을 요구한다. 바로 여기에 20세기
문학의 몇몇 시학들의 동향이 있다: 문학에 대한 사유를 일반적인 커
뮤니케이션으로 바꿔 버린다——커뮤니케이션은 일반적 재현들과 평
범한 직관에 의해서만 진행될 수 있는데, 왜냐하면 문학적 문자는 문
자만의 의미상 제한이기 때문이다.[21] 사실상 이 동향은 19세기의 재현
적 또는 상징주의의 미학들이 갖는 난관들에 대한 해답으로서 읽혀진
다——이 재현적 그리고 상징주의의 미학들은 메타재현적 미학들로
이해되어 왔다. **두번째 방법:** 그 어떤 재현에도 속하지 않는 것에 의해

---

20) 이것은 불가능한 것과 명료함을 통해서, 문학과 커뮤니케이션과 적합성을 식
별하는 것이다.

21) 적합성의 정의에 관련하여 D. Sperber와 D. Wilson의 공저를 참고할 것. 《적합
성. 의사소통과 인식 *La pertinence. Communication et cognition*》, Paris, Minuit, 1989.

문학을 명백히 규정하는 것이다. 우리는 일어날 법하지 않은 미래를, 어떤 진술에도 어떤 재현에도 부합하지 않는 현재를, 어떤 동일화——강요된 조사에 의한 동일화는 아니라 할지라도——에도 부합하지 않는 익명성을 언급할 수 있다. 공상과학 소설·환상 소설·추리 소설의 구현이 바로 이것을 증명해 준다. 원칙적으로 문학을 어떤 재현에도 속하지 않은 것으로 규정하면서, 우리는 그것이 (앞서 언급된 것) 공통된 재현들에 의해, 평범한 직관력에 의해 추론들의 연속적인 사용 속에서 읽힌다는 것을 배제할 수 없다. 하지만 동시에 우리는 원칙상 어떤 재현에도 속하지 않는 것에 관련된 추론들이 명백한 목적이 없다는 것을 주장할 수 있다. 이 추론들은 어떤 재현의 성질도 띠지 않는 진술들의 문면(글자 그대로의 뜻), 공통된 재현들, 그리고 평범한 직관력과 연관될 뿐이다. 19세기에 확립된 문학 장르들과 함께 구성된 이 두번째 방법은 권한의 구상과 문학 역량의 정확한 도치이다. 문학은 현실 속에 어떤 전형도 갖고 있지 않는 것을 소개하고 재현한다. 이로 인해서 문학 역량의 실행이 존재한다——문학 자체의 진술들을 형성하는 역량. 또한 이로 인해서 문학 자체의 진술들의 해석항으로 전개될 수 없는, 문학 역량의 한계가 있다. 왜냐하면 이 진술들은 결국 공통된 재현들에 입각한, 평범한 직관력에 의한 추론들의 기회일 뿐이다.

　더 일반적으로, 문학 역량이 지니는 급변의 알레고리는, 공통된 재현들과 평범한 직관력에 복귀하는 것을 떠나서, 문학적 해석들을 허용하는 모든 개요에 대한 기피로 판단될 수 있다. 공상과학 소설의 대상과 환상 소설의 대상과 사실주의 문학의 대상이 될 수 있는 익명성은 세상에 대한 해석들을 이끌어 낼 수 없다. 왜냐하면 이것들은 존재하지 않기 때문이고——환상 소설, 공상과학 소설——또는 표현되지 않기 때문이며——익명성——또한 이 세상에서 결코 재현되지 않기 때문이다. 이러한 문학적 장르들은 자체적인 문학적 예증 안에서 문학의 역량을 반박한다: 모든 표상(표현)을 포함할 것, 이 표상의 해석항이 재현될 것. 더 폭넓게는 이런 문학 장르들에서 문학 역량과 결부된 많은 표현들·이야기들·진술들·재현들을 반박하는 문학 유형이 정의된다. 문학의 확대는——이것은 모든 재현을 내포하고 내포들을 다양화하는 문학의 능력을 말한다——문학의 생각에서, 이 생각의 개시에서, 이 생각이 허용하는 해석적 개요들과 추론들에서 분리될 수 없다. 그로 인해 문학 작품들이 다양성 속에서, 모든 것의 또 작품들 자체의 해석상 가능한 예측들처럼 작용한다——작품들의 다양성에 또 가능한 예측들에 가해진 제한 없이. 반대로, 해석항으로 전개되지 않고 일종의 불명료함——추론들을 제한하는 불명료함——속에서 머무는 문학을 구성하는 것은, 담론을 진술하는 사실을 공통된 재현들과 평범한 직관력을 따르는 모든 현실성이란 사실과 동일시하는 것이다.

작품과 문학 역량에 결부된 추론들을 제한하는 두 방법은 문학의 언어적 작용에 의해, 문학이 전개하는 세상들에 의해 끊임없이 읽힐 수 있다. 첫번째 방법은 추론들에 가해진 제한이 전적으로 언어의 불명료함을 인식하는 데 어떻게 관련되어 있는지를 지적해 준다——여기서 이 언어의 불명료함은 자연적일 수도 인위적일 수도 있다. 여기엔 문학의 권한과 문학이 인정하는 언어의 모든 통제력과 단절할 수 있는 방법이 있다. 문학 창작의 표본인 비유법의 사용은 언어적 오류를, 혹은 반대로 문학의 역량을 확인시키는 문학적 예상(재묘사가 주는 예상)을 당연히 증명하진 않는다. 결국 언어적 중재가 갖는 한계를 언어적 중재의, 즉 공통된 가독성의 확신으로 만들어 버리는 방법인 것이다. 두번째 방법은 문학이 문학 작품들의 문맥으로서 전개되지 못한다는 것을 밝힌다. 예를 들어서 문학의 창작——현실 안에 표상도 재현도 갖고 있지 않는 것을 표현하는 것이다——에 가장 많이 속하는 것은 문학의 권한을 증명하지 않고, 문학에 적합한 중재를 증명하지도 않는다. 문학이 만드는 창작은 문학이 진술하는 세상들은 문학에서 재문맥화(re-contextualisation)로서 구성되거나 읽히지 않고, 이 세상에 대한 진술이나 재현으로 구성되거나 읽히지 않는다는 것을 밝힌다. 이 세상들은 그러한 재문맥화의 불가능성에 입각하여 구성되거나 읽히는데, 일반(at large) 세상은 이같은 재문맥화로 옮겨갈 수 있다. 그러니까 문학이 진술하는 세상들은 공통된 재현들과 타당성이 제시하는 평범한 직관력에 따라서만 적절하게 받아들여질 수 있다. 결국 이같은 세상들은 이미 알고 있는 평범한 실례들일 뿐이다. 이것은 궁극적으로 문학이 구성하는 세상들이 추론의 제한된 실행에 입각하여, 우리 세상을 보증하는 방식을 끌어들이는 방법들일 뿐이라는 것을 전제로 한다.

추론들에 가해진 한계는 작품이 문제로 남도록 강요한다. 이 문제에 의해 작품은 재현하는 자신의 역량과 추론들을 촉구하는 자신의 역량을 제한한다. 작품은 전반적인 생각으로 귀결하게끔 한다. 이 전반적인 생각의 경우는 이처럼 추론들에 대한 제한인 것이다——추론들에 대한 제한은 역설적으로 문학이 만드는 것이다. 기호로서 구축된 작품은, 정확히 말하자면 이 세상의 기호들 중의 한 기호인 것이다. 작품은 커뮤니케이션의 전적인 사용으로 귀착된다. 비록 작품 자체가 갖고 있는 이중성에 의해, 또 난해한 성향에 의해 그러한 사용을 벗어나는 것 같아 보일지라도 말이다——작품이 보여주는 이 명료함의 결여는 어떤 난해성으로 귀착되게 하는 것은 아니지만, 추론들을 제한하는 수단이 된다. 문학은 직역주의에 의한——이 직역주의는 명료함의 결여에 따라, 또 추론들에 가해진 제한들에 따라 뚜렷해지는 문학이 제시하는 문자들이다——커뮤니케이션에 대한 사유이다. 커뮤니케이션에 대한 사유는 화자(話者)에 의한 커뮤니케이션을 생각하는 것을 뜻하는 것이 아니고, 메시지와 청자(聽者)를 생각하는 것인데 청자와 화자를 인정해야만 한다: 현대 비평이 커뮤니케이션의 개요를 확인하는 것에서 알 수 있듯이. 권한의 결여와 난해한 성향을 이용하는 작품이 야기하는 커뮤니케이션에 대한 생각은 추론들에 대한 요청으로 자처하는, 그러므로 커뮤니케이션의 계기로 자처하는 문자에 대한 생각이다.[22] 완성된 해석은 불가능하다는 의견에 따라 독자적인 인식과 독자적인 해석을 제한하기 때문에, 작품은 이 불완전을 공통된 인식의 계기로 전환한다. 공통된 인식은 공유된 담론이 불가능해지는 저편으로 통하는 문턱인 것이다. 이 공유된 담론은 해석상 명료한 담론이 아니고 다른 담론들에 맞서는 담론이다. 이같은 불완전에 의해 작품은 공통된 재현들(결국 공통된 커뮤니케이션의 재현들)에 도달하는 것인데, 이 재현들은 공통된 커뮤니케이션을 타당한 것으로 만든다. 작품의 난해한 성향에 의해 작품은 모든 독자들의 권리와 독자들의 공통된 재현들의 권리를 품고 있다는 의미에서, 비록 독자들이 인용되거나 등장하진 않을지라도, 작품은 이처럼 이타성의 실행에 속하게 된다. 문학에서 커뮤니케이션에 대한 명백한 생각으로 이끌어 내고, 또 이러한 생각의 전개를 이끌어 내는 것은, 작품은 자신과 자신의 밖이란 이중적 명백성에 의해 구성되고, 문학을 공통된 담론들이 전제로 하는 '공동'이란 것의 대체물 혹은 전형으로 바꿔 버리는 해설적인 작용에 의해 구성된다는 것을 인정하지 않는다. 따라서 이런 생각을 조건으로 삼는 문학 장르들과 작품의 유형들이 있다——추리 소설·공상과학 소설·환상 소설·이근동류시(heteronomy).

우리는 문학 대상이 결국 이 대상을 설립하고 지지하는 커뮤니케이션에 대한 사고에 의해 별개의 것이 되어 버린 대상이라고 말해야만 하고 문학 대상이 예증한다고 말해야만 한다. 역설적으로 이 별개의 문학적 대상은, 커뮤니케이션에 대한 똑같은 생각 때문에 모든 이들의 대상이 된다. 문학적 대상을 공통된 대상으로 규정하기 위해서 이 문학적 대상이 공통된 담론들과 동일시된다고 할지라도, 이 문학적 대상을 공통된 담론들과 혼동할 필요는 없다. 또한 문학적 대상에 사회

---

22) 여기에 대해 분명히 알기 위해서는 J. Bessière, 《문학과 문학의 수사학 *La littérature et sa rhétorique*》, *op. cit.*, p.205를 참조할 것.

의 그리고 사회적 담론들의 전형적 권한을 부여할 필요도 없다. 문학 작품이 커뮤니케이션에 대한 그러한 사고일 수 있다고 간주할 수 없기에, 우리는 마르크 오제가 예증하는 바와 같이[23] 어쩔 수 없이 문학 작품과 문학의 세상에 대한 성격 규정과 문학 작품과 세상에 결부된 권한은 모든 다른 담론에 나쁜 영향을 미칠 수 있다는 생각에 이르게 된다. 뿐만 아니라 문학은, 혹은 문학으로 간주되는 것, 사회의 유일한 참된 전형이라는 생각에 이르게 된다. 공통된 담론들과 완전히 유사하다는 생각에 연결될 수 있는, 또한 이 생각을 공통된 담론들에 대한 총체의 전형으로 삼아 버리는, 상대적인 독립성에 따라 문학적 대상이 특별한 대상으로 창시된 담론에 속한다는 것을 잊어버리는 것은 두 가지 사항을 빠뜨리게 한다. **첫번째 사항**: 문학에서 허구와 서술적인 것은——마르크 오제의 의견을 다루자면——기념물과 난해한 성향이란 성질을 띠고, 특별한 대상이 지니는 명백함의 성질을 띠며, 이 명백함이 제시하는 문제의 성질을 띤다. 허구와 서술적인 것은 꾸며낸 이야기이기에——꾸며낸 이야기는 평범함의 정확한 반복일 수 있다——허구와 서술적인 것을 정당화하는 사실에 근거를 둔 모든 유효성화 작업을 거부한다. 허구와 서술적인 것인 그 어떤 것의 진실한 해설도 제공하려 하지 않고, 명백한 거짓말로 자처하려 하지도 않으며, 역사의 전형으로, 이야기의 전형으로, 다른 이들이 만드는 허구의 전형으로 구성되는 것 같아 보이지도 않는다. **두번째 사항**: 허구와 서술적인 것은 일반적 타당성에 입각하여 스스로를 또 모든 다른 담론을, 또 현실의 모든 자료를 읽어내는 데 있어서 정도(正度)를 형성한다.

지금 말한 두 가지 사항은 더 일반적인 방식에 의해 읽혀져야만 한

---

23) 사회를 직역주의 방식으로 읽어내는 것의 예를 위해, 또 개작의 주제를 사용하는 데 있어서의 예를 위해 마르크 오제의 저서들을 참고할 것이다. 《면소 *Non-lieux*》, 《초근대서의 인류학개론 *Introduction à une anthropologie de la surmodernité*》, Paris, Le Seuil, 1992.

다. 문학은 본래 사실 혹은 거짓의 양상 아래——허구——또 과거의
회복과 재현이란 특징 아래——서술적인 것——인간들이 펼친 행위
들의 모방이 아니다. 하지만 문학은 이타성을 실행하는 행위에 속한
다. 꾸며낸 이야기를, 특히 허구라는 개념으로 다시 주장한다고 치
자: 문학은 우리 존재론의 기본 원리들을 반복하고 또 부언한다. 이같
은 반복과 부언 설명은 문학에서의 이타성을 지적하는 것인데, 반복되
고 부언 설명된 존재론의 기본 원리들이 이타성의 형상화라는 의미에
서가 아니지만, 반복과 부언 설명이 커뮤니케이션에 대한 사고와 같
은 방식으로, 반복된 것과 불려진 것을 이타성들처럼 지적하는 의미
에서이다. 그리고 난해한 성향은 공통된 이타성을 의미한다——작품
의 공통된 읽기를 형성할 것들이다. 작품의 공통된 읽기는 보통명사
들의 자명한 이치이다.

여기서 환상 소설을, 공상과학 소설을, 익명과 비전형의 문학을——
추리 소설——이근동류시를 언급하는 것은 다음을 말하는 것이다:
문학은 자신의 불완전성에 대한 약간의 인식을 내포한다; 세상은 세상
과 사람들에 대한 실제적 구상를 넘어서서, 또 세상과 사람들의 가능
한 명칭을 넘어서서 확대 적용될 수 있다. 이것이 바로 문학의 패러독
스이다: 이 불완전성은 의견 일치의 가능성을 배제하지 않는다. 의견
일치의 가능성은 의미 개념과의 일치와 관습에 입각하여서만 결정되
지 않는다. 의견 일치는 문제 제기 능력을 설명하고 이용하는 문학의
난해한 성향의 사용 안에서, 문학이 만들어 내는 것으로부터 결정된
다: 한 어휘가 부각시킬 수 있는 견해와 개념으로 단순화할 수 없는,
하지만 기호화할 수 있는 많은 견해들과 개념들에 입각하여 진행될 수
있는, 그리고 난해성이 제기하는 제한에서 문제성을 커뮤니케이션의
수단으로 만들어 버리는 사유를 초래하는 것이다.

우리가 기념물에 관한 생각에서 본 바와 같이 작품은 자신이 만들어
내는 전시이다. 이 전시는 작품에 속하는 이중성, 정확히 말해 대상–

기호인 이중성과 떼어 놓을 수 없다. 이 이중성은 우리가 작품의 작품 밖에 대한 관계를 추론할 수 있는 방법과 유사한 것이다. 이 관계는 독자적인 권한 아래 자신에 결부된 기호와 재현들의 사용을 설정하는 기념물의 양면성에 입각한 내포의 사용이 더 이상 아니다. 이 관계는 흉내내기(mime)의 관계이다: 작품이 갖는 이중성은 대상들과 담론들로 나뉘는 이중성과 유사하다. 현실 세상은 어떤 메타재현도 제시하지 않는 세상이다——이 세상에 작품이 자리를 차지하고 있고, 작품이 기호론적 대상이라는 범위 내에서 작품이 세상을 참고한다. 이 세상은 작품의 이중적 특성——대상-기호——에 의해서만 검토된다. 문학이 독립적인 메타재현을 가질 수 없다 할지라도——다시 말해서 문학 안에 완성된 어떤 해설적 유희도 가질 수 없다——문학은 세상이 갖는 난해성도 문학이 갖는 난해성도 필수 조건으로 하지 않는다. 그러므로 문학은 세상의 해독, 그리고 문학의 해독에 대한 모든 시도를 허용하지 않고, 해독(어떤 것이든간에)하는 데 있어서의 실패에 대한 진술도 허용하지 않는다——해독에 있어서의 실패가 작품이 제시하는 추론적 요청을 제한하는 방법이라는 경우를 제외하고서.

이것은 전체적 사유에 대한 언급으로 되돌아감으로써 명확해진다. 예외적 상황 밖의 문학은 이 사유에 의해 진행되지만, 문학이 아무런 것의 전체적인 해석에, 특히 사회의 전체적인 재현-해석에 동일시되는 것을 인정하지 않는다. 이같은 문학은 불균형적인 방법, 그리고 조화된 방법으로 쓰이고 읽힌다. 별다를 것 없는 다른 것의 사용에 있어서, 대상-기호의 사용에 있어서 문학은 대상들과 그리고 문화에 대한 확신들과 일치하지 않는——여기에 불균형이 있다——것으로서 소개되고, 동시에 대조와 문제의 유희로서 소개된다——여기에 전체적 관점을 거는 역설적인 조화가 있다. 이 전체적인 관점은 문학적 재현들과 문화적 사회적 재현들로 분리된 관점들을 전제로 한다. 또 동시에 이 전체적인 관점은 문학이 구축하는 재현의 만족스러운 합리화는 있을 수 없다는 것을 확증한다. 만약 이 시점에서 만족스런 합리화가 있었다면, 그것은 문학이 사회와 불가분의 관계에 있다고 결론짓는 것을 전제로 했어야만 했을지도 모른다. 그런데 문학이 구성하는 문맥의 패러독스는——많은 사건들과 많은 재현들은 문학으로 옮겨질 수 있다고 말하는 순간부터 이 문맥의 가설을 만들어야만 한다——문학이 제시하는 양면적인 작용에 속하는 것이다: 문학적 서술들을 우리가 서술하는 것들의 목록에 속하는 것인 양 제시하기, 새로운 서술들을 제시하기——다시 말해서 첫째는 확신과 논리의 공간이 변하지 않는 상황 속에서이고, 또 둘째는 이 공간의 변화에 대한 구상 안에서이다. 기념물-기호라는 이중성은 문학이 만드는 문맥의 이중성으로, 문학적 유희의 중요한 표시로 다시 정의된다: 우리로 하여금 내부적 관계들과 외부적 관계들에 의해 세상을 분류하도록 허용하는 기준들과 방법들을 사용해 왔다는 것을 인정해선 안 된다.

제3장

두 방식의 문학: 언어와 문학의 권리에 따른, 언어와 문학의 권리를 벗어나서

만약 우리가 기념물과 문헌으로 말해지는 이중성에서 머문다면, 문학에서 재현의 사용은 전형화와 재현의 사용이자, 동시에 문학 전체에서 전형화와 재현의 대상에 대한 예측의 사용이다. 이런 견해는 우선 문학의 문학적 대상과의 대면을 전제로 하고, 이 대상의 문학과의 완전한 일치를 형성한다. 19세기부터 **미메시스**에 관한 논쟁들은 앞서 언급된 대면 양식들에 대한 논쟁들일 뿐이다――이 양식들은 전형화에 대한 강조에 명백히 도달하는 것이 아니다. 이 논쟁들이 대립된 결론들을 갖는 것은 전형화의 가설이 검토되지 않는다는 것을 뜻하고, 재현의 위치만이 겨냥된 것임을 뜻한다: 재현은 현실에서 존재론적 보충으로, 혹은 그러한 보충에 대한 기피로 해석된다. 이같은 대립은 대면하기와 이것의 테마(주제)화가 필요 조건으로 하는 대답의 사용을 무시하는 표현들에 의해서만 읽혀서는 안 된다. 이같은 대립된 결론들은 이 대면하기에 대한 다양한 성격 규정들과 주제화들에 따라 다시 읽혀야만 된다. **미메시스**의 수락은 전형화를 설명하는데, 완전히 법적인 형태가 아닌, 어떤 실행이 부여되는 인식적 형태에 의한 것이다――이 실행은 정확히 지식적인 것인데, 비평적 실행 혹은 앞서 언급된 대면하기를 해설하는 방법에 입각한 위반하는 실행이다. **미메시스**에 대한 기피는 대면의 성격 규정을 망치지 않는다; 미메시스에 대한 기피는 이 성격 규정을, 이같은 기피가 문학과 언어와의 관계들과 이 관계들의 실행들을 정의하는 방법들로 옮겨 놓는다. 만약 문학이 담론이라고 한다면, 공통된 담론들에 대한 태도에 입각하여 또는 문학적 담론의 특수성에 따라 문학은 담론일 수 있다. 첫번째 경우에선, 그 문학의 문학적 대상과의 직면(대면)하기는 동일한 것들끼리의 대면하기이다——문학이 끊임없이 문학이라고 자칭함에도 불구하고 말이다. 두번째 경우에선, 대면하기는 공통된 담론들의 또는 언어의 실현 자체일 수 있는 어떤 담론(문학적 담론)의 대면이다. **미메시스**에서 미메시스의 거부에 이르기까지, 또 강조된 다양한 문학적 기법들에 의해 효과의 문학을 언급할 수 있다——여기서 효과의 문학은 참여 문학, 마르크스주의 미학의 문학, 비평적 문학, 위반의 문학, 일종의 **레디메이드**(ready-made)로 간주되는 문학, 순수 문학——특히 시——일 수 있다. 대면하기란 확고한 가설은 역설적이다. 이 가설은 문학이 재현하는 대상들의 변수를 인식할 것을 전제로 하고, 이 대상들이 결정 가능한 지표들을 갖고 있음을 전제로 한다. 이 지표들 없이는 금방 언급된 기법들 중 그 어떤 것도 가능할 수 없다. 문학과 문학 대상과의 대면하기가 주장될 때, 이 대면하기란 가설은 여전히 문학이 실행에 가해진 한계의 가설인 것이다: 대면하기는 문학이 상징하고 구성하는 과도한 의미 규정의, 이 결정 가능한 것들에 의해 확실한 사용일 수 없다. 이 확실한 사용의 결핍으로 인해 재현에 불가피하게 포함된 전형화의 권리에 관한 문제는 제기될 수 없다. 이 문제의 결여는 역설적이다: 문학의 문학적 대상과의, 다른 담론들과의, 역사와의 대면하기에서 문학은 전형화임을 자인한다.

대면하기란 가설에서 이 문제(전형화의 권리에 대한 문제)는 두 가지 방식으로 제기될 수 있다: 문학에 근거를 둠으로써, 혹은 대상에 근거를 둠으로써. 문학의 예외적 상황에서 이 문제는 필히 문학으로부터 제기될 수 있다. 왜냐하면 문학은 언어적·표현적·해석학적 순간이

자 힘이기 때문이다. 최근 두 세기 동안 문학사는 다양한 시학들과 이 시학들의 다양한 순간들을 파악하면서, 이 문제가 우선 대상으로부터, 그 다음엔 문학으로부터 제기되었다는 것을 제시한다——이 시점에서 상징주의는 중요한 분할을 설립한다. 이러한 역사학적 읽기는, 두 가지 유형의 시학을 동시적으로 갖는 역사로서 읽힐 수 있는 이 역사의 이중성의 정당성을 인정하지 않는다. 두 가지 유형의 시학: 낭만주의에서 문학을 위한 문학이란 사조까지, 결국 사실주의의 변이형들을 경시하지 않고, 문학의 문학 대상에 대한 관계란 문제를 문학으로부터 제시했던 시학들; 이와는 반대로 대상에서 문학까지라는 형태로, 하지만 특수한 위상을 이 대상에 부여함으로써 문제를 제기했던 시학들——여기서 특수한 위상이란 표현되지 않고, 표현될 수 없는 위상을 말한다. 이처럼 다음 사항들을 언급해야만 한다: 추리물 이야기——대상(목적)은 진술되지 않는다. 왜냐하면 대상은 살인범이란 양상하에, 조사를 통해 발견되어야만 하는 것이다——; 환상 소설과 공상과학 소설——대상(목적)은 진술될 수 없다.[1] 왜냐하면 대상은 이 세상, 이 현실에 속하는 것이 아니고, 뿐만 아니라 어떤 다른 세상에도 어떤 다른 현실에도 속하는 것이 아니기 때문이다——; 이근동류시(hetero-nomy)——시인은 여러 이름으로, 또 여러 명의 시인들로 되어 있는데, 완전히 다른 이들이 될 수 없으면서도 여러 타인들인 체한다.

　이러한 출발점의 도치는 의미가 갖는 불가피함, 또 이 의미 적용의 불가피함이란 우화적 교훈을 진술하는데, 우리가 몽상이나 미지의 것들에 볼일이 있을 때만이다. 이 불가피함은 의미의 필연성에 대한 인식

----

　1) 이 말을 좀더 발전시킨 정의를 위해선 〈문학적 재현들과 결정 불가능성〉의 장을 참고하면 된다. 다만 여기서 강조하고자 하는 바는, 표상은 다음과 같이 이해된다는 것이다: 하나의 총체에 속하는 대상은 **표상되는 것이다.** 또한 재현은 다음과 같이 이해된다: 표상(진술)된 대상들이 속하는 총체는 **재현되는** 것인데, 이 재현에서 대상들은 제각각 계산된 것이다. 이러한 정의들은 재현의 두 가지 의미들——모방적 · 인식적 재현과 전형화——이 겹쳐지게끔 한다.

으로서 해석될 수 있다. 언어를 통해, 결론적으로 문학을 통해 모든 것에 의미 부여하는 것을 거부하는 것인 양, 우리는 모든 것에 의미를 부여한다. 이 모든 것은 몽상도 포함할 수 있다. 의미의 불가피함이란 확증된 사실을 따르는 것은 언어와 문학의 전적인 위력을 강조하는 것과 같다——그처럼 언어와 문학은 알려지지 않은 것과 존재하지 않는 것에 관해서조차 결정할 수 있다. 의미의 불가피함을 강조하는 것을 떠나, 의미와 표현이 갖는 확실한 가변성을 증명함에 있어서, 비록 문학의 대상이 알려지지 않고 진술되지 않거나 진술될 수 없다 할지라도, 의미와 표현을 검토하는 것은 문학의 실행을 계기로 문학의 권리에 대한 문제를 명확히 제기하는 것과 같다. 인식적 관점에서 입증할 수 없는 대상에 적용되는 문학의 실행보다 더 뚜렷한 문학의 실행은 존재하지 않는다. 문학 실행의 이러한 명백한 성격에도 불구하고, 그 문제는 불가피하게 역설적인 듯하다: 문학의 실행에 대한 계기는 알 수 있는 것도 식별할 수 있는 것도 아니다. 그렇지만 그 문제는 합법적이다: 문제는, 대상으로부터——하지만 진술되지 않는 혹은 진술될 수 없는 대상——문학을 쓰고자 하는 의지가 무엇인지를, 또 언어와 표현들 또 의미들을 이용하고자 하는 열성이 무엇인지를 순수하게 검토하도록 허용한다.

낭만주의에서 문학을 위한 문학에 이르기까지, 문학사가 언어학적 조건들에 연관된 문학에 동일시하는 작품들과 시학들의 계승은, 이 시학들이 전개되는 출발에 입각하여 읽혀서는 안 된다. 하지만 이 시학들이 형성하는 가설에 의해 문제없이 읽힐 수 있다: 이것은 '내' 말들을, 또한 문학의 표현들을 초월하는 '내' 생각도 현실도 아니다; 그것은 '내' 생각들, 모든 생각, 모든 현실을 초월하는 문학의 표현들이자 '내' 말들이다. 여기에 언어 표현주의적 사유에 대한 엄격한 해석이 있는데, 이 언어 표현주의적 사유는 문학의 예외적 위치를 설립한다. 여기에 문학이 갖는 재현의 역량에 의한, 또 함축의 역량에 의한, 또 지식이라는 유일한 문제를 벗어나서 문학의 예외적 상황에 의한 문학을 명확히 재표명하는 사실이 있다.

　재현 발단의 이같은 도치와, 인식적 또는 확실한 인식적 대상일 수 없는 것에로의 이행은 문학이 만드는 것을 검토하도록 허용하는 이점을 제공한다. 이것은 진술되지 않고 진술될 수 없는 것을 알려 줌으로써 실행된다——문학이 어떤 형상을 이러한 커뮤니케이션에 부여하든 또 어떤 효력을 제공하든 간에 말이다. 그로 인해 우리는 문학의 예외적 상황에 결부된 해석학적 인식에 대한 조건들을 검토한다. 이같은 도치와 이행은 결국 문학이 자신에게서 인식하는 언어적 위치를 검토하도록 강요한다——문학은 언어를 자신의 수단과 대상으로 만든다. 진술되지 않고, 진술할 수 없다는 조건에서 표시와 외시의 부재라는 기능을 검토하는 것은 헛된 일이다. 마치 문학의 정확한 움직임이 정당화하는, 비표상적인 것을 말하는 것이 헛된 것과 마찬가지로 말이다——비표상적임을 주장하는 것은 존재하는 방식을 진술할 수 없음이란 사실에 제공하는 것일 뿐이다. 언어에 의해 문학이 형성하는 또는 형성하지 않는 것에 영향을 더 이상 미치지 않는 문제는 다음의 문제로 이어진다: 언어에 결부된 재현의 권리가 아닌 것에 의해, 문학이 진술하는 것에 대한 근본적인 문제 제기인 것에 의해 문학은 언어를 무엇으로 만드는가? 이 문제와 이 문제 제기는 문학으로부터 대상을 생각하는 문학이 보증하는 것에 대해 궁극적으로 영향을 미친다.

　문학을 출발점으로 받아들이는 것은 언어가 형성하는 권리에 의해 문학의 권리를 인식하는 것이다. 진술되지 않고 혹은 진술될 수 없는 대상을 출발점으로 받아들이는 것은 문학의 권리는 만들어져야 된다는 것을 인정하는 것이고, 또는 적어도 문학의 권리가 말해질 수 없다는 것을 인정하는 것이다. 첫번째 정리는 문학의 담론들과 장르들에 입각하여, 그리고 이 담론들과 장르들이 예증하는 언어학적 제약들에 입각하여 문학을 특징짓게 한다. 두번째 정리는 문학의 창작력에 의해, 이 창작력이 형성하는 권리에 의해 문학을 특징짓게 한다. 첫번째 태도는 쓰고자 하는 의지에 의해, 그리고 문학적 담론들과 장르들이 야기하는 언어학적 제약들에 의해 읽히는 것이다. 두번째 태도는 그러한 언어학적 제약들에 의해 설계되지 않는 문체는 태도인 것이다. 이러한 문체는 간단한 방법론에 의해 예외적 태도를 스스로 인정하는 문학을 심문한다: 문제성이란 확증된 사실로 모든 재현을 확립하는 것; 재현의 언어학적 권리를 파괴하는 것——문제성이란 확증된 사실과는 분리될 수 없는 것으로 간주되는 것 이외에, 언어는 이러한 권리를 확립할 수 없다는 것을 나타냄으로써 말이다. 이러한 문학은 자신만의 우화적 교훈을 갖는데, 그것은 인간 관점의 확대라는 교훈이다. 이 교훈만이 재현의 언어학적 제약들은 지난 과거의 일이란 것을 본보기로 예증해 줄 수 있다. 이러한 교훈의 함축적인 논거는 간단하다: 문학의 권리를 주장하는 것은 문학을 내재성에 대한 구상으로 만드는 것과 같다. 이 내재성 구상에선, 모든 사태는 기록할 수 있다. 우리는 재현의 고의적 사용에 이를 수 없다. 사태의 인용을 문학이 구성하는 조직망 안에 위치시키기만 하면 된다. 그렇지만 이러한 위치는 판결을 조건으로 삼는다——이 위치는 한 사태에 부합된 가치의 이미지를 갖고 있다. 사태는 사태가 다소간의 반응들을 야기할 수 있는 조직망이란 요점 차원에서 인용된다(이것은 조직망의 개념이 갖는 한계들을 지적하는 것과 같다. 조직망의 개념은 질 들뢰즈에 의해 비평적이고 파괴적인 관점에서 사용된 그대로의 개념이다).

문학적 담론들과 재현의 권리. 묘사, 극적 재현, 서술적 재현, 서정시의 재현

결국 문학 자체에 본질적으로 귀착된 문학으로서가 아닌, 그러나 언어의 권리에 결부된 문학으로서의 문학은 존재한다: 문학 자체의 합리화의 출발점으로, 또 문학이 갖는 대상(이 대상은 언어일 수 있다)과의 관계에 대한 질문의 출발점으로 간주되는 모든 문학. 재현과 전형화의 기능은 쉽게 정의된다. 대상의 대체물에 맡겨진다는 의미에서 이 기능은 재현으로 이해되는 것이 적당하다. 이는 일종의 전형화인 재현이 이 대상에 종속됨을 가정하는 것이다. 의도적인 모습을 한 주관적인 재현으로 비칠 수 있는 비실현화에 따른 재현의 가설 자체를 벗어나, 이러한 종속은 문학 기념물이란 기능에서, 또 대면하기의 가설에서 불확실해진다. 이러한 경우들에서 재현과 전형화는 드러나지 않는 대상의 재현과 전형화와 동일시되어서는 안 된다. 뿐만 아니라 재현과 전형화는 일종의 존재론적 품격을 획득하기 위한 것인 양 간주되어서도 안 된다——이러한 동일시와 존재론적 품격은 재현과 전형화의 종속이 정의될 것을 조건으로 삼는다. 이러한 종속은 불확실해지는데, 이 종속 또는 이 종속의 재현이 목표물이 될 때 그렇다. 또한 이러한 목표 혹은 이러한 재현이 독자적인 권한에 의해서만 보장될 때 그렇다——게다가 재현과 전형화가 지시될 수 있는 자신들의 대상에 종속되는 작용이 어떻든간에 상관없이. 종속의 불확실성은 가려질 수도 있다——사실주의의 경우가 바로 그러하다. 또한 종속의 불확실성은 형상화될 수도 있다——이야기에서 거의 믿을 수 없는 서술까지의 경우가 바로 그러하다. 이러한 형상화는 종속 관계를 재확립하기 위해서 확실하게 이용될 수 있다——재묘사(기술)로서 특징화된 메타포를 말한다.

종속의 문제는 부분적으로 은폐되어 있는데, 종속 관계가 불확실해 보이는 모든 상황들 속에서 종속 관계는 결국 재현과 전형화의 관계에 입각하여 진실로 규정된다는 사실에 의해서다——재현과 전형화의 작용이 그러하게 보이는 허구(fiction)가 구성하는 문맥의 진실, 그러한 작용을 품고 있는 허구를 말하는 행위가 구성하는 세상의 진실, 여전히 그러한 유희를 품는 이 허구에서 추론될 수 있는 일반적 견지

에서의 사실, 혹은 허구 · 재현 · 전형화에서 추론될 수 있는 이 세상의
진실조차——이것은 사실주의가 완벽하게 예증하는 것이다. 재현과
전형화 안에서의 진리란 문제에 이처럼 집착한다면, 반드시 진리와 관
계가 있는 것은 아니지만 전형화의 유일한 사실과 관계가 있는 전형화
의 허구를 우리는 경시한다——예전의 세르반테스의 《돈 키호테》를
재현하는 보르헤스의 르 피에르 메나르가 보여주는 전형화처럼; 발자
크가 민간법적 상황(이를테면 호적 관계)에 만들어 주고자 하는 경쟁을
통해, 《인간 희극》을 프랑스인들과 프랑스에 대한 전형화의 유희로서
보여주려고 하는 것처럼.

　따라서 문학 작품은 전형화의 역량에 기댄다. 보르헤스와 발자크의
관점에서, 정확히 말해 문학 텍스트의 진리에 대한 표명인 진리의 문
제는 첫째로는 역설적으로, 둘째로는 사실주의 미학과 떼어 놓을 수 없
는 것으로 구성되었는데, 전형화의 위상을 분명히 해준다: 비록 전형
이 재현된 것의 명료한 것인 양 부여된다 할지라도, 종속 관계는 전형
에서 재현된 것으로 작동한다. 그러니까 재현이 던지는 진리의 문제는
전형화의 정확함, 정당함의 문제일 뿐이다. 이러한 정당함은 근접성의
문제, 혹은 근접성에 대한 사유의 문제와 마찬가지로 소원(疏遠, 떨어
져 있음)의 문제일 수 있다——여기서 소원의 문제는 보르헤스의 르
피에르 메나르에 해당되고, 근접성의 문제는 발자크에 해당된다. 첫번
째 경우, 세르반테스는 작가로서 영향력을 확실히 상실한 채이다; 두
번째 경우, 이 작가의 영향력은 호적의 권한 같은 것으로 인정된다.
그러나 권한의 인정에 관한 것이든 거부에 관한 것이든 간에, 재현된
것은 전형에 비추어 보아 불충분하게 의미 규정된 것으로 간주된다:
보르헤스의 단편에서 세르반테스는 르 피에르 메나르라는 간접적인
수단을 통해서만 인용될 뿐이다; 발자크의 작품에선, 호적을 형성하는
예측은 이 호적을 통한 사회의 재현에 비추어 보아, 하나의 불충분한
의미 규정인 것이다. 그래서 세르반테스는 우연한 작가로, 또 재현의

대상으로 등장한다. 프랑스인들이 세속적 신분(일종의 호적)에서 확실히 예측하는 것이 프랑스 사회의 재현과 전형화의 견지에서 우연한 것인 것처럼 말이다.

재현의 중재가 바로 거기에 있다: 우리가 재현에 부여하는 진실된 목적이 무엇이든간에 재현은 무지의 베일을 전제로 하는데, 이것은 진리에 대한 표상(표현)들의 배급이 공정해 보이기 위함이다. 만약 재현과 전형화의 역설이 그러하다면, 결국 이 재현과 전형화는 진실성에 관한 문제라기보다는 이중적 문제이다: 재현과 진형화에 주어진 무지의 베일에 관한 문제――재현은 식별력의 상실에 대한 예측을 전제로 한다――; 대상의 불충분한 의미 규정에서 과도한 의미 규정으로 옮겨가는 것에 대한 문제. 문학의 다양한 미학들이 언급된 두 문제를 조직하는 방법에 의해 이 미학들을 분류하는 것은 가능하다――이처럼 상징주의는 식별력의 상실과 과도한 의미 규정의 사용을 강조하는 것일 수 있다. 전형화에 완전히 결부되는 관점 안에서 재현된 대상이 지나치게 정의되면 될수록, 이 대상은 의문을 제기하는 성향을 갖고 있다는 것을 강조하는 것 역시 가능하다――보르헤스의 이야기에서 세르반테스가 그러하듯, 또《인간 희극》이 재현하는 프랑스 사회일 수 있는 것이 보여주듯 말이다. 이것은 바로 재현과 전형화의 또 다른 패러독스이다: 과도한 의미 규정은, 재현된 것은 재현된 것에 영향을 미치는 의문점들과는 동떨어져 보이는 결과가 되도록 한다. 르 피에르 메나르의 일화가 제시하는 의문들은 무엇으로 세르반테스에 진정 귀착되게 하는가?《인간 희극》에 제시하는 문제점들은 무엇으로 호적 관계에 귀착되게 하는가? 재현과 전형화가 가정하는 무지의 베일임은 확실하다. 여기에 진리의 문제를 합리화하는 방법이 있을 수 있다――여기서 진리의 문제는 과도한 의미 규정이 갖는 타당성의 문제일 뿐이다.

만약 작품이 이러한 경향을 검토하지 않는다면, 재현과 전형화는 함축적이고 상황과 관련된 문제들에 대한 사용이 되는 것이다. 그로 인해 문제들은 자신들만의 문맥을 형성하고, 종속 관계를 도치한다: 재현된 대상은 이 문맥에 종속된다. 예외적 상황에 대한 지적으로 되돌아가는 것이다. 현대 문학은 극단으로, 다음과 같은 작용을 전개한다: 과도한 의미 규정의 결과인 의문을 제기하는 성향은 외연의 가능성이 던지는 문제 제기에서, 헛된 외연의 확실한 작용이 된다. 이는 일반적으로 공유하는 상황에 입각하여, 또 이 공유하는 상황이 품고 있는 특수한 언어학적 제약들에 따라 용이하게 읽힌다.

예외적 상황과 다양한 경향들에 의해 문자의 형태로, 또 극적인 형태로 재현의 사용은 설명될 수 있고, 문학의 일반적인 장르들·자서전·이야기·서정시에 따라 설명될 수 있다. 재현의 정의는 단지 **미메시스**에 의해서만 읽혀서는 안 될 뿐만 아니라, 전형화의 법적인 수용에 의해서도 읽혀서는 안 된다. 이러한 이중성만이 변함없는 수사학적 기법에 결부된 문학의 권리의 확증된 사실에 답하는 것을 허용한다. 언어의 위력에 따른 문학적 담론들이 갖는 이 제약들은 일련의 패러독스로 명확히 표명될 수 있다. 직역적인 재현(묘사적인)의 패러독스는 대상에 대한 충실성에 따라, 그리고 권한――재현하는 자의 권한――에 따라 재현하는 것이다. 극적인 재현(서술적인)의 패러독스는―― '나는 존재한다' ――명료한 실용적 지위를 서술 행위에서 박탈한 것이다. 자서전적인 재현의 패러독스는 자서전의 저자를 이 재현의 보증인으로서 소개하는 것이 아니라, 하나의 삶이 갖는 법칙에 따라 하나의 삶에게서 오는 모든 것을 형상화해야만 하는 자로서 소개하는 것이다. 이야기의 패러독스는 시간에 관련된 패러독스이다: 이것은 이야기를 시간적 공동 장소로 만들고, 그로 인해서 이야기는 과거와 같이 현재의 견지에서, 시대에 맞지 않는 것으로 보인다. 실제적 해결책들은 다음과 같은 견해들로 말해지기 쉽다: 권한은 충실하게 재현하는 권한으로 전개된다; '나는 존재한다'의 주체는 존재적 표명과 역할적 표명을 분명하게 구분지어 줄 수 있다; 지금 자신의 삶을 말하는 주체는 끊임없이 자신의 삶의 양상을 선택하고, 자신의 삶의 필연성을 주장한다; 이야기하는 자는 자신의 현실이 갖는 실제 상황을 설명할 수 있고, 동시에 이야기가 묘사하는 시간들의 일정함인 현재를 보존할 수 있으며, 또한 시간의 연속적 배열로부터 진술된 것을 지킬 수 있다. 결론적으로 문학은 이러한 실제적 해결책들을 이용하지 않는다. 재현의 이러한 패러독스들을 다시 다루는 문학적 담론들은, 이 패러독스들의 견지에서 문제없는(no problem) 것이다. 문학적 담론들은 이 패러독스들을 유효한 것으로, 초월할 수 없는 것으로, 문제시될 수 없는 것으로, 본래 주어진 것으로 취급한다. 이 패러독스들 자체가, 우리가 실제적인 문제를 벗어나는 순간부터 스스로 생성된다고 문학적 담론들이 간주하지는 않는다. 그래서 언어가 문학의 최후 표현으로 간주되는 것이다. 문학적 담론들이 반성적일 수 있다는 것은—— '자주적 참조(auto-reference)'든 '자주적 텍스트성(auto-textualism)'이든 사용된 용어는 무엇이든 상관없다——이러한 인식을 반박하지 않는다. 문학 담론들의 반성(고찰)적 작용에서 문학 담론들은 이러한 패러독스들을 반복하고 복제하는데, 마치 문학이 이러한 패러독스들에 대한 인식이라는 것을 나타내기라도 하는 것처럼 말이다. 다음의 사항을 인지해야만 한다: 패러독스들에 대한 자각은 이 패러독스들이 보증하는 것에 대한 문제를 제기하지 않는다. 게다가 다음의 사항을 추구해야만 한다: 자기 반성적이고 자기 참고적인 문학은 아마도 스스로를 검토하는 문학인 것이다; 하지만 스스로를 검토하기 때문에, 문학은 자신의 근본적인 패러독스들 속에 병합된 것으로 나타나고 표현된다. 그러므로 다음과 같은 견해를 언급하면 된다: 문학이 자기 반성적인 움직임을 끊임없이 검토할 때, 문학은 명백성의 과정 안에 참여하게 된다. 명백성은 언어의 위력이 갖는 명료성이다. 이러한 패러독스들은 자신의 예외적 상황을 인식하는 문학에서 재현의 사용이란 유형론으로 정리될 수 있다.

문자에 의한 직역적인 재현: 문학적 재현──이해될 수 있는──과 그 대상들과 주체들의 불가시성은 재현에서 대상과 주체의 예측과 포함에 대한 문제를 형성하는데, 대상들과 주체들의 불가시성이 재현의 자의성에 대한 표기를 강요하기 때문이다; 언급된 불가시성은 대상들과 주체들이 어떤 지시(정보)의 계기일 수 없다는 것, 그러니까 대상과 주체들의 권리에 따른 재현의 계기가 실제적으로 될 수 없다는 것을 말하는 방법이다. 그렇지만 대상과 주체는 재현이란 사실 자체에 의해, 지(知, 알고자 하는 마음)에, 그리고 독자의 권한에 개방된 것인 양 주어져 있다. 대상과 주체는 확실히 묘사와는 다른 것이다; 대상과 주체는 확인될 수 없는데, 왜냐하면 이것들은 단지 재현된 것이기 때문이다; 대상과 주체는 식별될 수도 없는데, 왜냐하면 존재하는 것이 아니기 때문이다; 그렇다고 해서 대상과 주체가 한 담론에 지정될 수도 없는데, 왜냐하면 이 담론은 분명히 재현적인 한 담론이기 때문이다. 우리는 필연적으로 재현에서 상상력으로 넘어가지 않는다: 그 주체들과 대상들이 상상될 필요가 없는데, 왜냐하면 그것들은 기술된 것이고, 묘사된 것이기 때문이다. 그렇다고 해서 필연적으로 상상력에 대한 기피로 귀결되는 것은 아니다. 이 대상들과 주제들의 재현들은 정지한 것인 양 거기에 있는 상상력이 주는 만족감과 같은 것이다──여기서 환영(illusion)을 말할 필요는 없다. 이것이 바로 불가시성의 패러독스이다. 이 불가시성은 순수한 담론──대상과 주체에 맞선 담론과는 동떨어진 담론──인 것에 상응하는 것이다. 상상력이 주는 유연성과 만족감은 재현에 의해 보는 가능성과 자유를 의미한다. 이러한 패러독스는 명확히 다시 표명될 수 있다: 아무리 확인할 수 없는 것이라 할지라도 재현은 제멋대로인데, 왜냐하면 재현은 재현이기 때문이다; 환영이란 것을 벗어나 상상력은 이같은 재현의 법칙에 대한 관찰일 뿐이다. 이것이 바로 문자에 의한 직역적인 재현의 정당성이다: 문자에 의한 재현은 통계·목록·카드에 따른 설명이 있을 수 있는 것처럼, 대상들과 주체들의 단순한 설명인 것만은 아니다; 문자에 의한 재현은 재현이 형성하는 권리에 따른 보고, 다시 말해서 재현된 것에 대한 보고인 것이다. 재현의 진리성·방법론들——객관주의·주관주의와 같은——에 대한 논의들은 사실상 재현의 정확성 또는 오류에 대한 논의가 아니라 재현을 만드는 권리에 대한, 그리고 재현의 법칙들에 대한 논의이다. 한 작품에서 정의와 규칙에 의해 진술과 재현이 서로 비교될 수 있고 결합될 수 있다는 범위 내에서만 진술이 재현을 만든다. 재현은 보여질 수 있는 것에 적합하다. 왜냐하면 재현은 어떤 지식도 반박하지 않기 때문이고, 분명히 전형이기 때문이다. 이러한 재현의 위상은 이탈로 칼비노의 《보이지 않는 도시》에서 재현의 실현과 교훈을 보여준다. 언급된 이 저서에서, 재현의 위상은 식별력 있는 해설과 분리되지 않는다: 그러니까 이 '도시들'은 보이지 않는다; 텍스트의 처음부터 강조된 이유로 인해, 황제는 가시성의 대체물을 결코 요구하지 않는다: 그는 마르코 폴로가 여행했던 도시들에 대해 자신에게 얘기하는 모든 것을 믿지 않는다.[2] 결국 그는 마르코 폴로를 믿지 않는다. 왜냐하면 마르코 폴로는 명칭도 없이 형태만 있는 모든 도시들이 들어 있는 지도책을 갖고 있기 때문이고, 또 그 도시들에 관한 이야기를 알기 때문이다.

이것이 바로 세상을 재현하는 시도 안에, 또 인정받을 권리, 지식의 모든 유형들이 갖는 권리, 또 재현의 권리를 세상에 부여하고자 하는 시도 안에 경쟁하는 문학과 글쓰기에 대한 언급이다. 또한 이것은 언어는 현실성의 묘사를 어떤 증거물로도 전환시키지 않는다는 의미이다. 거짓말·오류, 혹은 진실성·정확성에 대한 사용에 입각해서가 아닌 재현의 권리에 의해서 언어는 묘사된 이 현실성을 단호하게 배치시

---

2) I. Calvino, *Les villes invisibles*, Paris, Le Seuil, 〈Points〉, 1996, p.35 et sq. Éd. orig. 1972.

킨다. 현실성과 현실성의 묘사는 언어의 재현과 배치의 역량에 대한 증거로만 보일 뿐이다. 이것은 현실성에 대한 기피를 제시하는 것과 같지 않다. 언어의 위력은 회의주의와 연관이 없다; 언어의 위력은 믿음과도 연관이 없다. 언어가 형성하는 이 배치의 실행을 정확히 하기 위해선, 황제는 마르코 폴로를 믿지 않는다는 지시로 돌아와야만 한다.

믿지 않는다는 것은 외연과 재현의 작용들이 언어의 위력에 대한 실행과는 다른 것이라는 사안을 인정하는 것에 대한 거부로서 읽힐 수 있다――그러한 유형의 묘사 안에 도시들을 함축하는 것, 도시들을 그 묘사에서 배제하는 것, 도시들을 또 다른 유형의 재현으로 통하게 하는 것, 재현하는 것, 재현하지 않는 것, 인정받을 권리를 부여하는 것 또 부여하지 않는 것, 이 권리를 변화시키는 것. 그뿐이다. 왜냐하면 모든 도시들은 알려진 것이기 때문이다. 그리고 다음으로 결론지어진다: 재현의 정확성과 날카로움(강도)에 대한 질문은 이 재현이 인식시켜 주는 권리에 관한, 재현이 제시하는 언어적 공유의 힘에 관한 질문이다. 현실성은 사유와 전적으로 공동의 외연을 갖는 것일 수 없다; 그렇지만 우리의 사유는 우리가 세상을 알 수 있고 구축할 수 있는 유일한 방법인 것이다. 이것은 헨리 제임스가 언급한 그대로이다: 재현은 사실주의의 어떤 미학의 이름으로 불가피한 것이 아니라, 그 미학의 권리의 이름으로 불가피한 것이 된다――재현이 없다면 구축된 현실성도 존재하지 않는다. 언어에 대한 이러한 사유의 합법적인 해석은 읽힐 수 있다: 재현은 불가피하게 절대적이다; 재현은 재현의 모든 예상들, 재현이 갖는 모든 관계들을 표현할 수 없을 뿐만 아니라, 재현(표현)들이 상호적으로 형성하는 제한이 재현하는 권리에 가해진 상대적인 제한이라는 것을 의미할 수도 없다. 《보이지 않는 도시》란 우화에서 권력 그 자체인 황제는 언어의 힘에 대해, 재현의 권리와 힘에 대해 깨우치는 것이 아무것도 없음을 우리는 이해하게 된다.

극적인 재현: 배우는 결국 살아 있는 한 사람이고 하나의 동인이다.

배우가 입으로 발음하는 ‘나는 존재한다’ 는, 그가 맡은 역할이 하는 말이지만, 또한 그의 목소리가 하는 말이기도 하고, 결국엔 말하는 능력이 던지는 ‘나는 존재한다’ 이고, 또한 말하는 모든 능력의 존재적 한계의 ‘나는 존재한다’ 인 것이다. 왜냐하면 이 ‘나는 존재한다’ 는 ‘나는 존재한다’ 를 말할 수 없는 가능성을 내포하기 때문이다. 마치 배우가 발음하는 ‘나는 존재한다’ 가 그 배우의 것이 아닌, 하지만 그가 하는 역할의 것인 걸 내포하는 것처럼 말이다: 어쨌든 배우가 그 말을 발음한다. 주체는 언어에 속한다; 주체가 ‘나는 존재한다’ 라고 발음할 때, 언어가 주체로부터 만들어 내는 재현에 주체가 필히 속하는 것은 아니다. 이런 의미에서 배우는 자기 자신의 견지에서, 관객의 견지에서 늘 준–이타성이다. 비록 배우가 하나의 재현일지라도 말이다. 이 타성을 배치하는 것은 인간의 언어와 같은 것 속에 이타성을 배치하는 것이다. 달리 표현하자면 언어를 통해 인간은 자기 자신과 타인을 동시적으로 진술할 수 있고, 동시에 자신과 타인을 다르게 진술할 수 있다는 것이다. 이러한 언어는 실재하는 것을, 또 동시에 실재하지 않는 것을 설명한다. 인간은 언어에 속한다. 이러한 소속됨에서 인간이 ‘나’ 라고 말할 때, 인간은 자기 자신으로, 타인으로, 아무도 아닌 자로, 모든 것으로, 또 아무것도 아닌 것으로 간주될 수 있다; 언어는 전형일 수 없다.

　이렇게 다양하게 간주되는 가능성은 있을 수 있는 이타성을 형성하고, 동시에 이 가능성은 주체 혹은 타인을 고려함에 있어서 있을 수 있는 오류를 형성한다——왜냐하면 각자 모두(주체든 타인이든) 언어에 속하기 때문이다. 이러한 모순은 다른 모순들의 형상일 뿐이다——다른 모순들은 존재를 단언하지 못하는 불가능성, 그리고 무(無)를 단언하지 못하는 불가능성에 결부된 것들이다: 단정할 수 없기 때문에 우리는 존재를, 또 무를 말할 수 있다. 마치 인간은 인간이고 또 인간이 아니고, 인간은 자신의 말을 소유하고 또 소유하고 있지 않으며, 현

실성은 존재하고 또 존재하고 있지 않다는 것을 말할 수 있는 것과 마
찬가지로 말이다. 이 모순들을 분명히 발음하고, 모순들을 '나는 존재
한다'의 표현 방법으로 만드는 주체가 말과 개인이라면, 어떤 제3의
주체도 이러한 모순들 속에 효과를 만들려고 오지 않는다. 이 모순들
과 어울리는 극적 재현의 간단한 성격 규정이 있다; 재현의 토대가 되
는 결정 기관으로 스스로를 생각할 수 있는 주체의 주관주의는 더 이상
없다. 언어는 여전히 남아 있고, 언어 안에서 단언할 수 있는 어려움이
남아 있다. 그것은 발레르 노바리나[3]의 저서 《나는 존재한다》가 제시
하는 재현과 교훈이다. 극적 재현은 언어의 최종적 권리들을 말하고,
언어가 모든 것을 있는 그대로 존재하는 것으로 귀착시키는 능력을 말
한다——비록 언어가 재현한다 할지라도. 살아 있는 인간이자 동인인
배우는 자신이 연기하는 역할 안에서, 역할을 말하면서, 이 있는 그대
로의 존재를 끊임없이 재현한다. 왜냐하면 말하고 말하면서 재현하는
것, 그것은 언어의 법칙에 의해서만 말하고 재현하는 것이다: 언어는
전형적 주체에 적용되듯이 재현의 모든 주체와 모든 사태들에 적용된
다. 외연과 외연의 부재라는 양자택일의 작용만 있을 뿐이다——언어
의 권리에 따른, 언어가 자신의 권리를 벗어나서 설정하는 것에 따른,
삶과 있는 그대로의 삶의 양자택일이다. 이는 여전히 읽혀진다: 언어
를 통해 재현되지 못하는 자는 타인과 접촉이 없는 세상에 산다; 언
어가 그를 재현하지 않음에도 불구하고 그는 역설적으로 언어 안에서
만 존재한다. 재현되지 못하는 자는 언어에 의해서만, 또 대리인을 내
세워 생각한다——다른 영혼이 이 세상과 이 재현의 결여를 이해할지
도 모른다는 생각에 입각하여서 말이다. 《나는 존재한다》라는 저서에
서 이러한 작용은 메타재현적인 인식의 구상과 비슷하면 할수록 더욱
더 분명하다. 하지만 결국 이 메타재현적인 인식에 대한 부정인 언어

---

3) V. Novarina, *Je suis*, Paris, Minuit, 1991.

의 재현이 아니라 할지라도. 더 탁월한 종류의 재현은 없다. 바로 그
것이, 극적인 재현은 반성적인 재현이 아니고 대상의 불충분한 의미
규정에 결코 귀착되지 않음을 명확히 표명하는 방식인 것이다.

자서전적 재현: 무엇보다도 자서전적 재현이 계약——자신의 진실
을 말한다는 의무를 지니고 있다——에 근거를 두고 있다고 가정하는
것은 부질없는 짓이다. 바로 그것이 자서전은 자신의 진실을, 자신의
재현들을, 자신의 기억을 이용한다고 가정하는 것이고, 또 어떤 의미
에서 자선전이 자기 자신의 재현인지를 모르는 것이다. 자서전은 바로
일종의 외연이다; 이러한 외연 없이 자서전은 만들어지지 못할 것이
다. 이러한 재현은 자신에 대해 알고 있는 것에 의한, 또 공적이고 동
시에 사적인 것에 의한 바로 '나' 의 재현이다——시간에 대한 개념을
잊지 않는다. 그러므로 '나' 는 자기 자신에 대한 설명을 하고, 더 이
상 실재하지 않는 자신의 과거에 대한 설명을 한다. 동시에 '나' 는 살
아 있는 것으로 자처한다. 그런 까닭에 기억은 기억보다 더 광범위한
자서전을 합리화하는 데 충분치 않다: 언급된 설명이란 사실을 통한
쓴다는 사실을 통한, 기억의 실현이다. 동시에 기억은 일종의 외연이
다. 쓰기는 하나의 역할을 지지한다——삶을 더 이상 소유하지 않는
것으로 삶 자체를 복원하는 역할이다. 자서전은 기억에 의해, 기억이
모든 것의 근원, 정확히 말해 추억들의 근원이자 자서전이 말하는 삶
의 근원이라는 범위 내에서만 합법적이다. 그로부터 자서전은 일종의
역설적 재현인 것이다: 모든 것의 근원을 잡아두는 것, 기억의 우연성
을 법적으로 인정하는 것, 이 우연성과 모든 것의 근원을 과거에 대한
것과 마찬가지로 모든 현실성에 대하여 무엇인가 부적절한 것을 갖고
있을 법칙에 입각하여 제시하는 것. 그로 인해 《주제반복》[4]이란 이름
으로 자신의 자서전과 이 자서전의 교훈을 보여주었던 루이 르네 데

---

4) L. -R. Des Forêts, *Ostinato*, Paris, Mercure de France, 1997.

포레는 말한다: 자서전은 꿈과 같은 것이다. 꿈이라는 지시를 통해 자서전이 가장 효력 있고, 과거와 이 과거의 모든 현실성을 형상화하는 모든 것의 근원을 추방하고 수용할 수 있는 능력이 있는 재현 같은 것이라고 이해해야만 한다. 자서전이 완성된 재현을 만들 수 있다는 것은, 글쓰기의 법칙과 기억의 영향 아래, 자기 자신을 재현한다는 법칙을 통해서만일 뿐이다. 자서전에서 인생이 운명인 것처럼 보이는 것은 이 법칙에 의한 것일 뿐이다. 쓰기의 위력은 글쓰기가 갖는 재현의 기능 안에서 모든 것의 근원이자, 쓰기 법칙의 우연성에 따라 글쓰기가 재현하는 기억이다. 자서전은 이러한 법칙일 뿐이다. 이 법칙은 모든 것을 버릴 수 있다는 가능성을 유념하는 가운데, 무엇이든지 말을 해야 하는 법칙이다. 여기에 하나의 패러독스가 존재한다: 우리는 언어의 제한 속에서만 말하고, 생각하고, 쓰고 할 수 있다; 그렇지만 언어는 모든 것을 말할 수 없다——언어는 자신의 법칙에 따라서만 말을 한다. 그래서 자서전을 쓰는 것은 반인본주의적 근원적 형태와 같은 것이다: 세상은 현실적으로도 잠재적으로도 우리 세상이 아니다. 자기 자신의 역사를 말하는 것을 시도하는 것은 이 확증된 사실로, 즉 세상의 거부에 이르는 것일 뿐이다.

서술적 재현: 서술적인 재현에서 재현은 허구, 진실 혹은 거짓이라고 전적으로 동등하게 말해질 수 있다. 왜냐하면 서술적 재현은 원칙상 과거를 대상으로 하기 때문이고, 이 재현은 원칙상 세밀하게 입증할 수 없는 것이기 때문이다. 사실상 재현이 허구적으로, 진실로, 거짓말로 제시되는 것은 재현의 위상에 있어서 아무것도 변화시키지 못한다. 이 재현의 위상은 쉽게 규정된다: 서술적 재현은 진술될 수 없는 것의 재현이다. 왜냐하면 재현의 대상은 정의하자면 과거이기 때문이다. 그로부터 재현의 패러독스가 생겨난다. 이야기에서 이러한 재현은 과거로서의 과거를 추방하는 것이다. 왜냐하면 과거는 다양할 수 있는 현실화의 방법들에 의해 얘기된 것이기 때문이다. 이 서술적 재

현은 또한 현재로서의 현재를 추방하는 것이다. 왜냐하면 이야기를 통한, 이야기 속의 현실은 과거의 그 이야기일 뿐이기 때문이다. 이야기가 형성하는 재현의 시기는 결론적으로 현재를 파괴하는, 허용받을 권리를 과거에 부여하는 진행성일 뿐이다——과거의 재현이 형성하는 과거의 객관성에 입각하여, 하지만 자서전에 관해 묘사된 패러독스를 허용하는 기억의 사용에 따른 것이 아니다. 그렇지만 이 재현의 시기는 현재를 보존하고 과거를 현재로 전환시키는 것을 계속해야만 하는 진행성이다. 이야기 창시는 과거로서의 과거로의 후퇴와 마찬가지로 서술 행위인 것이다. 그로 인해 과거는 늘 진행중이다——예변법과 전(前)미래가 나타내는 것이다. 그래서 지금 말하는 자는 이 과거 후인 것이고 이 과거의 현실화 속에 있는 것과 같다. 그로 인해 현재는 완성할 수 없는 것이고, 늘 진행중이다. 프루스트가 말하는 것처럼, 과거와 현재의 완성은 완결된 작품의 권한이란 양상하에서만 있을 뿐이다. 혹은 이야기 속에서, 이야기를 통해서, 이야기란 계기에서 과거의 경험은 일종의 무경험일 뿐이다——이야기란 사실에 의해 폐지된 경험. 이처럼 현재도 현재의 경험도 마찬가지이다.

그것은(서술적 재현) 모리스 블랑쇼의 《내 죽음의 순간》[5]이란 저서에서 우화적 교훈을 갖고 있다. 이 책의 제목 자체는 명료하다: 허구나 거짓 죽음에 관한 문제일 뿐이다. 제목의 의미적 불가능성은 글쓰기를 추방의 영향 아래 설정한다. 더 정확히 말해서 글쓰기는 죽음과 삶의 경험을 폐지하는 글쓰기가 되는 것일 뿐이다. 이러한 우화는 지시에 의해 주제화되는데, 이 지시에 입각하여 죽음의 무경험이란 경험은 계엄령 실행 같은 예가 보여주는 예외적 결과일 뿐이다. 이러한 예외는 설명될 수 있다. 그렇지만 예외는 죽음 밖으로 서술자를 추방하는 엄정성의 실행일 뿐이다. 텍스트에 의한 것도 아니고, 경험을 밖으로의

---

5) M. Blanchot, *L'instant de ma mort*, Montpellier, Fata Morgana, 1994.

추방에 따른 것도 아니며, 죽음과 모든 경험의 진행성 이외는 아무것
도 아닌 경험에 따른 것도 아니고. 이야기가 거짓인지 사실인지, 허구
인지 문헌인지 정의하는 것 이상으로, 이야기가 독자적인 예외이고 경
험을 추방하는 양상을 갖고 있다고 강조하는 것은 중요하다. 죽음에
대한 무경험의 결론처럼 역설적인 결론인 이야기의 결론이 있다. 경험
의 폐지는 인생을, 폐지된 경험이란 양면성의 영향 아래 놓이게 한다:
"나는 살아 있다. 아니, 너는 죽었다"라고 《내 죽음의 순간》의 서술자
는 말한다. 죽은 것의, 과거의 재현은 현재에 대한 삶과 죽음의 권리
를 형상화하는 계기이고, 이 권리에 결부된 결정이다. 만약 이 결정이
늘 진행중이 아니었다면, 이야기는 더 이상 존재하지 않을 것이다. 그
로 인해서 과거로서의 과거로 후퇴는 현재의 추방이다. 그로 인해 이
야기를 만들고자 하는 결정은 이야기를 통해 현재에 대한, 또 과거에
대한 우수한 권리를 실행하는 것과 같다.

　작가가 자신의 목소리로 고백할 때, 작가가 이러한 상실과 추방을 인
식하는 것은 놀라운 일이다. 시인이 문학 안에서, 담론 안에서, 언어
안에서 혼란된 것을 자각하는 것은 흔한 일이다. 시적 창작은 역설적
이라고 선언한 파베세의 경우도 그러하다. 작가는 "그가 이미 알고 있
는 것을 모르는 척한다."[6] 말해야 할 것을 발견하는 것은 선택된 그리
고 인위적인 실행이다. 이러한 발견은 상황들을 인식하는 것이고, 문
학적이고 알려진 공통된 담론들을 인식하는 것이다. 설령 서정적인 말
로 표현한다 할지라도, 작가는 언어와 세상 안에서 헤매는 것인 양 스
스로를 규정해야만 하는데, 이것은 창작하고 있다는 인상을 주기 위해
서이다. 그렇기 때문에 작가는 동시대인들 중에서 가장 교양 있는 사
람이다: 그는 모든 담론들을 알고, 모든 상황들을 알고, 허구를 형상

---

6) C. Pavese, 《문학과 사회 *Littérature et société*》, suivi de 《신화 *Les mythes*》,
Gallimard, 〈Arcades〉, 1999, p.187. Éd. orig. 1949.

화하는 모든 방법들과 개인적인 말을 알고 있다. 문학의 관례들은 수
단들인 것이다. 문학의 관례들은 수단들로 전적으로 사용되는 것을 떠
나서 문학의 기술된 것으로 인정된다. 그것은 서정성은 작가의 고유한
제스처라고, 일반적이고 문학적인 언어의 제스처라고, 주체의 모든
담론들을 내포하는 것이라고 강조하는 것과 같다──주체가 가능한
것으로, 자기 것으로 간주하는 이 담론들은 다른 곳에서, 문학에서,
사회에서 벌써 실현되었다. 여기엔 서정성을 반대하고 거부하는 방법
은 없다. 하지만 서정싱은 문학의 권한과 담론들에 따라서만 구성되는
데, 왜냐하면 이 문학과 담론들은 모든 표현들을 내포하기 때문이라는
것을 언급하는 방법은 있다. 월트 휘트먼과 문학 제국을 전제로 하는
황제 같은 자아의 개념을 상기하면 된다. 변함없는 수사학적 기법에
따라 구성된 대로의 주체인 서정적 주체는 과도한 의미 규정의 형상이
되고, 문학이 갖는 위력의 형상이 된다.

　문학이 모든 것을 재현할 수 있다는 가설에 따라 문학은 재현한다
──원칙상 재현은 자유롭다. 동시에 문학은 자신의 권한에 의해서만
이 재현을 만든다는 가정에 따라 재현한다. 문학적 재현의, 극적 재현
의, 자서전적 재현의, 서술적 재현의, 그리고 서정적 재현의 유형론이
초래하는 앞서 언급된 이중적 확증에서, 기호론적 작용을 발견한다는
결론을 이끌어 내진 못한다: 기호는 그것이 재현하는 것을 부재케 한
다. 오히려 다음과 같이 말해야만 한다: 문학을 기호론적 관점에서 읽
는 것은 이 확증된 사실을 해석하는 것들 중의 하나일 뿐이다; 기호론
적 관점으로 읽기는, 문학이 패러독스들을 실행하는 데 있어서 문학
은 외연의 폐지에 **특히** 결부되어 있고, 문학의 일반적 유형론과 언어
학적 제약들이 내포하는 것의 기술을 통한 문학 위치의 재현에 결부되
어 있다고 강조하는 것을 피한다. 이러한 유형론과 제약들에게서, 문
학이 제한된 사실주의와 회의주의 사이에서 흔들리고 있다는 결론을
내려선 안 된다──제한된 사실주의는 문자에 의한 재현과 자서전이

예증하는 것이다; 회의주의는 극적인 재현에서, 이를테면 '나는 존재한다'의 패러독스와 서술적 재현이 보여주는 경험에 대한 무경험이 예증하는 것이다. 이처럼 문학을 언어의 두 철학적 성향으로 나누는 것은 문학이 자신의 권한과 언어의 위력에 의해 형성하는 분류들을 합리화하는 것과 같다.

자신들만의 모순들에 의해 검토되는 문학적 담론들의 유형론에서, 재현은 자신의 모든 부분들을 단일성으로 축소시킬 수 없다는 사실이 읽혀진다. 그래서 합법적으로 이해되는 문학적 재현은 표현 주체와 표현된 것을 일치시키는 데 있어서 실패한다――이탈로 칼비노의 저서에서 외연의 사용이 전제될 때, 그리고 이 외연이 도시들의 유형론으로 귀착될 때, 불가시성의 언급을 합리화하는 그것이다. 이 유형론은 놀랍게도 메타포적·추론적 언어의 작용에 의해 존재하고, 도시들의 메타포(은유)적 재현에 의해 존재한다――여기서 메타포적 재현은 재현의 단일성을 보여준다. 바로 거기에 문학적 메타포를 문학의 표현들의 내포로 전환시키는 유일한 방법이 있다. 도시들의 추방일 뿐인 도시들의 불가시성은 여전히 남아 있다. 극적 재현에서 배우의 것이자 배우가 맡은 역할의 것이자, 거기에 따른 성과의 것이자 텍스트의 것인 '나는 존재한다'는, 이 '나는 존재한다'의 표현들과 성과들을 단일성으로 축소할 수 없다는 불가능성을 진술한다. 동시에 배우 또는 인물 또는 단순한 서술 행위 또는 텍스트 자체일 수도 있는 목적이 무엇인지 확인할 필요도 없이, 이 '나는 존재한다'는 언어의 문법과 철학에 의해서만 말해질 수 있다. 이렇듯 발레르 노바리나의 《나는 존재한다》에서 배우-인물들이 자기 자신들의, 또 타인의 관찰을 통한 인식을 지켜 준다 할지라도 '나는 존재한다'는 언어의 법칙에 의한 방법이다. 왜냐하면 '나는 존재한다'란 단순한 서술 행위는 모든 상황과 주체를 표현하는, 언어 전체를 끌어들이기 때문이다. 그러므로 배우-인물 또 배우, 그리고 인물을 노출된 인생 같은 것으로 축소할 수 있다는 명백함

안에서 모든 것은 재현된다. 왜냐하면 말할 수 있는 모든 것은 언어에 속하기 때문이다. 노출된 인생은 도시들의 불가시성에 대응하는 것이다. 자서전적 재현에서, 우연성의 기억인 기억은 자서전이 기술하는 신화 또는 운명의 (공간적) 거리를 기억의 소재들에 만들어 준다. 그래서 글쓰기의 법칙과 루이 르네 데 포레가 말하는 외연들의 우연성만이 남을 뿐이다. 함축적인 재현과 추방의 실행을 더 잘 설명할 수 없다. 서술적 재현에서 단일성과 부조화는 과거와 현재의 단일성과 부조화이다. 과거와 현재는 늘 진행중이다. 이러한 진행 상태는 또한 시간의 일정함이 그리는 것인데, 시간상 일률적인 재현이다. 이것은 서술의 법칙에 따른 것이고 경험 또는 현재 자체를 추방하는 대가이다.

그러니까 이것이 바로 문학의 **규정들**이다: 비록 경험이 인용의 대상이라 할지라도 문학과 언어를 경험 재현으로 만들지 말 것. 일반적 문학 담론들의 패러독스들에 따라, 문학은 한편으로 문학을 벗어나 발가벗은 삶을 보여주고, 다른 한편으론 모든 외연의 잠재력으로 제시된다. 진행중인 외연은 언제나 존재한다. 동시에 문학은 삶을 문학이 떨어져 나옴으로써 적용될 수 있는 영역으로 지시한다——떨어져 나온다는 것은 일종의 외연이자 노출된 삶에서 떨어져 나오기이고, 문학이 무경험의, 불가시성의, 단순한 존재의 양상 아래 던져 버리는 것에서 떨어져 나오기이다. 이것은 파베세가 규정하는, 서정적 말의 본보기적 패러독스이다. 그것은 또한 지식에 결부되는 문학의 불가피성이다——이 지식은 변함없는 수사학적 기법이 끌어들이는 것이다. 여기서 분석된 작품들은 반권위적 작품들이다. 이 작품들은 문학 규정의 작품들일 뿐이다. 또한 근대성의 문학이 끊임없이 구축하는 것에 대한 증거들이다.

문학적 재현·극·자서전·이야기인 각각의 텍스트는 자신의 문면에 의해 이해될 수 있는, 금방 언급된 이중성에 의해 이해될 수 있는 선택의 상황을 만든다——비트겐슈타인이 언급한 이중적 도표의 형상들이 양자택일(선택)의 사용인 것처럼 말이다. 여기서 이해해야만 한다: 자신이 구성하는 패러독스들을 소개하기에 문학은 자신의 현실화를 늘 설정하지 않고, 이러한 설정의 결여를 자신의 정의·기능·힘의 한 부분으로 전환시키는 위력이다. 여기에는 문학이 언어의 위상과 동일시된다는 사실이 있다: 우리가 언어는 의미를 부여할 수 있고 또는 의미를 부여할 수 없다고 말할 때는, 언어가 독립적인 현실화를 늘 보여주지 않는 힘 같은 것으로 부여된다고 단순히 말하는 것이다. 재현은 재현에 대한 기피일 수 있다는 가능성은 늘 존재한다: 언어로서 문학은, 문학의 위력이자 이러한 양면성에 의한 문학의 구현이다. 불가시성의 담론이 되는 담론, 결코 존재하지 않았던 것으로 변형되는 과거——이것이 바로 자서전에서 과거가 보여주는 접근 불가능성이다—— '나는 존재한다' 라고 말하는 것은 주체의 존재에 귀착될 수 있는 만큼이나 언어의 위력에 귀착될 수 있다는 사실, 이야기가 전개하는 무경험이란 경험, 이 모든 것들은 언어처럼 문학이 자신의 위력 안에서 사유되어질 수 있음을 나타낸다: 동시에 문학은 세상과 주체의 존재에 대한 외연과 사유를 허용하는데——이것은 재현에 대한 설명을 벗어난 것이다——이러한 외연과 사유는 정확한 방법으로, 또 세상과 주체 그리고 말로 표현할 수 있는 성향을 식별함으로써 이루어진다. 이러한 문학의 위력은 어느 재현과 어느 재현을 현실화될 수 있도록 하고, 작품이 제시하는 이야기와 논거가 이 다양한 현실화들의 **가능성**으로 전개되도록 한다. 이러한 현실화들의 공유와 모순의 사용은 인식의 영역에, 혹은 다른 영역에 속할 수 있는 것을 언어를 통해 포착하는 결정력에서 떼어 놓을 수 없다——우리가 언어의 위력을 알아차리는 순간부터, 어느 영역 또 어느 영역을 식별해야 하는 의무는 없기 때문이다. 재현하는 것은 완전하게 식별하지 않는 것과 같고, 혹은 인식적 관점으로든 합법적 관점으로든 존재론적 관점으로든지간에 재현된 모든 것을 알아보지 않는 것과 같다.

또다시 우리는 **문학의 예외적 상황**을 규정할 수 있다. 이처럼 언어의 위력에, 언어의 위력에 대한 재현에 이르는 것은 말하기의 모든 가능성들을 열어두는 것이다. 왜냐하면 문학은 이러한 말하기를 재현하기 때문이다——마치 《보이지 않는 도시》에서 도시들을 묘사하는 상상력이 이를 증명하듯이, 또한 《나는 존재한다》에서 담론들이 주는 상상력이 이를 증명하듯이. 그것은 또한 예외의 실천에 분명히 도달하는 것이다. **첫번째 의미로:** 이러한 상황들 속에서, 문학은 삶의 형태들에서 떼어 놓을 수 없는 언어로 말해질 수 없다——비트겐슈타인의 표명을 다시 언급하자면, 언어의 가능성들을 형성하는 언어의 위력은 인생 형태들의 가능성들과 반대로 작용된다. 아주 역설적인 **두번째 의미로:** 노출된 삶으로서 문학이 무엇인가를 떼어낼 수 있는 까닭에 문학은 인생에서 제외된다——그것은 도시들의 불가시성이 이해시키는 것이자, 무경험이란 경험의 이야기가 이해시키는 것이다. **세번째 의미로:** 문학은 재현과 담론의 모든 명령에서 제외된다——이러한 명령은 언어의 위력에 속하는 것이 아니다; 문학은 모든 현실을 불가능한 것으로 만들고, 모든 바람을 희망할 수 없는 것으로 만드는 예외인 것이다. 왜냐하면 언어의 위력을 형상화함에 있어서 문학은 이러한 위력과, 또 자신의 다른 위력의 현실화를 능력에서 떼어 놓을 수 없는 요소로 혹은 잠재적인 요소로서만 소개한다. **네번째 의미로:** 언어의 위력을 재현함에 있어서 문학 자체는 더 이상 가능한 것이 아니다——문학은 자신의 위력에 따른, 언어의 유일한 광경과 화자들이 묘사하는 유희의 유일한 광경에 따른 가능성의 결여를 되풀이하는 설명일 뿐이다——이는 극적 재현이 보여주는 바와 같다. 게다가 《내 죽음의 순간》에서 계엄령이란 예외적 상황이란 언급에 의한, 또 죽음의 인용을 언어 위력에 대한 예증으로 바꿔 버리는 것에 의한, 가능한 것(있을 수 있는 일)에 대한 거부는 언어가 적용될 수 있는 모든 객관성을 거부한다. 그러한 객관성에 대한 사유는 언어의 위력이란 가설과 언제나 개방된 외연의 유희란 가설과 경쟁인 상태에 들어가고, 또 이 가설들을 반박한다. 객관성에 대한 일반적인 사유는 언어의 객관성에 대한 적용에 가해진 한계들의 인식을 전제로 하고, 동시에 담론들의 한계를 깨닫게 하는 객관성의 더 효력 있는 형태들이란 가설을 전제로 한다.

고유한 제약들, 언어의 위력에 의해 검토된 문학적 담론들이 최후의 담론들이라는 것은 주목할 일이다: 이 제약들을 통해 문학적 담론들은 어떤 연속도, 어떤 보충적 의미도, 어떤 의미적 기대도 초래하지 않는다. 이러한 종결을 이끌어 내는 것은 문학적 담론들이 외관상으로 위력과 현실화를 이용하는 성격을 띠지 않고, 침묵과 죽음을 통해 주제화되는 것에 부여하는 명백성이다. 이렇듯 우리는 문학 안에서 전형적으로 이해되는, 문학의 종결이 제시하는 반복되는 이미지를 갖게 된다. 문학의 종결은 문학의 언어적 위력에로의 복귀, 다시 말해서 지나친 압축에로의 복귀인 것이다――이것은 사유와 대립하는 것인데, 이러한 대립들은 언어의 위력에 속한다. 또한 문학의 종결은 문학이 사유의 남용으로 복귀하는 것이다――여기서 언급된 텍스트들 역시, 언어의 위력과 대립되는 특징들을 띤 그 대상에 관한 사유이다――도시, 주체, 자서전의 인생, 죽음. 이러한 지나친 사유는 작품에서 언어가 그 위력 안에서 만들어 내는 것의 형상이다: 영원히 미결 상태의 외연을 확립하고 보존하는 것, 비언어적인 것과 잠재적인 관계만을 강조하는 것. 문학의 종결은, 결국 전형적으로 문학의 권리가 아닌, 언어의 위력이 형성하는 권리로 복귀함에 있다. 문학은 특별한 구조를 갖고 있지 않다. 이것은 이중적으로 이해된다: 문학은 한 언어가 갖는 구조들에 의한 것일 뿐이다; 문학은 언어의 위상 자체에 의한 것일 뿐이다―― 언어로서의 문학은 의미를 나타내는 담론의 영역들을 열고 닫는, 의미를 부여하는 단순한 능력과 혼동된다――적어도 문학이 이러한 영역들을 경직시키지 않는 한. 그리고 역설적으로 문학의 종결을 말할 수 있게끔 유도하는 언어의 위력에 대한 진술을 통해, 문학적 담론은 일반적 담론과 구분된다——비록 문학적 담론이 명백한 특성들이 없다 할지라도. 왜냐하면 명백한 특성들은 언어의 표현주의적 사유 안에서 검토되고 실천되기 때문이다. 왜냐하면 이 명백한 특성들은 재현의 패러독스들로 문제없이 복귀한다. 문학적 담론들과 장르들이 갖는 제약들은 언어 위력의 실행이다. 반대로, 같은 패러독스들을 알려 주는 평범한 담론은 실제적으로 이 패러독스들을 해결해야 하는 의무가 있다.

이렇듯 근대성의 주된 수사학적 기법이 설명된다——**로고스·에토스·파토스**가 동등하다는 것이 수사학적 기법이다. 문학은 예외적 상황 안에서, 언어의 표현주의에 의해 동시에 과도한 의미 규정의 사용에 의해서 사유되는 까닭에, 대상에 대한 범주적 질문에로의 전적인 복귀는 부차적인 것이 된다——그래서 극적 재현에서 '나는 존재한다'는 '나는 누구인가?'가보다 더 우세하다. 뿐만 아니라 문자에 의한 묘사들이 주는 속박, 극적인 자서전적인 서술적인 재현들의 속박이 지배적이다——여기서 이러한 재현들은 대상이 갖는 속성의 부연과 주제화를 기발하게 만든다. **로고스**의 권리는 확립되고, 힘은 보존된다——힘은 주체의 말하기의 쓰기의 그것이다. 그래서 도시들은 여전히 보이지 않는 것이며, 말하기의 현실화 속에 갇혀 있다—— '나는 존재한다,' 자서전, 이야기가 그 속에 갇혀 있는 것과 마찬가지로. 그러므로 주체의 힘도, 과거의 힘도 존재하지 않는다. 비록 묘사와 극적 재현 또 이야기의 주체가 재현들에 활기를 확실하게 불러일으킨다 할지라도.

문학이 언어의 위력에 동일시되는 것을 근거로 해서 **언어의 감옥을** 유효한 것으로 인정해서는 안 되고, 또 언어가 어울릴 수도 있는 존재의 난해성을 유효한 것으로 인정해서도 안 되며, 성능적인 요소가 특징짓는 언어의 광경조차 유효한 것으로 인정해선 안 된다. 이 세 가지 주장은 언어 위력의 사실을 인정하지 않게끔 한다. **언어의 감옥과 회의주의의 기능:** 문학이 담론들의 제약들 안에서 보여주는 그대로의 언어 위력이 지니는 패러독스는, 현실의 접근 불가능성과 혼동하지 않는 것이 바람직하다——이것은 기의의, 또 지시대상의 거부와 같은 것이 아니라 불가능성을 설명하는 기표의 명제와 같다. 난해성과 의미에 대한 기대의 기능: 이처럼 같은 패러독스들을 통해 문학이 자기 독자와 마찬가지로 자기 저자를 피한다고 주장되는 것은, 문학이 말로 표현할 수 없음에, 또 미발표된 것에 이르는 것을 전제로 하지 않는다. 이 말로 표현할 수 없음과 미발표는, 누군가 그림에 관해서 보이지 않는 것으로 말했던 것과 마찬가지이다.[7] 또 어느 시인은 그것을 강조한다: "사실은 내 모든 불확실함 중 가장 작은 것(신념이 깃든 시작에서 가장 가까운)은 내게 시적 경험을 주었던 불확실함이다; 그것은 미지의 것에서, 잡을 수 없는 것에서 근원까지 존재하는 사유인 것이다……."[8] **성능적인 것의 기능**: 문학은 대상——작품——이 없는 것일 수도 있고 모든 목적성——의도적 대상——을 벗어날 수도 있다. 문체는 쓰는 행위 안에서 기술되고 읽혀지는 것이다. 다시 말해서 문체를 구성하는 행위 안에서, 또 읽는 행위 안에서 기술되고 이해된다는 것이다——읽는 행위가 기술된 것의 현실화인지, 아니면 근원적으로 독립된 제스처인지 알 수 없다. 사실상 문학에의 반의도적인 접근을 특징짓는 방법은 궁극적으로 두 가지뿐이다. 첫째, 쓰기와 읽기는 문체 속에 편입된 의식의 체험들이라고 가정하자——그러므로 이렇게 이해된 문학은 이 의식의 체험들로 축소되는 것을 반대하지 않는다고 말해야만 되고, 문학은 의식의 상황 같은 것으로서 씌어지고 읽힌다고 말해야만 한다. 문학적 담론들에 속하는 모순들은 실질적으로 문학 자체에 나타나는 의식의 패러독스들이 된다. 둘째, 성과적인 것으로 인지되는 문학은 담론 안에서만, 다양하고 많은 담론들 안에서만

---

7) J.-L. Marion을 참조할 것. 《보이는 것의 교차점 *La croisée du visible*》, Paris, PUF, 1996, p.28 et sq.

8) P. Jacottet, 《부재하는 형상들이 깃든 풍경들 *Paysages avec figures absentes*》, Paris, Gallimard, 1976, p.179.

머문다고 가정하자. 말과 쓰기(실현된 것)의 관계에 대한 문제가 남아 있는 것 뿐만 아니라, 문학이 담론에만 동일시되는 것은 문학을 꾸밈없는 담론의 보고로 보는 것과 같다. 사뮈엘 베케트가 작품의 꾸밈없는 상태에 대해 말했던 것처럼.[9] 이것은 실현된 것, 실현된 담론들의 가정을 제거하지 않고 문학을 독특함에 일치시킨다. 우리는 이 독특함이 문학의 예외적 상황에 대한 반대로 인해 규정되고 이해되는지 알 수 없다. 또한 이 독특함이 언어의 위력에 가장 근접한 것으로 실현된 언어로 된 것인지 아닌지 알 수 없다. 성과적인 것이란 확증된 사실로부터 제기된 이같은 의문은 답이 없다: 우리는 이 성과적인 요소를 보이는 그대로 생각할 뿐이다. 이 성과적인 요소에 의해 문학을 특징짓는 것은 문학이 아무것도 보장하지 않는다고 제시하는 것과 같고, 또한 문학을 언어의 위력에 동일시하는 것을 논하는 것과 같다. 사실상 회의주의, 미지의 것의 의미에 대한 기대, 성능적인 것, 이것들은 함축적인 확증인 것의 성격 규정을 하지 못한다: 문학적 재현이 형성하는 과도한 의미 규정이란 확증.

문학적 재현들과 결정 불가능성

문학적 재현의 패러독스들은 재현과 **표상**(표현)의 사용에 의해 다시 명확하게 표명될 수 있다. **표상**(표현)은 이렇게 이해된다: 어떤 전체에 속하는 대상은 표현된다. **재현**은 이렇게 이해된다: 표현된 대상들을 포함하는 전체는 재현된다——표현된 대상들은 사실상 이 재현 안에 머무는 것이다. 재현의 권리, 전형화의 권리, 재현하는 자가 갖는 권한의 권리에 대한 문제들은 발견될 수 있다: 단위들의 설명을 허용하고,

---

9) S. Beckett를 참조할 것, 《회사 *Compagnie*》, Paris, Minuit, 1985.

이 단위들이 속한 전체 안에서의 재현들을 허용하는 것은 무엇인가? 이같은 명확한 표명은 문학적 재현의 패러독스들을 연속적으로 읽게끔 하고, 이 패러독스들이 결정할 수 없는 진술을 요청하는 것을 강조하게끔 한다: 과도한 의미 규정은 공동 장소와 커뮤니케이션의 모든 구상을 기피하는 방법이 된다——공동 장소와 커뮤니케이션은 재현에, 그 권한에, 언어의 위력에 결부될 수 있다. 우리는 언어의 위력을 강조한다. 문학은 공동 장소를 구성하지 않으면서 스스로를 독자적인 재현의 권리로 소개한다. 다른 한편으론, 문학은 모든 재현의 장소와도 같은 자기 전체를 공동 장소로 내세운다. 이 장소는 의문시될 수 없다. 왜냐하면 그것은 초월적이고 동시에 내재적인 총체의 장소이기 때문이다. 초월성: 문학은 몇몇 (문학의) 부분들의 존재함 또는 존재하지 않음에 종속되지 않는다. 내재성: 문학은 자신의 부분들 안에만 있을 뿐 그 어떤 곳에도 없다. 여기에 변함없는 수사학적 기법의, 또 이 기법의 후속들에 대한 해석이 있다.

 문자에 의한 재현: 《보이지 않는 도시》는 소개된 도시들의 재현인데, 다시 말하자면 한 총체(작품에선 중국)에 속하는 각각의 도시가 유일한 것으로 설명된다. **극적인 재현**: '나는 존재한다' 라고 말하는 배우-인물은 확실히 언어에 속하는데, 그는 말하는 존재이기 때문이다 ——그러니까 그는 표현된 것이다. 그는 재현될 수는 없다. 왜냐하면 자신의 문법이고 철학일 뿐인 언어는 결정 불가능한 상태를 단언하는 능력이 없다—— '나는 존재한다' 라고 말할 때 어떻게 배우인지 인물인지 가려낼 수 있겠는가? 또한 결론적으로 언어는 배우와 인물을 분명하게 해명할 수 있는 능력도 없고 이 둘을 재현할 수 있는 능력도 없다. 이렇듯 인물-배우는 개별성(**독특함**)을 형성한다: 언어의 일반성은 이 인물-배우에게 적용될 수 없다——인물-배우는 언어에 속하고, 말하는 존재이지만 그는 언어에 의해 재현될 수 없다: 말하는 존재들을 포함하는 전체의 다양한 단원들이 재현될 수 없는 것과 마찬가지이

다. **자서전적 재현**: 따라서 자서전에서 과거는 자선전의 대상이다. 이 과거는 한 인생의 모든 것의 근원으로서 정의된다. 글자 그대로 한 인생의 익명성, 한 인생의 순간들·행위들·상황들의 익명성——이렇게 루이 르네 데 포레의 설명을 이해해야만 한다. 익명은 표현될 수 없다——있는 그대로 명명될 수 없다. 그것은 명명될 수 있는 전체에 속하는 것으로 단정될 수 없다. 그렇지만 인생의 익명성은 재현된다——작가의 삶에 포함된 채로, 작가의 정체성에 포함된 채로. 작가가 자신의 자서전을 쓰는 것은 이중적으로 이해된 글쓰기의 법칙에 의해 이 재현을 실천하는 것이다: 자서전 쓰기의 법칙, 자서전 작가의 정체성의 법칙. **서술적인 재현**: 경험의 무경험이란 설명을 통해《내 죽음의 순간》은 사실상 시간에 대한 무경험을 말하고, 시간의 초시간성을 말한다. 서술된 과거는 서술 행위의 현실성에 속하지 않는다. 이 현실성이 과거에 속하지 않는 것처럼. 역사(사실성)의 시간과 이야기의 시간도 작가의 존재론적 시간에 속하지 않는다. 이 시간들은 불명확한 시간에 속한다고 말해야만 할 것이다. 이야기가 이 '소속되지 않음'을 자신만의 패러독스를 통해 구성하는 것이기 때문에, 이야기 속에서 표현되지도 표현될 수도 없는 다양한 시간들의 재현일 수가 없다.

재현의 이러한 유형론은 재현의 가능한 유형들의 전체를 설명해 주는 대칭적 총체들에 의해 제시된다. 이것은 소속(표현)/재현이란 이중항을 사용하는 순간부터이다: **문학적 재현**——소속(표현)과 재현——그리고 **서술적 재현**——소속(표현)도 아니고, 재현도 아닌 것——또 **극적 재현**——소속(표현)과 재현의 결여. 이러한 이중성들 각각은 그 자체로는 설명될 수 없다. 그것은 이 이중성들이 형성하는 전체에 의해 설명될 수 있기 때문이다. 첫번째 이중성에서, 재현의 권리를 검토하는 것에 대한 거부가 읽힌다. 두번째 이중성에서, 역사성(사실성)을 검토하는 것에 대한 거부가 읽힌다. 이해해야만 하는 것은: 이야기를 구성하는 패러독스를 명백하게 하는 것은 차이점으로서 나타나는 것을 다루지 않는 방법이다——이 차이점으로 나타나는 것은 개인적인 역사일 수 있는 역사 자체이다. 세번째 이중성에서, 이미 표현되지 않은 것, 소속되지 않은 것을 재현해야만 하는 어려움이 있다는 것이 읽힌다. 네번째 이중성에서, 완전히 무의한 것은 아닌 표명에서 오로지 범주에 관한 표명만은 아닌 표명으로 옮겨가야만 하는 어려움이 읽힌다——존재에 관한 표명이다. '나는 존재한다'는, 이것이 답해야만 하는 것의 어떤 해결책도 예정해 주지 않는다. 말로 추구함에 있어서 배우—인물은 재현하지 않는 언어가 결정력의 오류를 해석하도록 허용한다는 명백성만으로 추구하게끔 한다.

이러한 이중성들은 하나의 전체로 말해질 수 있다: 재현의 어려움은 네 배다——그러니까 재현의 어려움은 재현의 권리가, 재현의 대상의 개별성이, 대상의 유동적인 표현의 결여가, 역사 안에서 정체성의 차이점이 제시하는 어려움이다. 매번 불충분한 의미 규정과 과도한 의미 규정의 사용을 언급해야만 한다. 이러한 이중성들을 경시하는 것은, 마치 언어 의식과 언어라는 확증된 사실이 문학 안에서 언어와 언어의 명료한 과정들을 이 의식과 확증된 사실에 되돌려 주었던 것처럼 생각하는 것과 같다. 또한 쓰고 말하는 사실을 통해 모든 것은 언어에 의해 재현할 수 있었던 것처럼——무경험조차도——생각하는 것과 같다. 그래서 언어가 보장하는 질문을 벗어나 언어의 패러독스들에 의해서만 씌어질 수 있다는 결론을 내린다. 그런데 분석된 작품들에서, 문제가 된 것을 표현의 결여를 통해 결코 식별할 수 없다——그래서 한 인생의 자서전은 이 인생의 순간들에 대한 판별과 설명을 벗어나서 씌어지는 것이다. 또한 문제가 된 것을 재현의 결여를 통해서도 식별할 수 없다——그래서 '나는 존재한다'라고 말하는 것은 많은 사람들의, 많은 생물들의 존재에 대한 확인일 수 있는데, 개인적으로 검토된 말하는 존재도 말하는 존재들의 총체도 묘사할 필요가 없다. 또한 문제가 된 것을 표현과 재현의 결여를 통해서도 인지할 수 없다——그래서 이야기는 어떤 시간의 이야기도 아니다. 표현과 재현이 획득될 때 재현의 권리에 대한 문제가 제시된다. 다시 말해서 재현이 표현들을 포함할 수 있다고 정당화시키는 것에 대한 문제가 제시된다. 그래서 《보이지 않는 도시》에서 도시들의 재현을 설명하는 마르코 폴로는, 중국 전체를 독단적인 권리에 의해 재현하는 자의 확실한 경쟁자이다: 이 독단적인 권리에 의해 재현하는 자는 황제이다.

우리는 이렇게 언급된 사항들에 답하려고 시도하는 현대 비평의 방법론들에 관한 목록을 작성할 수도 있다. 그 대답들은 담화론적인 대답들이다. **재현의 권리의 난점**: 재현은 담론일 뿐이다; 재현의 권리는 담론의 권리이다; 이 담론의 권리에 의해 재현의 권리란 문제가 사라진다. **개별성을 보여주는 재현의 문제**: 인간의 특성에 관련된 문제인 까닭에, 말하는 인간을 명시해야만 한다――말하는 인간의 훌륭한 담론 자체도 재현인 것이다. **대상과 주체의 유연성 있는 재현의 결여**: 담론일 뿐인 재현은 결국 언제나 선례를 갖고 있는 한 담론인 것이다―― 이것은 상호 텍스트성에 의해 설명되는 것이고, 이미 표현되지 못한 것의 재현에 관한 문제와 재현의 창작에 관한 문제를 배제하는 것이다. **역사 안에서 정체성의 차이를 재현하는 난점**: 텍스트주의에 입각하여 역사를 읽는 것은 필요 불가결하다. 역사는 차이점들에 관한 글쓰기이자, 이야기들 자체이다. 이러한 이야기들은 차이점들에 대한 기록과 같은 것이고 입장들을 만든다. 이러한 모든 답변들은 담론들이 갖는 제약들을 다루는데, 마치 이 제약들이 문제가 아니었던 것처럼 취급한다; 답변들은 문학의 권리를 확립한다――문학을 문학의 안과 밖을 구분할 수 있는 것으로 만듦으로써 그리고 문학을 모든 것을 재현할 수 있는 것으로 규정함으로써. 그러므로 문학은 언제나 모든 재현의 한계를 넘는다. 문학은 축소할 수 없는 격차인 동시에 문학은 함축한다. 문학의 예외적 상황을 강조해야만 한다.

사실상 문학의 이러한 상황은 명확히 표명될 수 있는 몇몇 선례를 갖는다. 플로베르: 사태들을 말하기 위해선 너무 많은 말과 의미가 있다; 사실주의는 외연을 통해 드러난 것들을 문학이 형성하는 말들과 의미의 제국에 일치하게끔 하는 노력일 뿐이다. 상징주의는 언어의 자발적인 예측 성향을 주장한다. 상징의 문학적 설립은 글쓰기가 언어로 복귀하는 것이다——언어는 모든 것을 말하는 수단인데, 결론적으로 모든 것을 기피하는 수단이거나 또는 모든 것(존재하지 않는 것조차)을 기대하는 수단이다. 기표들에 의해 추구되어지는 글쓰기에서, 해체와 무위의 문학은 이러한 지적들을 반대하지 않는다. 넘쳐나는 기표들에서, 기표들에 의해 추구되는 글쓰기에서 언어 역량의 일반적 양상이 드러난다. 언어는 자신의 외연 속에서, 행위들 속에서 고갈되지 않는다——이 행위들이란 말과 담론들이다. 사실주의에서 반사실주의까지, 시인의 화술이 사라진 시풍에서 시인이 '나'라고 말하고 스스로를 허구로 보는 시풍까지 그 계보가 읽힌다.

그래서 문학은 언어 역량에 따른 전형화이다. 외연과 외연의 부재의 사용은 합법적인 순간을 결정할 수 없는 순간으로 바꿔 버린다. 이러한 결정 불가능성은 어느 작품에 의미를 부여하는 어려움으로, 여러 가능한 의미들 사이에서 선택하는 어려움으로, 기표(시니피앙)의 특별한 위치를 결정해야 하는 어려움으로 설명된다. 이 결정 불가능성은 의미에 대한 망설임을 뜻하는 것이 아니고, 의미에 대한 거부를 뜻하는 것도 아니며, 작품을 어떤 상황에 배정함에 있어서의 어려움을 뜻하는 것도 아니다. 그러나 다음과 같은 간단한 사실을 뜻한다: 언어의 능력이란 상황에 대한 진술 안에서, 언어의 사용은 결정 불가능성에 대한 검증에 따라 모든 기표들과 기의(시니피에)들의 구성하는 가능성을 사용하는 것일 뿐이다. 그로 인해서 작품이 또 담론이 포함하는 일종의 신비함이 있고, 또는 일종의 무상성이 있다. 문학의 해석학이란 문제는 이같은 결정 불가능성에 대한 문제일 뿐이다. 문학의 커뮤니케이션에 대한 문제 또한 이 결정 불가능성에 대한 문제일 뿐이다. 바로 이 시점에서 문학의 역사적 연속성이 의미론적 결정 불가능성에 따라 쉽게 읽힌다. 그리고 이 의미론적 결정 불가능성은 합법적으로 결정 불가능한 것의 형상화에서 분리될 수 없다. 그것은 이러한 확증된 사실들은 문학의 내재성과 초월성에 대한 언급과의 비교에 따라 쉽게 읽힐 수 있는 까닭이다: 문학은 자신의 총체에 의해, 자신의 내재성 그리고 초월성에 의해 사유되는 것이기 때문에, 문학은 정확히 정의되어선 안 되는 것이다.

사실주의에선 특별한 전형이 없는 동시에 사실과 평범함의 본보기가 있다는 것을 이해할 수 있다. 헨리 제임스가 언급했던 바에 따르면, 사실주의 소설의 인물은 현실에서 존재하는 것 같지만 하나의 유형으로서 등장한다. 물론 이 인물은 수많은 평범한 인물들 중의 하나이다. 그러하기에 불충분한 의미 규정과 과도한 의미 규정의 작용이 읽히는 것이다. 사실주의 소설은 보잘것없는 현실을 다루고 계열을 만드는 것처럼 이해된다. 본보기가 되는 예는, 역설적으로 들릴지는 모르나 평범한 것의 합법적인 포착이다. 만약 평범한 것이 증명되어야만 한다면 예외적으로 그럴 수 있다. '예외적으로' 라는 것은 이중적으로 이해될 수 있다. **선언이란 방법에 의하여**: 평범한 것은 명확히 말해진다. **예외적 직역의 방법에 의하여**: 이 평범한 것은 설명되고 동시에 거부된 것과 같다; 평범한 것은 합법적으로 배제되는 한에서만 본보기로서 제시된다. 여기서 사실주의 소설에서 위반에 대한 주제의 중요성이 생겨나고, 또한 소설이 평범한 것을 본보기로 설정하는 합법적으로 인지할 수 없는 것의 중요성이 생겨난다. 그래서 비평은 사실주의 소설들의 도덕성과 부도덕성을 정의하는 데 집중한다. 표본은 자신이 속한 상황에서 떨어져 나옴으로써만, 또 표준에 연결됨으로써만 만들어진다. 그렇지만 표본은 이미 자신만의 상황 속에, 하지만 아직 선언되지 않은 상황 속에 존재하고 있다. 궤변적 형상을 하는 결정할 수 없는 것은, 문학이 표준에 의해 재현하는 것을 결정하고 동시에 결정하지 않

는다는 것을 조건으로 삼는다——문학은 양면성을 통해 자신을 표준
에서 제외하고 동시에 문학은 재현의 표준이다. 이러한 결정의 결여는
사실주의의 토대적인 가설과 떨어질 수 없다: 의미들과 표현들은 언제
나 가변적이다. 이 표현들은 많은 표본들일 수 있는 대상과 주체들에
게 의미들을 부여하고 또 부여하지 못하게 하는 일종의 잉여분을 구축
한다. 여기에 문제 성향에 대한 거부가 있다.

  상징주의에서 시는 자체의 본질을, 달리 말해서 자신만의 사건을 완
성해야만 한다. 그리고 시가 한 사건의 환기일 수 있다. 모든 사건은
우연인 동시에 필연인데, 어떤 상황에 확실히 영향을 미칠 수 없다. 사
건의 소속을 결정할 수 없고, 사건이 진술하는 것의 소속을 조사할 수
없다. 사건이 무엇보다도 먼저 진술되는 것은 아니라 할지라도. 사건
의 환기에서 시가 사건이어야만 하는 것은 사건에서 아무것도 결정할
수 없는 것을, 또 사건에 대해 법칙 없이 논의할 수만 있다는 것을 반
복하도록 하는 방법일 뿐이다. 이것은 결정할 수 없는 것을 반복하는
것과 같다. 우리는 아무것도 사건의 임명을 허용하지 않는다는 사실
과——자체에 의해서만 말해질 수 있는 것이 사건이 아니라고 한다면
——시가 사건을 설명한다는 사실 사이에서 선택하지 못한다. 그러므
로 사건은 언어 위력의 형상일 뿐이다. 그런데 비유적으로 이 언어의
위력은 한 사건을 드러내면서 구체화된다. 그리고 우리는 이 사건에 관
해서는 법칙 없이만 논의할 수 있다. 한 사건에 의해 시를 소개하면서
상징주의 문학은 사건의 패러독스에 의해 정의되게끔 하는 것이다. 상
징주의 문학은 자신의 주장과 의문에 대한 권한을 규정하는데, 이같은
권한의 법칙을 규정하진 않는다. 그런 까닭에 사건은 문제성의 형상으
로서 읽힐 수 있음에도 불구하고, 상징주의 문학은 확고히 언어적 계
기·재현적 계기·해석학적 계기일 수 있다.

  20세기 **문학의 아방가르드**(avant-garde)에서, 이 문학의 아방가르드
는 작가들의 이름에 의해, 특수한 이름에 의해 명명된다. 여기엔 혁신

을 일으키는 것의 패러독스, 한 과정을 확립하는 것으로 이해되는 것의 패러독스, 분열을 조장하면서 또 법칙을 만드는 것의 패러독스, 특이한 것의 그리고 자체의 소속과 재현의 형상을 제시하는 것의 패러독스가 있다. 이것이 아방가르드파들의 이중성을 조장한다는 것을 우린 알고 있다——브르통의 이름 또는 초현실주의의 이름에서 어느 것이 가장 중요한 것인가, 파운드의 이름 또는 심상주의(imagisme)의 이름에서 어느 것이 가장 중요한 것인가? 그리고 이 아방가르드의 미학들이 만들어진 것을 이미 알고 있다——무엇보다도 사건의 미학인, 초현실주의의 예측할 수 없는 것의 미학인, 사건이란 영향하에 대상을 검토하는 심상주의의 객관성의 미학인 것의 법칙을 어떻게 만들 수 있는가? 놀랍게도 그러한 이중성에서 생겨나는 작품은, 이 이중성을 알려 주는 고유명사들의 견지에서 보아, 모순에 부딪치는 것으로 말해질 수 있다. 마치 작품이 다른 작품들에게도 법칙일 수 있는 하나의 법칙에 의해 말해지듯이, 또한 모든 법칙을 벗어나서 말해질 수 있듯이 말이다. 그것은 작품이 예측할 수 없는 것에 의한, 또 객관성의 직접성에 의한 것이기 때문이다. 언어의 위력에 결부된 모든 시의 모순인, 직접성과 과정의 모순은 결정할 수 없는 것을 조장한다.

미학들에서, **시학들**에서, **기표**의 그리고 **무위**의 작품들에서 우리는 술어학적 범속화를 깨닫게 된다: 생각할 수 없는 생각, 완성되지 않는 위반, 작품이 아닌 작품 등등. 이러한 모순들은 전 시대 문학을 바탕으로 읽히는 이중성들의 연속이고, 또 이 이중성들이 갖는 불가능성의 표현이다——평범한 것의 합법화, 사건의 우연과 필연, 문학의 단절과 과정. 여기에는 다음과 같은 문제가 있다: 결정할 수 없는 것을 선택할 수 있기 위해, 결국 문학에 대한 부정을 말하고 가능하게 하기 위해서 문학은 무엇을 체념하는가?——반문학이 문학을 결정 불가능성의 영향하에 위치시키지 않는 한 반문학은 문학을 파괴하지 않는다. 문학은 언어에 대한, 현실에 대한 모든 문제를 체념해야만 한다. 이같은 문제는 문학이 현실성의 확증을, 또 언어의 확증을 회피하게 한다. 그래서 일련의 작품들과 일련의 표현들이 구성하는 이러한 확증들의 연쇄를 회피하게 한다. 이것은 이러한 확증된 사실들을 배반하지 않는 하나의 방법이다: 독립된 방식들, 현실, 문학을 전개하고, 문학의 확실성을 제시하는 것을 멈춘다——여기에 언어의 표현주의적 이론의 재정의가 있다. 사실을 표현하는 것에 의해, 또 문학의 실재와 문학에 대한 의문에 의해 문학이 제약을 받는지 안 받는지 밝히는 것을 문학은 선택할 필요가 없다. 여기에는 우리가 실효성으로 명명할 것의 명백한 작용이 있는 것이다: 모든 대상, 모든 현실은 과도한 의미 규정의 작용이 갖는 양면성 때문에 문학의 결과처럼 제시되고, 문학에 의해 주어진 목적들로서 제시된다. 이렇게 문학은 모든 것을 흡수하게 된다. 문학과 그 대상과의 관계를 검토하기 위해서 문학으로부터 출발하는 것, 그것은 문학이 자체의 요구를 고백하도록 하는 것에 대한 거부와도 같다——자유롭게 세상에 적용되는 것, 즉 자체적인 권한에 의해, 이 권한에 대한 문제 제기를 배제함으로써 세상에 적용되는 것이다. 그래서 2세기 전부터 시학들과 비평은 '문학은 무엇인가'에 대한 요지에 집중하는 것이다. 그러니까 의미를 정의하고, 또 너무 지나치게 명확히 의미를 정의하는(즉 과도한 의미 규정) 행위에 집중하는 것이 아닌, 문학의 자율성이 구축하는 것에 집중하는 것이다.

언어의 위력에 이르는 문학은 장르들에 대한 제약들 안에서 기호론적·의미론적 제약들을 발견한다. 우리가 언어를 벗어날 수 있는 것은 언어가 문학의 법칙이 되고 언어가 문학의 과정을 정의한다는 것을 필히 뜻하는 것은 아니다. 문학 과정에 대한 이러한 정의는 더욱더 역설적이 된다. 왜냐하면 언어가 언어 위력의 형상에 의해 실례로서 진술된다면——즉 2세기 전부터 나타난 문학의 주요한 특색들과 제안들을 받아들인다면——이러한 언어의 위력은 문법의 형태하에서 말해질 때를 제외하곤 과정으로 만들어질 수 없는 까닭이기 때문이다. 따라서 언어의 기호학적 · 언어학적 제약들에 따라 문학을 창작하는 것은 문학을, 또 문학의 구현을, 패러독스들을 담론과 재현의 세계 안에서의 단절로 만들어 버리는 것이 된다——결정 불가능한 것이 이 단절일 수 있다. 이것은 언어가 갖는 기호론적 · 의미론적 패러독스들이 본래 문학의 과정을 구축하고 문학 작품을 언어 위력의 영향하에 설정한다고 단언하는 것과는 다른 문제이다. 문학을 언어 과정과 위력에 동일시하는 것은 결정할 수 없는 것이 무엇을 의미하는지 모르는 것과 같다——이 결정할 수 없는 것은 언어적 위력을 갖는 문학이 끊임없이 기술하고 확인하고자 하는 과정이 된다.

언어적, 재현적, 그리고 해석학적인 순간을 벗어난 문학. 환상 소설, 추리 소설, 몽상적 이야기, 이근동류시, 공상과학 소설

　언어가 지니는, 그리고 언어가 특히 문학 담론에서 드러나게 하는 결정 불가능한 것에 대해 주목하는 것은 타당한 일이다. 달리 말하자면: 우리는 언어의 기호학적이고 의미론적인 패러독스들을 문학 장르들을 통해, 또는 담론들을 통해 분명하게 드러낸다는 사실이 보장해 주는 것에 주목하는 것은 타당한 일이다. 언어의 역량을 지닌 문학은 다음에 열거될 사실들과 자연스럽게 혼동된다. 즉 문학이 궁극적으로는 지속적으로 의문을 제시한다는 사실, 독자는 문학과 문학의 궁극성에 대한 각각의 정의를 바탕으로, 또 모든 사물과 세상이 이 의문 제기에 의해 충분히 가늠될 수 있다는 사실: 이것은 이러한 사실들을 바탕으로, 문학이 지속적으로 일어나는 의문들에 대해 해답을 제시해야만 한다는 것을 가정해 준다. 이처럼 결정 불가능한 것을 사용하는 것은 사실상 '결정 불가능함'이 부족하다는 것을 의미할 수도 있다. 왜냐하면 이러한 예외에 대한 사용은 일종의 표준을 지시하는 것이기 때문이다: 언어의 표준이거나, 사유 자체일 수 있거나 동시에 사유를 부정하는 사유의 표준이다.

문학 담론들이 갖는 패러독스들을 바탕으로 우리가 표명할 수 있는 결정 불가능성에 대한 또 다른 해석이 존재한다. 이 해석은 우선 결정 불가능성이 단지 의문을 위해 주어지는 것처럼 의문성의 표출만을 나타내는 것이 아니며, 결과적으로 언어적 역량의 형상도 아니라는 것이다. 언어가 갖는 패러독스들은 필연적으로 패러독스만을 위한 패러독스가 아니며, 또한 문학 담론들에 대한 엄밀한 의미 규정도 아니다. 이 패러독스들과 거기에 관한 의문성은 표출되는 즉시 다른 질문들에 응답한다. 재현의 권리가 갖는 문제점은 재현에 대한 보증인의 문제 속에서 요약된다. 이탈로 칼비노의 《보이지 않는 도시》를 봐서 알다시피, 재현에 대한 몇몇 보증인들이 있을 수 있다——이 소설의 경우에는 마르코 폴로와 황제를 들 수 있다. 특별한 대상과 주체들을 재현하는 데 있어서의 어려운 점은, 일종의 개별성과 결부된 모든 서술된 것에 대한 언어적 보증의 문제를 제시한다는 데 있다. 대상에 대한 가변적인 재현의 결여에 결부된 문제점은, 시간 속에서 한 재현을 다시 다루는 것에 대한 보증의 문제를 제시한다. 역사 속에서의 정체성의 차이점에 대한 문제는 시간적 연속성의 구상에 대한 문제를 야기한다.

이러한 보증들에 대해 확실히 언급할 수 있는 것은 이 보증들은 결코 확증될 수 없다는 것이고, 또한 언제나 논쟁의 대상이 된다는 것이다. 그렇지만 언제나 논쟁의 대상이 된다는 것은 명확한 의미를 갖는다. 이 보증들에 관한 논쟁이 결정 불가능성의 표출이란 사안에 이르는 것으로 필히 결론내려지는 것은 아니다. 여기서 고려해야 할 점은, 보증에 관한 문제점은 문제 자체로서 다루어진다는 것이다. 우리는 이제 보증의 문제점들이 형성하는 난관에 봉착한다: 난관에 대한 언급을 통해 우리는 보증을 가장 훌륭하게 대체하는 표현에 이른다——즉 증명될 수 없는 보증이 바로 그것이다. 보증의 문제는 한 담론에 가치를 부여하는 방식일 수 있고, 또한 이 문제를 담론에 대한 규약으로 바꿔 버린다. 왜냐하면 담론이 공동적인 담론일 때——문학적 담론의 경우도 여기에 해당된다——보증의 문제는 전적인 담론의 문제가 되기 때문이다. 이런 견해들은 '결정 불가능함'이란 관점하에, 그리고 예외라는 관점 하에 명확하게 다시 표명될 수 있다. **결정 불가능한 것**: 이것은 의미가 갖는 어떤 불가능성을 지시하지 않으며, 외연과 외연의 부재 간의 동등성을 지시하는 것도 아니며, 또한 문학의 권리를 지시하는 것도 아니다. 하지만 결정 불가능한 것은 보증이 지니는 난관의 형상이다. 이 난관은 자체적인 보증이기도 하다. **예외**: 보증의 결여로 인해 담론과 확언은 재현에서 배제될 수 있다. 이 시점에서 우리는 추방에 대한 견해를 특수한 형태하에서 재확인한다. 어떤 보증도 확실한 것이 아니기 때문에 이 추방이란 문제는 영구적일 수 있다. 그렇지만 또 이 지속성이 보증의 문제를 해체할 수 있기 때문에, 이 추방은 지속적이 아닐 수도 있다. 문학이 갖는 예외적 상황을 해체한다는 것은, 우리가 결정 불가능한 것을 그 자체로서 표출시키거나, 가치 부여하는 것을 멈추는 것이라고 가정하는 것이다.

'결정 불가능한 성향'을 확고히 다루는 것은, 결국 이 결정 불가능한 것을 자체적으로 해답이 주어지지 않는 문제로 만들어 버리는 데에 있고——만약 해답이 결정 불가능성의 대상이 아니라고 한다면——이 해답의 결여를 문학 절차의 방식으로 만들어 버리는 데에 있다. 물론 이 문학 절차의 방식은 언어의 패러독스들에 의해 직접적으로 이해되지 않으며, 또 오로지 결정 불가능성에 의해 이해되지도 않는다. 이것은 결국 재현의 권리에 대한 문제를 개혁하고자 함이고, 언어 영역의 역량에 대한 테마화를 모든 행위 · 시간 · 역사 · 현실 자체의 영역으로 옮기고자 함이다. 이미 언급된 양면성들 각각의 문제점들은 언어의 역량에 의거해 더 이상 제시되지 않는, 그렇다고 언어의 패러독스들을 반박하지도 않는 문학 작품 속에서 표출될 수 있다. 이제 문학을 내재적이고 초월적인 총체로 보는 것은 더 이상 아무런 의미를 갖지 못한다.

　문학 자체에 따라 모든 사물과 문학 자체를 말하는 문학의 의도를 특징화하는 가장 좋은 방법은 예외적 상황 안에, 문학이 인식하지 못하는 어떤 대상 앞에 문학을 대면시키는 것이다. 결국 문학의 대상을 문학과 조화를 이루도록 해야 한다. 특히 문학의 적용들을 다시 서술하게끔 하는 문학의 대상과, 적용들을 지배하는 기준들이 서로 조화를 이루도록 만들어야 한다. 이러한 도치는 관계의 결여에 따른 재현의 유형들을 그 대상들과 동일시하게끔 한다. 대상은 보이지 않게끔 된다: 모든 주관적인 서술은 주체의 견지에서 일종의 아포리아(aporia; 논리적 궁지)이다. 그래서 재현의 전례는 배제된다. 그 주관적 서술에는 어떠한 시간의 형상이나 경험의 형상도 존재하지 않는다: 매번 이러한 관계의 결여가 존재한다. 재현의 기능은 두 가지로 읽힐 수 있다: 내포와 배제의 양면성에 따라; 관계의 결여로 인해 제기되는 의문점에 따라. 재현의 대상은 자신의 내포와 추방의 영향하에 놓이기보다는, 재현(프랑스어. représentation)과 전형화(프랑스어. représentance)에 결부된 여러 범주를 넘어선 한 단계의 영향하에 놓인다. 재현에 대한 문제점들과 양면성들은 다음과 같이 해석된다: 즉 재현에서 배제되는 것은 재현의 법칙이다; 언어에 소속된다는 사실에 의해 재현되지 못하는 것은 이 소속이 연루시키는 문맥에 의해 재현된다; 전례 없는 유일한 재현의 문맥은, 스스로 유발하는 다양한 해답들에 의해 재현될 수 있는 만큼 범주적 문제들을 대신할 수 있다; 현재에 대한 관례적인 성격 규정들은 현재에 대한 과도한 의미 규정을 말하는 것을 허용하지 않음에도 불구하고, 시간적 재현의 결여는 현재에 대한 과도한 의미 규정을 전제로 한다. 대상을 출발점으로 여기는 재현의 확실한 경향은———뿐만 아니라 이런 경향은 재현과 전형화의 사용이 갖는 절차들을 분석하게끔 유도한다——다음의 두 가지 결과를 초래한다: 재현을 재현에 관한 의문(의문 그 자체에 관한 또 의문이 결정하는 해답들에 관한 의문)을 마감하는 것을 금지하는 범주적 문제 제기로 만든다는 것; 이러한 마감의 결여를 결정에 따른 모든 해답의 과정에 동일시하는 것——왜냐하면 재현된 대상은 다양한 의미 규정들에 속할 수 있을 뿐만 아니라, 그로 인해 언어 자체에 의해 언어의 순환을 파괴할 수 있기 때문이다: 즉 관점의 확대가 이루어진다.

이 시점에서 우리는 문학이 제시되는 방식들에 대해서 이중적으로 결론지어야 한다. **첫번째 결론**: 예외적 상황 밖의 문학은 불충분한 의미 규정과 과도한 의미 규정(의미 제한)이란 이중성을 외연과 결국 과도한 의미 규정에 대한 사용과 동일한 외연의 결여로 대체시킨다. 불충분한 의미 규정과 과도한 의미 규정의 이중성은 제거될 수 없다. 이 이중성은 예외적 상황 밖의 문학이 지니는 의사소통 방식이다. **두번째 결론**: 이 예외적 상황 밖의 문학 속에서, **개별적인** 인간과 세상의 잔류들간의 구분은 변함없는 수사학적 기법과 그 결과들을 구성하는 데 필요한 '나'와 세계의 구분을 대체한다——이와 같은 사실은 환상 소설과 공상과학 소설을 통해서 명백히 설명된다. 이것은 다시 세상의 모든 것과 모든 이를 대면하는 시인의 이미지를 통해서, 그리고 또한 이 세상 모든 것과 모든 이를 대면하는 익명의 사람이란 이미지를 통해서 형상화될 수 있다. 따라서 불충분한 의미 규정과 과도한 의미 규정을 사용하는 장르들인 재현에서 설명되었던 패러독스들과 같은 맥락하에서 검토될 수 있는 문학의 장르들이 존재하는 것이다. 결국 주체가 지니는 여러 담론들과 재현들을 개별적 인간과 세계와의 구분을 형상하는 방식들로 만드는 문학적 장르들이 존재하고, 또한 이 말하는 개별적 인간에 대한 재현을 세상과의 관계에 대한 일종의 결과로 제시하는 문학적 장르들이 존재하는 것이다. 재현의 순서는 물론 도치된다. 이것은 결국 재현의 확장 가능성과 재현이 지니는 권리의 몰락을 야기한다. 불충분한 의미 규정과 과도한 의미 규정(의미 제한)에 대한 사용과 개별적 인간과 세계의 구분은 근본적으로는 의미 제한 자체를 위해 다루어지는 의미 제한의 덧없음을 드러낸다: 이러한 사용과 구분은 개별적 인간——여기서 개별적인 인간은 인식하는 존재로서 정의되고, 그 개별성에 따라 그리고 개별성과 관련된 권리에 따라 인식되는 주체로서의 개별적인 인간을 의미한다——에게 있어서 현실의 문제에 대한 명시적인 표출을 가능케 하고, 혹은 결과적으로 재현에 대한 문제점들에 대한 재해석들을 가능케 한다.

재현의 권리의 난점: 재현의 문제는 대상의 '불가시성'으로부터 출발해야지, 문학적 재현이 그 대상을 보이지 않게 한다는 견해에서 출발해서는 안 된다. 특히 문학적인 재현에서——이탈로 칼비노가 《보이지 않는 도시》에서 적용한 것처럼——불가시성으로 가는 것은 재현에 대한 보증의 결여라는 결론에 어쩔 수 없이 도달한다: 이같은 결여는 기호론적 재현——이를테면 도시들의 지도——에서 담론적인 재현——이를테면 마르코 폴로가 제시하는 도시들의 재현——으로의 이동이란 법칙이 존재하지 않는다는 사실에 의해 입증된다. 따라서 정확하게 전도된 재현의 기법, 즉 불가시성을 표상과 재현에 대한 사용으로 만드는 기법이 존재한다. 여기서 우리가 환상 문학을 논할 수 있다: 환상 문학은 결코 보일 수 없었던, 표현될 수 없었던, 표현되지 않았던 것을 표현하고 재현한다.

문학적 환상은 우유부단함이란 특징하에서, 현실감의 상실이란 특징하에서——외연의 부재를 언급하는 것과 같다——정의되었고, 허구라는 양상하에——과도한 허구를 말하는 것이다——정의되었으며, 또한 가장(假裝)이란 양상을 띤 채——pretending을 말한다——정의되었고, 착각(환시)이란 특징을 띠고——그렇다면 환상 문학에는 가장(~인 척하기)은 결국 없는 것이다——정의되어진 바 있다. 이러한 특징들이 환기시키는 설명들 외에 다른 설명이 필요 불가결하다. 매번 실재와 가상의 이중성은 진부한 제안으로 그 명맥이 유지된다: 가상은 실재와 연관이 있거나, 혹은 연관이 없다는 것이다. 이것은 '결정 불가능함'의 기능과 같다: 때로는 망설임을, 때로는 외연의 부재를, 때로는 이 외연의 부재의 실용적인 효과를——착각(환시)——때로는 그 효과의 부재를——가장의 명백성——우선시하면서 말이다. 이 모든 해석들은 허구가 스스로를 보증한다는 것을 이미 가정한다. 말하고자 하는 바는, 한편으로 누구도 환상이 일상적인 현실의 장에 속한다고 주장할 수 없다는 것과, 다른 한편으로 환상적인 픽션이 지니는 그 권위를 바탕으로, 그것이 실제적인 영향을 미칠 수 있다고 주장할 수 있다는 것이다. 이러한 이중적 가설 없이 착각(환시)이라는 결론에 이를 수 없으며, 외연의 부재가 갖는 역량 혹은 아무것도 아닌 외연이 갖는 역량이라는 결론에 이를 수 없다. 따라서 환상 소설에 대한 성격 규정에 있어서, 또 언어 역량의 우선성을 결론짓는 이 가정들에 대한 성격 규정에 있어서 기묘한 반복이 존재한다.

　환상에 대한 그러한 규정은 환상 문학을 선행하는 구축점을 인식하는 데 실패한다. 즉 이러한 규정은 픽션을 극단으로 몰고 가거나, 혹은 몇몇 다른 현실과 마찬가지로 상상을 제외시키고, 픽션이 픽션으로서 해체될 수 있는 정점으로 몰고 간다는 것이다. 그 극단으로 밀려간 픽션의 과정에서 이해해야 할 점은 다음과 같다: 가장(pretending)은 가장으로서 특징화될 수 없다. 왜냐하면 만약 환상 소설에서 재현 불가능함, 불가능함 그리고 부정의 유희에 참여하는 모든 것에 대해 일상적으로 말해지는 것처럼 말한다면 '아무것도 가장되지 않았다'라는 것을 깨닫기 때문이다: 가장의 대상이 더 이상 존재하지 않고, 바깥의 가장 대상도 존재하지 않으며, 상상의 가장 대상도, 작품이 구축하는 작품이 가장된 것으로 시도할 수 있는 대상도 더 이상 존재하지 않는다. 메타픽션(meta-fiction)이 예증해 주는 바와 같이. 허구(픽션)의 모순은——가장이 거짓으로 잊혀지는 것 또 그렇지만 가장은 식별이 가능하다는 것——환상 소설에서 포기된다. 환상 소설은 언어적 이해를 넘어선, 외연의 사용을 넘어선, 그리고 외연의 결여를 초월한 곳에 놓인다. 그것은 문학적 범주와 언어적 범주를 넘어선다. 그것은 보이는 것의 범주화의 문제, 즉 대상에서 문학으로 나아가는, 그리고 문학적 범주화에 대한 예측을 해체시키는 그러한 문제를 지적한다.

앞서 언급한 것을 통해서 우리가 알 수 있는 것은 환상 소설은 결국 보이지 않는 것을 표현한다는 것이다. 여기서 명확히 다시 표명되는 것은, 환상 문학은 보이는 것이란 양상하에 보이지 않는 것을 제시한다는 것이다. 시각적인 것에 대한 참조는 환상에 대한 증거의 기능을 물론 갖고 있지 않다. 환상 문학은 표상에서 환상 소설의 헛된 외연에 이르는 과정에 대한 결정적인 패러다임을 특징화한다. 즉 보이지 않는 것은 보이는 것의 법칙에 의해서, 즉 모든 지각(知覺)의 법칙에 의해서만 존재할 수 있다는 것이다. 본다는 것은 하나의 움직임 혹은 움직임을 가정하는 것과 밀접한 관계를 맺는다. 하나의 움직임이 있다는 것은 다음과 같은 것을 의미한다: 즉 하나의 움직임을 본다는 것이다——이것은 마찬가지로 환상 소설 속에 나타나는 메타포리즘(은유주의)의 테마가 지니는 포괄성을 설명한다. 바로 거기서 우리는 지각의 조건들 속에서 일상적인 현상학을 인식하며, 본다는 것이 대상을 구축하는 것이면서, 동시에 대상에 의해 구축되어지는 그것이라는 것을 의미함을 알 수 있고, 결과적으로 본다는 것이 항상 하나의 주체와 비슷하다고 확인할 수 있다——그 결과 우리는 다시 한번 환상 소설 속에서 인공적인 것, 자연적인 것 그리고 인간적인 것의 교환이 이루어진다는 것을 설명할 수 있다. 이러한 조건들 속에서 보이지 않는 것에 대한 픽션, 즉 헛된 외연을 가진 픽션은 적합하다. 이것은 단지 픽션이——비실현성을 말하든 혹은 언어 자체의 세계를 말하든——픽션으로서 성공한 것이기 때문이 아니라, 모든 것은 지각될 수 있는 것으로, 읽혀질 수 있는 것으로, 하나의 움직임과 분리될 수 없는 것으로,

표현되거나 표현될 수 없는 것으로 조차, 또 여러 재현들의 한 전형도
구성하지 못하는 것으로 제시된다는 사실을 조건으로 삼기 때문이다.
따라서 환상 문학은 지각 가능한 것과 해석 가능한 것에 대한 위반의
진술이라기보다는, 보고 해석하는 가능성을 일반화하는 진술이다. 환
상 문학에서 필연적으로 있음직한 것을 강조하는 것은 이 있음직한 것
을 야기하는 텍스트적 제약을 강조하기보다는 다음과 같은 사실을 강
조하는 것이다: 환상 문학이 지니는 표현 대상의 결여, 명확히 허구적
인 성격——외연의 부재——등은 보는 것(프랑스어. voir/see)과 읽는
것(프랑스어. lire/read)에 의해 언급되는 타당성이란 평범한 직관력에
의해 늘 진술된다. 이 보고 읽는 것은 문학을 모든 표상의 가능성으로
만들고, 지각을 움직임에 대한 지각인 한 지각으로 만든다——다시 말
해 움직임에 대한 지각이란 이 움직임을 통해 자체적인 궁극성들에 의
해 주어진 살아 있는 세상에서의 모든 주체, 모든 대상에 대한 지각인
것이다. 환상 문학은 재현의 언어적 범주들을 벗어나 정의되기 때문
에, 환상적인 표현은 재현에 대한 해석학적 순간을 종결짓는다. 거기
에는 마치 우리가 보이지 않는 도시들을 해석해야 하는 것처럼, 보이
는 것의 형상인 보이지 않는 것을 해석한다는 것은 존재하지 않는다.

　그러한 지각의 기능이 지니는 첫번째 조건은 이 인식(지각)된 대상이
인위성으로, 다시 말해 자체적인 사실로서 나타나야 한다는 것이다.
중요한 점은, 픽션의 대상은 모든 존재 작용과 모든 현상 작용을 본질
적으로 벗어난다는 것이다. 허구(픽션)의 대상은 존재하고 표출되는
모든 작용들을 본질적으로 회피한다는 것을 이해해야만 하고, 허구의
대상은 명료한 성향에 의한 허구인 동시에 허구적 표상(표현)이 모든
것을 드러내지는 못하는 불가능성에 의한 허구라는 것을 이해해야만
한다. 허구 대상은 하나의 단순한 표상인 것이다. 왜냐하면 그것은 본
래 시각적인 전례가 없기 때문이다. 인위성은 지각(인지)할 수 있는 것
으로 제시될 뿐이다. 다시 말해 지각의 순간 속에서 모든 판독을 회피

하는 것으로, 지각에 도달하게끔 하는 것으로 제시된다는 것이다. 픽션 안에서 지각할 수 있는 허구적인 대상의 인위성에 대한 언급을 통해, 환상 문학은 현실성과 상상력의 모든 대상의 지위에 대한 표현이된다——여기서 허구적 대상은 단순한 표상이지만 모든 대상의 전형인데, 그것은 지각의 조건들을 진술하는 계기이기 때문이다. 그로 인해 문학적 재현은 아무것도 배제하지 않으면서도, 문학적 재현이 재현의 권리에 동일할 수 있다는 것을 거부한다. 만약 표현된 것이 인위성이라고 한다면, 이것은 표상을 보증해 주는 것을 고려해야 함을 가정하지 않는다: 표상은, 같은 대상의 또 다른 표상일 수도 있는 것과의 암시적인 비교 없이 그 자체로 제시된 것이다.

환상 문학은 결국 지각에 대한 사유를 드러낸다. 여기서 지각에 대한 사유란, 시각적인(프랑스어. visuel/visual) 것에 대한 보이지 않는 것(invisible)의 투영이 언어의 역량에 대한 인식을 상상하는 것과 같이 꾸며내는 데 있는 것이 아니라, 지각의 사유에 대한 재구성의 가능성이 항시 존재하는 것으로 여기는 데 그 가치가 있다고 밝히는 것이다. 보이는 것(visible) 안에서 보이지 않는 것이 야기하는 분열 또는 재현할 수 없는 것(픽션과 픽션의 헛된 외연을 특징짓기 위한 일상적인 용어를 사용하고자 한다면)은 표상을 다루는 문학적 과정의 계기인 것이다. 이 과정은 사유의 과정과 일치한다. 이 과정은 보이는 것으로 주어진 것에 대한 물음을 통해서 일반적으로 해석된다. 지각적 사유에 대한 이러한 내포와 진술은 환상 문학이 오로지 지각 작용에 대한 표현이 아니라, 지각된 대상——지각의 대상, 지각을 결정하는 대상——의 양면성에 의해, 그리고 사유를 벗어난 채 대상을 확실히 확보할 수 없는 불가능성에 따라 대상을 표출하는 것에 의해 연루된, 이 지각 작용의 자기 반성성으로 가는 과정이라는 것을 조건으로 삼는다.

움직임에 대한 사유인 까닭에 지각적 사유는 **시**에 대한 사유이다. 달리 말해서 이 지각적 사유는 보이지 않는 대상이 구성하는 과정 혹은 보이지 않는 대상을 만드는 과정인 셈이다. 중요한 것은 인위적으로 만들어진 대상들에 대한 시각적 환상, 인위성에 대한 참고와 자연에 대한 참고와의 교환, 보이지 않는 것의 객관화(결국 표출)를——이를테면 괴물——시를 지시하는 다양한 방법들로서 언급해야만 한다는 것이다. 환상적 이야기가 지니는 시는 자체적 결정 내에서, 환상적인 대상이 지니는 시와 밀접한 관계를 맺는다. 이러한 시가 필연적으로 설명되지 않으면서도 항상 지각의 대상인 것처럼——시는 시각적이다——환상적 이야기는 시의 확증으로 제시된다. 또한 환상적 이야기가 모든 시각적인 표상들의 여분적인 특징에 충실하면서, 이 모든 시각적인 표상들을 연결하려는 시도라는 범위 내에서 환상적 이야기는 시를 위한 자기 자체로 제시된다——언급된 시각적 표상들의 여분적인 특징은 환상 문학의 범람을 통해 일반적으로 말해진다. 그렇지만 시각적 표상들이 지니는 여분의 특징에 충실함은 하나의 지식, 즉 지각의 조건들에 대한 지식으로 제시된다. 이러한 사실을 통해서 보이지 않는 것의 허구(픽션)는 진술하는 모든 것에 같은 권한을 부여한다. 그리고 언어의 역량을 언급하는 또 다른 방식인 미분화의 역량에 입각한 자체적인 표상을 특징화하지 않는다. 따라서 모든 환상 이야기는 결국엔 일련의 확증들인 앙케트를 내포한다——이 확증들은 시각적인 것의 표상과 지각적 사유와 밀접한 관계를 맺는다. 정의를 내려주는 특색들을 픽션에서 박탈하는 것은 환상적 이야기를 문제 제기하게끔 하는 것일 뿐이란 식으로 치부해 버리는 것이 된다. 시각적인 것의 표상과 지각적 사유를 우선으로 하는 것은 재현이 지니는 언어적 순간을 해체시킨다.

환상 문학은 자신이 픽션에 부여하는 위상을 통해 우리들의 픽션들과 우리들의 재현들에 대한 타당성을 언급한다. 환상 문학은 결국 이 타당성에 대한 다양한 진술인 셈이다. 환상 속에 나타나는 어떤 믿음을 암시하고자 하거나, 이 환상에 현실적인 어떤 위상을 부여하고자 하는 것이 아니다. 여기서 지시하고자 하는 바는, 인간의 사유와 지식의 모든 상황을 통해서 환상을 인정하기 위해서는, 픽션이 가장과 언어의 역량을 통해 인정되는 것을 거부함으로써 환상을 규정해야 한다는 것이다. 비록 외연이 불가능한 세상들을 묘사하는 것에 결부된 것이라 할지라도, 환상 문학은 이 세상들이 어떤 사유나 어떤 학문에 범주화되거나 적용될 수 있다는 가능성을 배제하지 않는다. 픽션과 아무런 외연도 갖지 못한 표상에 대한 예증을 갈구하는 동시에 자기 반성성의 훈련에 따라, 또 이야기를 한 학문에 적용하려는 생각에 따라 이 아무런 외연도 갖지 못한 표상에 대한 정의를 갈구하는 인간에 관한 일상적인 이야기를 읽어야만 할 것이다: 이야기를 학문에 적용하려는 생각은 결국 아무런 외연도 갖지 못한 것인데 의식의 작용이며, 꿈에 관한 학문인 꿈에 대한 사유인 것이다. 시간적이고 공간적인 패러독스들에 관한, 논리적인 패러독스들에 관한——보르헤스가 말하는 총체적이면서도 무한한 바벨 도서관처럼——이야기들을 인위성에 관한 이야기들——이 바벨 도서관은 표상 안에서만 존재할 뿐, 도서관의 모델로 존재하는 것이 아니다——로서 읽어야 할 것이며, 또한 이러한 패러독스들에 대해 사유하는 이야기로서——바벨 도서관을 생각하는 것은 하나의 도서관을 생각하는 것임엔 분명하다——읽어야만 할 것이다. 이 시점에서 제시되는 것은 언어의 역량이 아니라 사유의 역량이다: 사유의 역량은 의미론적 정의들의 순환 논리적 특성을 회피하고 외연과 외연의 부재의 사용을 회피하며, 또한 시각적인 것이 주는 전적인 확증에 대한, 또는 한 대상의 범주적인 모든 정의에 대한 해답의 과도한 의미 규정을 강조한다. 대상을 보증하는 것은 그 대상을 재현한다거나, 그 대상을 재현하지 않는다거나 그 대상을 메타포(은유)적으로 재현하는 것과 같지 않다——이 메타포적 재현은 외연과 외연의 부재를 사용하는 방식이다. 이러한 보증은 확증된 사실이 유일한 잠재력——외연과 외연의 결여를 사용하는 것이다——이 이런 방식에 귀착되는 것을 거부하고, 모든 양상들이 사용 가능하다는 것을 가정한다.

환상 문학이 픽션을 사유 실현의 가능성이 주는 결과로 만들기 때문에, 환상 문학은 실현 가능성을 그 타당성에 대한 문제에 회부하고, 하나의 사유가 실현 가능성 안에서 인식되지는지의 여부를 알고자 하는 의문에 회부한다. 자체적 표상들 안에서 사유를 취급하지 않기 때문에——그래서 환상 문학에선 환상이 주는 열광적인 묘사들에 대한 너무 즉각적인 해석을 피해야만 할 것이다——환상 문학은 모든 사유(어떤 사유리 할지라도)의 개방인 셈이다. 이와 같이 환상 문학은 사실주의 이야기와 소설의 출발과 정확히 반대된다. 사실주의적 이야기와 소설은 모든 것을 비정상적으로 낯선 것으로 인식하는 것을 배제하는 사유의 실행이다——이 사유에 있어선, 근본적으로 다른 것은 아무것도 없다. 사실주의 소설과 이야기에 있어서, 표현들의 다양함은 현실 세계에 대한 사유를 늘 설정해야만 하고, 내포의 사용을 늘 다루어야만 하는 사유의 예증이다. 사실주의의 인지적인 시도는 수많은 대상들에 대한 확대의 가능성을 끊임없이 점검한다. 확대와 재연의 동향은 언어 능력과 함께 가는 사유 능력과 불가분의 관계에 있다. 또한 현실에 대한 사유를 언제나 설정해야 하는 필연성은 있을 수 있는 외연의 부재를 말해 준다.

이와 반대로, 환상 소설에선 존재하는 것이 아닌 것(프랑스어. ‘ce que n’est pas ce qui est’)을 이용한다. 다르게 표현하자면, 단순한 움직임으로부터 출발하는 모든 공통된 동일성이 지니는 타당성에 의문을 제기한다: 괴물은 대상화가 거의 가능하며, 본 적 없는 것은 일상의 비전(vision)이다. 왜냐하면 재현할 수 없는 것은 시각적 성향과 연관이 있고 지각의 조건들에 대한 진술이기 때문이다. 또 왜냐하면 정확히 말해서 언어는 거짓을 절대적으로 말할 수 없고, 이러한 불가능 속에서 언어는 공통된 동일성이 갖는 타당성에 관한 물음으로 되돌아가는 것일 뿐이기 때문이다. 결과적으로 존재하지 않는 것을 말한다는 것은,

존재하는 것을 존재하는 것에 대한 재현에 관한 문제인 역설적인 타당성 아래에 설정하는 것과 같다. 존재하는 것의 재현에 관한 문제는 해답이 없으며, 타당성의 여러 차원에 관한 언급을 요한다. 여기서 보르헤스의 사유가 강조된다: **알렙**(Aleph)은 알렙 자체에 관한, 또 알렙이 보여줄 수 있는 것에 관한 문제가 아니라, 일상적인 것에 관한 문학적 글쓰기라는 문제이다. 일상적인 것의 문학적 글쓰기에 관한 문제는 일종의 기형학(teratology)이란 양상하에 문자를 설정한다. 명확히 말하자면 알렙은 이야기이면서 알렙이란 문자라는 것이다. 그리고 이 문제는 타당성이 제시하는 평범한 직관력을 강조함으로써만 해답을 찾을 수 있다——타당성에 관한 평범한 직관은, 요컨대 알렙이 보여주는 모든 것, 즉 묘사될 수 있는 모든 것은 모든 시대와 모든 장소의 일상적인 스펙터클(공연)에 불과하다. 이러한 회귀는, 이 타당성에 대한 언급은 일상적인 것의 과도한 의미 규정들의 지시에 의해서만 말해질 뿐이라는 사실과 떼어서 생각될 수 없다. 즉 일상적인 것을 범주화한다는 것은 범주(카테고리)들에 입각하여 일상적인 것을 전적으로 보증할 수 없다는 불가능성을 강조하는 것이다. **어디서, 언제, 어떻게**와 같은 명시적이고 암시적인 의문들은 결정된 해답 없이 지속된다. **알렙**(Aleph)에서 인지되는 것에 대한 단순한 묘사에 의해 명확히 표명되는, 타당성의 진부한 직관력으로 복귀는 어떤 문제의 대상과의 거리감을, 대상이란 확증된 사실에 대한 실질적인 해답과의 거리감을 전제로 한다. 놀랍게도 역사와 공간을 초월한 일상에 대한 형식만이 **알렙** 속에서 지속한다. 환상 문학의 **시**는 재현과 문제 제기의 분리될 수 없는 성향의 순간을, 또 사실주의와 형상성의 순간을 재현의 해석학적 범주적 순간으로 대체한다. 볼 수 있는 가능성이 늘 존재한다는 것은 직관에 의해 타당성의 지속성을 정의한다. 이 타당성이 어떤 단절——환상적인 결별——과 관련될 수 있다는 것은 시각적인 것의, 보이는 것의 유일한 결합들을 차례차례 범주화하고 제시하는 한 학문에 관한 이야기의 계기이다. 이와 같이 타당성의 작용은 범주적인 문제들을 제시하는 작용이자 동시에 범주화적 의미 규정을 벗어나는, 그리고 범주화적 의미 규정에 대한 의미 제한을 강조하는 작용인 것이다. 그렇지만 이 타당성의 작용은 범주화적 문제들이 야기하는 공통된 이해력을 파괴하지는 않는다.

알렙이란 한 알파벳의 문자일 수 있고, 인위적인 문면일 수 있는 기형학(매우 광범위하게 이해되는)에서 출발하는, 환상 문학에 관한 문제는 기형학과 사실성이 요청하는 반성적 작용을 표시하는 것에 관한 문제이다. 또한 개인적인 작용, 유아론적인 작용이 되어선 안 되는 추론적인 작용을 표시하는 것에 관한 문제이다——그래서 환상 문학은 몽환적 문학과 구별될 수 없다. 타당성이 갖는 진부한 직관을 선행하고, 타당성에 관한 사유로 유도되는 추론의 사용은 '있음직한 것'의 사용을 허용한다. 역사적인 시초부터 환상 문학은 근대 문학의 동기가 무엇인지 제시하는 문학과 대칭 관계로 이해된다. 환상 문학을 벗어나 문학은 타당성과 관련된 난관들을 사용함으로써 식별될 수 있는데, 이 난관들은 주요한 시학들과 미학적 경향들을 특징짓고, 문학을 언어적 역량으로 동일시하는 근본을 고집한다. 표현된 대상이란 인위성을 바탕으로, 직역주의를 바탕으로——보이지 않는 것에 대한 시각적 진술이 직역적인 방식과는 달리 어떻게 읽힐 수 있는가?——환상 문학은 허구(픽션)의 완전한 사용을 제시한다. 여기서 완전한 사용이 의미하는 바는 허구는 그 자체일 뿐이며, 그렇지만 허구는 표상을 통한, 의사소통에 대한 사유를 야기하는 경향이라는 것이다. 이러한 경향은 가시성이란 특징하에 다루어지는 시각적인 것에 관한 의문에 의한 의사소통의 신호라는 필연성을 부여한다. 그리고 그것은 시의 형상들에 의한 추론을 형성한다. 마지막으로 한계가 있어야만 허구에 대한 이성적 이해가 가능하므로, 이 경향은 추론 작용을 제한한다. 허구는 아마도 헛된——실재하지 않거나 허망한——외연에서 비롯되는 것일 수 있다.

그럼에도 불구하고 픽션의 과도한 의미 규정(의미 제한)은 의미 제한의 주문을 형상화하는 것과 모든 이가 확증하는 것으로의 복귀일 수 있다는 것을 픽션은 배제하지 않는다――여기서 모든 이가 확증하는 것은 결국 시각적인 것이다. 만약 우리가 지금 말한 것이 그르다면, 만약 우리가 **알렙**의 예로 또는 일상사의 한 장면의 예로, 또는 어떤 특별한 것의 예로 돌아간다면, 만약 우리가 덜 모순적인 환상 이야기들을 지지한다면, 이 시각적인 것으로부터 우리는 그다지 특별한 것을 이끌어 낼 수 없다. 이 시각적인 것은 매번 개별적인 인간 존재가 세상으로부터, 의사소통에 부여하는 교환의 가치로부터 얻어내는 것의 형상일 뿐이다――물론 현실이란 문제가 배제되어서는 안 된다.

우리가 보이지 않는 것의 가시성을 언급하는 순간부터 표상의 완전한 사용은 환상 문학에서, 현실의 현상성(phenomenality)과 **동일한** 모든 개념의 파괴와 분리될 수 없고, 칸트 철학을 특징지어 주는 일련의 현상적인 것(현상으로 나타나는 것)을 갖는 현실에 대한 전적인 제한과 분리될 수 없다. 특이한 시각적인 것은 이성에 대한 위반이 아니라, 재현의 규칙의 파괴를 야기하는 이러한 일련의 현상적인 것의 파열을 의미한다. 만약 이성이 남아 있다면, 그것은 특유성들에 대한 명목론적인 해독의 가능성이 남아 있다는 것이다. 말하자면, 픽션의 인위성을 갖는 환상 소설에서 다시 한번 다음의 사항들을 확인한다: 인위성과 자체적인 사실로 제시되는 픽션의 진술 안에서, 픽션은 일련의 자연적인 현상들의 결여인 척 가장한다. 이러한 결여를 가장하면서, 픽션은 사실주의를 정의하고 현실이 구축하는 일련의 현상을 전제로 하는 문자와 현실의 연결을 파괴한다. 이것은 마치 픽션이 서술된 것이 야기할 수도 있는 보편화의 모든 가능성을 파괴하는 것과 같다. 현상은 기이한 것일 뿐이기 때문이다. 언어의 역량에 의해 해석되는 단어의 힘은 몰락한 것이다: 현실의 일련의 현상들을 허용하는 보편화가 사라졌다고 하는 것은 언어의 역량과 동일시되는 가운데 문학이 지향하는 보편화에서 인식론적 정당화를 배제한다는 것을 의미한다.

모든 이를 또는 모든 것을 재현할 수 있다는 권한의 문제는 재현의 권리에 대한 문제로 대체된다. 이러한 재현에 대한 권리는 단순한 이유로 인해 필연적이다: 자신의 권리에 의해서만 표출되는 재현은 실제로 하나의 범주화에 의한 한 재현인 것이다. 환상적 이야기는 시각적인 것의 체제를 따르는 불가시적이고 지각적인 우화들과 함께 모든 지각들, 모든 재현들, 모든 범주화에 대한 과도한 의미 규정의 이야기이며, 환상적인 깃과 시각직인 것의 일치를 통한 불충분한 의미 규정을 강조하는 것이다. 그로 인해 재현의 권리가 개방되고, 언어와 언어가 가지는 범주화의 역량에 의해 문학이 정의된다고 느껴지는 것이다: 이 문학은 끊임없이 범주화와 과도한 의미 규정간을 구별하고, 의미 규정과 불충분한 의미 규정을 소홀히 한다. 환상 문학은 자신만의 특유성 안에서 이 특유성에 맞서는 생각을 말하고, 거짓인 것을 절대적으로는 표명할 수 없고, 또 이러한 불가능 안에서는 공통된 동일성이란 타당성에 관한 문제에 귀결할 수밖에 없는 언어를 말한다——그것은 일련의 현상들과의 결별로서의 독특함이자 한 표현을 예견하는 표현된 것이다. 환상 문학에서 '결정 불가능함'이란 그 표현으로의 복귀를 형상화하는 것에 불과한 것이다.

대상의 개별성을 재현하는 난점, 재현 없는 표상: 만약 대상이 표현되고 스스로를 표현할 수 있음에도 불구하고—— '나는 존재한다' 서술처럼——만약 재현될 수 없다면 난점은 명백히 재현 없는, 그렇지만 하나의 특수한 재현으로 이끄는 표상의 사용에 의해 해석될 수 있다. 예로 몽상적인 이야기나 추리 소설을 언급하면 된다. 몽상적인 이야기는 물론 하나의 이야기이다. 그럼에도 불구하고 그것은 그 대상, 즉 꿈이 해몽되지 않는 것을 전제로 한다——꿈에 대한 이야기는 꿈에 대한 해석의 이야기로 될 것이며, 마찬가지로 꿈에 대한 재현이 될 것이다. 또한 대상은 재현-행위로서 제시되는 것을 전제로 한다. 이야기는 실제적인 종결이나 해석적인 종결이 없는, 그 자체로 꿈에 대한 표상이다; 바로 이 시점에서 몽상적 이야기는 재현 행위를 만들어 낸다. 따라서 문제는 어떻게 꿈에 대한 표상이 재현 행위로 될 수 있는가에 있다. 여기서 추리 소설이 더 모순적일 수 있음을 강조해야 한다. 원칙적으로 추리 소설은 재현될 수 없는 한 **익명의** 인물을 소개하고, 결국엔 이 인물을 행위들의 동인으로, 특히 한 살인 사건의 동인으로 재현하면서 결말짓는다——위반이란 양상하에 재현될 수 있는 동인, 그래서 결국 명명될 수 있는 동인. 여기에는 임명하는 것을 드러내고 증명하는 힘의 우화가 존재한다. 여기서 우리는 다음과 같은 사실을 다시금 깨닫는다. 즉 표상과 재현의 사용은 추리 소설에서도 서술되는 세계와 서술하는 세계의 조화에 의해 정확히 예증된다는 것을. 여기서 문제시되는 것은 추리 소설의 경우 재현의 원천적 결여라는 가설을 유지하게끔 허용할 수 있는 것이 무엇인가를 알아내는 데 있다. 두 개의 문제가 정확히 대칭적이라는 것을 명시해야만 한다: 재현 행위의 설립을 명시하는 것; 재현의 최소한의 원천적인 중요성을 강조하는 것. 이 두 문제의 근접성과 대립은 각각의 장르를 따르는 방식으로 명확히 표명될 수 있고, 언어적 역량에 관한 논쟁점과의 거리감을 상기함으로써 표명될 수 있다.

  꿈 이야기: 꿈은 역량과 실현과는 떼어 놓을 수 없는 그 자체만의 한 역량과 한 실현이다. 그렇기 때문에 꿈은 글쓰기의 관점에서 볼 때 일종의 이중적인 무언극이다. 꿈은 자신을 통해서 말하지 않는다. 꿈은 이름 없는 역량의 체험이다. 그렇기 때문에 우리는 그것을 무의식이라고 정의하는 것이다. 그래서 꿈 이야기는 역설적으로 보인다: 꿈은 하나의 언어적 해석(version)이 재생되는 것과 꿈의 역량이 보존되는 것을 전제로 한다. 이것은 언어 역량이라는 관점에서 볼 때 여전히 모순적이다. 꿈 이야기는 단지, 글쓰기를 무의식의 메모장과 비견할 만한 마법 메모장에 동일시함으로써, 앞서 언급되었던 문학 담론들의 유형론

에 의한 언어 역량의 기술일 수만은 없다. 만약 꿈 이야기가 꿈의 역량과 같은 것으로 제시된 언어 역량에 불과하였더라면, 모든 해석과 의미적 언어와는 무관한 것으로 여겨졌을 것이다. 꿈 이야기는 단순한 언어적 의미를 갖는 기술일 수도 없다. 따라서 꿈 이야기는 꿈의 역량을 재현함에 있어 권리를 부여하지 못한다. 이 시점에서 꿈 이야기는 모순들의 접점에 정확히 이른다. 이 모순들의 접점이란 발레르 노바리나의 극작품 속에서 배우의 '나는 존재한다'가 나타내는 모순에 근접하다——여기서 '나는 존재한다'는 언어적 의미를 지니며, 그것은 언어 역량에 속한다. **이중적 구속**에 의해 꿈 이야기는 언어의 권리, 외연의 권리 그리고 외연의 부재의 권리와 양립할 수 없고, 또한 언어적 의미 제한과도 양립할 수 없는 것으로서의 재현을 정의한다; 이중적 구속이란, 꿈 이야기는 상상력의 세계처럼 꿈의 세계를 재현할 수 없고, 언어 역량의 진술을 통해 꿈의 역량을 묘사할 수도 없다는 것이다.

　추리 소설: 전형적인 탐정 이야기의 경우는 모호함이 없다. 이는 쉽게 확증된다: 탐정 소설에서 하나의 진실이, 어떤 원인의 책임이란 진실이 언급되는 것은 많은 다른 것들이, 이를테면 여러 동기들 또 행위를 실행하는 데 있어서의 주저함 등이 언급되는 것과 같다. 추리 소설은 증거 요소들을 끄집어 내는 자체적인 논증의 문맥을 갖는다. 문맥에서 증거들을 이끌어 낸다는 것은, 이 문맥이 단 하나의 증거를 묘사하는 문맥보다 더 광범위한 문맥이라는 것을 이해시킨다: 줄거리가 해결되어야만 하는 것으로 일단 제시되는 순간 생겨나는 모든 질문들의 문맥이다. 이처럼 추리 소설을 구성하는 패러독스에 도달하게 된다: 추리 소설은 자체적인 플롯과 이 플롯의 결론을 제시하는데, 플롯과 결론 자체를 위해서이기보다는 논쟁과 증명의 견지에서 남겨지는 문제들과 상황에 대한 진술을 위해서이다. 이러한 부조화는 플롯을 통해 드러나는, 서술하는 세계와 서술되는 세계의 조화를 필히 허물지는 않는다. 이러한 부조화는 문학적 소설 속에서의 추리 소설적 형태의

이용을 설명한다: 추리 소설적 형태는 이 형태와 필연적 관계를 맺는 이 형태는 이 형태와 필연적 관계를 맺고 문제들의 연속적인 표출인 수사(搜査)에 의해 그 가치를 인정받는다. 이와 같이 추리 소설과 그 문학적 이용은 한 문맥에 대한 이중적 의미들의——최소한의——표출이다. 무죄성과 유죄성의 사용은 이같은 표출의 주요한 형상이다. 결론적으로, 위반이란 확증은 표현된 세계를 규정짓는 어떤 특색도 갖고 있지 않다. 그것은 단지 한 모순에 의해 적어도 진행되는 추론들, 또 추리 소설이 구성하는 문맥의 특징들인 추론들을 사용하는 계기에 불과하다.

여기서 우리는 발레르 노바리나의 극작품 속에서 나타나는 배우의 '나는 존재한다'와 관련된 모순과 다시 마주친다. '나는 범인이다'라는 고백의 장면은 문제를 실제적으로 해결하지 않는다. 이 장면은 문제시되었던 것을 재현할 수 없다. 행위 요인의 책임성에 대한 결정은 이 요인이 무엇인가에 대한 결정이 될 수 없다. 추리 소설은 한 세기 반 전부터 이어져 내려오는 법정 소설의 계승이다. 추리 소설은 단순히 일어난 사태가 좋고 나쁜지를 결정하는 데 있지 않다. 대신 원인의 관점을 고려하고 차용하는 데 있다. 요인의 관점을 차용한다는 것은 행위 또는 인과 관계를, 원인이 고의로 제외시키는 다른 최상의 해결책들 또는 최악의 해결책들과 비교하는 것과 같다——상황들에 따라 이러한 해결책들의 수용은 동기에 연관된 측면에서 이해되는 것이라 할지라도 말이다. 거기엔 어떠한 행위도 따로 떨어져 생각할 수 없는 문맥의 예증이 존재한다. 또한 만약 행위가 책임이란 특징을 띠고 다루어진다면, 행위가 문맥 안에 흡수된다는 예증이 존재한다. 여기서 또 한 번 명확히 얘기해 줘야 할 것은 이렇다: 누군가를 적어도 몇몇 행위의 책임자로 간주할 수 있다——그리고 이 행위들은 내적인 요인으로 검토된다; 반대로 세상의 일부분으로 사람들을 고려할 때, 이 사람들과 연관된 모든 것은 주변적 환경과 혼동된다. 여기에는 문학의 해석학적 순간의 종말이 존재한다――만약 이 순간이 자신의 총체화에 의해 언급되어야만 한다면 말이다. 또한 익명의 인물을 재현할 수 있는 가능성이 존재한다.

꿈 이야기로부터 추리 소설에 이르기까지, 결국 표현된 것을 정확히 범주화할 수 없는 불가능성의 기능이 존재한다: 꿈에서 나타날 수 있는 의미는 꿈의 역량 속에서 사라지며, 탐정 소설에서 등장하는 주체에 대한 결정은 이 결정의 문맥 속에서 사라진다. 따라서 거기에는 부분적인――부분적이라는 의미는 이 행위에 귀속되는 어떤 꿈, 어떤 행위, 그리고 어떤 책임과 같은 부분적인 것을 지시한다――주체의 윤곽만이 존재할 뿐이다. 따라서 이 부분적인 윤곽과 조화를 이룰 수 있는 재현이 결여된다. 꿈과 꿈에 대한 이야기의 관점에서, 그리고 추리 소설의 관점에서 이 부조화는 다시 명확히 언급될 수 있다. **꿈과 꿈 이야기**: 무의식 속에서 내게 분명하게 나타나는 이미지들인 꿈은 정신분석학자가 언급한 것처럼 지각의 영역을 뛰어넘어 영역을 확장되는 가시성이자, 동시에 모든 것을 재현할 수 있는 능력이 결여된 것으로서의 가시성이다――왜냐하면 꿈은 무의식을 벗어나 어떤 보이는 것과도 일치하지 않기 때문이다. 이러한 부조화는 꿈의 이미지들을, 우리가 인지하는 모든 보이는 것에 대한 문맥으로서의 가시성이 제시하는 확장된 영역의 **기호들**로 만들어 버린다. **추리 소설**: 이 소설은 스스로 보여주는 것의 가치를 떨어뜨린다. 왜냐하면 범죄자를 식별하는 것은, 한 개인의 신원과 결과적으론 그것을 증명하는 것이 수많은 동기(모티프)들로 나누어진다는 것을 강조하는 데 있을 뿐만 아니라 그 동기들을 한 고유명사, 즉 범죄자의 이름하에 결집시키는 데 있다.

꿈에 대한 해석, 추리 소설의 수사(조사)는 징후들을 근거로, 결정할 수 없는 것들인 서술된 것, 사실들, 이미지들을 끊이지 않고 정의하고 해석한다: 꿈의 해석과 추리 소설에서의 조사는 이 이미지들, 사실들, 서술된 것을 보충해 주는 다양한 상황들과 연관이 있을 수 있다. 꿈 이야기와 추리 소설에선, 이 정의와 해석은 한 주체와 결부된다. 그러니까 범주화할 수 없는 불가능성을 보장해 주는 방식이자 이 불가능성을 망가뜨리지 않기 위한 방식인 것이다: 이것은 무의식과 무의식적인 것의 역량 속에 꿈 이야기를 위치시킬 수 있는 해석의 무용성에 의해서, 그리고 주체의 관점을 받아들이는 데 있어서 발생하는 문제점을 통해서 이루어진다. 이 두 경우에서 주체, 꿈을 꾸는 자이자 꿈과 연결된 자, 살인 사건의 원인인 자는 범주(카테고리)화될 수 없는 것의 전형들이 되어 버린다. **꿈의 경우**: 지각 영역이 될 순 없지만, 지각 영역이 보아야만 하는 것으로 제시되기 때문에, 보여질 수 있는 가시성의 모든 영역이 된다. **추리 소설의 경우**: 추리 소설이 외적인 상황들에 의한 행동 영역으로, 또 동시에 내적 상황들에 의한 행동 영역으로 표현될 수 있기 때문에 전적인 결정이 불가능한 자유 영역이다. 꿈꾸는 주체와 책임이 있는 주체는 자신들의 특별한 성향 안에서, 외연과 외연의 결여라는 작용을 벗어나, 수많은 가시적인 것들과 수많은 상황들의 전형이 되어 버린다. 거기에는 재현에 연관될 수 있는 제외 순간의 종결이 존재한다. 따라서 꿈 이야기를 특징짓는 재현 행위는 정당화된다. 그러므로 추리 소설이 온 세상의, 또 사실성의 소설이 되기도 한다는 생각이 정당화된다.

　꿈은 자체적인 문맥화의 기능이다; 꿈 이야기는 꿈에 충실하면서도 이야기인 까닭에, 문맥화의 부차적인 기능이기도 하다. 꿈과 이야기는 문맥화의 기능과 문맥화의 부차적인 기능을 다 적용하는 의식이자 전형(표본)인 한 주체와 결부된다. 꿈의 재현-행위이며, 또 이야기 쓰기의 재현-행위인 꿈 이야기는 의식의 역설적인 진술이다: 반성하는 의식도 아니고, 꿈의 무의식 속에서 파악되는 의식도 아니다. 원인이나 징후를 식별하는 것을 벗어나 재현-행위를 통한 모든 가시성에 대한 인식으로 주어진 의식이며, 모든 사물들간의 분류를 묘사하지 않는 한에서, 의미 제한의 명료한 설립이 존재하지 않는 한에서 모든 것을 보장하는 의식이다. 꿈 이야기는 아무것에도 응답하지 않고, 한 주체가 꿈꾸는 행위들을 진술하는 비인격적 행위로서 나타난다. 기호 표기를 참고하는 것에서 풀려난 가시성의 장과 지각의 영역 간의 모든 경합에 얽매이지 않는, 이야기는 서술하려는 의도를 내포하지 않는 행위로서 제시된다——그러니까 행위는 시간과 공간 안에서 어떤 분류도 결정하지 않고, 일련의 사건들과 행동들로서만 꿈을 제시한다——이 사건들과 행동들은 자체적으로 분류하지 않는다.

추리 소설에서, 문맥의 재현이 소개하는 자유로운 관점 때문에, 그리고 책임 수사가 전제로 하는 문맥상의 문제 제기를 통해, 책임이 있는 주체는 문맥상 이미 주어진 여러 재현들에 대해 가능한 자격 상실을 평가한다. 한 사건의 진실이 확언된 것이라 할지라도, 그 진실은 단서들에서 벗어날 수 있다. 단서에 의해, 사건 책임자의 관점에 의해 수사하게 하는 것은 진실이 수사 과정에 달려 있음을 보여주는 것이라 할 수 있다. 다양한 수사 과정들을 통해 묘사되는, 인지할 수 없는 것은 추리 소설 속에서 주체에게 권한을 준다. 추리 소설은 어떤 상황을 밝히고자 하는 것에 대한 궁극적 기술이라기보다는, 살인 사건의 책임자로 원인으로 인식되고 살인 행위의 외부적·내부적 모든 상황들을 대표하는 자로 인식되는 주체를 밝히고자 함이다——여기서 이 외적·내적 상황들은 하나의 종결된 지식에 의해 사유되거나 재현될 수 없다. 다시 말해서 추리 소설은 인지할 수 없는 모든 것과 행위의 전적인 진실이란 측면에서 문제가 되는 모든 것을 대표한다. 추리 소설은 노출되지 않는 원인(원인의 익명성)에 의해 시작된다. 이 원인은 위반이란 모토(motto)에 포함되는 것으로 확인되고 표현된다. 이처럼 위반이란 지시를 따르는 것은, 자신만의 고유명사를 갖고 있으면서도 노출되지 않는 방식(익명성——원인이 야기하는 행위의 문맥이 갖는 모든 상황들에 대한 익명성)으로 표현되는 원인을 정의하지만 재현하지는 않는다. 추리 소설의 수사가 보여주는 범주적인 의문의 한계들을 행위가 초월한다는 범위 안에서만 행위는 객관적이고 대상화된다. 추리 소설은 어떤 행위에 대한 진술과 분석을 이용해서, 극적인 재현의 '나는 존재한다'가 강요하는 확증된 사실을 뒤엎는다. 주체는 언어와 자신의 행위와의 관계로 인해 불확실한 것이 아니라, 행위 자체로 인해 이 행위가 갖는 정확히 식별될 수 없는 패러다임으로 인해 불확실한 것이다. 따라서 언어의 전적은 능력이란 것은 아무런 의미를 갖지 못한다.

  대상에 대한 가변적 표상의 결여가 갖는 어려움: 이것을 이해하기 위해선, 비록 이 대상이 재현된 것일 수 있다 할지라도, 가변적인 표상을 갖지 못한 대상을 재현하려고 시도하면 된다. 여기에는 한 패러독스가 생긴다. 해결책은 재현의 창조에, 그리고 재현의 창조를 예증하는 데에 있다. 이러한 움직임은 말라르메의 〈흉내내기〉[10] 속에 그 교훈을 갖고 있다. 〈흉내내기〉는, 표현되지 않은 재현으로, 그리고 언어——겉으로 드러내지 않으면서 모든 사물을 형상화할 수 있는 언어——의 역량으로 결론짓는, 전례 없는 픽션이란 특징을 띤 채, 자크 데리다에 의해 최근에 언급되었다. 그런데 언어의 역량에 대한 이러한 지적은 다음과 같은 사실을 인식하지 못한다. 즉 마임(mime)은 단지 재인식으로서만, 또 그것이 마임이라는 것을 잊어버림으로써만 인식되어야만 할 뿐이며, 마임의 가장된 동작은 시간상 지나간 것으로 인지되어야만 할 뿐이며, 이것 자체는 '픽션의 순수한 장'에 대한 재인식을 구축한다. 여기서 문제시되는 것은 재현하는 데 있어서 이전 대상의 부재를 말하는 데 있지 않다. 결국 문제시되는 것은 마임의 현재 표현이 어떠한 전례의 표현일 수 없고, 마임을 재현하는 한 전체 안에 포함될 수도 없는 대상에 관한 것이란 사실이다.

  이런 관점에서, 결국 재현하는 주체——마임의 대상인 것이 선행하는 표상을 갖지 않기 때문에 우리는 표상에 대해 말할 수 없다——인

---

10) Mallarmé, Mimique, *Œuvres*, Paris, Gallimard, 〈Pléiade〉, 1945, p.310.

마임은 한 근원에 의해, 한 결과 이를테면 한 행위에 대한 결과에 의해
정의되지 않는다. 우리가 환상 이야기는 한 과정으로 구성된다고 말했
던 것처럼, 흉내를 낸다는 사실인 한 과정에 의해 정확히 정의된다. 이
과정은 식별할 수 없는 것과 유사하다. 다시 말해 누구에게든 과거와
마찬가지로 미래 속에 범주적인 질문들인 **누가, 언제, 어디서, 어떻게**
보장할 수 있는 것을 설정하는 것이다. 달리 표현하자면 식별할 수 없
는 것은 이 과정이, 과거와 미래 속에 혹은 누군가에 행해지는, 어떤
표상과 어떤 진실과 맺는 관계이다. 흉내를 내는 행위는 어떤 가능한
표상의 종결된 순간이자 과정이다——그로 인해 마임의 또는 재현의
진실이 존재한다. 자크 데리다가 《산종》에서 언급했던 것처럼, 주체
로서의 마임과 재현으로서의 마임의 행위가 단 하나의 기표에 결부될
수 있다고 함은, 우리가 기표의 절대적 영향력 안에서만 머문다는 것
을 이해시키는 것은 결코 아니다——그로 인해 우리는 그 자체가 모든
시간이자 모든 주체인 언어의 위력에 이르게 된다. 하지만 기표가 보
여주는 진실은 범주적인 질문들에 대한 해답들에 의해 세계와 주체에
대해 말하는 것은 무의미하다고 명료하게 언급하는 것과 밀접한 관계
에 있고, 불충분한 의미 규정과 과도한 의미 규정의 사용에 대한 무지
와 밀접한 관계에 있음을 이해시킨다.

　마임에 대한 특수한 참조를 떠나 해석된 이러한 언급들은 다음과 같
은 사실을 이해시켜 준다: 한 서술자가 갖는 단일성을 이용하고, 단 한
명의 서술자이지만 차별화될 수 있는 서술들에 대한, 또는 서술자가 재
현하는 것에 대한 의미 제한을 이용하는 문학 작품은 있을 수 있다——
여기서 명시해야 할 것은, 단 한 명의 서술자가 행하는 서술 행위들도
차별화될 수 있기에 이전의 표상은 재현에서 제외된다. 지금 말한 것
은 여러 이름과 문체를 갖는, 또는 그 자체로 주어지는 것이나 작가-
서술자인, 작가의 이름과 뗄 수 없는 관계에 있는 여러 형태들을 갖는
작가의 패러독스를 만든다. 이것은 월레스 스티븐스[11]의 시, 발레리 라

르보[12]의 시, 페르난도 페소아[13]의 시와 같은 모더니즘 시에서 특별한 해석을 갖는다: 시인은 서술자이며 다양한 인물이다. 이것은 월레스 스티븐스 시들의 경우, 묘사적이고 대화체이고 공동체적이고 비인격적인 다양한 목소리들(매번 이 기능들 중 하나에 의해, 또 이 성향들 중 하나에 의해 정의된다)에 의해 설명된다. 페소아의 시들의 경우는 이근동류[14]들을 통해서 설명된다. 발레리 라르보의 시들의 경우는, '바르나부스'가 구성하는 이근동류, 즉 서술의 다양한 상황에 의해서 좌우되는 이근동류에 의해 설명된다. 놀라운 것은, **인물**의 사용은 한 이름으로 혹은 상대편이 없는 등장 인물로, 다시 말해 표상과 소속이 없는 등장 인물로, 시인을 정의하는 것에 의해 매번 특징지어진다는 것이다. 월레스 스티븐스: 《최고의 허구에 대한 주석》 속에서 말라르메를 연상시키는 상대편의 결여는 사유에 대한 거리감의 결과이다. 발레리 라르보: 상대편의 결여는 이근동류의 성격 규정에 의해 묘사된다——이근동류는 극단적인 풍요로움에서 기인한다; 아무도 자신의 상대편이 될 수 없다; 단지 누군가의 관객이 될 뿐이다. 페르난도 페소아: 알바로 드 캄포스의 시집에서 그러한 시의 표현에 따르면, 시인은 '이 세상에서 짝'을 갖지 못한다.

---

11) W. Stevens, *Notes towards a Supreme Fiction*, Cummington, Mass., The Cummington Press, 1942.

12) V. Larbaud, 《A. O. 바르나부스의 전집 동화 시집 일기 *A. O. Barnabooth, ses œuvres complètes, c'es-à-dire un conte, ses poésies et son journal intime*》, dans *Œuvres*, Paris, Gallimard, 〈Pléiade〉, 1958.

13) 페르난도 페소아(Fernando Pessoa)의 이근동류들에 관하여, 페소아의 시 작품이 갖고 있는 난해성 때문에 그 개요를 이해하는 것조차 힘들다. 그의 이근동류적 시(이근동류를 많이 쓰는 시)를 설명하기 위해, 알바로 드 캄포스(Alvaro de Campos)의 《시전집 *Œuvres poétiques*》과 알베르토 카에이로(Alberto Caeiro) · 리카르도 레이스(Ricardo Reis)의 저서 《이교도들의 시들 *Poèmes païens*》을 참고하도록 권한다.

14) 이근동류라는 것은 시인(작가)이 만들어 내는 화자들, 다른 이름으로 불리는 화자들인데, 결국 이 화자들은 시인에 매인 존재이지 독립된 존재가 아니다. 그러니까 시인은 자신을 다른 고유명사들로 명명하는 것이다. [역주]

따라서 상대편 없이, 달리 말해 소속 없이 말해지는 시인들, **인물**, 이 근동류들이 존재한다. 자기들 것이 아닌 이름으로, 또 개성적으로 인식될 수 없는 형상으로 행해지는 시인들에 대한 재현이 있다——월레스 스티븐스의 작품에선 인물을 지시하기 위한 고유명사의 사용이 체계적이지 않다. 이러한 시인들의 재현은 시인과 결부되지 않으며, 우리가 말하는 대표적 서술자라는 의미에서 시인을 대표하는 재현으로서 얘기되지도 않는다. 그렇지만 페르난도 페소아의 경우, 작가로서 이름을 갖는, 이근동류식 이름들을 갖는, **인물들**에 대한 식별로서 이름을 갖는 책이, 또는 여러 책들이 또는 자필 원고가 있다. 이것은 상징을 만들지 않는데, 책을 시인의 표상으로, 아무나의 것으로 구성하지 않는다는 의미에서이다. 반대로 이것은 페르난도 페소아가 쓴 한 시의 제목을 이용하자면, 반(反)상징의 작용이다. **반-상징**은 다음의 견해를 말해 준다: 범주화에 관한 문제들에 대한 해답이 없으며, 참고하는 방도에 의해, 어떤 신분에 의해, 어떤 이름에 의해 깨달을 수 있는 방식이 존재하지 않는다는 것이다. 그런 종류의 해답이 없기 때문에 이근동류들과 **인물들**의 사용은 고유명사들과 **인물들**이 단순히 자신들이 지시하고자 하는 것만을 지시한다고 말해 준다——고유명사와 인물들이 지시하는 것은 이근동류들과 **인물들** 자체인 픽션의 등장 인물들과 동시에 그것을 쓰는 자, 즉 작가를 말하는데, 이유는 이근동류들과 **인물들**은 작가에게 분리될 수 있는 것으로 제시되지 않기 때문이다. 또는 역설적인 해석으로 보자면: 시인의 이름이고 시인의 이근동류인 고유명사는 한 고유명사와 일련의 다른 고유명사들과의 혼합을 통해 일종의 일반적인 고유명사가 된다——물론, 어떤 일반론도 정의될 수 있다. 혹은 이근동류와 **인물**의 창조 과정을 규정하기 위해서: 시인은 자신에 대한 표상도, 그 무엇에 관한 표상도 스스로에게 부여하지 않는다——시인은 한 표상을 스스로에게 주지 않는데, 왜냐하면 이러한 이근동류들과 **인물들**은 시인에 관한 체계도 총체도 만들지 않기 때문이다. 각각의 고유명사들과 각각의 **인물들**은 세상의 상황들을 지시하는 고유명사로선 무의미한 고유명사라는 의미에서, 시인은 누구든지에 대한 예측이기도 한 자기 자신에 대한 예측을, 고유명사에 대한 의미의 부재를 인식하면서 스스로에게 부여한다. 이처럼 바르나부스의 이근동류는 결국 그가 보고 말하는 세계를 지칭할 뿐이다. 또한 페소아의 이근동류들은 세상에 대한 사고와 상황들을 특징짓는다. 월레스 스티븐스의 **인물들**은 마찬가지로, 세계의 상황들에 대한 지시들이면서도, 한 사고로 귀결되지 못한다.

이 시점에서 시인에게 배정될 수 있는 표상과 소속의 부재 안에서, 세계와 모든 사물을 주관화하는 방식이 존재한다고 말해질 수 있다. 이러한 주관화를 실현하기 위해서는 단 하나의 고유명사, 즉 시인의 이름, 단 하나의 목소리, 즉 시인의 목소리면 충분하다. 이때부터 그러한 주관화를 검토하는 것은 부질없는 짓이 된다. 사실상 고유명사들의 사용에, 언어의 역량과 폐쇄에 따르는 범주화에 대한 답이 존재한다. 왜냐하면 고유명사들과 **인물들**의 사용에 의해 '나'는 일의적(一義的)인 방식으로 다음의 질문들, **누가, 언제, 어디서, 어떻게**에 답을 할 수가 없기 때문이다. 달리 말해서 '나'는 주체를 명명함에 있어 어떤 표상도 어떤 소속도 부여할 수가 없기 때문이다. 그러므로 이근동류와 인물의 사용은 여러 장소들과 여러 시점들에 속하는 다양한 해답들을 제시하는 방식임을 이해해야만 한다. 이근동류 어법의 사용은 실용적으로 이중적이다; 시인의 고유명사(이름)라는 측면에서 분열을 일으킨다; 문학적 과정의 실현을 허용한다. 이 문학적 과정은 이중적으로 규정된다: 문학적 과정은 이근동류들과 **인물들**의 사용에 의해 이 분열을 반복하는 형상이다; 문학적 과정은 한 과정으로서 이 분열의 재현이다——고유명사는 표출된 수많은 재현들일 뿐인 다양한 변화에 불과하다: 이 재현들의 진실은 언급될 수 없다(바르나부스가 궁극적으로 자신의 말을 앵무새의 그것과 비슷하게 보는 것은 암시하는 바가 크다).

이근동류들의 사용은 이와 같이 범주적인 문제 제기에 대한 해답들을 다양화하는 방식이며, 이 해답들을 확증된 해답들로 취급하지 않는 방식이다. 그로 인해 시인의 재현을 명확한 소속이란 형상하에 제시하는 방식이 아닌, 시인의 이름과 그 이름을 특징짓는 다양한 방식들이 실행되는 이름들의 재집합이란 형식하에 제시하는 방식이다. 우선 소속을 갖지 않은 것, 동등한 짝을 갖지 못한 것에 관해 말하자면, 그것은 미완성된 범주화의 재현일 뿐이다——비할 만한 짝을 갖지 못한다는 것은, 글자 그대로 비교에 의한 어떤 동일화도 불가능하다는 것인데, 이러한 조건은 월레스 스티븐스가 말하는 사유적 특색을 띠거나, 발레리 라르보가 말하는 극단적 풍부함 또는 예외의 특색을 띠거나, 바르나부스가 말하는 이근동류적 특색을 띠거나, 페르난도 페소아가 말하는 이근동류들의 증가를 요하는 무한정이라는 특색을 띠고 처음에 주어지는 것이다. 범주화적 질문에 대답한다는 것은 완결된 주체를 고유명사들에 의해 무한화할 수 있다는 가능성을 보증하는 것이다. 이처럼 범주적인 질문들에 대한 해답들이 지시할 수 있는 모든 것에 주체가 속할 수 있다는 가능성이 말해진다. 이것은 어떠한 소속도 갖지 못한 자를 고유명사들을 사용함으로써 생성되는 과정에 의해, 많은 장소와 많은 시간에 속한 자로 만드는 것이다. 이 경우에 이 세상의 어떤 단일성을 생각하지 말아야만 하고, 시인의 진실을 정의하려고 해선 안 된다. 이것은 책을 다만 무한화될 수 있는 이미 완결된 것에 대한 진술의 유일한 장소로 정의하는 것과 같다. 혹은 월레스 스티븐스를 인용해 보자: "사물들은 하나의 복수이며, 오른쪽이면서 왼쪽이다./그것들은 자신들의 그림자들 속에서 최소한의 것으로 통일될 수 있는 쌍이며 평행선이다./한 권의 책 속에서 그들의 만남은……."

인물에 의해, 더 덧붙이자면 이근동류들에 의해 진행되는 만남들에 관한 이 책은 말라르메에 의해 사유된 책의 개념과 반대된다: 만남에 관한 책은 우연의 책이 되거나, 과거와 마찬가지로 미래에 대한 책일 수 있으며, 이러이러한 여정을 가진 또 이러이러한 형태를 가지고 또 이러이러한 고유명사를 가진 책이 될 수 있다. 왜냐하면 글을 쓰는 주체는 여분의 명사들이면서 분할을 야기하는 이 고유명사들과 작가가 고유명사들을 결부시키는 상황적 언어의 보통명사들과의 교합들로만 언어를 만들 수 있기 때문이다. 만남들이 보여주는 우연은 고유명사들의 명목하에 헛되이 모이는 것이 아니다. 이것, 저것, 이러이러한 것, 이러이러한 세계 등등에 대해 이름을 붙이는 것은 고유명사들에서, **인물들**에서 생성될 수 있다. 이것은 다음과 같이 다시 명백히 표명될 수 있다: 고유명사에 정확히 대응하는 것은 보통 명사일 뿐이다. 그러니까 글을 쓴다는 것은 보통명사에 의해 고유명사에 대한 조사(앙케트) 같은 것을 실행하는 것일 뿐이다.

이 시점에서 글쓰기를 언어의 역량으로 보는 견해와 반대되는 견해가 언급된다. 글쓰기가 전제할 수도 있는 잠재화는 여기서 언어와 결부되지 않고, 모든 것을 주관화시키는 가능성과 결부된다. 이 가능성을 더 특별한 의미로 설명하자면: 하나의 고유명사는 또 다른 고유 명사의 전형이 될 수 있다는 결론을 이끌고, 이 전형은 보통명사에 의해 표시되고 어떤 상황이 형상화하는 공통된 소속을 가질 수 있다는 결론을 이끌어 낸다. 여기서 언급된 이 상황은 국부적이며, 고유명사와 보통명사의 측면에서 상황이 갖는 타당성의 지속성을 인지할 수 없는 것으로 둔다. 간단히 말해서 다른 고유명사에 의한 고유명사의 범주화와, 어떤 상황에 의한 이 다른 고유명사의 범주화의 가능성은 늘 열려 있다. 왜냐하면 고유명사와 이 고유명사의 또 다른 고유명사들, 이근동류들과 **인물들**, 결국 범주적 의문에 대한 근본적인 언급이기 때문이다: 페르난도 페소아와 그의 이근동류들(결국 여러 이름으로 드러나는 페소아 자신이다)이 말하는 '**누구**에 관해 의문을 제기한다는 것'은 불충분한 의미 규정——즉 페소아라는 단순한 이름——에 대한 가설을 만드는 것이고, 이근동류들에 따른 고유명사의 사용에 대한 의미 제한인 것에 관하여 의문을 제기하는 것일 뿐이다.

재현된 것의 최초의 표상과 소속의 결여를 용인한다는 것은 루이 르네 데 포레가 제시하는 것과는 반대로, 글쓰기의 법칙에 필히 이르는 것은 아니다. 이러한 용인은 일종의 텍스트주의(textualism)에 대한 거부를 전제로 한다: 주체·세상·의식, 그리고 외부와 관련된 모든 현실은 일종의 텍스트와 유사하다고 가정하는 것이다——루이 르네 데 포레가 표명하는 바와 같이 글쓰기 법칙의 조건이다. 이 텍스트주의는 두 가지 사실을 궁극적으로 제시한다: 언어의 역량으로 회귀하는 것, 그리고 이를 통해 특정한 인간 현실이 있는 그대로 밝혀지지 않는다는 관점으로 모든 현실을 의인화하는 것. 이것은 언어의 어떤 힘에 관한 가설에 대한 최신 결론들을 제시해 준다: 자신이 갖는 힘 안에서 여유가 없는 언어는 단순히 말로 표현할 수 있는 가능성과 화법만을 원할 수 있다——이것이 의미하는 바는 불충분한 범주화를 계기로, 불충분한 의미 규정에서 과도한 의미 규정으로 옮겨가는 것을 표시해선 안 된다는 것이다. 언어는 범주화와 자신의 의미 제한을 연결하는 것을 거부하기 때문에, 이 순수한 언어는 의미의 과도한 충만함으로——언어는 세상을 말한다——동시에 의미의 부재로——언어는 언어이다——이해되는 것이다. 무엇보다도 자아의 시라 할 수 있는, **인물들**과 이근동류들을 포함하는 시는 서정주의와 자서전을 피한다: 이것은 글쓰기의 유일한 힘을 매번 되찾고자 하는 것이며, 또 글쓰는 '나'를 범주화의 의미 제한에 입각하여 결과적으론 고유명사들과 보통명사들의 동등성에 의해 이 '나'와 모든 사건을 동시에 범주화하는 주체로 만들어 버리는 것을 생략하고자 함이다.

역사 속에서 대상의 차이에 대한 재현의 문제점: 이 문제에 대해서는 시간적 차이 자체를 바탕으로 시간적 차이를 생각하고, 그것을 재현하는 것으로 충분하리라. 이야기의 언어적 제약을 이해케 하는 패러독스는, 서술의 현재 상황이 과거에 속하지 않는 것과 마찬가지로, 서술된 과거는 서술의 현재 상황에 속하지 않는다는 것이다. 이야기가 자신의 패러독스에 의해 이러한 소속의 결여를 구축하는 것이기에, 이야기는 이 시간들을 재현할 수가 없다. 따라서 여기서 역사와 시간의 차이를 재현하는 데 문제점이 있다는 결론이 내려진다. 시간과 역사에 대한 서술적인 재현은 시간과 역사를 재현할 수 없다. 이 언급은 명확히 반직관적이다. 직관은 다음과 같은 사실을 인지시킨다: 우리가 시간과 역사에 대한 재현들로 간주하는 많은 이야기들이 존재한다. 서술적 제약들을 기반으로 삼는, 이야기에 관해 직관이 언급하는 것에 대한 강조를 기반으로 삼는 논증의 사용은 모순적인 것으로 간주되어선 안 된다. 시간과 역사의 재현은 역사와 시간의 재현 자체에 의한, 역사성의 역행이다. 이것은 한편으론 이러한 재현이 시간과 역사의 설명이며 포괄될 수 없다는 의미에서이고, 다른 한편으론 어떠한 시간도, 어떠한 역사도 시간과 역사의 재현에 의해 존재할 수 없다는 의미에서 그러하다.

이야기의 이 역행과 명확히 재표명된 패러독스는 역사 소설에 대한, 더 정확히 말해 월터 스콧의 역사 소설에 대한 볼프강 이져의 언급들을 바탕으로 분명해질 수 있다.[15] 역사 소설은 너무 큰 성공을 거두어서는 안 된다——만약 역사 소설이 대단한 성공을 거둔다면, 역사 소설은 역사를 완전히 완성된 것으로 제시하고, 역사 소설로서는 해체될 것이다. 역사 소설이 완전한 사실주의에 속하는 것이어선 안 된다——만약 그러하다면 역사 소설이 역사의 외딴 곳이란 관점 자체를 없애버릴 수 있는데, 왜냐하면 역사 소설이 역사를 현재에 속하는 것일 뿐인 전적인 현실이란 특색하에 진술할 수 있기 때문이다. 이것은 바로 역사 소설에 관하여, 과거와 현재의 상호 개방에 따른 현재와 과거의

---

15) W. Iser, *The Implied Reader. Patterns of Communication in Prose Fiction from Bunyan to Beckett*, Baltimore, Johns Hopkins University Press, 1974.

중재 작용을 언급하는 것이다. 현상학과 해석학에서 비롯된 이러한 학술어(terminology)는 역사 소설의 역사성을 두 세상의 공존으로 규정한다. 여기에는 역사적인 것의 역행이 존재한다. 결국 역사 소설은 과거나 현재를 정확히 완성된 것으로서 진술해선 안 된다. 여기에는 역사 소설의 패러독스에 대한 가장 근본적인 정의가 존재한다: 역사 소설은 친밀성도 배제하지 않고 있음직한 것도 배제하지 않는다; 그렇지만 역사 소설은 이 '친밀성'과 '있음직함'이 반복에 권리를 부여하는 것을 거부한다. 역사성의 역행은 역사적인 것에 대한 반박에 의해, 그리고 역사를 역사의 형상들에 의해——이것이 바로 반복이다——독자적인 해석으로 만들어 버리는 것에 대한 반박에 의해 설명된다. 이러한 역사성의 역행은 사실주의 관점에서 분리될 수 없다: 역사는 친밀하지 않은 모든 것을 배제함으로써만 언급될 뿐이다.

공상과학 소설은 이 역행의 시학에 반대한다. 공상과학 소설은 역사적인 지속성을 깨뜨리면서 역사성에 대한 재현을 제시하는 것이다. 과학에 의한 미래에 대한 소설——이런 소설은 현재와 근본적으로 분리된 과거의 소설이 될 수 있다: 이야기이기 때문에 소설은 필연적으로 과거와 결부된다. 현재에도 과거에도 속하지 않는 것을 말하는 소설, 왜냐하면 먼 미래를 혹은 먼 과거를 말하기 때문이다——인간의 시간적·역사적 사유가 미치지 않는 곳에 있다. 또한 이 소설은 우리들의 시간과 우리들의 과거에 의해 재현되거나 사유되는 것을 거부하는 일종의 시간의 절대적인 구별인 것이다. 근본적 시간의 외딴 곳에 대한 소설이기 때문에, 계속적으로 인류학의 소설이 아닌 소설이다——동인들은 더 이상 인간이 아니고, 행위와 고통은 더 이상 특별히 인간적인 것이 아니다. 시간, 공간 그리고 요인에 관련된 이러한 이타성들은 기이함의 형상화이며, 자기 상실 없이 기술되는 **낯선 것**(alien)의 형상화이며——자기 상실이 없다는 것은 누구나 근본적으로 다른 이에 종속되지 않고, 근본적으로 다른 이가 아무것에도 아무에게도 종속되지 않는다는 것을 말한다——인간이 존재하지 않는 어떤 시간 또 어떤 공간의 형상화이다. 공상과학 소설은 체험되고 지각된 세계를 타율화하거나 일방적으로 만든다; 공상과학 소설은 자신이 만드는 세상의 어떤 전형도, 어떤 모방도 가정하지 않는다. 그럼에도 불구하고 이 세상은 표현되고 이해될 수 있다. 공상과학 소설이 만드는 세상은 예외 상황을 벗어난 예외이다: 우리 인류학에 의하자면 명백히 존재하지 않는 세상이기 때문에 예외인 것이다; 예외적 상황을 벗어나 있다는 것은, 이 소설은 자기 자신에 의하거나 거부의 제스처에 의하여 자신과는 다른 아무것도 재현하지 않기 때문이다. 이 다른 것에 대한 모든 환기는 단지 잔류적인 것으로서 여겨진다. 예를 들어 공상과학 소설이 묘사하는 세상들에서의 테크놀로지는 미래의 테크놀로지의 파편에 대한 환기로서 나타난다. 시간적 차이는 근본적으로 다른 것이란 특색을 띠고, 또 이 근본적으로 다른 것의 내재성이란 특색을 띠고서만 재현되어야 한다. 회고적 공상과학 소설은 같은 방식으로 과거를 취급한다: 소설은 과거의 정확한 파편들로서, 과거에 대한 증언들을 현재의 시간 속에 제시한다; 이 과거의 세상은 그 자체에 내재한 것과 같다; 이 과거는 자기 상실 없이 기술되는 **낯선 것**과 같은 것이다. 원칙적으로 이야기, 즉 경험하지 않은 것에 대한 경험의 이야기는 결국 근본적으로 이질적인 것에 대한 이야기이다. 그러니까 이 이야기는 정의상 우리의 경험을 벗어난 것이기 때문에, 실제적인 역사에선 상이하다. 이 경험의 결여는 이야기의 제약들이 기술하는 무경험의 경험(경험하지 않은 것에 대한 경험)과는 혼동되지 않는다.

공상과학 소설의 내재성·타율성·일방성은 한 가지 조건을 갖는다: 우리 스스로에게 이타성을 적용하면서, 우리가 근본적으로 다른 시간들·행위들·요인들을 명료하게 만들 필요는 없다는 것이다. 이야기가 갖는 일상적인 제약들, 행위 요인의 재현, 행위의 재현, 그리고 시간의 재현 등은 단순한 이중성들에 의해 전형적으로 구축된다.

행위의 요인이 제시된다——그로 인해 우리는 이야기의 필요 조건들 중의 하나를 발견하게 된다; 그렇지만 이 요인은 일반적인 인류학적 자료들에 따라서 특정화되지 않는다. 과거와 미래를 전제로 하는 시간적 차이에 대한 재현이 제시된다; 이 차이는 근본적으로 다른 것이기 때문에, 제기된 시간의 범위가 어떠하든간에 국부적인 시간으로서, 또 공상과학 세상에서 특징적으로 읽힐 수 있는 알레고리들이나 궁극성들이 무엇이든간에 역사적이고 시간적인 모든 목적론과는 이질적인 시간으로 자신의 시간을 제시한다. 이러한 이중성들에 의해 공상과학식의 이야기는 요인이나 행위에 대한 일반적인 표상들을 억제한다; 또한 공상과학식의 이야기는 요인과 행위에 대한 일반적인 속성의 단언을 배제한다. 공상과학의 이야기는 자신의 세상에서, 일반적 시간의 재현을 억제한다; 이 이야기는 이야기 전개의 명확한 끝과 다른 끝을 제시하는 것을 금한다. 우리는 시간에 대한 우리 자신들의 경험에 귀결되지 않는 시간성, 시간들을 재현하고 상상할 수 있다는 것을 이해해야만 한다. 이는 공상과학 소설이 무경험의 개념을 폐지하고 또 시간과 역사의 재현을 인류학적 모든 한계로부터 독립시키는, 일반적 경험의 개념과 밀접한 관계를 맺고 있음을 전제로 한다. 여기서 자기 상실 없이 **낯선 것**에 대한 기술을 재확인한다.

이 동향은 단호한 조건을 갖는다. 우리들의 관점에 의하자면 근본적으로 다른 것에 대한 상상력일 뿐이다. 이 관점이 일반적인 경험에 대한 개념을 구축하도록 하기 위해선, 우리는 우리들의 세상과 이 다른 세상들을, 많은 예들 중에서 몇몇 본보기들로 묘사해야만 한다. 이것은 암묵적으로는 우리가 우리 스스로를 묘사하는 것과 같고, 명시적으로는 이 다른 세상들·주체들·행위들, 다른 시간들을 많은 예들 중에서 몇몇 예로 묘사하는 것과 같다. 역설적으로 명확히 표명되는 것은 우리들의 관점을 일반화하는 것, 그래서 이 관점이 많은 예들 중의 하나가 되는 것이다. 상상력은 역사성에 대한 재현의 방식이다. 왜냐하면 역사적·시간적 카테고리 측면에서 우리 자신들의 현재에 대한 의미 제한(과도한 의미 규정)을 실현하기 때문이다. 또 왜냐하면 상상력은 상상할 수 있는 모든 시간이란 측면에서, 우리의 현재를 일종의 불충분한 의미 규정으로 바꿔 버리는 것이기 때문이다.

공상과학 이야기가 제공하는 서술적인 제약들이 갖는 패러독스에 대한 해결책은, 공상과학 이야기는 그 자체에 내재한 것으로서 한 세상의 재현을 제시한다는 사실 안에 있고, 인간적 관점의 일반화 안에 있다. 그 자체에 내재한 세상은 다음과 같이 이해해야 한다: 이 세상은 한 소설가나 한 인간에 의해 창조된 것일지라도, 마치 우리가 세상에 대해 가질 수 있는 개념에 종속되지 않는 것인 양 제시된다는 것이다. 인간적 관점의 일반화는 다음과 같이 이해해야 한다: 이 일반화에서 나타나는 언어의 사용은 모든 외연을 뛰어넘을 수 있는 언어의 사용인데, 이 모든 외연은 스스로가 요청하는 상호 주체적인 합의라는 확증에 연결되어 있다. 공상과학 이야기는 경험하지 않은 경험의 이야기인데, 이러한 이야기는 이중적으로 규정된다. **첫번째 성격 규정**: 이 이야기는 자신의 대상과 자신의 세상에 대한 근본적인 문제를 제시한다. 그럼에도 불구하고 이 이야기는 이 대상과 세상의 형상들을 제공한다. 이 이야기는 일반적 범주에 관한 문제들에 의거하여 이 대상과 세상을 보장하려고 시도한다. 그럼에도 불구하고 이 공상과학 이야기는 이 문제들에 대한 해답들이 어떤 효율성에도 부합하지 않고, 이 세상의 존재를 인정하게 하거나 거부하게 하는 의문 제기에 대한 어떤 답변에도 부합하지 않는다는 것을 명백히 규정한다. **두번째 성격 규정**: 공상과학 이야기는 하나의 미학적 작품인 문학 작품이 문학적·미학적 작품으로서, 언어에 의해 재현된 세상에 관해 어떤 형태의 일치도 갖고 있지 않다는 것을 알려 준다. 따라서 다음과 같은 결론이 내려진다: 문학적·미학적 영역을 규칙 없는 합의의 영역으로 생각할 필요가 없다. 비록 이 영역이 인간 관점의 확장에 의해 문학적·미학적 표현을 이해될 만한 것으로 제시한다고 할지라도 말이다.

　환상적 재현에서 공상과학 소설에 이르기까지, 그리고 범죄 소설에서 이근동류시에 이르기까지 예외적 상황 밖의 문학은 자신의 픽션들 안에서 개별적 인간 존재가 직면하는 세상을 문학의 명백한 문맥으로 바꿔 버린다. 언어의 역량과 혼동될 수도 있는 말하는 힘을 인간 존재의 것으로 간주하지 않고서, 또 문학의 힘을 끌어들이는 말로 표현할 수 있는 가능성을 세상의 것으로 간주하지 않고서 말이다. 이것은 바로 전형화의 권한을 정당화하는 문학적 요인의 모든 유형을 반박하는 것이다. 이것은 또한 문맥들의 묘사를 통해 문학을 재문맥화하는 것이다. 이것은 이 문맥들이 상상력을——환상 문학, 공상과학 문학——끌어들이기 때문에 문맥들의 묘사만이 초래할 수 있다. 혹은 그것은 이 묘사가 현실적으로 간주될 수 있고, 그래서 확대된 것인 문맥들에 관한 변형들로서——추리 소설——초래할 수 있는 것이다. 이러한 이중성은 역설적이다: 문학의 힘에 대한 축소 같은 것이 존재하고; 반면 어떤 문학의 힘이 존재한다. 이 패러독스는 다시 다음과 같이 말해질 수 있다: 언어와 상상을 통해서 우리는 절대적 두 관점을 차용하거나 재현할 수 있다: 모든 전형적 주체를 초월하는 문맥 안에서만 해석 가능한 재현; 그래서 확장된 문맥의 범위가 되는 문학적 생산의 결과로서의 재현인 재현. 이것은 '다를 것 없는 다른 것' 에 대한 견해를 상기함으로써 해석될 수 있다. 이 견해는 다음의 표현들에 의해 일반화될 수 있다: 두 관점은 이 관점들간의 관계가 묘사될 필요 없이 동시적으로 제시될 수 있다: 즉 하나의 문학적 장인 같은 장 안에서 펼쳐지는 일반적 문맥에 관한 관점, 주체자의 관점이다. 또다시 변함없는 수사학적 기법의 역전을 강조해야한다. **에토스**와 **로고스**의 동등성을 강조하는 것에 관한 문제가 더 이상 아니다. 그러나 **로고스**가 **에토스**의 재문맥화의 방식이라는 것을 강조하는 문제이다. 여기서 다시 강조해야 할 점은 사실주의와 형상성의 기능의 변화이다: 이것들의 결합은 재현된 대상과 가깝고 먼 거리에 대한 사용을 증명하는 것이 아니다. 그러나 기능적으로 제시되는(사실주의에 의해 드러난), 확장(형상성에 의해 드러난)의 문맥에 관한 사용을 증명하는 것이다. 예외적 상황을 벗어난 문학의 이러한 기법은 두 가지 재검토, 즉 문학 텍스트의 과도한 의미 규정에 관한 재검토와 절대적 관점들의 사용에 관한 재검토로 향한다. 과도한 의미 규정(의미 제한)은 문학 범주화의 향상과 힘에 의해서만 필히 해석 가능한 것은 아니다: 또한 의미 제한은 개별적 인간이 존재하는 더 넓은 문맥을 묘사하는 방법을 만든다. 절대적 관점들의 사용에 대한 부정적 표명은 이야기의 패러독스들에 대한 강조 안에서 있을 수 있다——한 이야기 속에는, 결국 어떤 방식으로도 구성될 수 없는 두 시간이 존재한다. 이 절대적 관점들의 사용은 일종의 회의주의를 강조하는 방식일 뿐만 아니라, 또한 이 두 관점들간의 관계에 대한 결정 불가능성에 의해 공동 장소를 구상하는 방식이기도 하다. 현실에 관한 문제인 재현의 문제는 이처럼 명백히 보호되고, 동시에 이 문제는 공동 장소로서 현실 자체를 형상화하는 방식이기도 하다——공동 장소는 시간과 장소의 양상하에 검토되는 현실이다.

제4장

문학, 효율성의 형상들,
위력과 행위의 형상들

예외적 상황의 문학이 구현하는 것과 문학을 사유하는 방식을 가장 적절하게 묘사하는 표현들에 따르자면, 문학을 초월적이고 내재적인 한 총체로, 또 언어의 위력으로 보는 것은 문학이 자체에 내재한 구도로 언어를 정의하는 것이라는 사고를 유도하는 것이다. 문학이 문학적 기법의 모순들을 완전히 깨달아야 하는 데 있어서의 불가능과, 문학이 문학적 범주화를 인식하는 특권은 문학이 과도한 의미 규정과 객관성이란 영향하에 자체적인 담론의 종속성을 형성한다는 결과를 초래한다. 언어의 내재성이란 이 구상과 과도한 의미 규정이란 특권은, 다양한 시학들과 미학들을 검토하는 데에서 기인하는 모순적인 궁극성들에 의해 특징지어질 수 있다. 엘리엇의 상징주의가 전제로 하는 언어의 내재성이란 구상은, 기표와 무위의 문학들이 언급된 특권에 부여하는 궁극성들을 분류하지 않는다. 그렇지만 이 특권은 항구적이다. 낭만주의에서 해체 문학에 이르기까지 절대적인 메타포(은유)에 대한 가설은 늘 있어 왔다. 다시 말해서 문학 언어가 갖는 과도한 의미 규정(의미 제한)에 대한 가설이 존재하고 있었다는 것이다. 문학의 같은 정의들, 같은 원칙들, 그리고 이것들의 다른 사용이 형성될 수 있는 것은, 이같은 사용들에 입각하여 문학의 변화로 귀결하려 하지 않음이다. 하지만 그

것은 자체적인 조건들을 갖고 있는 문학적 사유에 대한 몰지각으로 귀
결된다. 문학의 자체적인 조건들은 모순적이다. 질 들뢰즈가 말했던
것처럼 이 조건들을 모든 초월성에서 분리하기 위해선, 담론과 삶의
내재성을 언급하는 것으론 충분치 않다.

효율성, 비판적 전망들

　문학을 언어에 동일시하는 것은 몇몇 단순한 확증을 제시하는 것이
다: 한편으론 우리는 말하는 존재이고, 문학은 이러한 사실의 본보기
적인 실현이다; 다른 한편으론 문학 안에서, 그러니까 문학을 통해 우
리는 모든 것, 모든 논쟁, 말하는 존재라는 우리의 상황에 대한 모든
실현을 언어에 의해 제시할 수 있다. 문학은 내재성에 대한 문학 자체
적인 구상이다. 이것은 이미 독일 이상주의의 문학 사유가 제시하는
가설이었다. 두 세기 전부터 문학과 문학 비평의 발달은 이 가설의 강
조와 그 적용 안에서 이루어져 왔다(이를 위해서 구조주의를 언급하면
된다). 결론적으로 문학은 문학의 잠재적인 상태와 실현된 상태의 지
속적인 혼동 안에서 하나로 제시되어 왔다. 그러나 이러한 결합은 반
드시 형식적인 결합을 의미하지는 않는다.
　내재성의 자체적인 구상으로서 제시되고 이 구상에 의해 표현하고
재현하는 문학은, 자신의 실현 과정을 대상에 적합한 것으로 만들어
버리는 문학인 것이다. 왜냐하면 문학은 이 실현 과정을 대상을 보증
하는 방식으로서, 그것도 과도하게 의미를 규정하면서 제시하기 때문
이다. 사실주의의 미학에서 현실성이 그와 같고, 형식적인 미학에서
언어가 그와 같으며, 신비 같은 것을 주제화하는 작품들이 그와 같다.
의미 제한(과도한 의미 규정)에 대한 이러한 설명은 양면성을 지닌다:
이 설명은 문학의 대상에 대한 대답이다; 또한 이 설명은 작품의 성격

규정이기도 하다──작품은 이 의미 제한(과도한 의미 규정)에 의해 설명된다. 이것은 바로 문학의 결정 불가능성의 순간에 대해 언급되었던 점을 재해석하는 것이다. 예외적 상황 속에서 문학은 스스로에 의해 결정 불가능성을 형상화한다. 그리고 문학은 이 결정 불가능성을 문학 대상을 보증하는 방식으로 만들어 버린다. 우리가 문학과 언어의 내재성에 관한 구상에 의해 표상과 재현의 사용을 강조할 때, 이러한 결정 불가능성은 이중적 작용을 갖는다: 문학을 문학 대상들에 대한 답변으로 제시하고, 문학이 자신의 문제로 간주하는 것에 대한 답변으로 제시하는 것이다; 두 가지 면에 의해 이 답변을 특징짓는 것이다: 두 가지 면이란 문학은 구성된 현실성에서, 그러니까 현실의 현실성과 언어의 현실성에서 구별될 수 없다; 그럼에도 불구하고 문학은 최초의 것인 양 제시된다는 것이다. 이것은 문학이 자신의 독립성, 특히 문학 대상에의 답변에 관한 독립성을 확고히 하는 모든 것을 거스른다는 의미에서 그러하다(그렇기 때문에 문학의 사실주의적 구상이 순수 문학의 구상과 대등할 수 없다). 이 이중적 동향의 결과를 **효율성**이라고 한다. 이중적 동향이란 문학은 세상, 모든 대상, 언어, 그리고 문학 그 자체에 대한 응답으로 제시된다; 문학은 자신의 응답을 객관적이고 일반적인 답변으로 만들어 버린다──문학이 자신의 대상에 제공하는 과도한 의미 규정이란 사실에 의해서 말이다. 효율성: 모든 대상, 모든 현실성은 문학의 결과물로서 제시된다. 그리고 이 모든 대상과 모든 현실성은 과도한 의미 규정의 사용이 갖는 양면성 때문에 문학에 의해, 또 의미 제한의 사용을 부추기는 것에 대한 몰지각 안에서, 주어진 목적들로서 또한 제시된다.[1]

효율성들의 재현이란 기능을 통해, 또 있을 수 있는 외연을 배제하지

---

1) 이 관점들에 관한 심층적인 연구를 한 메이어(M. Meyer)를 참고할 것. 《문제 제기와 역사성 *Questionnement et historicité*》, *op. cit.*, p.144 et sq.

않는 외연의 추방이란 기능을 통해 문학은 특별한 타당성을 스스로에게 부여한다. 만약 그래서 언어, 담론들, 모든 사건, 인간들의 행위들의 연속, 또 그네들의 내부 세계가 효율성의 영향하에 검토된다면 '말로 표현할 수 있는 가능성'이 언제나 존재한다. 이러한 언표 가능성은 문학은 제공하는 것을 의미하고, 또 하나의 메시지를 제시한다는 사실에 상응한다. 여기서 이 메시지는 효율성을 명확히 표명하고, 또 이 효율성을 메시지의 내용과 같은 것으로, 다시 말해서 이 메시지와 결부된 심리적이고 개념적인 재현과 같은 것으로 간주될 수 있는 생각과 동일시한다. 외연과 외연의 결여의 사용은 하나의 메시지를 필요로 하는데, 이 메시지는 추론들을 배제시키고 그 내용과 심리적이고 개념적인 재현을 제시한다. 물론 심리적이고 개념적인 재현은 이 메시지에서 이끌어 내어질 수 있는 것이다. 20세기 미학과 시학들의 몇몇 지배적 요소들, 이를테면 초현실주의의 직접성, 동시주의 문학들의 전(全)시간성(omni-temporality), 많은 시 창작들에서의 언표 불가능성(말로 표현할 수 없음), 해체론과 함께 변한 그대로의 **모태**(khora), 작품의 정의를 내리게 하는 자료 등등은 다음과 같은 사실을 이해케 한다: 여기서 언급된 문학 담론들의 성격 규정 방식이 어떠하든간에, 이 문학 담론들은 말하기와 심리적이고 개념적인 재현을 적합한 것인 양 제공한다. 이 문학 담론들이 필연적으로 논증적인 것이라고 이해해선 안 된다——논증 때문에 메시지의 지시와 내용의 예측이 일치한다고 간주할 수 있다. 문학 담론들은 그 자체의 문자들이자 동시에 자체적인 의미들이라고 이해해야만 한다. 문학 담론들은 이 문자들과 이 의미들에 의해 구체화되는 광범위한 개념, 또 직접성에 의해, **모태**에 의해, 말로 표현할 수 없는 것에 의해, 전 시간성에 의해, 명확히 표명되는 광범위한 개념과도 같은 것이란 걸 이해해야만 한다.

그래서 문학 담론은 메시지에서 심리적·개념적 재현으로 옮겨가기 위해, 그리고 재현에서 메시지로 옮겨가기 위해 직접적인 추론의 사용을 필요로 하지 않는다. 또한 담론에서 이 담론이 드러내 표현할 수 있는 것으로 되기 위해서도 혹은 그 반대로 되기 위해서도 추론의 사용을 필요로 하지 않는다. 담론의 위상에 관한 측면에서 보면, 문학 담론과 재현의 권리가 갖는 언어적 제약들에 대해 이미 밝혀졌던 상황과 같은 상황을 보게 된다. 예외적 상황의 문학에 의해 실행된 대로인 이 제약들과 재현은, 이미 강조한 바와 같이 문학 담론이 이 제약들과 이 재현이 갖는 한계를 뛰어넘게 하는 추론들의 표시를 배제한다. 이러한 추론들의 표시의 결여는 사실상 문학 담론이 자체적으로 메시지를 담고 있고, 자체적인 명료성을 가지고 있다는 것을 규정한다——반대로, 추론들의 표시는 환상 소설, 공상과학 소설, 탐정 소설에서 **페르소나**(personna)와 타율성의 사용에서 명백히 제시되고 있다. 달리 말하자면 문학 담론의 타당성에 대한 문제는 야기되지 않는다. 이것은 문학 담론이 개념적·심리적으로 실현되어질 수 있는 그대로의 내용과 메시지와의 적합성을 올바르게 생각하도록 하기 때문에 타당하다. 바로 여기서 예외적 상황에 의한, 또 변함없는 수사학적 기법에 의한 문학의 공동 장소에 대한 재정의가 성립하는 것이다. 바로 여기에 현대 문학이 자신의 예외적 상황 속에서 미분화된 메타재현을 제시하게 하는 표현의 재사용이 존재하는 것이다——이 미분화된 메타재현은 적용 혹은 비적용의 어떤 한계도 갖고 있지 않다. 이같은 상황들 속에서, 카프카에서 블랑쇼까지 보자면, 작품이 난해함으로 인해 상황에 따라 특징지어지는 것이 작품 자체를 위한 난해함의 표출을 뜻하는 것은 아니라, 대신 미분화된 메타재현의 상을 제시하는 것이자, 심리적이고 개념적인 재현과의 적합성을 제시하는 것이라 할 수 있다.

이것은 예외적 상황의 문학이 말라르메가 보여주는 확증에 대한 답변과도 같은 것이라고 표명될 수 있다: 주사위 던지기는 우연을 결코 배제할 수 없다. 말라르메의 확증은 피할 수 없는 곤경에 대한 확증이기도 하다: 메시지와 내용의 적합성인 메시지에서 이끌어 낼 수 있는 심리적·개념적 재현의 적합성은, 이 메시지가 우연적인 메시지라 할 지라도, 우연의 표상을 내포하지도 명백히 표출할 수도 없다. 이 경우 문학은 문학이 추론할 수 있는 재현을 벗어나게 될 수 있고, 동시에 문학이 확립할 수 있는 외연을 벗어나게 될 수 있다. 문학은 문학 자체에 대한 이해도 문학의 외부에 대한 이해도 아니다. 그래서 문학은 **허구의 순수한 장**인 것이다. 문학적 담론에 대한 타당성의 문제가 제시되지 않는 것은 문학이 이 불일치를 피한다는 가정을 만든다——이때 원칙적으로 문학은 작품이 구축하는 장소와 타당성에 대한 문제를 폐지하는 것에 의해 설명되는 장소를 통해, 개념적이고 심리적인 재현과 메시지의 일치를 스스로에게 제시한다: 즉시성, 언급할 수 없는 것, 수행성, 전 시간성. 이 가설을 만드는 것은 문학의 재현과 전형화가 갖는 힘이 그 자체로서 사유되어선 안 됨을 유도한다: 20세기에 문학의 예외적 상황에 대한 언급을 유지케 하는 문학에 대한 생각은, 효율성과 관련된 전형화의 사용에 의한 인식으로서의 문학과 그 사용에 의해 스스로를 인식시키는 문학과의 상호적인 연관성을 파괴하면서 그같은 힘을 만든다. 즉시성, 언급될 수 없는 것, 코라(khora-모태), 그리고 전 시간성을 강조해야만 한다. 문학의 이 상황에서 숙고해선 안 되는데, 그것은 구성적인 문학 작품들과 그와 반대되는 미학적 문학 작품들이 동일하게 이용하는 효율성의 방식을 통해서 쉽게 증명된다. 즉시성의 경우에서 메시지의 타당성, 심리적 그리고 개념적 재현의 타당성, 가능한 외연의 타당성과 문학에 대한 이 가능한 외연의 지연은 말할 나위 없이 당연하다. 그래서 초현실주의 문학에서는 우연의 현실성, 문학적 표상, 개념적이고 심리적인 이미지, 그리고 비유법이 모두 같은 구상에 속하는 것으로 취급될 수 있다. 내적 독백 유형 소설의 경우를 보자면, 내면 세계의 표상은 내면 세계의 심리적이고 개념적인 재현과 동일한데, 이 재현은 결국 내적 독백이 이끌어 내는 재현이다. 그럼과 동시에 내적 독백에 대한 표상의 형태가 불가능한 형태일지라도, 이 표상과 이 재현은 외연의 모든 가능성들과 불가분의 관계에 있다(이와 유사한 논쟁은 파운드와 《칸토스》에 관해, 그리고 사르트르와 《구토》에 관해서, 아이러니와 기표의 사용들에서 발달되어질 수도 있다). 그래서 수행성으로, 언표 불가능성(말로 표현할 수 없는 성향)으로, 전 시간성으로, 기표의 스펙터클 모나드(spectacle-monade)로, 또 그 기표의 표상들이 갖는 아이러니와 일관성과 모순으로의 복귀가 존재하는 것이다——바로 이것이 메타재현을 미분화하는 방식인 것이다.

　정확히 말하자면 문학에 대한 현대적 사유는 문학 담론이 요청하는 추론에 대한 기피와도 같은 것이다. 이러한 기피를 유지하기 위해 또한 결국 작품이 갖는 재현과 전형화의 힘을 유지하기 위해서, 이 현대적 사유는 작품이 자체적으로 만들어 내는 것일 수도 있는 심리적이고 개념적인 재현의 타당성, 그리고 작품이 제시하는 표상의 타당성에 대한 언급을 반박할 수 있는 것을 다루어야만 한다. 현대적 사유는 이 타당성에 대한 논리를 성립해야 한다. 그리고 이 타당성이 문학 담론을 언어의 감옥으로 만들지 않는다는 것을 논증해야 한다. 문학에 관한 현대적 사유는 결국 문학을 엄정한 예외로서 규정한다. 이런 규정 안에서 현대적 사유는 문학을 모든 인식의 장으로 제시하는 것이다. 그로 인해 이 현대적 사유는 세상에 대한 인식을 구성하고 토대로 하는 주체로 문학을 제시하는 것이다——문학은 정확히 말해서 문학이 본보기로 언어의 창조와 언어의 인지적 속성을 증명함으로써 예외적이다. 혹은 이 현대적 사유는 문학을 일종의 회의주의에 대한 실행의 장으로 제시하기도 한다——여기엔 앞서 말한 주장에 대한 반대가 존재한다. 하지만 이 회의주의의 실행은 객관적이고 인지적 속성을 회복시킬 수 있다. 문학은 말하는 주체의 성립을 허용함으로써, 그리고 이같은 성립을 마감하는 가운데 세상을 되찾게 됨으로써 이중적으로 예외적이게 된다.

　그 첫번째 예외에 대한 논거는 바로 하이데거적 논거이다. 이것은 두 가지 해설로 요약된다. "시적 결정은 시 자체의 본질을 명백하게 시화(詩化)하는 데 있다." "하지만 사물의 존재와 본질은 결코 예측의 결과가 아니며, 또 이미 부여된 존재자로부터 발원되는 것이 아니기 때문에 사물의 존재와 본질은 자유롭게 창조되고 놓이고 부여되어야만 한다. 이 자유로운 부여는 하나의 토대이다. 시인이 말하는 바는 단지 자유로운 부여라는 의미에서 뿐만 아니라, 그가 앉아 있고 자신의 기반 위에 '인간이 존재한다' 라는 것을 확신한다는 의미에서 하나의 토대인 것이다."[2] 이 문구들은 주목할 만하다: 시가 시를 말한다——시는 시 자체적 표현이고 자체적 인식이다. 시는 자체적으로 존재하는 사물들의 이름을 불러 주고 구성하는 데 있다—— '명명하다' 라는 말은 근본적인 말인데, 이 말을 통해서 존재 주체가 존재하는 그대로 명명되는 것이다. 시적 예외에 따라서 인간과 신 사이에서 어느 사이에도 끼지 못하고, 그 둘로부터 버림받는 시인은 하나의 예외인 것이다. 이 이야기가 의미하는 바는, 시인이 자신의 언어를 창조하고 그 언어에 따라서, 그는 공통된 말(파롤, parole)과의 결별 속에서, 마치 이 세계가 그의 것인 양 세계에서 비롯된다는 것이다. 바로 여기에 문학적 실행의 해결책이 존재한다. 문학적 실행은 작가의 발명인 언어에 속하는 것이기 때문에 전적으로 작가 그 자신이다. 문학적 실행은 시인이 갖고 있는 명명의 힘을 통해서 이 세상을 이루고, 또 이 세상에 포함되기 때문에 이 세상의 언어에 속하는 셈이 된다. 그러나 이렇게 제시된 문학의, 시의 기법이 특별한 기법으로 남는다는 것은 주목할 만하다——시인의 고유한 언어를 통해서만 그 시인이 창조하는 독특한 명명하기가 이해될 수 있다.

두번째 논거는 하이데거적 논거와 대립되는 이야기를 통해서 설명된

---

2) M. Heidegger, 《횔덜린에게 접근하기 *Approche de Hölderlin*》, Paris, Gallimard, coll. 〈Tel〉, 1996.(p.43, p.53)

다. 이 이야기는 언어는 아무것도 확립하지 않는다는 것을 말하고 있다. 이것은, 언어는 주체적 단언의 단순한 폐쇄를 벗어나 '나'를 구성한다는 사실을 배제하지 않는다. 그러니까 스탠리 카벨의 논거라고 가정하자. 작가는 '나'를 일컫는 자이거나 또는 필연적으로 '나'를 가정한다. 말하고 쓰는 이 '나'는 자기 자신을 확인하며, 이를 통해서 귀신과도 같은 공상적인 상태를 벗어난다. 이것은 '나'가 현실에 요구하는 상황과 동일한 것이다——이 현실에 요구하는 청원들은 현실과의 명백한 관계에 대한 요구이며, 이에 따라 주체의 담론 안에서의 공통된 것을 재현하고, 모든 이들과 현실을 재현하는 요구이다. 인간이 말하는 모든 삶에 대한 시작과도 같은, 모든 문학의 시작이기도 한 '나'를 말한다는 것은 '나'가 '나'를 재인식한다는 것을 의미하며, 그리고 이 '나'가 세상 속에서 말하는 것처럼 형성되는 것임을 의미한다. 다음에 인용된 문구는 스탠리 카벨의 논거를 요약해 준다: "나는 존재하기 위해서 내가 존재한다는 것을 말해야 하는 존재이다. 다른 말로 하자면, 나는 내 존재를 확인해야 한다——내 존재를 주장하고 지지해야 되며, 내 존재에 반응해야 된다."[3] 실질적으로 이루어지고 있는 담론으로서, 작가의 담론은 한 주체의 담론이다. 왜냐하면 작가는 스스로를 재인식하고 세상을 재인식하기 때문이다. 그래서 작가는 자신만의 담론을 제시할 수 있고, 또 세상의 담론——즉 공통된 담론, 모든 이들의 담론——을 제시할 수 있다. 이를 통해서 작품에 대한 객관적인 재인식이 가능하다: 반대로 작품에 대한 재인식을 통해 자신의 담론, 또 세상의 담론을 작가가 제시할 수 있기도 하다.

이 두 논거는 예술과 문학이 지니는 힘에 대한 현대의 유형학을 보여준다. 하이데거는 주장한다. 문학은 재현되고, 문학은 세계를 재현

---

3) C. Altieri, Style as the Man, dans Richard Shusterman, *Analytic Aesthetics*, Oxford, Blackwell, 1989, p.65.

한다. 왜냐하면 문학은 시인의 발명과도 같은 언어의 창조이면서 또 이 재현에 대한 권한이기 때문이다. 이 권한은 특별한 동인과 관련될 수 있지만 유달리 눈에 띄는 것일 수는 없다. 왜냐하면 그 권한은 세상에 포함되고 사물들의 기반에 포함되는 언어를 제시하기 때문이다. 달리 표현하자면 문학은 소개된 것과 세계에 속하는 것을 재현하고, 소개되지 않으면서 재현된다——왜냐하면 문학은 시인의 발명이기 때문이다. 반면, 스탠리 카벨은 다음의 견해를 주장한다: 문학적 표현은 표현 그 자체를 재현하고, 주체를 재현한다. 그리고 이 이중의 작용을 통해서, 첫번째 재현에서 두번째 재현으로 이르는 과정의 규칙 없이 포괄적인 방식으로 세상을 재현한다. 다시 말해서 세상은 어떤 명령도 드러내지 않으며, 자동적 재현에 의해 정의되고, 주체 작가 독자에게 자신을 구성하도록 허용하는 사실에 의해 정의되는 작품을 제시하지도 않는다. 왜냐하면 세상은 스스로를 재현하기 때문이다. 문학은 스스로를 재현할 수 있고, 세상을 재현할 수 있으며, 이 세상을 자신에게 포함시킬 수 있다——포함의 법칙 없이.

이 추론들은 필연적으로 메타재현의 미분화에 대한 표명이나, 메시지와 심리적이고 개념적 재현의 타당성에 대한 표명을 요구한다. 하이데거의 주장은 이렇다. 주체와 언어의 결합은 말해진 것 속에서 예증되고 동시에 말로 표현할 수 없는 것 속에서 예증된다——그로 인해 주체는 언어를 끊임없이 보장하고, 주체의 창조력에 대한 언쟁을 가라앉힌다. 그래서 수행성과 **코라**(khora)를 강조해야 한다. 반면, 스탠리 카벨의 주장은 이렇다. 자아와 세계에 대한 재인식과, 문학 속에서 그들의 재현에 대한 재인식은 일종의 변함없는 언어적 실행을 전제로 한다——이러한 언어적 실행은 말하는 행위를 통해서만 이루어지며, 이 언어적 실행이 만들어 낼 수 있는 외연에 늘 종속된다. 이 언어 실행은 허상으로 밝혀질 수 있으며, 반복의 구조들을 제공하지 않는다——그런데 외연적인 담론으로 이해되는 모든 담론(주체의 담론, 주체의 재인식적 담론)은 이 반복의 구조들에 기대고 있다. 문학의 효율성에 대한 한계는 아무나가 될 수도 있고, 이 또 다른 '나' 일 수 있으며, 독자·관객·익명의 누군가가 될 수도 있다. 이 한계를 부수기 위해선, 문학 작품은 표출될 수 있고 그로 인해 있는 그대로 재인식될 수 있다는 것을 말하면 된다. 또한 문학 작품 안에서 언급된 말들이 불명확한 상황에서 비롯된다는 사실만을 통해서, 또 이 말들은 오로지 '한 단어의 계기들이 밝혀 주는 의식의 다양한 장들의 지도' [4]에 의해서만 명백히 이해될 수 있다는 사실만을 통해서 문학 작품이 표출될 수 있다는 것을 말하면 된다. 여기서 메시지와 심리적·개념적인 재현의 타당성에 대한 가설을 다시 만날 수 있다. 이러한 작용 자체는 현실성의 현실성과 작품의 현실성이란 이중적 증명으로서 해석된다. 이로 인해 현실성의 증명은 작품에 속하게 되는 것이다.

예외적 상황에 의한 사유 자체인 문학과 세상에 대한 관계를 말하고자 함에 있어서, 문학적 시도에 관한 오늘날의 수많은 증거들을 요약해 주는 이러한 두 주장들은 효율성의 작용에 대한 예들인 것이다. 문학을 특징짓는 과도한 의미 규정은 명백히 작가의 책임에 놓인다. 과도한 의미 규정은 한편으로 사물들, 존재를 명명하는 방식이면서 다른 한편으로, 언어에 부여된 여러 특권들과 밀접한 관련을 맺는 회의적인 관점과 결별하는 방식이다. 특히 주목할 점은, 과도한 의미 규정은 비개념성과 직관성의 불일치(또는 개념과 직관성의 불일치)를 내세우는 한정된 가치로 취급되지 않고, 오히려 구성하는 가치로서 취급된다는 것이다——개념과 직관성은 문제 제기를 나타내는 두 가지 방식들이다. 그래서 존재로 가는 통로로——하이데거——설명될 수 있으며, 있을 수 있는 유아론에서의 탈출로——스탠리 카벨——설명될 수 있

---

4) S. Cavell, *Must We Mean What We Say?*, Cambridge, Cambridge University Press, 1976, p.102. Éd. orig. 1969.

다. 이러한 동향은 다시 다음과 같이 특징지어질 수 있다. 문학의 힘을 강조하기 위해서 두 가지 사실이 과소평가되고 있다: 개념과 상징은 상대적으로 자신들이 재현하고자 하는 것의 실재와는 무관하다——특히 기능적인 특성상, 상징은 최초의 재현 사용에 의존하지만 그 사용을 필히 반복하지는 않는 많은 용법들일 수도 있다. 형상화(figuration)는 이 상대적인 무관심 속에 하나의 문제로서 기입된다. 다시 주목해야 할 것은 문학에 관한 이러한 사유가 결국에는 문학이 상징과 형상화의 도움을 받아서 주체와 대상 간의 거리를 나타내는 것 자체일 수도 있다는 사실을 거부한다는 것이다——주체와 대상 간의 거리를 보여주는 것은 가능성 있고 가치 있는 여러 생각들의 영역을 구성하기 위함이고, 그로 인해 사실주의와 형상성 간의 상호 의존성에 하나의 기능을 제공하기 위함이다.

문학에 대한 사유가 이러한 효율성과 밀접한 관계에 있다는 것은 20세기 문학의 성격 규정에 대한 논리적 원칙들을 통해서 확인된다. 이 사유와 이 성격 규정에서 비평의 명백한 확증들과 거기에 관련된 여러 의문점들을 놓칠 수 없는, 또 효율성의 영향하에 문학을 다루는 세 가지 방식들이란 결론에 이르게 된다——이 세 가지 방식들은 통상적인 것으로서 현대 문학에 속하는 특성들도 아니고 비평의 전통에 속하는 특성들도 아니지만, 더 일반적으로 사유의 여러 유형들에 속하는 특성들인 것이다. 우리는 이처럼 자체적으로 검증된 대상의 창조를 고려해 볼 수 있다. 우리는 작품이 갖고 있는 여러 의문점들과 분명한 답들을 주관적인 영역에서 제한할 수 있고 일종의 상대주의라는 것에 이를 수 있다. 우리는 이처럼 문학의 대상과 문학에 대해 의문을 제기하는 주체를 자주적인 것으로 취급할 수 있다.[5]

---

5) 참고 **M. Meyer**, 《문제 제기와 역사성》, *op. cit.*, 〈제1장 철학에서의 같은 접근을 위해서 chap.1, pour la même approche en philosophie〉.

자체적으로 고려되는 문학 대상의 생성. 문학이 언어적 형상화와 언어적 발전인 것으로 분명하게 제시될 때, 문학은 대상들의 생성에 관한 규칙들을 동시에 규정해 준다――이것은 작품의 완성에 대한 기술의 모든 변형들에 이르는 것이자 시적인 기능에 대한 특징화로 이르는 것이다: 우리는 문학 대상을 자주적인 것으로 다루는데, 어쩌면 작가의 활동에 대한 결과일 수도 있고, 반면 시론과 언어의 법칙들일 수도 있다. 로만 야콥슨을 떠올리면 된다. 의미에 대한 문제는 제기되지 않는다. 이상이 문학 작품의 효율성이고, 사실상 언어 자체의 효율성, 혹은 언어 구조들의 효율성, 여러 시적 구조들 효율성, 형식적인 문학 코드들――운율 구성·리듬·시절(詩節)――의 효율성인 것이다. 문학의 과정과 그 실현은 결국 문학에 대한 개념과 떼어 놓을 수 없는 것이다. 작품의 구현적인 성격이 가장 자주 선호되는데 이 성향은 성향 자체를 위해서 부여되고, 표출되고, 분석된다. 문학과 기표적 비평은 무한정한 기술에 속할 수 있는 자유로운 과정의 실행과 성격 규정으로서 정의될 수 있다.

주관적 관점과 상대주의. 작품들과 비평은 문학에 대한 여러 의문점들과 거기에 상응한 답변들을 문학 자체적인 대상들로 제한하는데, 일종의 상대주의적 분명한 표명에 의해서이다. 우리는 여기서 관점에 대한 문학을 반복하지 않는다. 우리는 이 상대주의에 관한 다른 예증을 이끌어 낼 수 있다: 일반적 문체에 관한 개념을 중시하고, 픽션을 일반적 문체의 이용에 결부시키는 작품들과 비평 속에서 의미론상의 과도한 의미 규정으로 이루어지는 용도가 바로 그것이다. 왜냐하면 과도한 의미 규정에 의한 담론들은 모두 동등하기 때문이다. 이 담론들 중 어느 것도 중시되지 않는 것이 없고, 모든 담론들은 참고에 대한 어떤 확신도 결코 제시하지 않는 일종의 연속성을 형성한다――과도한 의미 규정은 일반적이다. 과도한 의미 규정의 사실이 기능적으로 검토되지 않기 때문에, 다시 쓰기(개작)의 중요성이란 결론에 도달하고 많은 문체들이 만들어 내는 반복이란 결론에 도달한다. 한 작품을 내부적으로 보자면, 이 개작과 반복은 의미론상의 불투명함과도 같다. 이 의미론상의 불투명함은 바로 픽션이 보여주는 것과 동일한 것이자, 이해함에 있어서의 난해성과 같은 것이다. 이 이해의 난해성은 그 자체가 바로 허구적인 폐쇄성의 표시인 것이다. 이와 같이 의미가 결여된 글쓰기를 추구하다 보면 주관적인 착각 속에 빠져들기 쉽다——이 착각은 바로 상대주의적·주관적인 착각으로써 현실에 관한 여러 관점들과 여러 담론들이 동일하다는 생각으로 결론을 내리고, 모든 확신에 대한 권한의 결여로 결론을 내린다.

문학의 대상과 현실의 자율성. 사실주의는 작품의 확증이나 현실성의 확증을 반박하지 않는다. 작품·세상·주체(경우에 따라서는 작가)는 각각의 독립된 현실성으로서 정의된다. 하지만 이 현실성들은 결국엔 합성될 수 있다. 왜냐하면 이 현실성들이 제각각 독립적이긴 하나 명백한 현실성들이기 때문이다. 이상이 예술 작품의 효율성이고, 또한 현실의 대상들과 창조자(작가)의 주체인 다른 효율성들과 분리될 수 없는 문학 작품의 효율성이다. 예를 들자면 이것은 스탠리 카벨을 통해서 예증된 것이고, 사실주의의 모든 미학들을 통해서 예증된 것이며, 르베르디의 어떤 시에 의해 예증된 것이다. 이 시의 제목은 사실주의적 관점을 반박하는 듯해 보이나, 사실주의적 관점을 전제로 하고 있다——'우리가 이 세상에 속하지 않을 때.'[6] 문체가 매우 이해하기 힘듦에도 불구하고 문체는 세상과의 어떤 약속도 가정하지 않으면서 세상과 함께 존재한다. 문체를 이해하는 데 있어서의 난해성과 분리될 수 없는 문체의 당위성은 세상의 당위성을 의미한다——문체는 결국 세상의 당위성을 자신의 것으로 만들어 버린다.

---

6) Reverdy, 〈우리가 이 세상에 속하지 않을 때 Quand on n'est pas de ce monde〉, 《바운드된 공 La balle au bond》이란 시 다음에 오는 《바람의 원천 Source du vent》 중에서, Paris, Gallimard, 〈Poésies〉, 1971, p.48, Éd. orig. 1928.

쓰는 능력. 능력과 행위의 형상화

작품이 나타내는 내재성·초월성·효율성의 사용에 대한 파기는, 현대의 객관주의적 시들이 제시했던 바와 같이 문학의 엄밀한 객관주의적 미학들과 혼동될 수 없다: 이것은 어쩌면 전형화와 재현의 애매모호한 성향들과도 같은 것일 수도 있다. 이러한 파기는 불명확한 시학과도 혼동될 수 없고, 의미의 공백을 두는 시학과도 혼동될 수 없으며, 기표의 시학과도 혼동될 수 없다——이것은 사실상 과도한 의미 규정의 사용 또는 효율성의 사용과도 같은 것일 수 있다. 이러한 파기는 명백한 수사학의 영역을 제시해 줄 수 있는 작품이 갖고 있는 확실하게 논쟁적인 작용에 의한 것일 수 없다. 참여 문학의 관점인 이 마지막 관점이 가정하는 바는 작품이야말로 문학이 이용하고 지향하는 영역들의 포괄적 개관을 펼쳐 보인다는 것이다. 또한 작품은 가장 효력 있는 관점에 의해 구축된다는 것을 가정해 준다. 이로 인해 우리는 간접적으로 전형화의 문제로 되돌아가게 된다. 결국 조르지오 아감벤에 이어, 여러 난관들 각각을 모면할 수 있는 문학이 설명될 수 있다. 왜냐하면 문학은 문학 자체의 잠재성이기 때문이다.[7] 이 경우 우리는 작품의 생산을 작품의 수용과 떼어서 생각할 수 없고, 타산적인 미학과 비타산적인 미학을 분리해서 생각할 수 없다——여기서 타산적인 미학은 생산이란 이유만으로도 충분히 타산적이라고 말해지는 생산의 미학을 말하고, 비타산적인 미학은 수용의 미학을 말한다. 또한 예술이란 한 이미지(작품 자체)를 작품이란 한 이미지(미학적 평가가 반영하는 작품의 이미지)에서 분리할 수 없다.[8] '문학이 문학 자체의 가능성

---

7) G. Agamben, *Bartleby ou la création, op. cit.*

8) G. Agamben, 《내용 없는 인간 *L'homme sans contenu*》, Saulxures, Circé, 1996, p.15. Éd. orig. 1970.

이다'라고 말하는 것은 이 양면성을 보증하는 하나의 방식인 것이다
——이 양면성은 이를테면 근대적 양면성인데, 사실상 작품과 문학을
해석학적으로 일반화된 언어의 역량에 대한 구상에 포함시키고 있다.
작품이 이 역량으로 옮겨가는 것만이 작품의 한 면에서 다른 한 면으
로 일률적으로 통과하는 것을 허용한다.

효율성·내재성·초월성의 사용에 대한 파기는 재현과 추방이란 측
면에서 설명되어야만 하고, 환상 소설·추리 소설·공상과학 소설, 이
근동류어적 시 안에서 읽혀졌던 이러한 파기의 개혁을 이용한다는 측
면에서 설명되어야만 한다. 또 다른 한편으론 효율성의 개혁이란 측면
에서 이해되어선 안 되지만——이 개혁은 불가능한 것인데, 왜냐하면
개혁 자체가 언어적인 하나의 사실이기 때문이다——과도한 의미 규
정의 이용을 문학의 내재성을 파기하는 것을 형상화하는 방법으로 만
들어 버릴 수 있는 것의 측면에서 설명되어야만 한다.

이러한 파기는 우리가 문학을 언어의 역량과 동일하게 보고 있고, 이
동일성이 거부하는 것을 고려한다는 걸 전제로 하고 있다. 자기 참고
적(auto-reference) 문학과 수행적인 문학에 대한 관점 형성은 여기서 좋
은 예가 된다. 언어에 대해 말하는 언어라는 식의 표현은 다음의 사실
을 깨닫게 해준다: 한 언어적 행위는 말하는 능력에서 깨달아진다. 이
관점에서 설과 자크 데리다 간의 논쟁 대상이었던 언어의 수행성은 능
력과 행위라는 이중성에 의해 다시 정의될 수 있다——이 두 학자간
의 논쟁은 한편으론 언어 수행성의 권리와 가치에 관한 논쟁이며, 또
다른 한편으론 언어의 수행성을 언어의 역량에 동일시하는 문제에 관
한 논쟁이다. 이 이중성에 대한 구상은 언어의 제한이란 가설을 허물
어뜨린다. 발레르 노바리나가 예증하는 바와 같이 '나는 존재한다(Je
suis)'의 극적인 재현이 고수하는 난관들은 결국 무의미하다. 이 '나는
존재한다'란 서술이 갖는 모호성과 이 서술이 지시하는 것의 모호성
안에서, 다시 말하자면 이 서술이 형성하는 재현과 허구란 사실 자체

에 의해 극적 재현은 역량과 행위의 사용을 예증하고, 이 역량과 행위에서 초래되는 결과를 예증해 준다. 이 결과를 설명하자면 다음과 같다: 역량의 형상화들에 의거한——배우에 의해 형상화되는——재현과 글쓰기, 그리고 행위의 형상화들에 의거한——배우가 말하는 것——재현과 글쓰기; 역량에서 행위로의 과정을 나타내는 실재 시간적 거리에 의거한 재현과 글쓰기——희곡 작품의 지속 시간 자체가 이 과정을 나타내지만, 이 과정은 이 희곡 작품의 시간(현재)일 뿐이다; '나는 존재한다'에 상응하고 무한한 수치의 개체가 될 수 있는 기의(시니피에)들의 잠재성에 의거한 재현과 글쓰기; 역량에서 행위로의 과정에 관한 실현들이 허용하는 이전 기의——역량의 선행성을 나타내는 자——와 현재 기의——배우와 별개인 인물——사이에서의 왕복에 의거한 꾸밈없는 문체——일종의 무미건조함——와 가식 없는 존재에 대한 인용——인용은 문법, 언어의 철학에 대한 참조와 존재론적인 완전한 고독감에 대한 이미지에 관련된 것이다——과 배우들이 행하고 존재한 것——배우들은 스스로를 재현하고 인물들이란 형상 아래 타인들을 재현한다——사이에서의 왕복에 의거한 재현과 글쓰기. 역량과 행위의 구분은 해석학적 존재론을 필히 끌어들이는 것은 아니다. 이 구분은 우리가 이를테면 자기 참고적 작품들을 가지고 글쓰기와 언어의 역량을 논할 때, 우리가 능력과 행위 간의 관계를 가정하고, 이 관계를 형상화한다는 것을 강조하는 것일 뿐이다.

따라서 우리는 말을 한다는 것이 말할 수 있다는 사실과 꼭 합치되는 것은 아님을 강조하고, 글쓰기가 쓸 수 있다는 사실과 합치되는 것은 아님을 강조한다. 역설적으로, 작품의 자체적인 테마화에 대한 작품의 해답에 관한 과도한 의미 규정의 과정을 드러내는 방식으로서 이해되는 것은 언어 능력 안에서 전체적 상황을 전환하는 작용을 역행하는 것을 허용하는 과정으로서도 이해될 수 있다——제3장에서 언급되었던 이 역행은 재현의 재현 대상에 관한 관계의 출발점을 역행하는 것이다. 예를 하나 들어 보면 된다. 예외적 상황의 문학이란 가설에서 기표는 표상과 재현의 특정한 기의를 거부하는 방식이면서, 동시에 기호를 범주적인 과도한 의미 규정에 연관시키는 방식이다. 롤랑 바르트가 오브비(obvie)와 옵투스(obtus)를 말할 때, 그리고 에르테(Erté)를 뒤이어 본체(주요 부분)[9]가 될 수 있는 단어들을 가지고 즐길 때 그는 이 자체를 만들어 내는 것이다——즉 문자인 기표의 테마화를 과도하게 의미 규정하는 것이다. 그런데 기표에 관한 동일한 가정과 동일한 예를 바탕으로 다음의 의견이 언급될 수 있다: 기표(시니피앙)는 가능성을 의미하는 것인데, 이 가능성은 기의(시니피에)들이 아니라 표상과 재현에 가변적인 대상들이다; 또한 기표는 언어 자체를 의미하기도 한다. 이러한 사실을 통해 단어들을 적용할 수 있는 사물들이 거의 없다는 플로베르의 의견에 근접할 수 있다.

이처럼 문학 작품을 언어의 내재성에 동일시함으로써, 또 효율성을 이용함으로써 문학 작품이 초래하는 것이 명확해진다: 말하고 쓰는 것을 시도한다는 사실 자체에 결부된 문제를 없애 준다는 것이다——이 문제는 문학이 쓰는 것을 결정하는 까닭에 문학에 의해 예증된다. 이 문제는 말(파롤, parole)의 근원에 관한 문제이기도 하다——무엇이 나로 하여금 말할 수 있는 단순한 능력을 벗어나서 말하도록 하는가? 또한 이 문제는 말(파롤)의 시점(말하는 때)에 대한 문제이기도 하다——어떤 시점에서 말이 언어의 역량에서 행위로 옮겨가는가? 또한 이 문제는 말(파롤)의 적용에 관한 문제이기도 하다——기의들이 갖고 있는 잠재력에서 말의 적용을 가능케 하는 선택의 기준은 무엇인가? 주목할 것은, 이 시점에서 예외적 상황의 문학이 증명하고 실행하는 대로인 재현의 권리에 결부된 문제들을 또 다른 표현하에 만나게 된다는 것이다: 무엇이 재현의 권리를 만드는가? 무엇이 특별한 대상이란 호

---

9) R. Barthes, *L'obvie et l'obtus, op. cit.*

칭을 만드는가? 무엇이 '말(파롤)은 시간 안에서만 가능하다'라는 결론을 내리게 하는가? 또 주목할 사항은, 앞서 언급된 금지된 문제(말하고 쓰는 사실 자체에 결부된 문제)는 범주적 문제들을 배로 증가시킨다——이 범주적 문제들은 작품이 제안하는 테마화 과정 안에서 거론된다: 이 문제는 테마화 과정이 쓴다는 사실이 갖고 있는 가능성이 야기하는 문제와 따로 떼어서 생각될 수 없음을 이해시켜 준다. 변함없는 수사학적 기법에서 비롯된 작품의 유형들과 문학의 궁극성은 여기서 해체된다. 자율성의 이용에 따른 문학의 힘과 모든 내용이 이 자율성으로 옮겨갈 수 있는 가능성은 전도된 듯해 보인다. 일반적으로 이 옮겨가기의 방식인 테마화는 문학의 힘이 속하지 않는 것 또는 문학의 힘이 적용될 수 없는 것을 지시하는 방법이 된다——문학이 힘이 속하지 않고 적용될 수 없는 것은 이를테면 세상이 존재한다는 사실이자, 대상들과 주체들, 동인들, 행위가 있다는 사실이고, 말하는 것은 단지 범주화의 이용 또는 과도한 의미 규정의 이용에 의거한 말하는 것 자체에 대해 의문을 제기하는 것이라는 사실이다. 과도한 의미 규정은 말하는 사실에 대한 일종의 대가로 객관주의를 형성하는 기회가 더 이상 되지 못한다. 이 과도한 의미 규정은, 세상은 의미가 부여되고 범주화되는 한에서, 자신의 현실성 안에서 새롭게 의미 부여될 수 있고 범주화될 수 있는 것임을 제시한다. 왜냐하면 이 세상은 범주화에 관한 문제이기 때문이다——이것이 바로 역량과 행위의 이중성에 의해 드러나는 것이다.

존재론의 영향하에 문학을 위치시킬 수 있는지는 모르지만, 역량과 행위와의 관계를 보증하려고 애쓰는 것은 결국 헛된 일이다. 반면, 이 관계의 기능을 강조하는 것은 가능하고 유용하다. 언어의 내재성과 동일시되는 문학을 특징지어 주는 언어의 힘 안에서 모든 내용(사건)이 전환된다는 것은 무효화되거나 역전되는 것이다. 역량과 행위의 관계에 관한 문제를 암시함에 있어서 작품은 더 이상 그 자체에 내재하는 것인 양 간주될 수 없다. 다시 말해서 작품은 언어라는 사실이 언어의 구현과 혼동되지 않음을 전제로 한다. 작품은 자체적인 테마화, 이를테면 자체적으로 보여줄 수 있는 언어적이고 형식적인 테마화와 이 테마화에 대한 자신의 답변이 역량과 행위의 강조와 분리될 수 없다는 것을 전제로 한다. 문학을 언어의 제한과 동일시하지 않아야만 하기에, 작품의 언어적 성격 규정 안에서조차 작품은 언어의 가변성을 실천할 수 있고 보여줄 수 있다. 또한 말하기와 쓰기가 시간에 의거한——역량에서 행위로 이어지는 과정의 순간이 있다——또 다양한 대상들——이 대상들은 역량에서 행위로 이어지는 과정에 의해 자체적으로 특징지어질 수 있다——에 의한 기호들의 확장이라는 사실을 실천하고 보여줄 수 있다.

여기에는 작품의 이중적 면에 대한 조르지오 아감벤의 견해를 수정할 수 있는 가능성이 있다. 작품은 예술의 한 과정이자 수용이며, 또한 이미지인 동시에 미학적 판단의 이미지이다. 왜냐하면 작품은 자신만의 과정 안에서 실현된 자신의 상황 안에서 이중적 문제를 테마화하고 구축하는 것이기 때문이다: 첫째는 작품이 효율성에 의해 보증할 수 있는 문제이다; 둘째는 이 효율성이 가정하는 문제로서 테마화될 수 있는 것이다. 예술의 이미지로서의 작품에서 수용의 이미지로서의 작품 사이에 필히 단절이 있는 것이 아니다: 다시 말해서 두번째 이미지는 작품이 보증하는 해답에서 이 해답이 가정하는 문제로 가는 과정에 따른 의미지인데, 결국 작품의 사실성에 관한 문제이다. 거기엔 미학적 판단의 보편성이 존재하고 있다: 이 판단은 작품을 작품의 언어적·인류학적 가능성으로 연장하는 이 과정의 가능성에 의한 것이다. 언어의 역량에 관한 언급과 혼동될 수 없는 이 가능성을 작품 속에 기입하는 것은 예외적 상황의 문학의 규범(노모스, nomos)에 종지부를 찍는다. 역량에서 행위에 이르는 과정을 명백하게 전제로 하고 혹은 테마화하는 작품은, 외연과 외연의 부재라는 이중성의 경향이 더 이상 아닌 언어적 경향을 갖는 작품인 것이다——이 이중성의 경향은 작품을 선택된 언어적 불분명성 같은 것으로 만들어 버리는 문체가 갖는 언어적 명료성으로 설명된다. 작품의 언어적 경향은 응용되기 이전에 이미 언어가 갖는 불명료성과 방향 상실에 관한 경향인 셈이다. 개방성과 유연성(조형성)은 가변적인 단계들을 갖고 있는 불명료한 응용의 환경을 전제로 한다. 테마화의 경우 문학 작품은 개방된 것으로, 또 효율성의 기능을 설립하는 문제를 감내하는 것으로 언어의 응용 영역을 소개한다는 것을 깨달아야만 한다. 또한 세상에 대한 표상이 효율성에 따른 재현의 권한과 권리를 버리는 방식인 역량에서 행위로의 과정에 대한 형상화가 아닌 것과 마찬가지로, 의미를 나타내거나 (외연) 혹은 나타내어선 안 되는 것에——다시 말해서 문학에 의한 표상과 배제의 사용에 얽매이는 것(제2장과 제3장에서 언급되었음)——대한 표상이 아님을 이해해야만 한다.

　이러한 관점에서 문학에 대한 성격 규정은 문학과 비평의 쟁점이 되는 것과 관련이 없다. 문학의 규정은 문학이 효율성에 따른 자체적인 역량을 보여주는 한에서만 하나의 쟁점을 만들어 낼 수 있다. 이러한 문학의 성격 규정은 문학의 예외적 상황을 마련하고 효율성에 따른 재현과 밀접한 관계를 맺는 아포리아(논리적 난점)들을 조건으로 한다. 이 아포리아들은 언어에 대한 사유의 급작스러운 요약에 의거하여 명확히 설명된다: 언어는 겉으로 드러내기도 하고 (외연) 겉으로 드러내지 않기도 한다. 그것은 말할 수 있는 능력과 말할 수 없는 능력을 동시에 문학에 부여하는 것이자, 본질적으로 선택할 수 있는 능력과 선택할 수 없는 능력을 문학에 부여하는 것이기도 하다. 이러한 관점에서 우리는 '문학이다' 또는 '문학이 아니다'라고 말할 수 있다고 해도 과언이 아니다. 왜냐하면 문학은 자체적으로 자신의 외연 그리고 외연의 부재이기 때문이다. 아포리아의 해결은 아포리아에 대한 해결책을 제시하는 데 있는 것이 아니라 아포리아를 연구하는 데 있다. 이러한 언급들에는 다양한 의미들이 있을 수 있다. 이를테면 문학은 하나이고, 문학은 다양한 실현들을 갖는다는 것. 문학은 자신의 실현들을 통해서만 확증될 수 있다는 것. 문학은 자신의 실현들이 구축하는 잡다한 규정들에 의거하여 유일하다는 것. 작품에 의해 문학의 단일성을 구축 혹은 해체하는 것은 자체적인 의미를 갖지 못한다. 20세기의 아방가르드 성향들이 문학에 관해, 또 모든 사건들에 관해 문학의 권한를 인정함으로써 이 점을 미리 생각했었다. 만약 문학이 문학에 관한 문제라면, 문학은 자신의 현행상의 단일성을 초래하고, 또 문학의 다양성이라는 생각을 금지하지 않는 것에 관한 의문점에 의해서만 문학의 문제여야만 한다. 문학의 단일성은 관례적으로 문학을 정의하는 바로 그 자체이다. 관례들이 변화한다는 견해는 단일성이란 생각의 가설을 반박하지 않는다. 문학의 다양성은 작품의 실현에 의해서만 드러나는 문학의 역량에 대한 사유에 따른다. 역량으로서의 문학이 공유하는 모든 것과 문학 작품들의 등급 간에는 아무런 척도도 존재하지 않는다. 이러한 사실이 나타내는 것은 문학을 언어에 동일시하는 것이 초래하는 제안들에 반(反)하여, 문학 작품들이 공동의 말하는 능력으로 인식될 수 없으며, 또한 역량을 갖는 문학의 지속적인 비시대성으로 인식될 수 없다는 것이다. 담론과 문학 작품은 본질적으로 문학의 재현들이 아니며, 문학을 말하는 절대적 메타포들의 방식들도 아니다. 현대 비평이 그러하듯이 상호 텍스트성과 패러디를 문학의 메타포 방식들로 해석하기보다는, 실현된 문학 정체성의 상실에 관한 예측들로 보는 것이 더 합당하다——이 정체성이 형식적이든, 추론적이든, 테마적이든간에 말이다. 그래서 결국 문학 형식에 대한 토의를 제안하는 방식들로 이해하는 것이다——왜냐하면 문학에 관한 문제 제기는 불가피하기 때문이다. 여기서 역량을 갖춘 문학을 표현할 수 없는 것과 예외적 상황의 문학이 자신의 전체를 재현할 수 없다는 사실이 혼동되어선 안 된다: 문학은 표상들과 표상될 수 있는 것의 총체들의 전체로서 제시되는데, 그러니까 문학은 내재적임과 동시에 초월적인 자기 자신의 전체인 것이다.

이러한 지적들은 다르게 표현될 수 있다. 우리가 특별한 문학의 맥락에서 특별한 기술적인 사항과 특별한 테마적 사항들을 고려하는 경우를 제외하면, 특정한 문학 작품은 문학을 개선하지 않는다. 그러나 확실한 것은 특정한 문학 작품이 역량 있는 문학인 문학적 상상력의 집합에 속한다는 것이다. 이러한 사실은 다음과 같은 것을 깨닫게 해준다: 만약 우리가 역량과 행위의 작용이란 것에 주의를 기울인다면, 문학이 아닌 문학을 창조하는 것은 필히 공통 언어를 사용하는 것도 아니고, 언어의 유일한 역량을 인정하는 것도 아니다. 문학이 아닌 문학의 담론들은 공통 담론들에 복귀하지 못한다; 왜냐하면 문학이 아닌 문학의 담론들은 선택되어졌던 것이기 때문에 공통 담론에 엄밀하게 속하지 못한다. 이러한 선택은 반드시 언어적 예증에 따른 선택인 것은 아니다. 이 선택은 언어의 역량에 따른 선택이다. 그래서 공통된 담론은 문학적 담론이라고 말해질 수 없다. 공통된 담론은 일종의 문학의 시대성으로 소개되긴 한다. 하지만 공통된 담론은 어떠한 문학적 특징화도 정의하지 못한다. 문학이 개념적으로만 존재한다고 결론 내려지진 않는다: 역량과 행위를 이용하는 것은 문학적으로 형성된 개념을 배제한다. 그럼에도 불구하고 문학은 일종의 비개념성적인 메타포(은유)로 간주되어야만 한다고 결론내려지진 않는다——이것이 바로 해체주의 비평이 말하는 것이다. 이 시점에서 문제는 비개념성이란 문제가 아니다. 하지만 작품들이 불명확함과 명확함을 동시에 드러낸다는 것이 문제이다——이것이 바로 역량과 행위의 사용을 잘 보여주는 완벽한 형상들인 셈이다.

이러한 확증들은 왜 문학이 문학의 연속이면서 동시에 문학의 상실에 대한 예측일 수 있는가를 이해하는 데 필수적이다——이것은 상호텍스트성과 패러디에 관한 언급들이 갖고 있는 함축된 의미들의 양면성이다. 상호 텍스트성과 패러디는 문학의 실현, 즉 문학 작품들은 다른 담론들이 구성하는 문학의 숨겨진 면(문학의 반대)을 거의 보여주지 않을 수 없다는 것을 이해시켜 준다. 그로 인해 문학 작품이 문학의 가능성과 역량 있는 문학의 가능성에서 분리될 수 없다는 것을 이해해야만 한다. 이것은 각 작품이 상호 텍스트성과 패러디를 명백히 제시하지 않는다 하더라도, 작품이 만들어 내는 것만큼으로 설명될 수 있다. 그러기 위해선 메타포를 떠올리고, 이야기에서 '주제'와 '우화' 간의 불일치를 떠올리는 것으로, 또 극적 재현의 애매성을 떠올리는 것으로 충분하다. 작품은 항상 본질적 의미, 서술적 논법, 재현적 위상을 상실케 할 수 있는 것에 대한 계산, 즉 예측인 것이다. 다시 말해서 작품은 작품 자체를 자유롭게 할 수 있는 것에 대한 예측이고, 자체 내에서 문맥을 만들어 내지 못하도록 유도할 수 있는 것에 대한 예측이다. 그런데 여기서 문맥을 만들지 못하도록 하는 것은 다른 명백한 문맥을 이끌어 내기 위함이 아니라, 다른 어떤 특수한 문맥으로도 귀착되지 않기 위함이다. 어떤 특수한 문맥으로도 귀착될 수 없는 문맥은 메타포를 근거로 하여 언어 자체라고 일컬어질 수 있고, 또한 만약 '세상'이란 말에서 정의된 소속이 없는 존재가 속하는 감지될 수 있는 문맥을 이해한다면, 세상으로 일컬어질 수 있다. 만약 메타포가 재묘사로 간주된다면, 메타포는 일단 세상에 관한 가설에 의한 재묘사로 간주되는 것이다. 이 가설 없이는 세상은 '메타포는 본래 메타포'라는 사실에서 납득될 수 없음과 동시에 '메타포는 의미 상실에 대한 예측'이라는 사실에서 납득될 수 없을지도 모른다. 이 특수하지 않은 문맥은 이야기를 근거로 이야기에 대한 기억·조건·가정에 관해서 언급될 수 있다: 즉 우화와 주제의 불일치는 이 특수하지 않은 문맥을 의미하는 것이다. 이 특수하지 않은 문맥은 또한 극적 재현을 근거로 얘기될 수 있다: 극적 재현은 주로 애매한데, 왜냐하면 배우의 연기가 말할 수 있는 능력이란 사실을 드러내고, 극적 재현이 이끌어 낼 수 있는 모든 재현들의 문맥과 장의 문맥보다 더 광범위한 한 세상을 드러내기 때문이다. 초현실주의자들의 뒤를 이어, 시가 욕망이고 감정이란 생각을 일반화시켰던 것은 시는 위반할 수 없는 무엇인가에 의해 씌어지고, 분화되지 않는 경향에——즉 욕망에 관한 모든 테마를 명령하는 쾌락의 경향에——의해 씌어진다는 것을 말하는 방식일 뿐이다.

이 특수하지 않은 문맥들을 특수화하고자 하는 노력은 헛된 것이다; 단지 그것은 의미 상실의 사용, 또 작품이 형성하는 테마적인 형식상의 부조화 사용을 반박하는 것일 수 있다. 이처럼 작품은 이중적으로 문제 제기를 한다. 첫째는 상황적 문제 제기인데 이 상황적 문제 제기는 모든 재현·이야기·말의 조건인 셈이다. 둘째는 범주적 문제 제기인데, 재현·이야기·말의 대상들을 식별함에 있어서의 조건이다. 이 범주적 문제 제기는 특수화될 수 없는 문맥들을 그려내는 작용을 하면서, 다른 일련의 문제들을 규정하는 요인처럼 나타난다. 여기서 작품은 과도하게 의미 규정된다고 다시금 설명될 수 있다. 그럼에도 불구하고 과도한 의미 규정은 작품의 객관화와 작품 대상의 객관화를 작품 자체에 의해 규정하지 않는다. 과도한 의미 규정은 작품과, 작품의 조건인 문맥의 불확정성 간의 관계를 규정한다. 이러한 관계는 자체적인 표상을 갖는데, 그 표상은 메타포의 두 개념들간의 관계로, 또 이야기의 '우화'와 '주제' 간의 관계로 설명될 수 있는 것 안에 존재한다. 또한 작품과 문맥의 불확정성 간의 관계는 배우와 역할의 구분에서, 무대와 극장의 홀(hall) 간의 구분에서 자체적인 표상을 갖고 있고, 또 말할 수 있는 능력과 말하는 것으로 제시되는 서정적인 어조의 이중성 안에서도 자체적인 표상을 갖고 있다. 현실적인 사안인 문제 제기는 여건(주어진 조건)이 초래하는 문제의 작용에 의해 설명되고, 여러 범주화들에 대한 의미 제한의 작용에 의해 설명된다. 또한 이것은 다음과 같이 표명될 수 있다: 얻어진(후천적 성향) 범주화——우린 끊임없이 이 여건에 대한 과잉 해석을 하고, 결정적이지 않은 해답들에 의거하여 이 여건을 규정하려고 한다. 문학의 형태는 문학 자체 내에 깃든 그러한 작용인 셈이다: 재현들을 범주화하기, 그릇된 해석일 수 있는 과잉 해석에 관한 교정술을 여러 형태들로 제시하기, 물론 이 과잉 해석은 작품을 규정하는 것을 의미하는 게 전혀 아니다. 문학 형태는 그 대상들의 측면에서 볼 때, 형태가 제시하는 현실성에 있어서 그러한 작용인 셈이다. 작품은 자신의 구조에 의한, 현실에 관한 모든 문제의 흉내내기(mime)인 셈이다. 이와 같이 작품은 현실의 가능한 정의를 제시하는 동시에 현실의 역량을 지시한다. 작품이 형성하는 과도한 의미 규정의 사용은 특정화될 수 없는 문맥과 대칭적 관계이다. 문학의 존재 이유는 결과적으로 문학의 형태 안에서 읽혀진다: 보편적인 제약들에 의거하여, 또 표상의 구성에 관한 의미론상의 제약들에 의거하여 고려되는 문학 형태는 모든 현실이 초래하는 문제 제기의 모방 내지는 실행인 셈이다. 여기서 모든 현실은 자체적 당위성에 의해, 자체적 역동성과 부동성에 의해, 자체적 역량에 의해 존재한다. 현대 문학에서, 아리스토텔레스 경향의 시학에서 반아리스토텔레스 경향의 시학으로의 이동은 표현주의와 언어학의 원칙에 의거하여 이(아리스토텔레스) 시학의 해체로 이해해선 안 되고, 또한 이 새로운 모방(**미메시스**)에 의거하여 이해해서도 안 된다. 오로지 반아리스토텔레스적 관점은, 사실상 행위와 동인에 대한 취급, 그리고 작품의 형식적 모순들과만 일치되는 모방(**미메시스**)에 대한 취급을 보충하는 관점이다. 언어에 대한 표현주의적 사유는 이러한 관점을 확인시켜 준다. 특히 말은 모든 사물을 포괄하며, 그로 인해 말은 공동의 것이며 모순적이라고 부연함으로써 말이다.

행위와 역량의 문학은 그 특수한 테마화들에 의거하여 고려되기 이전에, 작품을 구성하는 패러독스들에 대한 검토를 허용하는 몇몇 단순한 기법들에 의거하여 읽혀야 된다. 우리는 이처럼 메타포의 패러독스를 다시 언급할 수 있다. 메타포 읽기는 구심성의 경향을 띰과 동시에——메타포가 두 언어 표현들의 일치에 관한 작용이기에——원심성의 경향을 띤다――메타포는 두 언어 표현들 제 각각의 인식에 관한 작용이기에. 이것은 본래 메타포가 세상을 **폭넓게**, 즉 세상을 역량으로서 끌어들이기 때문이다. 재묘사란 가설에 반대하여, 언어를 초월한 언어적 증명으로 정의된 메타포란 가설에 반대하여 언어를 말해야만 한다: 결국 기표들의 단순한 작용이 되는 것을 거부하고 일종의 존재론적 근접성을 제시하지도 않는, 언어는 의미론적 구별에 있어서 불연속성을 드러내지 않는다는 것을 언급해야 한다. 이러한 관점에 의해 우리는 입체주의적 문학, 즉 몽타주(편집)적 콜라주(붙이기)적 문학을 이해할 수 있다. 이 입체주의적 문학은 담론, 담론의 재현, 대상의 재현을 해체하는 문학들이다; 이 해체는 담론의 불연속성에 입각하여 담론을 제시하기 위함이고, 불가시성에 입각하여 대상을 제시하기 위함이다. 재현은 담론의 신비로움에 근거한――과도한 의미 규정은 의미 규정과 혼동되지 않는다――또 대상의 신비로움에 근거한, 일종의 표출에 대한 묘사와 같은 재현이 아니다. 이것은 말하는 역량에 의거하여 담론을 제시하는 것이자 역동성이란 역량에 의거하여 대상의 부동성을 제시하는 것이다; 만약 과도한 의미 규정이 특정화될 수 없는 문맥과, 또 불명확성과 대칭 관계에 있는 것으로 취급된다면 말이다.

이러한 사실은 참고적 내용 없이 참고의 제약을 재표명하도록 해준다; 이 참고적 내용 없는 참고의 제약은, 폴 드 만에 따르자면 언어의 특성일 수 있고, 자체적 모순 안에서의 문학 특성일 수 있다.[10] 참고적 내용 없는 참고의 제약과 문학의 모순들을 결부시키는 것은 문학의 표현주의적 사유 내에서만 이해될 수 있다. 19세기에 수용된 사실주의적 미학을 고발하기 위해 이러한 제약이 지니는 패러독스를 사용하는 것은 이 사실주의 미학이 표현주의 사유를 조건으로 삼는다는 사실을 무시하는 것이다. 문학은 표현주의 사유를 초월한 이 제약의 표상들을 제

---

10) 폴 드 만의 저서 *Aesthetic Ideology*, *op. cit.* 참고.

시한다. 보르헤스가 제시한 메나르의 우화——완전한 모방의 우화와 개정된 우화——를 상기하면 된다. 바로 여기에 글쓰기의 연속성이 존재하고, 글 자체에 속해 있는 내재성이 존재하는 것이다——이 내재성은 의도적 모방이 아닌 모방에 의해 나타난다. 논리적 난점(aporia)은 확실히 나타난다;《돈 키호테》와 피에르 메나르를 동시에 언급하게 하는 강요된 참고 기준의 제약. 하지만 거기에는 보르헤스가 강조하고자 하는 사항이 필히 있는 것은 아니다. 특정한 텍스트로 간주되는《돈 키호테》를 참고하는 것은 불가피하다:《돈 키호테》라는 텍스트가 문학의 역량에, 또 세계의 역량에 귀결된다는 것을 염두에 두어야만 한다. 반대되는 동향에 의하면 문학은 참고 기준의 성과와 제약을 제시하며, 또한 그 성과와 제약에 관한 패러독스를 제시한다.《양치기》같은 시에서, 페르난도 페소아[11]는 하나의 완결된 참고적 재현을 제시하지만 이 재현은 문제가 된다. 이 재현에 결부된 인식 작용의 명확한 표현은 재현의 위상에 관한 의문점을 보여주는 것이 아니라, 이 재현이 세상의 역량과 분리될 수 없다는 확증된 사실을 보여주는 것이다——여기엔 바로, 재현의 성과 안에 본질과 분명히 드러나는 것을 은폐하는 명백성의 문제가 존재한다. 투명과 불투명의 동시적 사용은 재현의 더 광범위한 문맥을 나타내는 것과 같다. 따라서 재현의 정확성은 이 재현의 어떤 발전도 허용하지 않는다. 이 두 가지 예가 밝히는 것은 다음의 사항을 밝힌다. 문면적인 것과 형상적인 것, 사실주의와 언어에 관한 표현주의적 사유를 벗어나 형상된 것은 대조적·타율적으로 이해되어선 안 되고, 또는 상호 의존성에 의거하여 해석되어서는 안 된다. 그러나 재현을 결과적으로 우연한 것인 양 제시하는 방식에 의해, 또 대상에 대한 다소간 분명한 의미 제한의 규정에 의해, 또한 대상과 다소간 큰 거리를 둠으로써 이해되어야만 한다. 이 변화는 특정하지 않은 문

---

11) F. Pessoa, *Le gardeur de troupeau*, Paris, Gallimard, 〈Poésie〉, 1987, p.87.

맥의 형상인 문맥의 변화를 의미하는 것을 허용한다.

　이러한 표명은 두 결론을 제시한다. **첫번째 결론**: 반형태가 될 수 있는 자체적 형태들 안에서 문학은 하나의 총체로 제시되지 않는다. 이 시점에서, 제2장에서 언급된 개념들이 다시 취급될 수 있는 가능성이 있다. **두번째 결론**: 작품이 구성하는 가상적 의미론적 총체는 한 선례——재현의 강조가 글자 그대로 이해시켜 주는 것——의 재사용이라는 측면에서 필히 특징지어지는 것도 아니고, 투영(projection)——자율성에 입각하여 작품들을 해석학적으로 해석하는 것이 이해시켜 주는 것——이라는 측면에서 특징지어지는 것도 아니며, 또한 보완적인 세상의 구축이라는 측면에서 특징지어지는 것도 아니다——보완적인 세상의 구축이라는 것은 서정시를 포함하여 어떤 작품으로도 얘기되어질 수 있는 것이고, 작품이 언어의 힘을 빌려 한 세상을 이 세상에 덧붙인다는 생각에 설명될 수 있는 것이다. 이처럼 문학을 특징짓는 것은 문학을 논리적 난관(아포리아)으로 설명될 일종의 예변법(prolepsis)으로 정의하는 것과 같다. 언어는 단순히 모든 표상만을 흡수하는 것이 아니라, 그 표상에서 언어 자신의 미래를 만들어 낸다는 것을 이해해야만 한다. 이것이 바로 다가올 미래의 작품의 개념 속에서 요약된다. 또한 이것은 20세기의 사실주의와 서정주의가 가정하는 것이다; 20세기의 사실주의와 서정주의는 언어 안에서 세상에 적용되려 하는 노력을 끊이지 않는다. 이같은 노력이 바로 앞으로 도래할 세상인 것이다. 왜냐하면 작품은 바로 자신의 현행성이기 때문이다——작품이 스스로에게 제공하는 대상의 시간과 위상에 상관없이. 말라르메는 작품의 현재성을, 사실 자체라는 관점에서 이 현재성의 역량에 관한 약속으로 만들어 버리는 문학의 특징에 대한 한계를 예증한다. 그리고 말라르메는 이 예증에서 전제된 것을 제거한다: 즉 문학을 언어에 동일시하는 것. 투영된 작품의 세계와 관련된 가설들과 작품이 구축하는 보완적인 세계(즉 작품이 만드는 이 세상)와 관련된 가설들의 패러독스는 작품의 자율성을 규정하고, 작품에 시효적인 힘을 제공한다: 이를테면 미래에 의해, 현 세계에 의해, 작품에 의해 해석하는 것이다(픽션[12]의 'make-believe'에 대한 켄달 월턴의 논지는 이러한 주장들의 한 변형일 뿐이다. 이 변형은 상상적 행위들과 예술의 전반에 적용되는데, 현실의 대상(그 어떤 대상이든지간에)과 작품 자체는 그 시행인 셈이다).

이러한 특성들은 결국 아포리아적 예변법을 규정해 준다. 표현주의적·언어학적 사유와 밀접한 관계를 갖는 이 아포리아적인 예변법은 낭만주의가 보여주는 바와 마찬가지로 존재론적 사유를 지니고 있다: 마치 미래를 보장하는 것이 가능하기라도 한 듯, 아포리아적 예변법은 존재 자체를 의미 있는 계획으로 바꿔 버린다. 이러한 관점에서 미래와 타자가 언어에 대한 표현주의적 사유와 연관될 때, 그것들은 특별한 명료성을 동반하지 못한다는 것을 보다 명확히 말해야만 할 것이다——이런 경향은 바로 낭만주의 문학에서, 혹은 아라공과 드릴로의 작품에서 드러나는 역사 재현의 모순과도 같은 것이다. 이야기가 지니는 패러독스를 강조하면서, 예변법의 가설에 보다 더 직접적으로 접근해야만 한다. 모든 이야기는 과거의 이야기이다. 대부분의 경우, 이야기는 미래 조망적인 연대순에 의해 전개된다. 이야기는 이런 양면성(과거의 이야기이나 미래 조망적인 연대순 전개)에서 회상과 미래 조망의 사용——정의상 허구적이라 한다——이라는 결론이 필히 내려지는 것은 아니다. 역량과 행위에 대한 관점에서 더 쉽게 드러나는 것은 이렇다; 과거는 실현된 것으로, 또 동시에 모순적이지만 현재에 실재하는 것으로 전제되고, 또한 과거의 역량과도 같은 과거가 갖는 자체적인 선행성이 가정하는 것으로, 또 동시에 한 미래가 갖는 거의 역량과도 같은 것이 구축하는 것으로 전제된다. 이야기의 모순은 다음과 같이 다시 표명될 수 있다: 이야기는 이야기 자체 내에서 시대착오적이고, 서술

---

12) K. Walton, *op. cit.*

의 시제와 독서의 시제 측면에서, 그리고 영원한 비현대성이라는 측면
에서——역사적 이야기일지라 하더라도——시대착오적이다. 왜냐하
면 이야기는 시간성의 이동을 표현하기 때문이다. 과거이면서 동시에
계획인 이야기에 관하여 언급해야만 한다면, 시간의 총체성에 대한 일
종의 묘사로 언급해야 한다. 하지만 시간의 총체성은 본래 현재적인 것
이 아니다.[13] 이야기가 과거의 재현에 대한 패러독스 안에서 시간의 잠
재성이란 형태로 구성된다고 설명해야만 한다. 이야기를 시간의 잠재
성에 대한 **미메시스**라고 정의해야만 하고, 그럼과 동시에 한 행위의 재
현이라고 말해야만 한다.

  극적 재현과 또 서정적 담론에서 이와 유사한 패러독스가 특징적으
로 드러난다. 극적 재현이 이미 다양한 역할을 의미하는 까닭에 만약
배우가 여러 역할을 한다면, 노바리나에 의해 제기된 '나는 존재한다'
의 패러독스는 여러 행위 작업에 있어서 근본적 힘이 되는 극적인 도
구(배우·장면)의 패러독스와 마찬가지로 서술 행위들과 서술로 표현
된 것들 간의 이중성에 의해 정의되는 재현의 패러독스가 아니다. 그
래서 노바리나는, 희곡이란 문면 영역이 그러하듯이 희극적 재현이 역
량과 행위의 **미메시스**인 것으로만 나타나는 **분노한 공간**[14]을 가지고
나는 존재한다의 한 변형으로 개작한다. 서정적 담론에 관하여 제기될
수 있는 추론은 근본적으로 이와 다르지 않다. 만약 서정적인 '나(자
아)'가 언어의 전체적 범위에 의해 설명되어지는 것이라면, 이 서정적
자아는 말로 표현할 수 있는 모든 것에 입각하여 설명되는 것이다. 서
정주의와 언어와 문학에 표현주의적 사유는 자아의 통치력에 의한 것
이 아닌 것과 마찬가지로 자아와 모든 사물들을, 역량과 행위의 분할
을 구현하는 과정 안에서 전환될 수 있는 것으로 만들어 버리는 능력에

---

13) 이 점에 관해선 É. Benveniste의 다음 저서를 참조할 것. *Le langage et l'expéri-
ence humaine*, *Problèmes de linguistique générale*, Paris Gallimard, 1966, p.8-9.

  14) V. Novarina, *L'espace furieux*, Paris, Minuit, 1997.

의한 것이 아니다. 레오파르디를 통해 알 수 있듯이, 서정주의는 존재적 아포리아인 하나의 아포리아인 것이다. 존재적으로 스스로를 부정할지도 모르지만, 그리고 서술적 예변법의 패러독스가 낳는 결과들과 정확하게 상응하는 일종의 부정적인 해석학으로 들어갈지도 모르지만, 주체는 자신의 시를 통해서 존재적으로 소개될 수 없다——모든 이야기는 주체의 문면에 의한 시간적 해체이다. 여기서 발레리가 구축한 서정주의와의 결별, 엘리엇의 반서정주의는 다음의 확증들에서 비롯된 결론들로 이해해야만 할 것이다: 서정주의는 일종의 불가능성이다. 이 불가능성을 확증한다는 것은 시 작업의 분배를 필히 야기하는 것이 아니다: 서정시는 언어의 힘과 존재의 노출을 구분하는 시인, 언어의 시 안에서 해체된다; 따라서 시는 주체와 언어 역량을 연합하고, 세상을 꾸밈없이 드러내는——글자 그대로 역량의 결여로 인하여——심리주의의 시가 되어 버린다. 서정주의의 불가능성은 서정주의의 가능성으로 이해될 수도 있다. 이 가능성은 노바리나가 쓴 저서의 제목에 의해 예증된 패러독스에 의거하여 설명된다: 《동물에게 주는 담론》.[15] 만약 자아에 대한 담론이 결국 말로 표현할 수 있는 모든 것에 대한 담론이라면, 그것은 특별한 상징화를 벗어나 모든 사물과 모든 생물에 적용할 수 있는 자아에 대한 담론과 마찬가지로 모순적 서술에, 불가능한 해석학에 순응하는 '투영된' 자아에 대한 담론이 아니다. 특수한 상징화는 단지 시인의 역량과 시인의 사물에 대한 의문 제기에 따른——대표적인 예로서 보들레르——언어의 표현성에 대한 코드화에 불과할 것이다. 이는 세상의 재인식에 있어서, 특별하지 않은 세상의 문맥은 뚜렷이 드러나는 비실현성에 의해 제시된, 말하는 행위의 역량과 같다는 것을 보여준다. 노바리나에 의해 정확히 언급된 이런 시도의 해석학적 불가능성은 더 이상 하나의 장애가 되지 않는

---

15) V. Novarina, *Le discours aux animaux*, Paris, Minuit, 1987.

다: 자신에게 의미를 특별히 부여할 수 없는 불가능으로 인해, 주체는 자신의 언설(말, 파롤)의 힘으로 세상을 제시하기 위한 영역을 묘사하는 것을 그만둔다. 이로 인해 말(파롤)이 주체가 갖는 언설(말)의 권리를 상실하지 않고서, 세상의 모든 사물과 모든 생물은 현실화될 수 있다.

역량과 행위의 사용에 의거한 몇몇 문학적 아포리아(논리적 난관)에 대한 이러한 규정은 의문 제기와 현실의 위상에 대한 관점 안에서 다시 언급된다. 그 아포리아들은 다음과 같은 사실에 근거를 두고 있다. 시든, 미학이든, 혹은 그 어떤 문학 장르이든간에 시와 미학, 그리고 문학 장르가 구축하는 패러독스는, 쓰기와 읽기의 예견에 대한 결과로 간주되는 명료한 재현적 사용을 설립하는 가능성으로 이해된다. 여기서 강조해야 할 사항은 과거의 세상, 투영된 세상, 작품이 만드는 세상, 자아(나)의 세상에 대한 언급들은 명료한 사용에서 비롯된 특별한 신비성(수수께끼 같은)들을 배제하지 않는 명료성을 전제로 한다는 것이다. 이와 같은 예측은 불가능하다. 왜냐하면 이 예측이 근거를 두는 패러독스 자체가 모순된 것이기 때문이다. 신비함은 쉽게 변질된다: 신비함이란 것은 세상을 구현하고, 또 이 세상을 문학의 영역으로 옮기는 것을 구현하는 방식이 아닌 것과 마찬가지로, 지금 말한 세상을 문학으로 옮겨가는 작용에서 이 세상이 문학의 영역을 벗어난다는 것을 강조하는 방식도 아니다. 달리 말하자면 변함없는 수사학적 기법에 있어서, 그리고 다양한 재현 방식들에 있어서 문학은 모든 다른 상징체계처럼 다음과 같은 사실을 배제할 수 없다: 인간들은 육체적으로 이 세상에 연루되어 있다. 물론 문학은 이런 생각을 수록하고 있다. 그것을 증명하기 위해서는 문학이 지각한 것을 표상, 지각적으로 지각한 것을 표상, 욕구 만족을 표상, 또 폭력을 표상하는 것에 부여하는 중요성을 말하는 것으로도 충분하다. 그러나 문학은 이러한 것을 이중적으로 수록하고 있다: 옮겨가기 방식의 사용에 입각하여서이고, 또한 문학적 체계와 문학적 내포의 특별한 접목에 입각하여서이다. 이와 같은 접목의 관점에서 본다면 다음의 사항들을 숙지해야만 한다. 지각하는 것에 관해선 환상 문학을 거론해야만 한다. 세상을 파악한다는 식의 특징과 관련된, 또 세상에 실재하는 인지될 수 있는 인간이란 특징과 관련된 욕구 만족에 관해서는 이근동류시를 거론해야만 하고, 폭력에 관해서는 추리 소설을 거론해야만 한다. 끝으로, 조금 더 광범위한 세계와 결부된 지각적인 것, 인지될 수 있는 실재, 폭력에 관해서는 공상과학 문학을 거론해야만 한다. 문학이 역량에서 실제 행위로 옮겨 가는 과정에 의해 구현하는 이러한 접목은 문학적 기법이 갖는 반성성에 대립한다.

그래서 이야기의, 서정시의, 조금도 허구적이지 않는 극적 재현의 불명료함을 말해야 한다. 왜냐하면 이러한 불명료함은 이런 표현 방식들이 갖는 구조들·방법론들과 밀접한 관계에 있기 때문이다. 또는 달리 말해서, 구성적인 관점에서, 모든 문학적 기표(시니피앙)들은 이 조건들 안에서 사물화된 기표이거나, 혹은 명료하게 제시되지 않는 이미 주어진 일종의 이데올로기적 해석인 것이다. 구멍 뚫린 망처럼 엉성할 수 있는 이런 해석은 결국 하나의 이야기의, 서정적 목소리의, 난해성이 불가피한 극적 재현의 엉성한 해석인 것이다. 이것은 형식이 일종의 문제점이란 관점을 야기할 뿐만 아니라, 작품에서 자동주제화(테마화) 작용에 의거하여 작품이 보증하는 것이 난해함 그 자체이다. 이런 관점은 범주화적 작용을 만들고, 작품이 드러내는 모든 과잉 해석의 가능성을 봉쇄한다. 또한 작품이 같은 방식으로 특징화할 수 있는 것으로 제시하는 대상을 가정하도록 요구한다. 우리는 이처럼 효율성에 반대하고, 이 두 객관성에 속하는 효율성의 사용에 반대하는 것이다. 그리고 이 두 객관성은, 두 객관성들간의 관계에 대해 결정해야만 하는 범위 내에서 문제가 된다. 그렇기 때문에 비평은 선례를 언급하고, 예측한 것을 언급하며 독자적인 세상을 언급하고, 또 이런 언급들로 인해 확립될 수 있는 관계의 모든 유형들을 언급하는 것이다. 선례에 대한 연구와 미래에 대한 연구에는, 과거적이고 미래적인 특수한 문맥들의 연구가 존재한다. 예를 들면 독자적인 세상은 논리적 양식 논리학의 방식들에 의해 문맥화된다: 반사실적인 것은 스스로 하나의 전체를 만든다; 그렇지만 반사실적인 것은 접근 가능성의 여러 등급에 입각하여 현실 세계와의 관계를 거부한다. 모든 경우에 있어서, 작품은 현실적인 것에 내포된 것으로 제시된다──즉 현실의 역량으로서 제시되는 것이다.

환상 소설, 추리 소설, 이근동류어적 시, 그리고 공상과학 소설에 있어서 강조되었던 인간적 관점의 발전은 재해석된다. 이것은 문학 작품이 가질 수 있는 가장 광범위한 문맥에 대한 정의에 따른 발전이 아니다. 그것은 현실성과 형식이 야기하는 문제점들을 가정하고 또 다른 세상, 다른 인간, 다른 시간에 의해 이 이중적 문제 제기를 명백히 나타내는 명료성과 전달 가능성에 의한 발전인 것이다──여기서 이 '다른' 이란 개념이 근원적인 '이타성' 으로 특징지어질 필요는 없다. 예외 상황에 속하지 않는 문학 작품들은 이처럼 문학적 예변법이 갖는 아포리아(논리적 난점)의 환위논법을 나타낸다. 만약 내가 환상 이야기의 시각적인 면을 언급한다면, 내가 보는 것에서 언급할 수 있는 모든 것은 시각적인 것과 관련된 것이라 말하는 것이다──원칙적으로, 시각적인 것은 일종의 제기된 문제이다. 환상 소설은 시간성을 명확히 배제하지 않는다. 그렇지만 시간성은 이야기가 지니는 아포리아적 예변법에 의해 다루어지는 것이 아니라, 이 시각적인 것이 야기하는 문제들의 연속을 드러내는 것으로 인해 다루어지는 것이다──여기서 시각적인 것이 야기하는 문제들은 같은 대상에 관한 문제일 수도 있는 것과 마찬가지로 다양한 대상들에 대한 문제일 수도 있다. 환상 소설은 이 공간과 시간의 이중성을 주제화하는데, 하나와 다수라는 것을 동시에 보여주는 변성 작용을 통해서이다. 공간과 시간의 이중성에 대한 취급이, 19세기부터 대부분의 이야기들의 대상이 된, 아포리아적 서술 예변법을 논증적 혹은 반논증적 태도에 입각하여 다루는 것으로 대체된다. 이런 교체는 바로 시각적인 것에 대한 문제 제기를 가지고 역량과 행위의 사용을 구체화하기 위함이다. 만약 내가 추리 소설, 사건 조사와 범죄자를 언급한다면, 나는 아리스토텔레스에 가장 근접한 모방으로 행위의 재현을 강조하겠다. 범인이 밝혀진다는 것, 익명성이 범인의 익명성에서 벗어난다는 것은 행위에 대한 삼중적인 처리로서만 설명된다. 비록 행위가 결정과 효과의 상관 관계를 드러내 주는 여러 실마리들에 의해 재현된다 할지라도 말이다. 각 행위는 개별화된다——그렇기 때문에 한 행위는 여러 다른 행위들로 인해 설명될 수 있고, 혹은 다양한 묘사가 가능한 여러 행위들에 의해 설명될 수 있다. 행위는 이유들을 갖고 또 의도를 갖는다——여기서 의도는 하나가 아니라 여러 개란 것을 명심해야 하고, 또한 이 여러 의도들이 원인적 역할을 하는 것으로 제시된 것인지 아니면 설명적 역할을 하는 것으로 소개된 것인지를 결정해야만 한다. 여기서 두 가지 사항이 특히 언급될 수 있다: 행위는 행위를 구현하는 것에 의해서만 생각될 수 있는데, 행위의 구현이란 행위를 과도하게 정의하려고 하는 것이 아니라 행위를 불명확하게 하는 것이다——행위가 일련의 결말들과 결과들의 명세서로 작용하지 않는 그 순간부터 말이다. 오늘날 추리 소설이 이중적 동향으로 탁월하게 보여주는 것은 다음과 같다: 세상이 갖는 역량과 밀접한 관계를 맺는, 행위의 재현에 따른 행위의 복잡함을 구현하는 것; 익명성을 이중적으로 활용하는 것인데, 여기서 익명의 인물(범인)의 정체를 드러나게 하는 과정에 따라, 동시에 그와 반대되는 작용에 따라서이다——반대되는 작용이란 익명성의 복원(결국 불가능하지만)을 의미하는 것이 아니라, 인물의 이름을 무한한 가능성(다양한 인물들이 범인이 될 수 있다는 가능성)으로 취급해 버린다는 의미이다.[16] 따라서 이야기에 관한 문제는 여기선 행위의 재현도, 행위가 전제로 하는 선행된 세상의 재현도, 행위가 예측하는 세상의 재현도 아니다. 그러나 행위의 재현이 지니는 다양한 추론들을 재현하는 것이다. 이 추론들은 이중적으로 작용한다. 정체가 밝혀진 익명의 인물이란 상(像)을 통해, 추론들은 행위들에 의한 의식을 주체에게 부여하는 것이다. 여러 행위들을 의미 제한적 표현으로 특징지어야만 하는 것을 통해, 행위들은 자기 반성성에 의해 주체의 의식을 표현하는 것이다. 이 자기 반성성은 추리 소설에서 흔히 쓰이는 것은 아니다. 또한 동인과 직접적으로 관련된 것도 아니다. 하지만 자기 반성성은 추리의 논리를 정립하는 것과 관련이 있다. 여기서는 비평이 오이디푸스 신화의 패러다임에 의해 읽혀야만 한다는 관습을 쫓아, 범죄 사건을 조사하는 자로 소개될 수 있는 심문자가 심문당하는 자일 수 있다고 말해선 안 된다. 그러나 심문의 대상이 존재하는 한에선, 심문당하는 심문자를 전제로 한다는 것은 강조해야만 한다. 행위자(수사관)와 관련하여 탐정 소설은 분명한 패러독스를 사용한다: 탐정 소설은 행위자(수사관)의 의식을 이미 전제로 하고 있다; 탐정소설은 수사관의 의식을 일종의 소설 자체의 의식으로 취급하기도 하고──이 의식은 수사관의 행위들을 명료하게 보증해 줄 있다고 말할 수 있다──소설 자체가 던지는 질문으로 취급할 수 있다──이 질문이 없다면 법정, 탐정 소설에선 행동 자체에 대한 논쟁이 있을 수 없다.

따라서 역량과 행위의 사용을 분명하게 주제화하는 작품의 유형들을 말해야만 한다. 이것은 우선, 과도하게 의미 규정하는 것에서 벗어날 수 있음을 깨닫는 것이다──시인 프랭크 오하라가 강조하는 바이기도 하다: "어쩌면 시란 나로 하여금 살면서 겪는 불분명한 사건들을 감지할 수 있게 하는 것인지도 모른다. 또는 반대로, 어쩌면 시는 너무 구체적이고 상황에 따른 순간적 사건들을 감지할 수 없는 불가능성을 명

---

16) 이것을 가장 잘 보여주는 예로서 단텍의 작품과 엘로이의 작품을 들 수 있다. M. G. Dantec, 《악의 뿌리 *Les racines du mal*》, Paris, Gallimard, 1995; J. Ellroy, *Silent Terror*, New York, Avon Twilight, 1986.

백하게 해주는 것인지도 모른다."[17] 놀랍게도 시가 갖는 기술의 능력이란 관점에서, 시는 역량에서 행위로 또는 그 반대로 가는 과정을 형상화할 수 있는 것으로, 불명확함의 가능성을 결코 망가뜨리지 않는 것으로, 결과적으로 세부 사항들의 중요성을 아는 것으로, 그리고 상황에 따른 문제의 허망함을 확인시켜주는 것으로 정의된다. 이것이 뜻하는 바는, 언어가 지시할 수 있는 모든 것에는 지시하는 것을 꺼리는 잠재기, 그리고 과도한 의미 규정을 사용함에 있어서의 허망함을 지적하고 현실이란 문제를 거론해야 할 필요성을 지적하는 방식일 뿐인 잠재기 같은 것이 있다는 것이다. 달리 말해서 문학을 포화된 상징으로 말해선 안 되지만, 현실 자체는 포화되지 않은 선례로 얘기할 수 있고, 또 특별한 것일 수 없는 하나의 문맥으로 말할 수 있다——그리고 이런 선례와 문맥엔 포화 상태가 될 수 없는 상징이 적용된다. 혹은 현실과 대상은 그 자체로 상징이 되지 못한다; 그러므로 문학은 모든 지시를 하나의 기호론적인 관계나 과도한 의미 규정의 관계로 전환시키지 않는다. 이것은 나름대로의 이야기를 갖는다. 정확히 말하자면 인간과 세상의 접목을 형상화하는 것 때문에, 재현은 무엇인가를 재현하는 것이자 지시하는 것이다. 이것은 헨리 제임스가 《성스러운 샘》[18]에서 알려 주는 바와 같다. 자서전은 자서전의 삶을 드러낼 수 없는 상황에서, 자서전이 갖는 힘을 필히 말하고자 하는 것은 아니다. 하지만 자서전의 주체가 타인의 역량에 의해 존재한다는 것을 말하고자 한다. 이것은 게르트루드 스타인이 자신의 자서전, 《앨리스 B. 토클러스의 자서전》[19]이란 제목을 통해서 잘 보여주고 있다. 여기서 주목할 점은 자

---

17) 알티에리에 의해 인용된 오하라를 인용. C. Altieri, *Postmodernisms Now. Essays on Contemporaneity in the Arts*, University Park, Pennsylvania State University Press, 1998, p.91.

18) H. James, *La source sacrée*, Paris, Éd. de la Différence, 1984, Éd. orig. 1901.

19) G. Stein, *L'autobiographie d'Alice B. Toklas*, Paris, Gallimard, 1973. Éd. orig. 1933.

서전이 고유명사들의 대체 아래 드러난다는 것이다——게르트루드 스타인 대신에 앨리스 B. 토클러스라고 쓰인 점——뿐만 아니라, 이런 대체는 게르트루드 스타인과 앨리스 B. 토클러스의 애정 관계와 밀접한 관련을 가지는 것을 보여주며, 또한 자서전이란 말에 의해 특별히 정확하게 표현되지 않은 이 애정 관계가 지시하는 바는 한편으론 자서전이 작가의 것이라 명확히 말할 수 없고, 다른 한편으론, 분별할 수 없는 두 여인간의 일치성이 글을 쓰지 않은 여인을 글쓰기에 대한 잠재력으로 만들어 버린다는 것을 보여주는 것이다. 바로 여기에 이미 분석되었던 타율성의, '타인 아닌 타인(혹은 다를 것 없는 다른 것)' 의 사용에 대한 변형이 존재하고 있고, 마찬가지로 문학적 작품을 회의주의에 또 스스로를 재인식하는 '나' 가 갖는 유일한 힘으로 동일시하는 것에 대한 반박도 존재하고 있다. 또한 서정적인 말은——존 오하라의 표현들을 다시 보면 된다——외부의 역량(힘)에 의해 존재한다——그렇기 때문에 외부는 범할 수 없는 것이라 말해지는 것이다. 우리가 확인한 바와 같이, 이야기는 구조적인 시대 고증의 오류라는 특징하에 다시 언급될 수 있다. 이 시대 고증의 오류는 분명하게 표현될 수 있다. 바로 거기에 신화적인 참고들의 이용을 해석하고 원초주의를 해석하는 방식이 있는 것이다. 신화적 참고들과 원초주의는 자체적으로 고려될 수도 있다. 이것들은 또한 시대 고증의 오류에 의해, 시간의 역량과 시간적 패러독스의 상(像)을 이야기에 도입하는 방법들이기도 하다. 모리스 블랑쇼의 글쓰기가 바로 여기에 해당된다. 선행된 사례들은 가역성을 갖고 있다. 사실상 이야기의 패러독스이기도 한 역사 소설은 자체적 모순 안에서 역량과 행위의 시간적 형상화로 재해석될 수 있고, 또한 시간의 역량에 관한 이야기로 재해석될 수도 있다——시간적 역량을 갖는 이야기는 역사에 대한 묘사나 역사에 대한 과도한 의미 규정으로 귀결되지 않는 한, 과거는 모든 현실성 안에 존재한다는 결론을 이끌어 낸다. 연대기적 과거의 표현을 통해 혹은 비연대기

적 과거의 표현을 통해, 이야기는 그 어떤 시대의 합법적 전형으로 소
개될 수 없다는 것을 알아야만 한다. 왜냐하면 시대 속에는 또 역사 속
에서, 연대순도 재현도 보증할 수 없는 다른 시간이 늘 존재하기 때문
이다——이 시간은 빈틈이 있는 것으로만 제시될 수 있는 시간인 셈이
다. 이것이 바로 게르트루드 스타인의 작품 《이다》[20]가 주는 교훈이다:
두 자매가 믿는 (상상으로만) 쌍둥이성은, 모든 태생은 어떤 특정한 시
간에 행해진 개별적 태생이라는 것을 보여주고, 이를 통해 공통적 역
사와 사적인 역사는 동시대적이지 않은 역사들이며, 이전의 모든 것이
지니는, 또 결과적으로 모든 이야기가 제시하는 불명확성의 역사들이
라는 것을 나타내 준다. 역량은 선행성의 바닥을 드러낸다. 언어와 글
쓰기는 이러한 역량을 표현하는 방법들일 수 있다. 그로 인해 문학을
언어의 역량에 동일시하는 생각이 파괴된다. 《삶과 죽음 사이》[21]란 저
서를 통해 나탈리 사로트는 잠재적 대화 행위의 집합체들을 상기하는
것으로 인해 진행되는 소설을 소개한다——이 잠재적 대화 행위의 집
합체들이란, 메타포들과 내포된 의미들이 발전되지 않으면서 제시되
는 말들로 인한 작용이며, 또한 일반적 대화체에 미치지 못하는 것들
이다. 뿐만 아니라 나탈리 사로트는 잠재된 기억들을 들추어 내는 것
으로 소설을 진행시키기도 한다——기억을 되살리는 잠재적 행위들
로 말이다. 또한 작가는 독백으로, 대화로, 이 모든 집합체들을 실행
화시키는 것으로 소설을 진행시키기도 한다. 죽음이 내재한 이미지
——거울 위에 뿜어지는 숨결——는 연대순으로 나타나는 모든 상황
과 분리된, 역량이란 전적인 단위체의 이미지에 불과하며, 또한 살아
가는 행위와 말하는 행위에서 갑자기 분리된, 살아가는 역량과 말하는
권한의 이미지일 뿐이다. 사뮈엘 베케트가 주로 사용하는 가식 없이

------

20) G. Stein, *Ida*, Paris, Le Seuil, 1968, Éd. orig. 1941.

21) N. Sarraute, *Entre la vie et la mort*, Paris, Gallimard, 〈Folio〉, 1978. Éd. orig.
1968.

간결한 언어는, 아마도 언어가 제시하는 그대로 이해될 수 있다. 또한 이런 언어는 언어의 역량과 세상이 갖는 역량 사이의 상응 관계를 암시하는 방법으로 이해될 수도 있다.

다양한 형식으로 표현되는 역량과 행위 작용의 이같은 형상화는 언어와 시간, 그리고 역사를 포함한 모든 문학적 재현을, 그 대상이 어떤 것이든간에 일종의 이중적 방향 아래, 그리고 불완전성 아래 둔다. 이 이중적 방향의 언급에는 기호와 기념비라는 이중성(낭만주의에서 유래된 그대로)에 대한 정정과 대체를 특징짓는 방법이 존재하고, 또한 문학에로의 오로지 기호학적인 접근을 피하는 방식이 존재한다: 현실성과 잠재성의 이중성이 그것이다. 여기서 헨리 제임스의 저서 《성스러운 샘》에 정의된 대로의 재현과 자서전, 그리고 이야기의 원천적인 시대 고증의 오류를 재강조할 필요가 있다——근본적인 시대 고증의 오류는 한꺼번에 전후를 보게 하게끔 한다. 이같은 이중적 방향에서 불완전성이 근거하는 것이다. 이 불완전성의 사용은 말로 표현할 수 없는 성향과는 별개의 것이고, 또 과도한 의미 규정의 특성과도 별개의 것이다. 모든 재현은 실현되지 않은 핵심을 품고 있다. 존 오하라는 그것을 자기 식으로 '범할 수 없는 것'이라 표현한다. 또한 헨리 제임스가 《성스러운 샘》에서 암시하는 것이기도 하다: 모든 재현, 특히 모든 초상의 실현되지 않은 핵심은——만약 소설이 여러 주요 등장 인물들 중에 하나의 초상(인물)에 동화되어야만 한다는 가정에서 그렇다——이 초상이 전제하게끔 하는 역량인 셈이다: 이 경우엔 이 역량 자체가 바로 주체의 삶 그 자체가 된다. 여기서 결코 역량은 한 행위로 완전하게 전환되지 않는다는 것을 이해해야만 한다. 그로 인해서 재현하는 과정에는 허점이 있게 마련인 것이다. 역량과 행위의 형상화는 현실은 현실을 재현하는 문제를 갖고 있다는 것을 깨닫게 하고, 바로 이를 통해 재현의 추구를 요청한다는 것을 깨닫게 해준다. 여기엔 재현의 인지할 수 있는 실패나 분할에 대한 언급은 없다. 그러나 재현 대상의 누락, 재현 자체의 실현화의 누락이란 이중적인 허점에 의해 재현이 작용된다는 지적이 있다. 그것은 글자 그대로 재현되는 모든 것에 의해 설명될 수 있다. 문학의 힘을 벗어나, 이탈로 칼비노가 제시하는 도시들의 비가시성과 묘사한 것들의 변화 작용에 관한 재해석은, 묘사의 대상인 그 도시들이 갖는 허점에 의해, 묘사 자체적 변화를 따를 수밖에 없는 묘사가 갖는 허점에 의해 설명될 수 있다. 시에 대한 존 오하라의 언급은 이야기로 완벽하게 예증되는 허점의 이중적 가능성 자체를 정의한다: 이야기는 특정한 순간을 초월하여 과거와 미래를 한꺼번에 구축하고, 과거에서 과거가 갖는 잠재력에 대한 대용품을 경험론으로, 또 이야기의 명백한 대상으로 제시하게끔 한다. 우리는 결정된 시간적 시퀀스를 벗어나 있는 동시에, 작품들과 해체론적 비평과 관련된 시간적 배열에서도 벗어나 있다. 우리는 또한 발터 벤야민이 이해하는 대로의 알레고리, 즉 과거에 대한 맹목적 집착을 현재라는 기호의 기회로 해석하는 알레고리도 벗어나 있다. 벤야민의 알레고리와 마찬가지로, 객관주의적 시가 보여주는 객관주의와 초현실주의의 예측 불허는 '이 순간' '이 찰나'에 대한 맹목적 집착을 증명한다——물론, 이런 경향들은 자체적인 대상을 암호화한다. 20세기 문학에 나타난 새로움은, 피터 버거[22]가 보여주는 바와 같이 문맥을, 문학 자체를 더 이상 보증하지 않는 문학의 혁신으로 해석되는 것만은 아니다——순간에 대한 집착은 여기서 이 순간이 더 이상 아무것도 암호화할 수 없음을 보여주는 것과 같다. 뿐만 아니라 20세기 문학에 나타난 새로움은 이중적인 허점을 이용하는 문학의 혁신으로도 해석된다.

만약 결국 문학이 문학 자체가 갖는 불명료성에 의한, 이중적 불명료성에 대한 해답이라면——그렇지만 가시적인 것으로 제시된 모든 것이 늘 보이는 것처럼 이 이중적 불명료성도 늘 해독 가능하다. 문학

---

22) P. Burger, *La prose de la modernité*, Paris, Klincksieck, 1994.

적 재현은 이 재현이 두 허점들 사이에 구축하는 상호성에 의한 것만
큼이나 재현이 만들어 내는 예측에 의해 정의되지 않는다. 이것은 유
럽의 현대 소설에 예로써 잘 드러난다——카테브 야신에서 하마두 쿠
루마에 이르기까지, 아모스 투투올라에서 에두아르 갈리상트와 가브
리엘 가르시아 마르케스에 이르기까지. 두 허점간의 상호성은 재현의
권리와 함께 비교 검토되어야만 한다. 이 권리는 환상 문학, 이근동류
시, 추리 소설, 그리고 공상과학 소설에 관해 이미 앞에서 언급된 그대
로이다; 이 모든 장르는 스스로 제시하는 인간적 관점의 확대에 의해
이타성의 활용론을 전제로 한다. 이같은 상호성이 구축하는 권리는 간
단하게 정의된다: 현재에 의해, 경험의 대상과 작품이 제시하는 테마
화에 의해, 인용할 수 없는 모든 것은 두 허점의 상호성에 의해 인용할
수 있다. 잠재력(가능성)은 나눌 수 없다. 그래서 잠재력은 모든 인용할
수 있는 것을 내포하고 있고, 허점이 있기에 새로운 인용문들을 요하
는 것이다. 작품 실현의 미래, 작품 읽기의 미래, 그리고 작품의 논법
이 묘사하는 미래와 관련된 작품의 미래는, 똑같은 불명료성과 똑같은
비가분성에 의해 이 잠재력의 비가분성을 보증한다; 여기서 같은 불명
료성과 비가분성은 모든 인용할 수 있는 것을 허용하고, 따라서 모든
이를 인용할 수 있도록 허용한다. 카를로스 푸엔테스[23]의 표현을 빌리
자면, 그렇기에 온갖 문학 작품의 전기문도, 《오디세이아》라는 전기문
도 존재할 수 있는 것이다: 아무도 아닌 이로 변장했던 까닭에, 아무
도 아니었던 율리시스가 집으로 귀환해 신분이 확인되기 때문에 특정
한 율리시스가 되는 것이다. 카를로스 푸엔테스의 의견에 조금 더 덧
붙이자면, '아무나'에서 '어떤 특정한 사람'이 되는 과정은 씌어졌던
그대로의 역사에 대한 위반일 뿐만 아니라, 과거와 미래의 잠재력이

---

23) Carlos Fuentes, 《소설의 지리학 *Géographie du roman*》, Paris, Gallimard,
〈Arcades〉, 1997, p.193. Éd. orig. 1993.

갖는 개방성(이 개방성은 '아무나' 라는 특징이 잘 보여준다)이기도 하다. 이런 것이 모든 작품의 자서전이 될 수 있는 것이다: 이를테면 발레르 노바리나의 작품처럼 또, 보다 더 오래된 것으론 워즈워즈의 시집처럼. 이 워즈워스의 시집은 시인이란 인물로 인해 모든 주체를 포착하는 것을 증명해 준다. 또한 이 시집은 결과적으로 시인이 아무도 아닐 수 있고, 반면에 시인이 어떤 특정 인물이 될 수 있음을 보여준다. 말하는 대로의 '나' 에서 말해진 대로의 '나,' 그네들에서 어떤 이, 이러한 전환 과정이 보여주는 광의적 성향은 언어학적 해석을 수용할 수 있고, 서정시의 '절대적 자아' [24]를 나타내는 것인 양 이해될 수도 있다; '나' 의 모든 말은 두 상반적인 잠재성을 띠는 말로 바뀌기도 한다.

만약 문학의 권리가 언급된다면 역량과 행위의 형상화라는 조건 안에서 모든 재현의 권리, 어느 누구에게나 해당되는 재현의 권리도 언급되어야만 한다——물론, 어느 누구나가 갖는 재현의 권리는 보통명사에 의해 이루어지는 것이고, 언어적 제한을 인정하는 행위가 초래하는 권리를 벗어나 이루어지는 것이다. 게르트루드 스타인의 《앨리스 B. 토클러스의 자서전》이 보여주듯이, 다른 사람을 지칭하는 고유명사를 상응하는 표현으로 가질 수도 있는 보통명사는 주제로 포착하는 것을 객관화함으로써, 이중의 잠재력을 나타내는 추론들, 보통명사로 귀결시키는 추론들의 이중적 사용에 의해 적용된다. 그로 인해 어느 누구나가 갖는 권리가 설명될 수 있고, 보통명사들에 관한 모든 이들의 협약이 설명될 수 있다——보통명사들은 공동체의 명사들임과 동시에 이중적 잠재력이 갖는 명사들이기 때문에 모든 이들의 협정인 것이다. 바로 이 시점에서, 역량과 행위를 강조하는 관점에서, 상징적이고 의미론적인 모든 의미 제한(문학의 고유성으로 인식될 수도 있다)에 대한 거부의 관점에서 재현의 권리에 대해 언급되었던 것을 재해석하는

---

24) Q. Anderson, *Imperial Self*, New York, Knopf, 1971.

것이다——예외적 상황을 벗어난 문학의 유형들을 근거로 하여 정의
될 수 있는 대로 재해석하는 것이다.

따라서 예외적 상황 밖의 문학은 신화, 과거, 그리고 역사를 상기하
는 것과 관련이 없다. 레오파르디의 말에 의하면, 이런 문학은 신화 과
거, 역사가 자체적으론 가치 없는 **주변 세상**[25]을 형성한다. 만약 신화
과거, 역사가 자체적으로 가치있었다면, 문학은 신화 과거 역사가 만
들어 놓은 환상들을 부수는 시도를 했어야만 했을 것이다; 신화 과거
그리고 역사가 꼭 상기해야 하는 대상이 되기 전에 말이다——물론
이러한 상기는 신화에, 과거에, 역사에, 그리고 이것들을 전제로 하지
않는 자연에 대한 의존을 표현하는 것만은 아니다. 과거에 관한 한 테
마가 존재하는데——특히 시에서——이 테마는 지금 말한 의존성을
저버리지만, 대신 유한성적 경험이란 언어적 경험을 내세운다. 이로
말미암아 우리는 절대적 메타포를 거부하게 되고, 죽음을 간청하는 것
으로 오해될 수도 있는 죽음을 위한 예변법으로 치부되는 문학에 이르
게 되는 것이다. 이것은 전적으로 프루스트 방식으로 언급될 수 있다:
"한 권의 책은 하나의 거대한 공동 묘지이다. 우리는 대부분의 묘지들
위에 새겨진 이름들은 더 이상 읽을 수 없다. 가끔은, 반대로, 우린 이
름을 너무 잘 기억해 낸다. 그러나 이 이름을 지녔던 존재의 무엇이 이
페이지들 속에 적혀 있는 것인지 알지 못한 채 말이다. 움푹 꺼진 눈
을 가진, 느릿느릿한 목소리를 가진 바로 그 소녀인가? 그리고 만약
소녀가 이 묘지에 잠들어 있다면, 사실, 어느 편에 있는 것인가? 우리
는 꽃들을 어떻게 찾아내야 하는지 더 이상 알지 못한다."[26] 그러나 소
멸성이 감안된 과거를 말한다는 것은, 사실상 과거의 문제와 과거의 이

---

25) R. Pineri를 참조할 것, 《레오파르디와 목소리 발탁하기 *Leopardi et le retrait
de la voix*》, Paris, Vrin, 1994, p.97.
26) M. Proust, 《잃어버린 시간을 찾아서 *À la recherche du temps perdu*》, 《되찾
은 시간 *Le temps retrouvé*》, Paris, Gallimard, 〈Pléiade〉, 1954, vol. III, p.903.

중적 역량을 말하는 것일 뿐이다. 그러니까 과거는 사안으로서 필요불가결한 것이고, 잡을 수 없는 성향을 가진 일종의 잠재력(가능성)이 된다. 매번 과거는 기호들의 소멸을 배제하지 않기 때문에 문제가 되는 결정론과 이런 문제들을 야기하는 자유의 가능성 간의 대결을 보여주는 형상이다. 문학을 역량과 행위라는 특징하에 두는 것은 결국 역사성으로의 특별한 접근 방식인 셈이다. 역량과 행위는 역사가 지니는 양자택일의 상황을 나타낸다. 이 조건들로 보아 역사의 전적인 재현은 과도하게 의미 규정되는 식으로 비칠 수 있다. 이같은 과도한 의미 규정은——책 한 권이 구축하는 '거대한 묘지'가 나타내는 그러한 의미 제한——그 자체적으론 가치가 없다; 의미 제한은 양자택일의 방법들을 묘사하는 방식으로서만 가치가 있다. 이것이 바로 명백한 시대오류적 재현의——신화의 인용——작용이며, 아무도 결코 체험할 수 없는 시간 재현의——예로 공상과학 소설——작용이다.

 문학의 역사를 언급하는 것은 어쩌면 그것(앞서 언급된 문단)만을 말하는 것일 수 있다. 또한 문학의 역사와 문학 창작품들의 역사를——이를테면 옛날 동화들, 그리고 오늘날 서정시와 서술문에 이르기까지의 구전 이야기들——재현하는 것도, 물론 문학 장르들의 유형학과 내포된 담론들을 이 역사로부터 보호하면서 그것만을 말하는 것일 수 있다. 말하는 동물들에 관련된 우화들은 역사성 억제에 대한 철회를 묘사한 것처럼 보일 수 있고, 이타성의 가장 근본적인 활용에 대한 묘사처럼 보일 수 있다: 이 활용이란 것은 동물들 세계에 인간성을 위치시킨 실용주의이며, 이 이타성에서 언어의 위력 속에 굳어진 것들의 종말을 이끌어 내는 것이기도 하고, 또 역사를 인간의 언어로 넘어가는 과정의 역사로 제시하는 실용주의이기도 하다. 인간의 언어로 넘어가는 이 과정은 역사성을 원인들과 결과들의 얽힘에 의해——원인과 결과는 인간을 언어로 안내한다——규정짓게 하기도 하고, 동시에 역사에 남겨진 타자——즉 말하는 동물——즉 말하는 인간에게 질문하는 자에 의해 규정짓게 하기도 한다. 나(je)와 자아(moi)의 소멸에 집착하는 현대 서정시는 확실히, 말라르메가 말하는, 시인이 드러내는 연설적 목소리의 소멸을 강조한다. 의식을 재검토하는 의식은 어떤 대상을 생각하고, 그 대상을 실제로 생각하는 의식과 더 이상 정확하게 동일하지 않다. 이 의식은 이타성의 활용주의를 없애는 것을 생각하는 의식인데, 결과적으로 영혼으로서, 일종의 위력으로서 사유되는 의식인데, 하지만 이 위력이 위력의 문제를 알고 있는 타자와 밀접한 관계를 갖고 있다는 것을 떨쳐 버릴 수 없는 의식이다. 이로 인해 서정시에는 시인의 연설적 목소리의 소멸이 있을 수 있고, 타인에게 말을 거는 것인 양 보이는 시적 추구가 있을 수 있다. 이것이 바로 서정시가 갖고 있는 모순적 상황이다. 이 모순은 단순히 언어에 관한 유희에 관련된 것일 수만은 없다——만약 그렇다면 낭만주의 시인들에게서 물려받은 명제들로 귀결하는 것이 되고 만다. 이 모순은 이타성의 활용주의가 갖고 있는 패러독스를 보여준다: 타인이라는 명백성을 따르는 것; 이 타인을 명백성에 질문하는 것으로 치부해 버리는 것. 서정시에서 주관적 담론은 언어에 따른 자아의 구축을 조건으로 하지 않는다. 그렇지만 이 주관적 담론은 말하고 쓰는 '나' 가 위력으로 옮겨가는 과정을 조건으로 한다; 이 위력은 '나' 로 하여금 '나' 의 말을 '나' 가 언어에 행하는 요구에 따라 배열하게끔 하는 능력인 것이다. 이처럼 언어에 어떤 요구를 한다는 것은 '자아' 가 가정하는 모든 타인, 즉 '타자 아닌 타자' 에게 하는 요구인 것이다. 서정시에서 이 '자아' 는 이처럼 자의식이자 동시에 일종의 위력인 셈이다.

서술체 혹은 소설이거나, 과거를 다룬 모든 이야기들은 정체성을 **실제로** 재확립하는 '자아' 로 규정되는 개인적 정체성의 재형상화가 아니다——따라서 역사성(사실성)의 소멸로 귀결되어야만 할 것이다. 또한 이 이야기들은 기억도 망각도 분명하게 규정된다고 가정하는 것으로 과거의 패권을 묘사하는 것도 아니다. 과거는 일어난 사건들의 모음집이고 비현실적인 힘이며, 규정된 내용들로 구성된 것이자 일종의 자립적 형태, 정확한 영역이다. 소설에서 우리는 과거에 작별을 고하는데, 왜냐하면 과거에는 잠재적 가능성만 있기 때문이다; 우리는 소설을 이 잠재성의 형상으로 바꿔 버린다——마치 이 세기의 소설들이 제시하는 모든 시대 오류주의들이 보여주는 바와 같이. 잠재성은 다가올 역사의 저장고로 인식되어선 안 된다. 왜냐하면 역사는 오로지 과거에 이미 완성된 사건들이기 때문이다. 서술문과 소설은 이처럼 역사성(사실성)에 관한 명백한 의문인 것이다. 역사성(사실성)은, 개인적인 역사의 경우 단순히 주체의 정체성에 대한 재확인의 역사만일 순 없고, 공동의 역사의 경우 행위와 권력 그리고 권력의 철회에 관한 역사만일 순 없다. 역사는 역사성(사실성)에 관한 의문 제기라는 확신에 따른 것이고, 공유된 절대권도 주체만이 갖는 고유한 절대권도 존재하지 않는다는 확신에 따른 것이다——이 확신은 역사 속에서 모든 권력에 대한 또한 타자에 대한 의문 제기인 셈이다. 소설은 과거를 잠재적 가능성으로, 또 우리의 현황으로, 또 우리의 역사에 대한 의문 제기로 제시하면서 역사성의 명백함을 보여준다. 소설이 규정하는 것은 다음과 같다. 한 이야기와 역사에 대한 일반적인 재현인 모든 행위——여러 요인들에 따른 원인들과 결과들의 얽힘——에 대한 재현은 이 행위에 대해 의문을 제기하는 것과 관련된 것일 뿐이다. 즉 역사가 갖는 잠재성은 역사 안에서, 다른 시대가 나타내는——그게 우리 역사의 시대라 할지라도——다른 인류——현재 우리 사회의 인류라 할지라도——또 다른 문화가 나타내는 잠재성이기도 하다.

효율성의 관점에서 본 문학

작품이 보여주는 형식상의 또는 담론상의 기능들이 어떠하든간에,

또 작품이 그려내는 미래에 대한 전망들이 어떠하든간에 서술자와 서술의 대상에 대해 비평계가 언급했던 것을 강조할 필요가 있다. 또한 서정적 목소리의 위상에 대해 비평계가 언급했던 것을 강조할 필요도 있다: 이 서정적 목소리라는 것은 독백체 목소리이자 해석학적 영역에 걸쳐진 목소리(이 서정적 목소리를 해석의 대상으로 본다는 것임), 소재에 부합되는 감정적 목소리이다. 문학 작품이 언어와 문학에 근본적으로 내재한 구상 안에 위치되자마자, 또 문학 작품에서 작품을 그 속에 쓰인 담론들과 동일화하는 생각 자체를 가지고 작품 구성의 원칙으로 보고 혹은 이 구성을 정당화하는 방식으로 보게 되자마자 문학 작품은 당연하다는 듯이 담론들을 논제로 취급하고, 또 작품 자체를 논제로 취급하고 있다——이것은 작품 창작 방법에 관한 특별한 관점에 의거한다. 그러므로 문학은 문학이 표현하고 재현하는 여러 사물들과 여러 존재들에 상응하는 다양한 실재적 방식들에 의해 언급되어선 안 된다. 문학은 문학적 작업 방식에 특권을 부여한다. 문학만의 방법인 이 문학적 작업 방식은 문학적 전통을 상기함에 따라 혹은 문학 · 언어 · 세상에 견주어 보아 언어 본래가 갖는 상징에 따라, 문학이 아무것에나 응용될 수 있게끔 한다——이 문학적 작업 방식이 갖는 특수성 이외의 것을 고려하지 않는 한 말이다.

이렇듯 문학적 담론을 일반 담론에 동일시하는 것을 이해해야만 하고, 또한 현대의 메타픽션(metafiction)과 현대시의 가장 큰 부분을 이해해야만 한다. 결과적으로 19세기 사실주의 미학들에서 오늘날의 미니멀아트(최소론주의)적 미학에 이르기까지, 사실주의 문맥 속에서 나타나는 작품의 테마화에서 메타픽션에 이르기까지 일종의 연속성이 읽혀지고 있다: 그렇고 그런 대상들의 문제와 그 확증에 관해 문학이 제시하는 답은 사실주의에 관해서 밝혀졌던 바와 같이, 이 대상들을 묘사함에 있어서의 의미론에 의한 것이고, 작품이 자체적인 묘사를 소개한다는 식으로 이해될 때조차도 이 의미론의 테마화에 의한 것이다. 매번 언어의 위력으로 문학의 명백한 도래가 증명된다. 이러한 연속성은 미니멀아트(최소론주의) 영역에서 대개 제외된 현대시를 포함한다.

문학적 담론을 일반 담론에 동일시하는 것은, 우리가 오늘날의 미니멀아트(최소론주의)와 뒤샹의 **레디메이드**를 해석하는 것처럼, 이러한 동일화(문학적 담론과 일반 담론의 동일화)를 소개하는 작품의 미학적 위상에 관한 의문 제기라는 특징을 띠고서 해석될 수도 있다. 일반 담론과 차별화되지 않는다는 식으로 이해되는 문학적 담론은 다음의 의견을 명백히 규정해 준다: 문학적 담론이 문학 자체 내에 속하고, 또 언어에 내포된 문학적 성향에 의거하여 씌어지며, 일반 담론을 범주화(categorization)하는 것에 의거하여, 담론의 대상이 어떤 해답도 예정해 주지 않는다는 사실과 언어는 자체적으로 일종의 절차들의 모음집이라는 사실에 의거하여 씌어진다는 것. **현대의 메타픽션**은 일종의 문학적 창작으로, 문학에 대한 문학적 창작으로, 엄청난 분량의 상징들과 재현들의 형상화로 제시된다. 또한 이 모든 것을 메타픽션만의 대상으로 바꿔 버린다. 이것은 단지, 논제의 쟁점을 정확히 밝히지 않으면서 하나의 작업 규모에 의해 문학을 실현한다는 것이다. 문학은 글자 그대로 문학의 방법이고, 변화의 공간으로 정의된다——이 변화의 공간에는 지나간 문학, 현재의 문학, 과거의 재현들, 현재의 재현들이 모두 함께 움직인다. 이것은 포스트모던이라고 일컫는——이타성을 소개하는 것으로 이해되는 살먼 루시디까지 포함해서——문학 경향들을 규정하는 것이다. **미니멀아트**(최소론주의) **세계**에선 모든 현실과 모든 대상이 잉여인 것으로 보인다——장 필리프 투생의 《텔레비전》[27]에서 텔레비전 수상기와 티치아노의 붓이 환기시키는 것, 즉 모든 일상이 그렇듯이. 미니멀아트주의(최소론주의)는 실제로 이러한 '잉여'를 아주 상세한 모습으로 다루는 것이다: 즉 늘 확증될 수 있고, 문제시될

---

27) J.-P. Toussaint, *La télévision*, Paris, Minuit, 1996.

수 있는 세부적인 것, 또 어떤 상황과 어떤 재현의 아포리아(논리적 난점)를 스스로 구축하지 않는 세부적인 것. 티치아노가 황제 앞에서 자신의 그림붓을 포기했던 것은 단지 하나의 일화일 뿐 그 어떤 것도 아니다――결코 해석의 대상이 될 수 없다. 물론 이 일화는 물음을 던지게 할 수도 있다――이 일화는 화가와 황제의 관계에서 무엇을 얘기하고자 하는가?――: 이 일화는 현실에서 잉여로 보이는 모든 것에 덧붙여진 일화로서만 강조될 뿐 어떤 해답도 주지 않는다. 문제가 될지라도 결국 어떤 상황의 평범한 상태로서만 보이는 세부적인 것에로의 이러한 접근은, 현실은 어떤 경우에도 빈틈이 있는 것으로 보이지 않고 견고한 것으로, 정확히 말해 객관적으로 보인다는 것을 알려 준다. 이 객관성은 현실이 글자 그대로 유동적인 의미론에 의거하여 설명될 수 있다는 사실에 의한 것이다. 이로 인해서 문학의 조직 체계만이 세부사항의 특이성과 의미론의 보편성을 따르고 있다――독특한 방법으로, 또 동시에 보편적인 방법으로 문학은 모든 것을 언제나 보증한다. 현실의 불명료한 것들은 문학적 의미 제한 안에서 해결된다. **개회시**(inaugural poesy): 현대시에 종종 적용되는 용법. 앙드레 벨테르의 몇몇 시구가 그러하다: "성가이기보다는 노랫가락/성지순례가 아닌 방황/한 무리의 신비가 만드는 회랑문 아래 탄생하는 덧없는 아침의 빛나는 예언들이여!"[28] 여기서 시는 시어를 '노랫가락'이라고 규정짓는 방식 안에서 제시되고, 동시에 시의 문체를 주제화하고 정당화하는 방식 안에서 제시된다. 이것은 마치 시 자체가 품고 있는 신비로 귀결되는 무엇인가를 시가 보증하려고 하는 것과 같다. 시적 신비는 시가 보증하는 것을 설명하지 않는 일종의 창시적인 신비이고, 또한 시 자체가 주의 대상이 된다는 한도 내에서 세상을 일종의 주의 대상으로 만드는 신비이다. 하나의 개회 순간으로 제시되는 것 안에서 시에 관

---

28) A. Velter, *L'arbre seul*, Paris, Gallimard, 〈Poésie〉, 2001, p.121. Éd. orig. 1990.

심을 갖는다는 것은 시의 계기를 실체화하는 것이 아니라, 시 자체를 실체화하는 것이다. 바로 여기에 세상에 대한 재인식과 이 재인식——결국 시의 주제화이자 이 주제화에 의해 시가 만드는 신비로움의 주제화——의 개회적 성향이란 패러독스가 존재한다. 이 동향은 개회하는 순간에 생기는 일종의 시적 의미 제한으로 해석된다. 그래서 시는 모순적으로, '한 무리의 신비'와 '빛나는 예언들'에 관해 말할 수 있다. 매번 문학은 모든 이타성(이질성)——문학적 언어에 견주어 본 공통 언어, 표상과 재현, 새로운 것으로 생각되는 세상 자체——을 문학에만 내재하는 것으로 바꿔 버린다.

이 동향은 19세기에 성립된 것이다. **문학을 주제화하는 문학**: 이에 관해서 헨리 제임스의 저서 《양탄자 속의 심상》과 멜빌의 저서 《사기꾼》을 비교해 볼 수 있다. 작품을 주제화한다는 것은 '작품은 무엇인가'라는 문제를 제시하는 것이며——헨리 제임스——작품 속에 깃든 불명료한 요소 안에 작품을 설정시키는 것이기도 하다. 그렇다면 이 문제에 관해 문학적 해답을 제시하는 것은, 문학 자체를 반영하는 문학이 명료한 표현에 의해 씌어지는 사실을 강조하는 것이자, 언어에 의해, 무언의 가정에서조차도——멜빌——모든 것이 말해진다는 것을 강조하는 것이다. 바로 여기에 문학의 신비함이 있는 것이고, 또한 동시에 모든 것을 문학 자체의 의문 제기에 이르게 하는 방식으로서 문학이 제시된다는 사실이 있다: 설령 이 경우에 문학이 또한 사실주의적 문학으로 제시된다 할지라도 말이다. **명백하게 사실주의이고자 하는 문학**: 문학이 사실주의적이기 때문에 이 문학은 모든 문제의 어떤 전환을 문학과 관련된 한 문제 안에서 명백하게 보여줘야만 한다거나, 문학이 제시하는 답변들의 의미 제한(과도한 의미 규정)과 문학에 의해서만 읽혀지는 한 문제 안에서 명백하게 보여줘야만 한다는 것은 아니다. 그럼에도 불구하고 사실주의 문학은 해답과 재현의 사용에서 문제의 대상이 존속하는 것을 반박하진 않지만, 문학은 그 대상을 주제화하고 또한 작품을 특별하게 만드는 것으로 소개한다. 예로써 우리는 《보바리 부인》에서 나타나는 불륜 관계를 들 수 있다. 물론 이 불륜 관계는 양면적으로 주제화된 것이다. 따라서 우리는 소설이 불륜 관계란 문제를 공개적으로 다루고 있다고 말할 수 있다. 하지만 이것이 바로 플로베르식 아이러니 기법이다; 불륜 관계에 관련된 문제들을 증대시킴으로써, 소설 자체가 불륜 관계에 관한 일련의 명백한 사실들인 양 객관적으로 제시된다는 것이다. 따라서 이 소설이 필요 불가결한 것인 양 소개된다. 이 필요성은 불륜 관계에 관한 과도한 의미 규정의 관점하에, 그리고 소설이란 입장에서 간통의 문제를 특별한 것으로 만들고 동시에 보편화하는 방법에 불과하다. 사르트르는 《보바리 부인》을 '보편적인 개별성'이란 용어로 해석하길 원했다. 이 '보편적인 개별성'을 일반적 용어로 표현하자면, 사실주의적 특징하에서 소설은 소설이 어떤 특징들을 과도하게 의미 규정함으로써 형성하는 것, 그리고 그로 인해 모든 허상을 벗어나야만 하는 것을 목적으로 삼는다. 허상으로부터의 탈피는 실제로 신념에 대한 이중적 사용을 전제로 한다: 허상을 만드는 신념; 허상을 허무는 신념. 이 두번째 신념은 소설이 구축하는 '보편적인 개별성'이란 판단에 의한 것이다. 그리고 이 신념은 간통의 특징들에 대한 과도한 의미 규정을 진술 방식으로 삼는다.

이처럼 필요성과 보편성을 떠맡는 것은 언어에 의해 존재하는 것으로 이해되는 문학의 특색이다. 시에서 언어의 실현인(이를테면 발레리의 시에서) 형식과 주제화의 분명한 일상적 결합은 다음과 같은 사실을 이해하게 한다; '시란 무엇인가'라는 문제에 대한 해답은 이 문제에 대한 해답을 지나치게 의미 규정하는 방법이기도 하고——시의 다소간 난해하고 다양한 의미들에 의한 것과 같이——언어의 역량에 대한 답변을 이끌어 내는 방법이기도 하다——의미 제한의 형상. 문학을 언어에 동일시하는 것은 이 질문들을 보증하는 방법을 규정하는 것이기도 하다. 이 관점에 있어서 모리스 블랑쇼와 죽음의 문학, 즉 앞으로 초래할 문학, 부정의 문학을 읽어야만 한다.

　문학은 전적으로 수사학적으로만 존재할 수 없다──주된 수사학적 기법은 효율성과 상반하였다──; 문학은 의미론적으로 존재할 수 있다. 작품의 이러한 의미론적 역량은 명백한 논의와 일치되는 것이 아니며, 담론들과 표상(표현)들의 의미론적 소재들을 재정립하는 기능을 갖고 있을지도 모를 의미론적 구성과 일치되는 것도 아니다──이것은 사실상 논의의 형태에 관한 것일 수도 있고, 효율성을 반대하는 것과 같을 수도 있다. 작품이 갖는 의미론적 역량은 일종의 상징적인 기능에 의한 것이다. 한편으론, 작품은 다른 담론들, 다른 재현들과 같이 작품이 확연하게 드러내는 것을 재현한다. 또 한편으론, 작품은 작품 자체의 재현을 스스로 구축하는 전체에 결부한다──겉으로 표현된 것들의 재현은 작품의 재현이기도 하다. 이와 같이 작품은 외연된(겉으로 표현된) 것들의 총괄이며, 또 그로 인해서 외연된 것들을 부재케 하는 방법이자, 작품의 문법 규칙을 분명히 하기 위해서 문학의 속성을 이용하는 것과 유사한 기능에 힘입어 재현들을 이 외연된 것들의 재현으로 더 이상 만들어 버리지 않는 방법이기도 하다. 문학의 예외적 상황에서, 그리고 기호론과 의미론적 관점에서 문학은 일반적 규범들과 기호론적·의미론적 영역을 위반할 수 있다. 문학이 이런 위반을 활용하는 것은 과도한 의미 규정(의미 제한)의 기능과 관련해서일 뿐이다. 예를 들자면 폴 드 만[29]이 제시하는 문학 기준의 결여의 모든 예증들은 언어의 범주화가 야기하는 의미 제한에 대한 예증들이다. 우리가 문학은 미지의 것, 말로 표현할 수 없는 것, 또 이미 잊혀진 의미, 주관성 탈피, 일반적인 삶과 볼일이 있다고 말할 때, 우리는 의미의 과도한 의미 규정이란 방식을 언급하는 것이다: 우리가 이해하는 것은, 작품은 작품 자체적인 주제화에 관한 해답의 가능성이라는 것이다.

---

29) n.1, p.191 참조.

　　바로 여기에 오늘날 제기되는 문학 작품의 형식에 관한 모든 의문들에 대한 해명이 존재한다. 문학 형식에 관해 의문을 제기한다는 것은 실효성을 실현하기 위해 실행할 수 있는 가장 최상의 절차에 대해 의문을 제기하는 것과 같다. 예외적 상황을 드러내는 문학에서, 상반되는 시학들은 똑같은 역할을 이행하는 절차들을 정의한다. 러시아 형식주의자들이 보여주는 '낯설게 하기'와 문학적 담론을 일반담론과 동일시하는 것은 상반된다. 그렇지만 이 두 경향은 같은 궁극적 목표를 갖고 있다. '낯설게 하기'식 시학들은 언어와 언어의 대상을 새롭게 제시하는 것으로 이해된다. 한편으로 이런 경향에선, 대상들은 더 이상 보이지 않는 것으로 가정되고, 문학 작품의 언어는 더 이상 창조되지 않는 것으로 가정된다. 다른 한편으로, 우리가 새로운 표현을 만들어 내는 것을 멈추지 않듯이, 우리는 여전히 대상들의 정체를 확인하고 또 재확인하고 있다는 것을 가정한다. 결과적으로 이 형식주의를, 형식주의란 용어를 글자 그대로 해석해야만 한다: 문학 형식은 대상들의 형식과 대조를 이룰 수 있다; 문학 형식에 대한 과도한 의미 규정은——이 문학 형식은 자체적인 변화에 의해 과도한 의미 규정을 제시한다——더 이상 범주화할 수 없는 것——새롭게 보이는 대상——과 대조를 이룬다. 이 관점에 있어서 문학은 (형식적 관점에서) 문학의 형식들을 분류하지 않는 것을 지향하고 있다고 강조하는 것은 그리 중요하지 않다——따라서 문학적 장르는 더 이상 존재하지 않는다고 말해야만 할 것이다. 물론 문학은 다양한 형식으로 존재할 수 있고, 또는 선택된 형식이 없는 상태로 존재할 수도 있다. 그러나 이 형식들과 있을 수 있는 형식의 부재는 한낱 가설일 뿐인 형식의 가설에서 형식의 규칙과 규범을 함께 이용한다——실효성의 절차에 관한 규칙과 규범이다. 우리가 형식의 가설에 의거한 작품이 담론들과, 또 언어의 역량과 잘 어우러진다고 말하는 순간부터 이 가설은 담론들 사이에서 분할되지 않는다. 그리고 결과적으로 이 작품은——작품에 부여된 특수성의 수준

이 어떻든간에——담론들의 효율성과 어우러지는 법이다. 또한 이 작품은 다음을 조건으로 삼는다: 대부분의 담론들은 효율성이란 특성하에서만 설정될 수 있다; 상호 추론성과 일반적 글쓰기가 강조하고, 또 해체론이 규정하는 대로의 이같은 보편성은 담론들이 효율성의 특징을 띠지 않고 달리 간주되는 것을 금한다. 여기엔 문학 작품에 주어진 다양한 위상들에 부합되는 글읽기에 대한 정당화가 존재하고 있다. 작품의 분해(해체)라는 가설은 작품을 언어의 내재성 안에서 특이하고 언어의 역량에 의해 존재하는 주체로, 또한 작품이 의미 제한이란 기능을 이용하고 자체적 분해 속에서 의미 제한을 형상화한다는 사실을 통해, 언어에 끊임없이 속하게 되는 주체로 만들어 버린다: 작품은 언어를, 현실을 표현한다; 작품은 효율성에 의해 표현된다.

문학이 예외적 위상 안에서 문학만의 차이점을, 마치 문학에 내재한 것인 양 계속해서 만들어 내는 것은——이것은 문학이 아무리 다양하다 할지라도, 또 문학적 실현의 세부 사항에 있어서 아무리 모순적이라 할지라도 문학은 하나라는 것을 명시하면서 말해진다——문학은 문학 자체적인 효율성의 연속임을 말해 주는 것이다. 예외적 상황의 문학이 모든 사물과 모든 주체의 장래로 제시될 수 있는 것은 바로 이런 이유 때문이다. 왜냐하면 문학은 예외적 상황 속에서 문학의 정체 규명이면서, 문학 동기의 검열이기 때문이다. 왜냐하면 문학은 언어의 효율성에 의해 존재하기 때문이고, 문학은 언어의, 언어적 절차들의 가식 없는 표출이기 때문이다. 문학은 이러한 표출로 인해서 전적으로 존재하며, 따라서 문학은 다양한 형식으로 존재할 수도 있고, 형식 없는 형태로 존재할 수도 있다. 또한 문학은 특정한 성격으로 규정될 수도 있고, 문학적 자격이 박탈될 수도 있다.

이것은 문학의 내재성의 구도를 상기함으로써 표명될 수 있다: 언어가 갖는 내재성의 구도와 일치되는 문학 내재성의 구도에서는 문학이 효율성의 이용으로 인해 행해지는 초월성의 형상들로 제시된다. 문학이 주제화하는 것은 역시 작품을 뛰어넘는 것이다. 이것은 초월성의 제한된 형상에 관한 문제이다. 문학의 사용에 관한 가장 훌륭한 묘사는 말로 표현할 수 없는 것에 대한, 타인에 대한, 타인을 명백히 상기함으로써 드러낼 수 있는 의미 제한의 효율성에 대한 해설 속에서 확인된다. 이로 인해서 우리는 기념비적 문학이란 표기로 이르는 것이다. 효율성의 관점에 있어서 이 표기(기념비적 문학)는, 낭만주의에서부터 현대에 이르기까지 다양한 분야로 전해지는 반향에 의해, 또 다양한 원인에 의해 의미 제한을 전개하는 과정으로 이해되어 오고 있다. 첫째, 주체와 작품의 역량으로 향하는 명백한 반향에 의한 것인데, 이것은 낭만주의의 서정적 주체, 소설의 낭만주의적 사유로 드러나고 있다. 둘째, 예술로 향하는 반향에 의한 것인데, 이런 반향에 의해서 작품은 초월성의 가능성을 드러내는 것이다——이것은 사실주의 경향의 시들에서 사실주의와 예술주의의 불가분의 관계에 의해 표현된다. 셋째, 상징주의 시들 속에 나타나는 내재성과 초월성의 구도의 이용에 대한 확실한 주제화에 따른 것인데, 이것은 문학 작품이 가지고 있는 이타성의 명백성에 의한 의미 제한을 드러내는 것이다——초현실주의자들은 상상력에 의해 글을 쓰는데, 자신들의 글을 뛰어넘는 상상력에 맞서기 위함이다. 넷째, 문학의 **개념**(nomos) 읽기처럼 세상의 **개념** 읽기에 의한 것이다——이것은 카프카와 다른 작가들에게서 나타나는 말로 표현할 수 없는 규범의 모든 형상화들이 예증해 주는 것이다. 끝으로, 문학 자체에 의한 것이다——앞서 언급된 바 있는 포스트모더니즘적 기능들과 자기 반성성은 문학을 자체적인 타인으로, 또 자체적인 초월성으로 그려내고 있다. 상반되는 기능을 규정하는 문학을 강조해야만 한다: 이를테면 '다를 것 없는 다른 것(타인이 아닌 타인)'이라는 식의 기능이 그러하다.

효율성의 이용 안에서, 또 예외적 상황 안에서 문학은 마치 하나의 동질적인 총체로서 제시된다. 2세기 전부터 미학들과 시학들은 이같은 이용과 총체의 많은 변형들을 소개해 오고 있다. 문학이 앞서 설명된 표상과 재현으로 인식되면서부터, 문학은 주제화와 효율성의 동기가 되는 대상들을 자체적으로 지명하고 있다. 비록 문학의 완전한 이타성인——즉 문학의 동기——타자가 그런 식으로(실효성에 관하여) 간주될 수 없다 할지라도 타자는 인용된다. 이 인용은 과장될 수도 있다: 효율성에 관한 표현, 과잉 표현이 있다. 이를테면《양탄자 속의 심상》의 경우에는, 작품은 과도한 의미 규정(의미 제한)들에만 따를 뿐이다. 또《사기꾼》의 경우엔, 사실주의란 모든 사회적 요인을 과도하게 의미 규정하는 표현 방식일 뿐이다. 또 역시《피네건의 경야》의 경우엔, 언어들이 언어들간에 야기하는 의미 제한적 기법이 결과적으로 모든 사물을 지시하고 창조하기조차 한다. 또 역시 프랑스의 누보로망(nouveau roman)의 경우에, 누보로망의 객관주의라고 일컬어지고 착시적인 것과 혼동되는 것이 있는데 이것은 묘사에 있어 의미 제한적 기법으로 인식되고, 이 묘사에 관한 다양한 상황들이 교환되게끔 한다. 그리고 마지막으로, 현대시의 경우에는 존재를 상기하는 방식으로 묘사적 기법과 재현에 관한 시의 총괄적인 힘(메타포는 필수가 아닌 조건이다)을, 현상학[30]의 영향하에 현실을 표상하는 의미 제한의 방식으로서 결합시키는 창작의 동향들이 그러하다——여기서 현실을 표상하는 의미 제한의 방식은 존재라는 확증이 초래하는 의문 제기를 보장하는 방법이자, 효율성의 영향하에 이 의문을 극복하는 방법이다.

모든 경우에 논제적 전환의 작용이 있게 마련이다: 모든 것은 주체적인 초월성을 구성할 수 있는 문학이란 장소 안에서 전환된다. 이 논제적 전환을 형상화하는 것은 글자 그대로 불가능하다. 그래서 예외적 상황의 문학이 지닌 신뢰성에 너무 집착하는 것은 헛된 일이다. 마

---

30) J. Follain, 저서《영토 *Territoires*》에 연속으로 출간된《존재하기 *Exister*》, Paris, Gallimard,〈Poésie〉, 1969, p.15.

치 이것은 문학 자체에 의거하여 일종의 타당성을 문학에 부여하고자 하는 것이 헛된 일인 것과 같다. 베케트가 보여주고자 하는 가식 없는 언어와 내적 독백을, 내재성과 초월성의 사용이 보여주는 대조적이고 유형학적이며 또 완성된 형상들로 이해해야만 한다. **내적 독백**(interior monologue): 내적 독백은 말 그대로 불가능한 것이다——사적이고 무언의 근접할 수 없는 담론들을 이론상으로 어느 누구에게 표현한다는 것은 불가능하다. 그럼에도 불구하고 독백은 언어의 내재성에 의해서만 표현될 수 있기 때문에 독백은 읽을 만한 것으로 제시된다. 독백은 주체가 행하는 온갖 종류의 표현들이기 때문에, 또 반면 주체가 아닌 것에 대한 온갖 종류의 표현들이기 때문에 독백은 효율성에 의해 주체와 모든 것의 의미적으로 제한된 표출로 제시되는 것이다. 주체의 심리 세계에 관한 묘사——불가능한——는 일종의 장소와 같이 되고 열린 상자처럼 되는데, 이 공간들 안에서 바깥(외부)을 초월하는 성향이 의미 부여되지만, 또 역시 이 초월성이 내적 독백에 대한 몰이해로 인해서 '이미지—접촉'의 개념으로서만 제시되기도 한다. 언어에 깃든 문학적 내재성을 사용하고 초월성을 사용하는 것은 모든 것에 관련된 논제적인 전환의 형상을 언어로 묘사하는 것이다. **언어의 가식 없음**(가식 없는 언어): 언어는 주체에 의해, 그리고 뇌와 혀를 갖고 있는 주체의 두뇌에 의해 존재한다. 언어는 언어적 실행과 언어의 역량 안에서 꾸밈없다——언어는 언어가 아닌 모든 것을 배제한다는 것을 이해해야만 한다. 이것이 바로 사뮈엘 베케트가 주장하는 주요한 두 테마들이다. 그래서 두뇌는 역설적으로 일종의 '지난 피난처'——주체의 외관(겉모습)인 언어의 힘에 대항하는——라 불려질 수 있고, '외관 안에 담긴'[31] 것이라 말해질 수 있다——이 두뇌는 언어에 의해서만 존재할 뿐이다. 이 형상들은 **유형학**에 관련된 것이다: 이 형상들은

---

31) S. Bekette, *op. cit.*

규정할 수 있는 언어의 두 상황을 규정하는데, 이 상황들은 예외적 상황 안에서 문학이 제시하는 것이다. 언어는 전적으로 화자인, 그러므로 자주적인 주체의 언어이거나 또는 주체를 위해 제시된 것처럼 보이는 언어이다. 이 형상들은 **완성된** 것들이다: 이 형상들은 극단적이다 ──언어는 자신의 잠재력 안에서 제시되는데, 어떤 경우에는 주체를 완전히 흡수하는 것인 양 제시되고, 또 다른 경우에는 외부를 완전히 흡수하는 것인 양 제시된다.

이 논제적 전환이 시사하는 것은 다음과 같다: 문학적 표현이 문학의 예외적 상황 안에서 모든 것들의 지평인 양 제시되는데, 문학에 의해 이 모든 것들의 해석이 함축되진 않는다──논제적 전환은 우선 **노모스**(nomos, 법·개념)의 실행이다. 이 지평은 지울 수 없다. 왜냐하면 실효성의 가설에서, 문학이 건설적인 과정에 의해서 특징지어지는 것이 아니기 때문다──여기서 강조해야 할 것은 형식적(형식에 관련된) 특징을 갖는 작품과 형식적 기피를 거부하는 작품과 관련된 상황들이다. 하지만 문학은 효율성의 가설에서, 자체적인 주제화가 표출하는 의미 제한에 의해 특징지어지기 때문이다──문학은 의미(sens)와 무의미(non-sens)의 가능성들을 집결시킨다. 바로 여기에 해석학의 진정한 기능의 반대가 존재하고 있다.

문학의 예외 상황에 있어, 대상들과 주체들에 대한 재현의 상황을 정의하거나 탐색하는 것이 관건이 아니라, 문학을 이미지적 의미에 속하는 재현과 애매모호하게 사용되는 전형으로, 전형화로 제시하는 것이 관건이다. 이 모호함은 재현-전형화와 회상적·몽환적인 재현을 연결시키는 시학들에 의해 완벽하게 증명되는 것처럼 사실주의에 의해 전적으로 증명된다. 이야기와 시 속에 이미지·그림을 만들고, 또 시간적 연속성을 제시할 수 있는 것을 의미하는 것으로서의 재현에 이야기와 시의 가독성을 증대시키는 힘을 부여하는 것은, 문학의 지평을 확인시켜 주기만 할 뿐이다. 이와 관련된 일반적인 첫번째 지시는 유일한 이미지에 대해 재현된 것은 이미지화되어야만 할 의무가 있다는 것이다——비록 이미지가 재현된 것의 표출 이외에 아무것도 아니라 하더라도 말이다. 그 두번째 지시는 이미지의 그 모델에 대한 의존성은 이미지가 그 모델에 제공하는 여분의 존재감에 의해 보상된다. 이렇듯이 두 가지 지시들은 존재론적 의미에 있어서 재현에 관한 효율성의 사용을 보여준다. 이와 반대되는 동향에서, 이미지 혹은 재현의 취약성을 표명하는 것은 재현의 불명료성에 의해 형상화된 효율성에 이르는 또 다른 방법이다. 이에 따라서 넬슨 굿맨[32]이 제안하는 포화된 상징의 개념을 이해해야만 하고, 동시에 자크 데리다[33]가 표명하는 맹목성에 따른 재현의 패러독스를 이해해야만 한다.

또한 20세기 문학에 일반적으로 결부되어 있는 서로 상반되는 인식들——미학 속성의 자동사적 성질과 불확실함——은 문학의 가치와 유용성에 대한 재인식의 결여로 이해될 수 있고, 문학은 주체와 타인과 근본적으로 관계 있다는 견해에 대한 최종적인 거부로 이해될 수도 있다. 여기서 우리는 하나의 패러독스에 이르게 된다. 담론들 중의 몇몇 담론들 자체이며, 또한 담론들과 유사하게 인식되는 문학은 담론들의 이용과 보편적 가치를 버리고, 뿐만 아니라 담론들의 보편적 기능——'나' 자신과 타자와의 관계를 규정하는 것, 이 관계의 이용과 가치를 말해 주는 것——조차도 버린다. 비록 문학이 주체인 '나'와 타자와의 관계를 재현하고 이 관계에서 이루어지는 담론의 사용을 재현한다 할지라도 말이다. 문학은 담론들을 담론 자체 이외에, 또 담론들이 제시하는 정체성 이외에 다른 어떤 것도 고려하지 않으면서 확고하게 표출한다. 효율성에 의해 문학은 욕망과 의지, 그리고 사물들과 타인과의 관계를 설명해 줄 수 있는 것처럼 보인다. 또한 문학은 그러한 관

---

32) N. Goodman, 《예술의 언어들 *Langages de l'art*》, *op. cit.*

33) J. Derrida, 《맹목적 기억들 *Mémoires d'aveugle*》. 《자화상과 다른 몰락 *L'autoportrait et autres ruines*》, Paris, Réunion des Musées nationaux, 1990.

계(사물들과 타인과의 관계) 속에 문학 자체로는 포함되지 않는 것처럼
보인다. 문학이 그러한 관계에 포함되지 않을 뿐만 아니라, 문학은 담
론들에 언어에 혹은 문학이 저장하고 있는 것에 동화되지 않을 것이
며, 또 문학은 이런 것들을 동화시키려고 하지 않을 것이다.

　문학이 작품들을 그 담론들을, 또 그 표상들을 재현하다는 사실 자
체만으로도, 어쩌면 문학이 일반적인 것의 형상화처럼 생각되어져야
만 한다. 그렇지만 효율성이란 특징하에, 담론과 재현은 묘사해 내는
정체성들과 총체들에 의해서만 고려될 수 있을 뿐이다. 담론과 재현은
보편적인 것의 논리적 귀결에 따라서 고려될 수 없다. 왜냐하면 담론
과 재현은 '나'와 타자에 대한 명백한 규정을 배제하기 때문이다——
이에 효율성과 효율성의 상관 요소, 그리고 자동사적 성질을 강조해야
만 한다. 욕망의 주제화에 관해서 언급할 수 있는 것과 마찬가지로, 어
떻게 현대 문학이 언어가 지니는 내재성의 구도와 결부될 수 있는 내
재성의 구도를 형상화하는 것에 입각하여, 이런 이질적인 관계들을 읽
어내는 경향을 가졌는지 설명해야만 할 것이다. 효율성은 문학의 예외
적 상황을 명확하게 만들어 준다. 따라서 문학이 어떤 총체로도 옮겨
갈 수 없고 어떤 해석 체계 속으로도 통합될 수 없는, 담론과 재현에 관
한 담론과 재현이어야만 한다면, 문학은 보편적인 것의 형상화로 제시
되어야만 한다. 마치 보편적인 것만이 효율성에 의해 총체와 해석을 형
성하는 것처럼.

결정 불가능성[34)]과 공동의 장
혹은 역량과 행위의 형상화에 관한 올바른 용법으로

　오늘날 문학 창작과 문학 비평이 지니는 다양한 대립적인 의견들은
이 창작과 비평의 상반된 분해들로 해석되어선 안 된다. 그 의견들은

이 문학의 내재성에 관한 사유들의 결과들로——이 결과들은 서로 밀
접한 관계를 갖는다——해석되어야 한다. 문학이 언어로, 욕망으로,
세상으로, 자연으로, 주체로 언급될 수 있는 것이기에 문학은 문학 자
체적인 구축이며, 문학 자체적인 표현이며, 문학 자체적인 실현이다.
언어 · 욕망 · 세계 · 자연 · 주체가 움직이듯 문학은 움직인다. 이에 따
라 문학은 어떤 중요한 제약의 규칙 안에서 이 세상 전체의 전형이 된
다: 문학인 보편적 전형과 보편적 재현은 이처럼 문제없다. 이것은 20
세기에 들어와 글쓰기의 연속성(연결되는 성향) 안에서 드러나고 있다
——이 글쓰기의 연속성은 해체론과 관련된 견해들에서 유래한 것이
다. 이에 따른 예들을 들자면 다음과 같다. 언어들의 혼합과 발명——
예로써 조이스와 그의 저서 《피네건의 경야》. 형식의 명료함과 불명료
함——이에 우리는 형식주의와 반형식주의 간의 모든 대립들로 이르
게 되는 것이다——그렇지만 이 두 사상을 모두 동등한 것으로 간주해
야 한다. 문학적 담론과 보편적 담론——이에 따라서 현대 문학의 미
니멀아트주의(최소론주의)가 확증하듯이, 또 플로베르의 사실주의적
미학이 벌써 제시했듯이, 문학은 문학 자체적인 담론이며 보편적 담
론일 수가 있다. 문학의 특별한 궁극성과 궁극성의 결여——문학은 문
학 자체를 위한 것이라 말할 수 있고, 또한 문학은 다른 것을 위한 것
이라 말할 수 있다: 문학을 위한 문학과 참여 문학은 문학 자체와 언
어에 포함된 문학의 동일한 내재성을 전제로 한다. 이런 관점에서, 오
늘날 문학이 일반적 글쓰기와 대화론주의에 동화되는 것을——이 논
법들간의 공통점과 차이점이 무엇이든 간에——공평하게 다루는 것
은 바람직한 일이다. 이것이 말해 주는 것은 문학이 한 작가의 특별한

---

34) 저자의 용어로 이것은 프랑스어로 l'indécidabilité 또는 l'indécidable이다. 이 신
조어를 통해 저자가 말하고자 하는 언어 혹은 어휘 속에 깃든 단정할 수 없는 성향
이다. 따라서 결정 불가능성은 수용할 수도 없는 것이 된다. 이에 반대되는 용어는
결정 가능성이다, 즉 프랑스어로 la décidabilité 혹은 le décidable이다. 〔역주〕

글쓰기라고 가정한다 할지라도, 문학은 전적으로 비개인적(개인과 상관이 없는)인 것이라 설명될 수 있다는 것이다; 작가의 의식이 일종의 무의식이라고 말해질 수 있다고 설명하는 것과 같다.

하나의 포괄적인 총체로서 씌어진 사유인——선택된 주요한 시학과 미학이 어떤 것이든간에——문학은 따라서 일종의 공동 장소와도 같은 사유인 셈이다——이 공동의 장이라는 개념은 포괄적인 총체라는 가설과 잘 맞아떨어진다. 만약 우리가 공동의 장이 작품과 작품 대상의 상호적인 재현이며, 이 상호적 재현을 정당화하는 보편적 재현에 대한 상호적인 재현이라고 주장한다면 이 공동의 장은 문학 작품의, 보편적 창작의, 또 문학 작품이 포함하는 것의 결과가 아니다. 일반적인 것에 대한 재현의 결여, 즉 작품에서 일반적인 재현들을 정당화할 수 있거나 이 재현들을 포함할 수 있는 공통된 바탕의 결여는, 문학은 담론들의 유일한 공통된 토대로 제시된다는 생각을 이끌어 낸다. 비록 문학이 내재성의 차원으로 소개된다 할지라도, 문학은 공동의 장을 만드는 주체에 대한 의문 제기로부터 자유롭다.

정확히 말하자면 이 공동의 장은 역설적이다: 한 공동 장소가 포괄하듯이 이 공동의 장은 포괄한다. 그럼에도 불구하고 이 공동의 장은 자신만의 형상을 보여주지 않으며, 자신이 구축하는 내포(함축)의 형상들도 보여주지 않는다. 궁극적으로, 문학일 수 있는 공동의 장은 문학의 미분화 상태(구분되지 않는 상태)에 의해서만, 또 언어의 역량에 의해서만 구성되어져야 한다. 이는 바로 공동의 장이 자체적으로 묘사될 수 없다는 것을 가정하고 공동의 장이 표현력의 부족에 의해서, 그리고 표명(진술)의 부재에 의해서만 생각할 수 있다는 것을 가정해 준다. 문학이 예외적 상황 속에서 구축할 수도 있는, 공동의 장이 갖고 있는 이 패러독스에 대한 논평들은 단지 문학은 자체적인 실행을 생각하고 표출하기 위해 스스로 제시하는 것을 문제삼으려고 한다는 애매모호한 견해를 말하고자 하는 것이 아닐 뿐만 아니라, 이러한 모호함이 어떤 특별한 동향을 의미할 수도 있다는 것을 나타내려고 하는 것도 아니다: 문학은 실현되고 움직이는데, 마치 자신만의 담론을 움직이게 하는 것처럼, 그리고 이 담론을 정의하고 경우에 따라선 이 담론을 종결짓고, 뿐만 아니라 다른 담론들과 하찮은 담론들, 그리고 전 이데올로기[35]를 종결짓는 것에 의해서이다. 언급된 이 논평들은 20세기의 아방가르드 경향들이 스스로에게 부여하는 정당화로 인정될 수 있고, 문학을 규정짓기 위한 글쓰기의 실천으로 인식된 특권으로 인정될 수 있으며, 따라서 글쓰기의 실현에 관해서 언급될 수 있는 모든 것으로 인정될 수 있다. 그런데 이 각각의 논평에서 우리가 잘못 이해하고 있는 것은, 문학의 가설이 여전히 변함없이 남아 있고, 이 불변성이 아무튼 이 논평들이 제시하는 확증들을 반박하지 않는다는 사실이다. 상호 추론성에 관한 재현, 일반적인 것에 대한 재현에 부여할 수 있는 형식은 존재하지 않는다.

공동의 장의 결여에 대한 정확한 교정은 예외적 상황 밖의 문학 속에서 나타난다. 역량과 행위의 형상을 규정함으로써 이 문학은 결정 불가능성과 커뮤니케이션에 대한 특별한 사용을 소개한다. 결국, 역량과 행위의 형상은 문학 대상과 불명료성이란 극단의 전환 안에서 성립된다. 역량과 행위를 이용함에 있어서 불명료성이란 특징으로 규정되는 것은 바로 행위 자체와 행위의 모든 대상들인 것이다――이것이 바로 우리가 '결함 있는(불완전한) 표상'이라고 불렀던 것이다. 글쓰기는 의미 제한(과도한 의미 규정)이란 특징하에 더 이상 존재하지 않는다. 그렇지만 불완전한 성향에 대한 확증, 즉 글쓰기의 유희와 떼어 놓을 수 없는 불명료성과 함께 작용하는 결정 불가능성이란 특징하에 존재한다; 그러나 이 결정 불가능성은 사물들과 행동의 주체들에 대한 명료한 표상(표현)을 배제하지 않는다. 이처럼 다양한 문학적 실행들과 장

---

35) 이것은 매번 문학에 부여된 자율성의 효력으로 가정된다.

르들에 입각하여 언급되었던 대로의 문학적 재현에 대한 전환적 사용을 읽을 수 있다. **문면적**(문자 그대로의) **재현의 사용에 대한 전환**: 크노의 소설들[36]이 보여주는 바와 같이 일종의 변수일 수 있는 대상의 표상이란 가설은 그 표상을 불명료성의 표상으로 바꿔 버린다. 그렇지만 대상의 지속성과 같은 것이 존재하고, 그 대상에 대한 표상의 지속성과 같은 것이 존재한다. 여기서 대상에 대한 표상은 대상과 관련된 동어반복법(tautology)——이 동어반복법은 사실주의적·자연주의적 묘사에서 볼 수 있는 의미론이 전제로 하는 것이다——으로 되돌아가는 것을 거부하고, 동시에 대상의 변화에 대한 이용 자체를 본질로 볼 수도 있는 평범한 신념을 거부한다. 결정 불가능성은 이러한 변수와 확증의 사용에서 기인한다. **자서전적 재현의 전환**: '나' 자신이란 속성하에 이루어지는 타자에 대한 표상과 인용이란 가설은, 타자에서 '나'로 전환되는 규칙에 대한 암시가 없더라도, 근본적인 결정 불가능성 같은 성향을 드러낸다——근원적인 전환은 타자에서 '나' 자신으로, 또는 '나' 자신에서 타자로라는 식으로 완전해질 수 있는데, 이것은 내가 타자에서 이끌어 내는 인용에 의해, 그리고 내가 '나' 자신에게서 이끌어 내는 표상에 의해 성립된다——이것은 게르트루드 스타인이 잘 증명해 준다. 이같은 근원적인 전환은 타자의 정체성도 내 자서전이 보여주는 정체성도 소멸시키지 않는, 일종의 이중적 불명료성을 보여준다. **서술적이고 시간적 재현의 전환**: 비연대기적인 과거나 동시대에 해당되지 않는 동시대성이란 가설은, 불완전하고 동시에 충만해 보이는 한 시간에 대한 가정인 것이다: 불완전하다는 것——왜냐하면 이론상 접근할 수 없는 어떤 시간에 입각한, 그리고 진행중인 현재에 입각한 시점들의 함축적인 입장을 고수하는 시간이기 때문이

---

36) R. Queneau, *Le chiendent*, Paris, Gallimard, 1933; 이 소설은 크노가 헤겔에게서 받은 영감을 염두에 두고 읽어야 할 것이다.

다; 충만하다는 것——왜냐하면 이미 완결된 행동의 시간이기 때문
이다. 결정 불가능성은 불완전한 것과 충만한 것의 사용에서 기인한
다. 카를로스 푸엔테스의 소설, 《크리스토프와 그의 알》이 이것을 잘
보여주고 있다. 이 모든 경우에 있어서 결정 불가능성은 그 단어들간
에 생기는 불확실성에 의해 형상화되는 것은 결코 아니지만 응답의, 즉
되돌아온 문제의 지속적인 작용을 진술한다.

　이 시점에는 제3장에서 거론되었던 지시 사항들을 완성시키는 재현
의 권리를 표출하는 방법이 존재한다. 언어의 작용은 예상과 미래조
망을 통해 형상화하는 것이고, 정체성과 변수에 의해 또 분할의 과정
——타자에서 나로, 혹은 나에서 타자로의 분할——을 통해서 형상화
하는 것이다. 이러한 융합은 수수께끼처럼 해결하기 힘든 문제가 아니
다.[37) 이 융합에 관한 단어들 자체를 제시하지 않는 한 수수께끼 같은
난해성으로 설명될 수도 있다. 초현실주의가 보여주는 바와 같이 이 융
합은 이 단어들을 신화적 용어들로 이르게 하는 종교적 믿음을 이용
함으로써 제시할 수도 있고, 대소동의 '실증주의적' 표현과도 같이 예
상치 못한 것 또는 이 융합이 문학 속에 깃든 내재성의 구도를 복원할
수도 있는 가능성처럼 예상치 못한 것에 의해 제시할 수도 있다. 응답
의 작용에 의해 행해지는 변수와 지속성의, 타자와 '나'의, 저 시간과
이 시간의 융합에선 힘의 담론(영향력이 있는 담론)이 이중적으로 거부
된다——신념의 동어반복을 강요하는 힘의 담론으로, 실효성과 의미
제한의 영향하에 사람을 사물화하는 힘의 담론으로 이해됨으로써. 이
시점에서의 문제는, 대상에 대한 언어적 우위에 관한 문제나 대상에
대한 추론적 표상에 관한 문제가 더 이상 아니다. 이런 난해성이 보존
된다 할지라도, 역량과 행위에 대한 이용이 형상화된다 할지라도 언급

---

37) G. Didi-Huberman, 《우리에게 보이는 것, 우리를 보는 것 *Ce que nous voyons,
ce qui nous regarde*》, *op. cit.*, p.125 et sq.

된 융합은 커뮤니케이션(의사소통)의, 그리고 독해상의 명백한 기호들로 제공되는 바이다——이 명백한 기호들은 의미 제한 작용의 반대이다: 정체성의 지속성; 타자의 인용과 자서전의 명확성; 두 개의 다른 시간대——먼 과거의 시간, 현재의 시간. 달리 표현하자면 작품에 표현된 명백한 사실과 결정 불가능성에 관한 경험의 표출, 독자의 관점에서 보아 똑같은 명백한 사실과 동일한 경험은 결정 가능하고 관례적인 기호들과 분리될 수 없다——여기서 결정 가능하고 관례적인 기호들은 앞에 언급된 융합의 작용과 반대되는 것이다.

기념비적 작품에 관해 제2장에서 규정되었던 이중성에 관한 일종의 수정(修正)이라고 할 수 있는 작품이 갖는 이러한 이중성은 기능적인 차원에서 이중적으로 해석될 수 있다. **첫번째 해석**은 조르지오 아감벤[38]의 견해에서 얻어진 전환 명제이다: 작품은 이중의 측면을 갖는다——작품의 생산적인 측면과 수용적인 측면이 예술적 이미지에 관한 측면과 미학적 판단에 반영되는 작품의 이미지에 관한 측면으로 전환된 것이다. 조르지오 아감벤에 의해 이처럼 규정된 이중적 측면은, 작품이 문학의 잠재적 가능성에 귀착시키는 일종의 자율성에 의해 문학적 의미 제한(과도한 의미 규정)과 불명료성을 구축하고 이해케 한다는 것을 가정해 준다. 역량과 행위의 형상화라는 가설에서, 결정할 수 있는 것의 결정 불가능한 것이란 작용에서 작품은 하나의 확실한 대상으로, 또 가능한 대상으로 제시되는 바이다. 작품은 작품이 주제화하는 것에 대한 모방이다.

두번째 해석: 따라서 불명료함의 기호들은 모순 없이 결정 가능한 기호들 안에 포함된다. 불명료한 기호들은 결정 가능한 기호들의 역량과 같은 것이고, 이 기호들에 의해 생성되는 것과도 같다. 이것은 다음과 같이 표명될 수 있다: 결정 가능하고 관례적인 기호들에 대한 재인

---

38) G. Agamben, 《내용 없는 인간 *L'homme sans contenu*》, *op. cit.*

식은 이 기호들·관례들을 위반해 볼 필요가 있다는 뜻이다. 문학은 여기서 효율성 자체에 의해 간주되는 것이 아니다. 왜냐하면 문학이 역설적으로 위반적인 궁극성과 관련된 것이기 때문이다: 즉 결정 가능한 성향을 해체하지 않은 채 이 성향과 결별하는 것이다. 이 궁극 목적성은 문학 자체에 의한 문학적 규정을 가정하지 않을 뿐더러, 사회적·도덕적·예술적 규범에 대한 실천과 재인식에 입각하여 특징지어져야만 했던 주체와 타인에 의해서도 문학적 규정을 가정하진 않는다. 따라서 의미 제한의 작용들에 입각하여 계속해서 행해지고 변질되면서 또 우리 자신의 이타성(이질성)——추론적인, 상징적인, 재현적인——을 변질시키면서 재생되는 문학적 **예외**를 문학만의 특징과 혼동해선 안 된다. 문학만의 특징이란 것은 다른 담론들, 다른 추론적 형식들, 다른 상징들과의 차이점으로서 문학 자체에 의해, 혹은 문학이 아닌 것에 의해 끊임없이 확립되어지는 것이다——그렇지만 이 **차이점**은 문학의 자체적인 결정 가능한 성향에 따른, 그리고 이 다른 담론들이 갖고 있는 결정 가능한 성향에 따른 것이다. 결과적으로 문학만의 특징은 정의될 수 있다: 이 특징은 명백한 것이고, 이 명백성에 의해서 문학은 문학이 부분적으로 연관될 수 있는——즉 사회적 규범, 형식상의 규범, 어떤 관례——어떤 총체를 벗어나기 위한 것으로 제시된다: 문학은 결정 불가능한 것과 결정 가능한 것의 표출인 까닭에, 문학만의 명백한 특징은 문학이 문학 자체 내에서 구현하는 것이다. 이러한 문학만의 특징과 이 특징의 형상화 덕택에 문학은 전환적인 효과들——결정 가능성에서 결정 불가능성으로의, 또는 결정 불가능성에서 결정 가능성으로의 이동——에 대한 특별한 표출로서, 동시에 전체적으로 공인된 것——결정 가능한 기호들·관례들[39]——에 대한 표

---

39) P. Livet, 《가상의 집단 *La communauté virtuelle*》《행동과 의사소통 *Action et communication*》, Combas, Éd. de l'Éclat, 1994, p.271 et sq.

상으로서 제시되는 것이다. 문학은 일종의 딜레마에 관한 언어적인 표상이다: 보편적인 것 그리고 관례가 단지 결정 가능성으로 인식되지 않으면서 차이점이 보편적인 것으로 다시 인도되고, 위반이 관례로 다시 인도되는 것. 결정 가능한 것, 보편적인 것, 관례는 작품의 이중성——역량과 행위의 형상화——이 구축하는 공동의 장을 지시하는 방식들이 아닌 것과 마찬가지로 전환점들의 사용에 대한 한계가 아니다. 이 공동의 장은 총괄적인 작용에 의한——개방적이고 종합적인 기능을 갖는 의미 제한의 작용, 이 의미 제한에 의해서 모든 것들을 포함하고, 배제하고, 예측할 수 있다——모든 전형화에 대한 거부로서 정의될 수 있고, 또한 모든 것들에 대한 희미한 정의를 규정하는 선택으로 정의될 수 있다.

레이몽 크노의 경우에서 이해되는 것은 다음과 같다: 표상의 지속성(항구성)에 의해, 결국 결정 가능성에 의해 표상의 대상을 변화시키는 것이다. 《난처한 일》에서 프랑스가 모든 변화의 장소이고, 따라서 역량과 행위의 형상화가 만드는 공동의 장임을, 즉 수용 가능성을 근거로 하여 결정 불가능성과 결정 가능성의 공통된 해독임을 알 수 있다. 게르트루드 스타인의 경우에서 이해되는 것은 다음과 같다: 그의 저서 《앨리스 B. 토클러스의 자서전》이 잘 보여주는 바와 같이 타자는 거의 이근동류어적인 작용에서, 자서전의 속표지 위의 인용구일 뿐이다. 결정 불가능한 성향은 준(準)이근동류어적 구성에 의한 것이다. 결정 가능성은 두 개의 고유명사이다. 이 자서전은 두 이름간의 협조를 전제로 하는, 두 고유명사 사이에 있는 전환점들의 효과에 대한 지속적인 해설이다. 실제로 게르트루드 스타인의 자서전은 두 여자들이 협조하는 이야기를 보여주는 두 여자들의 자서전이다. 여기서 새로운 결정 가능한 기준들이 끌어내어져야만 한다——특히 이러한 협조에 부합되는 기준들. 카를로스 푸엔테스의 작품, 《크리스토프와 그의 알》의 경우: 비동시대적인 것들의 동시대성——신대륙의 발견, 멕시코 혁명, 1992년——을 중요하게 받아들이는 것은, 한편으론 기호들과 수용 가능한 역사적·시간적 협약들을 스스로에게 제공하는 것이고, 다른 한편으론 결정 불가능성으로, 정확히 말해서 이 순간들 각각은 불완전한(오류 있는) 시간——이 각각의 순간 이전에 신대륙의 불완전한 시간일 뿐인——으로 스스로에게 제공하는 것이다. 바로 여기에는 식별된 것으로서의 시간이 존재하고, 또한 시간과 역사를 생산하는 요소로서의 시간이 존재한다. 그렇지 않으면 불완전한 시간은 현재의 순간까지 시간들을 식별하는 행위 자체에 있어서 진행중인 현재인 것이다. 공동의 장은 결정 가능성 안에서 결정 불가능성 덕으로, 새로운 결정 가능한 지표들을 창작하는 행위에 의한 것이다. 이 이야기들은 물론 문학적 이야기들이다: 문학을 구분함에 있어서 문학만이 갖는 특징은 새로운 지표들, 담론들·재현들·상징들에 대한 발명인데, 결정 가능한 것들에 의한 협조의 방식일 뿐인 결정 불가능한 성향 안에서 이루어지는 것이다.

이처럼 **예외**(exception)와 **차이점**(distinction)을 분리하거나 대립시키는 것은 문학이란 이름이 아닌, 문학에 부여될 수 있는 특별한 이름을 초월하여 존재하는 하나의 문학을, 또한 단정적인 의견들을 수용할 수 있고 특정한 총체들——문학적이든 아니든 간에——과 결부될 수 있는 하나의 문학을 겉으로 드러내 주는 것과 같다. 이러한 예외와 차이점의 분리에 관한 암시와 명시는 현대 비평에서 문학의 효율성이란 가설에 입각하여, 그리고 이 가설의 부재에 입각하여 끊임없이 사용되고 있다. **예외**에서, 문학이 함께 놀 수 있는 문학의 타자는 명백하게 가정되어 있지 않다. 효율성에 의해 문학은 어떠한 것에도 동화되지 않는 것처럼 보인다. 이것은 확실히 해방(자유화)의 형태로서 해석될 수 있다: 담론들을 모방하면서, 담론 자체이면서 문학은 모든 담론을 거부할 수 있고, 담론들의 일상적인 적용으로부터 우리를 해방시킬 수 있다. 하지만 이것은 또한 담론 자체적인, 담론 자체를 위한, 담론의 권한과 효율성에 따른 담론 훈련으로 해석되기도 한다.

이같은 거부와 그 궁극 목적성들, 그리고 그 결과들에 관한 간결하고 극단적인 예가 있다: 롤랑 바르트의 저서 《사드, 푸리에, 로욜라》[40]가 그것이다. 문학은 앞으로 다가올 역사의 육체, 모든 열정, 그리고 모든 움직임과 신 자체를 내포하는 한 언어의 발명일 수 있다. 종교적 체험에 대한 표현은 특히 명확한 의미를 지니고 있다. 본래 결정 불가능한 종교적 체험은 문학적 체험과 비교될 수 있다. 왜냐하면 문학적 체험은 그 자체가 결정 불가능한 성향이기 때문이다. 이 두 가지 모두 수용 불가능한 한 언어의 발명이란 특징하에서 말해진다. 왜냐하면 이 것은 문학 작품의 언어인 사적인 언어이고, 단정할 수 없는 것에 적용되는 상징적인 언어이기 때문이다——단정할 수 없는 것은 신과의 대화와 환상의 대상이다. 동시에 이러한 결정 불가능성은 유토피아라는 구실하에, 현재의 추방과 조화를 이루고 있다——푸리에에 관한 에세이가 이것을 보여준다. 문학의 예외적 상황은 효율성에 결부된 의미 제한이란 기능의 도움으로, 수용 불가능한 것과 수용 가능한 것의 용도의 도움으로 부정에 의해 재해석될 수 있다. 이처럼 문학의 힘이라는 결론에 도달하게 된다: 타자에 대한 힘, 시간과 역사에 대한 힘, 신 자체에 대한 힘. 이 문학은 하나의 언어 창조를 통해 문학이 스스로에게 부여하는 의미 제한(과도한 의미 규정)의 문학 자체이다. 이 과도한 의미 규정에서 결정되어서도 안 되고, 결정 가능한 기준들의 영역 안에 있는 변수와 같은 것을 사용해서도 안 된다. 창작은 창작 자체를 위해, 이 창작의 의식과 실행에만 입각하여, 표현되고 이해된다.

이러한 관점에서 놀랄 만한 것은 20세기의 문학과 비평이, 결국 효율성의 이용을 문학의 위상에 대한 성격 규정으로 이동시키는 요인인 결정 불가능성에 끊임없이 몰두한다는 것이다. 이 시점에서 다음과 같

---

40) R. Barthes, *Sade, Fourier, Loyola*, Paris, Le Seuil, 1970.

은 패러독스가 남게 된다; 문학이 표출되고 그 자체로 고려되는 결정 불가능한 것에 매달리게 될 때에 문학과 문학 작품은 결정 불가능성이 아니라면, 그 문면 안에 문학과 작품이 아무것도 나타내지 않는다는 것을 규정하지만, 이 결정 불가능성이 있을 수 없는 작품의 의식을 가정하고, 말하고자 하는 것(즉 단정할 수 없는 것)을 가정한다고 규정하고 있다. 수사학의 미화(美化)와 시화(詩化), 비유법(trope)들에 부여된 특권, 그리고 이것들에서 유래하는 언어의 자의성에 관한, 또 문학이 갖는 언어적 폐쇄성에 관한 논쟁들은 효율성이란 영향하에, 문학적 규정들에 관한 유형학의 발전과 결정적 동향을 명확하게 보여주고 있다: 비유법은 일종의 구현된 의미론인데, 이 의미론은 의미 제한으로 인해, 의미론적 행위를 위해 바로 가변적일 수 없고, 또한 의미(sens)와 무의미(non-sens)의 가능성들을 집결시킨다. 화자(내레이터)가 주는 신뢰도 혹은 신뢰도의 결여와 관계된 소설적 예증들, 또 이 신뢰도와 신뢰도의 결여에 대한——결과적으로는 거짓말과 진실에 대한——비평계의 의문 제기들은 사실상 작품이 갖는 의식이란 가설과 효율성의 기능 안에서의 폐쇄성을 보여주는 것이다. 시에서 주체의 양면적인 묘사들에서도 이와 같은 것이 나타난다.

　문학이 하나의 의식으로 거의 인식되건, 문학이 효율성으로 인해 문학 자체 내에 있는 일종의 모순이건 간에 문학이 결정 불가능한 것으로 인식되는 것이——바르트——뜻하는 바는 다음과 같다; 문학은 변함없는 수사학적 기법의 결과들 안에 여전히 받아들여지고, 문학은 환상 문학, 공상과학 소설, 그리고 탐정 소설, 이근동류어적 시에 관해 강조되었던 단순한 이분법과 단순한 연관성을 구축하지 않는다: 이것은 세상과 인간이 만드는 두 개의 맥락이 보여주는 단순한 이분법과 연관성이기도 하다. 결정 불가능한 것은, 현실의 문제와 전형화의 문제라는 식으로 나누어지는 두 상황들간의 연관성에 관한 문제일 뿐이다——만약 세상이란 상황이 '자유분방한(at large)' 세상이란 상황이자 동시에 사회적·인류적 총체들의 상황이라고 한다면 말이다. 이 문제는 문학이란 문제를 재조명할 것을 강요한다. 문학은 언어일 수 있고, 또 문학은 특징들로서 우리가 문학에 습관처럼 부여하는 모든 것 혹은 부여하지 않는 모든 것일 수 있다. 만약 우리가 문맥들의 사용과 접목을 고려하고, 결정 불가능한 것과 결정 가능한 것의 사용과 접목을 고려한다면, 문학은 또한 가장 광범위한 담론들의 양자택일과 담론들의 가장 일반적인 인식을 제시해야만 하는 주체이기도 하다. 변함없는 수사학적 기법은 정확히 이와는 반대이다. 인간과 세상 공동체를 그려내기 위해선, 언어와 주체가 함께하기만 하면 된다는 식의 발상은 부질없다. 왜냐하면 이것은 인간과 세상 간의 연관성을 의미하지 않기 때문이다——따라서 주지하다시피, 언어의 역량을 갖는 문학은 세상에 부재하는 문학으로도 말해질 수 있다. 문학은 서로 관련이 없는 여러 관점들의 명시 위에 구축될 수 있는 것이라 강조하고, 문학이 자체적인 자기 반성성을 그리고 그 절차들을 그리고 변별적인 체계들을 단일성으로 국한시키지 않으면서 재현하는 방식들로 바꿔 버린다는 것을 강조하는 게 더 유용하다. 이것은 또한 다음과 같이 표명될 수 있다: 세상과 타인들에 대한 재현들이 우리가 세상과 타인들과 함께 계속해서 살아갈 수 있는 방법들에 대한 재현들이라는 범위 내에서만 우리는 세상에 대한, 또 타인들에 대한 이야기를 쓸 수 있다. 이러한 상호 의존성이 가장 광범위한 담론들에 대한 양자택일이란 필요성과 거기에 관한 가장 일반적인 인식들에 대한 필요성을 야기한다: 인간들이 여러 세상들의 재생산, 또 그네들 세상들의 재생산, 그리고 그네들 자체의 재생산을 추구해야만 한다는 가정하에서 말이다. 바로 여기에 **미메시스**와 그 기능에 대한 정의가 형성된다. 또한 바로 여기에 예술에 대한 암시적인 성격 규정이 형성된다: 앞에 언급된 양자택일과 그 재인식의 구체적 형상을 제시하는 것이다. 또한 역량과 행위라는 이중성에 입각한 시간과 역사로의 접근이 존재한다——이로 인해서 우리는 역사성을 언급한다. 효율성이 전제로 하는, 이 효율성에 의해 해체되는 문제 제기로의 변함없는 접근은 문학적 모순들을, 다시 말해서 이 **미메시스**의 방식들 자체를 강요한다.

제5장
문학의 또 다른 무대

사실주의와 형상성[1] 간의 상호 의존성. 영화 영역을
통해서 보는 역량과 행위의 사용

문학이 구축되는 것에 밑거름이 되는 명백성이 존재한다. 그것은 예외적 상황의 문학에 관한 문제이자, 예외적 상황을 벗어난 문학에 관한 문제이다: 문학과 문학 세상들에 의미를 부여하는 참고적 기준이 내포하는 보편성은 이 세상이 갖는 기준들의 총체를 포함할 필요는 없다; 이 보편성은 문학 코드가 무엇이든간에 문학 코드에 이르도록 강요하지 않는다——그래서 예외적 상황의 문학은, 문학이 언어의 역량에 복귀한다는 의견을 제시한다. 여기서 단지 이해해야 할 것은, 이중적 기법에 의해서만 문학적 재현과 전형화가 존재할 수 있다는 것이다: 여기서 말하는 이중적 기법의 첫째는, 재현된 세계들의 자율성과 이 세계들간의 상호적 교류, 그리고 이 세계들과 문학 간의 상호적 교류와 자율성을 재현과 전형화 안에서 보여주고, 테스트해 보는 것이다; 그 둘째는, 문학은 문학의 권한에 의해 아무것도 배제하지 않으며

---

1) 이 저서에서 언급되는 '형상성(figurativité)'을 풀이하자면 구체적인 형상으로 만드는 행위이다. [역주]

아무것도 확인시켜 주지 않는다. 이 시점에서 이미 앞에서 언급되었던 예외적 상황을 벗어난 문학의 모든 예들을 강조해야만 할 것이다. 무엇보다도 지적해야 할 것은, 문학이 문학의 대상과 구축하는 것으로 이해되는 대면의 상황에서 문학은 항상 이중적 관점으로 존재하고, 혹은 더 정확히 말해서 다른 특별한 관점이 없는 일종의 문학적 관점으로 존재한다는 것이다――문학의 대상과 이 다른 세상은 필히 특정한 관점을 규정하지 않는다. 이로 인해 변함없는 수사학적 기법은 잔존할 수 없게 된다. 이 수사학적 기법은 다른 관점에서의 표상과 재현을 전제로 한다. 바로 그것이 전형화의 조건이며, 또한 추방을 실행할 수 있는 가능성이다: 문학의 힘은 전형화가 존재하기 때문에 실행된다. 영화로의 방향틀기는 지금까지 언급된 명백성들을 참작하고, 게다가 다른 관점이 없는 관점의 패러독스를 참작하는 새로운 수사학적 기법이 존재함을 증명해 주는 것이다.

20세기는 대면 방식의 예술이란 예를 제시한다. 이 대면 방식의 예술은 재현의 권한에 대한 온갖 사용으로부터 자유로운 재현의 무대를 구축하는데, 그것은 다른 관점의 확보를 배제하기 때문이다. 기계적인 촬영과 상영으로 인해서 영화는 사람, 또 사람들에 대한 표상을 제시하는 것이다. 마치 재현된 사람, 사람들을 관찰하려는 자가 아무도 없다는 듯이. 물론 영화는 관객을 제외하지 않는다――이 관객이야말로 마치 아무도 그러한 재현을 인지할 수 없는 것처럼 이 재현을 인지하는 자이고, 그러므로 이 재현의 수신인이 된다.[2] 바로 여기에 현대 문학에서 읽혀지는 견해와 정반대되는 견해가 드러나는데, 명확히 말해서 인간 형상의 소멸[3]이다. 영화는 자체적인 시간상의 거리를 지니는데, 그렇

---

2) S. Cavell, 《세상을 상영하기 *La projection du monde*》. 《영화의 존재론에 관한 고찰 *Réflexions sur l'ontologie du cinéma*》, Paris, Belin, 1999. Éd. orig. 1971.

3) 이에 대한 것은 미셸 푸코의 《말과 사물 *Les mots et les choses*》의 결론 부분에서 거론된 견해들과 확증들을 상기하면 된다.

다고 해서 영화가 제시하는 시간상의 거리가 광범위한 의미에서의 시간상의 거리, 즉 연대순적인 시간상 거리를 꼭 의미하는 것은 아니다. 그렇지만 관객의 시간과 영화에서 재현된 시간 간의 명확한 관계는 이루어질 수가 없다. 그러므로 관객의 시간으로 확실히 옮겨갈 수 있는 결말을 보여주는 방식을 통하여 영화상의 시간에 대한 재현을 보여주는 것이다. 과도한 의미 규정이란 기법은 여기선 확실히 거부된다. 카메라에 의한 전망인 카메라의 목표(지시 대상)는 어떤 이에겐 목표가 되지 못한다. 단지 카메라가 전해 주는 목표는 관객을 위한 목표일 뿐이다. 영화의 의미는 카메라의 관점과 동등한 것인데, 이런 관점은 관객의 측면에서 고려되는 관점은 아니다. 그렇지만 관객은 자신의 관점에 의해 영화를 감상한다. 카메라와 카메라가 보여주는 것은 연출가의 결정을 조건으로 삼는다는 사실은 이런 견해들을 깎아내리지 않는다: 카메라와 영사기는 객관화(대상화)의 방식들 이상의 의미를 갖는다——인간의 모든 관점에 대한 전환의 방식들(마치 말〔言語〕 돌리기처럼).

특별한 관점이 없는 영화의 관점은 세 가지 조건을 갖고 있다. 첫째, 촬영——촬영은 카메라 앞에 있는 것을 카메라에 주어진 움직임에 의해 촬영하는 것이다. 달리 말해서 촬영은 전적으로 영화감독의 권한과 결정에 따른다. 그러나 녹화는 기계적인 것이기 때문에 이 감독의 권한을 누군가에게는 낯선 것으로 보이게 한다. 둘째, 상영——상영은 기계적이며, 변질되지 않으며, 외재성(겉으로 드러나는 것)과 객관성의 완벽한 형상화이다. 셋째, 카메라의 관점이다——이 관점은 당연히 관객의 관점이 될 수 없지만, 관객이 가질 수 있는 관점에 적용된다. 영화의 성격 규정은 다음의 사항을 알려 준다: 영화는 영화 자체적인 상황에 의해서만 생각되어질 수 있는데, 이 영화 자체적인 상황이란 것은 정확히 말해서 어떤 사람에겐 전망을 제시하지 않는 목적을 제시하는 것이다. 그러니깐 영화에는 결국 이 '어떤 사람'에겐 무관한 또 다른 관점이 적용되는 것이다. 이 영화 상황 자체가 하나의 문제가 된다. 여기서 **미메시스**를 언급하는 것으론 충분치 않지만, 누구에게나 주어지는 전망이 아닌 목적의 사용이 야기하는 문제를 언급하면 된다: 시각적인 것은 당연히 받아들여질 수 있는 것이다; 이 시각이란 공동의 장에서 영화는 공연과 관객 사이의 갈등을 제시한다; 이 갈등은 시각적 것이 주는 당위성을 반대할 수 없다. 바로 이 시점에서 우리는 순수한 수사학적 기법의 확립을 보게 되는 것이다.

영화의 장면은 한 요인을 포함하고, 영화는 하나의 표상——영화 필름이 보도록 제시하는 것——을, 또 행위——상영——를, 보는 능력의 실행을 그리고 기억을 포함한다. 보는 능력을 언급해야만 한다. 왜냐하면 상영의 현실성은 보는 재능을 실현시키는 것인 양 작용되기 때문이다——이러한 보는 능력의 구현은 촬영이란 영화 조건과 유사할 수 있다. 비슷한 맥락에서, 기억 능력을 언급해야만 한다. 왜냐하면 상영의 현실성은 촬영된 것으로 인지될 수 있는, 기억의 보존을 실현하는 것인 양 작용하기 때문이다. 영화의 장면은 또한 하나의 궁극성을 포함하고 있다: 이 모든 것을 시각이란 공동의 장에서, 공연과 관객 간의 갈등 속에서, 이처럼 확립되는 양자택일의 사용이란 당위성 안에서 받아들임〔受領〕의 계기로 바꿔 버리는 것이다. 양자택일의 사용이 이끌어 내는 것은, 관객에 의한 영화 공연에 대한 재인식이 보는 행위의 능력에 대한 재인식이자 동시에 영화가 지니는 시간에 대한 재인식이며, 또한 자기 자신의 관점에 대한 재인식이란 견해이다.

이로 인해서 영화가 제시하는 모든 상황은 일종의 수사학적 기법이며, 그리고 이 수사학적 기법에 의해 영화를 감상케 하고, 또 영화 속에서 행위와 동인 기타 등등에 관한 문제를 포착케 하는 극적 기법에 의해 편집된다. 영화에서의 행위와 동인 기타 등등에 관한 문제는 감독과 관객이 가질 수 있는 권한을 벗어난다. 이것이 바로 눈에 보이는 사람과 지각할 수 있는 시간의 수수께끼 속에서 요약되는 것이다: 즉 시간성——영화가 보여주는 바로 그것인 시간성은 우리를 우리들에게서 사라져 가는 형상들에게 매어 준다. 이로 인해 시각적인 것은 시간적 갈등의 장이 된다. 이로 인해 원인과 결과라는 유일한 기능을 벗어난, 역사성(사실성)도 같은 방법으로 구현될 수 있다. 그러므로 상영된 영화는 "단지 가시적이고 테크닉과 메커니즘으로 축소할 수 있는 대상으로서의 존재라는 위상을 초월한다."[4] 이 초월성은 영화의 수사학적 기법으로 인식되어야만 하는데, 예외적 상황 안에서의 문학에 부여된 초월성과는 같은 것으로 인식되어선 안 된다. 영화에 관한 이런 견해의 관점에서 '다를 것 없는 다른 것' 의 사용에 대한 새로운 해설에 의거한, 사실주의와 형상화 간의 상호 의존성에 대한 새로운 해설에 의거한 역량과 행위의 분열이 드러난다.

사실주의와 형상성 간의 상호 의존성: 메타포: 모든 메타포는 첫머리 어구를 반복하는(조응적인, anaphoric)[5] 것을 조건으로 삼는다——첫 단어에서 비교하는 단어까지. 이것은 동인과 능력을 전제로 하고, 또 조응 기법이 구축하는 관점의 이용에 따른 행위의 문제를 전제로 하는 하나의 행위를 이끌어 낸다. 이같은 행위의 문제(조응 기법이 구축하는 관점의 이용에 따른 행위의 문제)는 메타포 형성 과정과 밀접한 관계를 맺는다. 메타포는 한 총체로 옮겨가서 생각되어질 수 있고, 이 총체는 메타포가 필히 전제하도록 하는 것이자, 또 메타포가 전제로 하는 것이다. 메타포는 단어들이 갖는 한계를 사용하는 것이자, 또 이 단어들이 만들어 내는 공유의 기능을 이용하는 것이다. 다른 특정한 관점이 없는 관점과 독자의 관점을 언급해야만 한다. 메타포적 텍스트를

---

4) V. Sobchack, Phenomenology and the Film Experience, L. Williams(éd.) 출판사에서 출간된 저서 *Viewing Positions: Ways of Seeing Film*에 실린 기사, New Brunswick, Rutgers University Press, 1994, p.51.

5) 'anaphoric(영)' 혹은 'anaphorique(프랑스)' 라는 단어는 언어학이나 수사학에서 '조응적인' 이란 형용사를 가리킨다. 이 말은, 한 문장에서 앞에 나온 단어나 어구를 강조하고 다른 단어와 비교하기 위해서 반복하는 것을 뜻한다. 이 단어의 명사형은 'anaphora(영)' 또는 'anaphore(프랑스)' 이다. 〔역주〕

좀더 광범위한, 그러나 텍스트상의 표현에선 가시적이지 않은 장을 전제로 하는 유희의 장으로 설명해야만 한다. 왜냐하면 이러한 유희의 장이야말로 메타포가 내포하는 것이기 때문이다——모든 메타포는 본래 숨겨진 메타포이기 때문에, 즉 본질 자체를 내포하는 것이다. 세 가지 다른 비유법(trope)들은 같은 논리에 의거하여 설명될 수 있다. 사실주의: 사실주의 또한 조응 기법을 조건으로 한다. 사실주의적 묘사에 있어서, 단지 묘사는 모방적(의태적)이어야만 한다고 말해질 수 없다. 묘사의 언어적 조건들을 초월하여, 묘사에 대한 이해와 묘사가 주는 효과는 재현의 대상에서 묘사로 가는 과정이 받아들여지는 것을 조건으로 삼는데, 이 과정은 단지 명사에 관련된 것일 수 있는 조응소적 표시에 의거한 것이다——이를테면 '의자'라는 단어가 이 조응 기능을 갖고 있다고 하자: 의자를 지각함에서, 또 이 지각을 의미함에서부터 의자에 대한 묘사에 이르기까지가 재현의 대상에서 묘사로 가는 과정이라 할 수 있다. 이러한 동향은 문학적 묘사와 실용적 묘사 간에도 똑같은 조응 기법을 가정한다: 이 가능한 연속성이 존재하기 때문에 묘사의 두 가지 유형이 공통적으로, 담론들의 유일한 무대와 세상이란 유일한 무대에 의해 이해될 수 있다——그렇지만 세상이란 유일한 무대는 묘사의 그러한 이중성을 허용하고, 또 가시적인 것을 재인식하는 수수께끼를 설명하도록 해준다.

이와 같이 형상성은 단호한 기능을 갖고 있다: 조응 기법을 거리감이 만들어 내는 연속성 안에서 거리감에 대한 확실한 사용으로 바꿔 버리는 것이고, 메타포의 표현들에 있어서 갈등을 전제로 하는 조응 기법의 과정을 명료하게 만드는 것이다. 메타포가 언제나 풀리지 않는 문제로 인식되는 것은 사실주의와의 상호 의존성을 반박하지 않는다는 것이다. 문학의 절차, 모든 문학 절차는 이 절차에 의한 작가와 독자의 참여를 전제로 한다. 이 문학적 절차는 진실을 추구하는 문제와 필히 연관된 것은 아니다——그렇기 때문에 문학이 진실과 관련 있는 것이라 말하기 위해서 현실에 의해 문학을 늘 정당화하거나, 문학이 진실과 필히 관련이 있는 것은 아님을 말하기 위해서 상상력에 의해 문학을 늘 정당화하는 것은 헛된 일이다. 이 문학적 절차는 인정되자마자 담론의 양자택일 상황들을 만드는데, 이 양자택일이 **폭넓게** 수용되기 위해선 꽤 다양하고 복잡해진다. 반면, 이 양자택일이 **보편적으로** 인정되기 위해선, 문학적 절차가 담론의 양자택일 상황들의 다양한 수치를 감소시킨다――여기서 공동의 장과 영화의 수사학적 장에 대한 견해를 다시 언급해야만 한다. 이 문학적 절차는 공동의 장과 이 공동의 장에 포함되는 갈등을 만든다. 형상성과 사실주의 간의 상호 의존성은 이러한 작용으로 이해된다.

이로 인해 시각적 연속체와, 인간의 맥락과 인간 무대의 연속체를 전제로 하는 환상 소설의 특징을 인간의 시야 확장으로 재발견한다. 알려지지 않았지만 눈에 보이는 가시적인 것과 시각적인 것은 여러 번 강조하는 바와 같이, 이 가시적과 시각적인 것이 갖고 있는 **복잡한** 성향만큼이나 표상(표현)하는 것이 불가능하다. 보르헤스는 환상 속 새의 그림은 단 한 마리 새로 표현된 여러 마리 새들에 대한 재현이라고 주장하면서 이 의견을 강조한다.[6] 바로 여기서 영화를 상기해야 한다. 이는 다른 특정한 관점 없는 전망에 대한 이용과도 같은 이런 기능은 사실주의에 대한 반대를 꼭 의미하는 것은 아니라는 점이다. 이탈로 칼비노의 《보이지 않는 도시》에 사용된 묘사들이 '보이지 않는 도시'란 묘사를 합리화시켜 주는 증인의 권한과 관점을 소개하지 않았더라면, 그 진행 과정을 드러내 주었을 것이다. 저서 《팔로마》를 통해서 이탈로 칼비노는 이 묘사들과 정 반대되는 이야기를 제시하였다: 만약 사실주의가 수많은 시선들에 의해 받아들여질 수 있는 세상의 사실주의

---

6) J. L. Borges, 《단테에 관한 아홉 개의 에세이 *Neuf essais sur Dante*》, Paris, Gallimard, 1987. Éd. orig. 1982.

라고 이해한다면, 또 이것이 바로 사실성(현실성)의 문제를 야기한다는 식으로 이해한다면 사실주의적 묘사는 복잡하게 만드는 성향과 분리될 수 없는데, 그러므로 형상성과 분리될 수 없게 된다――복잡하게 만드는 성향과 형상성은 시각적인 것(시각으로 인지하는 것)과 주어진 관점 간의 일치를 허용하지 않는다. 이 현실성의 문제는 환상 문학이 제시하는 명백한 우화를 떠나 추리 소설에 의해, 또 이근동류어적 시에 의해서 표명될 수 있다. **추리 소설**: 여러 동기들과 실마리들의 이용은, 폭넓게 받아들여지기 위해 많은 양자택일식의 양상들을 제공할 수 있는 것이며, 특징적으로 받아들여지기 위해서 이러한 다양성을 제한하는 그런 것이다. 여기에는 익명성과 고유명사의 사용이 있다. 이 고유명사는 익명의 인물에 대한 특별한 재현이 되는데, 이 익명의 인물에 적용될 수 있는 정확한 예측이 결여될 수도 있다는 가능성을 반박하진 않는다. **이근동류시**: 고유명사는 다수의 고유명사들이자 다수의 타인들일 수 있다. 서정시는 폭넓게 수용되기 위해 수많은 양자택일 양상들을 시인의 이름하에 소개하는, 그렇지만 시인만의 고유한 이름을 간직하는 시인 것이다. 왜냐하면 이 서정시는 특별한 것인 양 수용되어져야 하기 때문이다. 사실주의와 형상성 간의 상호 의존성이 특정한 문학 유형학에 해당하는 양자택일들에 대한 폭넓은 사용을 나타낸다는 의견은, 문학이 영화에 대해 규정되었던 수사학적 장과 동등한 것을 소유하고 있음을 나타낸다.

역량과 행위의 이중성: 영화를 벗어나 지각할 수 있는 시간과 역사성을 언급하는 방법이다. 여기서 다시 헨리 제임스의 우화 《성스러운 샘》[7]을 본보기로 들어야 한다. 이 '성스러운 샘' 이란 예가 주는 교훈은 제임스의 사실주의를 반박하고 동시에 《양탄자 속의 심상》이 제시하는 작품의 힘을 반박한다: 《성스러운 샘》에서 인물에 대한 묘사는 시간

---

7) H. James, *La source sacrée, op. cit.*

속으로 역행하여 들어가기이다; 시간은 주어진 인물의 젊은 시절로 귀결된다. 인물과 관련된 두 시간을 이용함으로써 이야기와 묘사는 이야기가 갖는 두 개의 중요한 특징들을 없애 버린다. 즉 재구성을 뜻하는 도구적인 것과 이야기는 시간을 그려냄으로써 이야기만의 시간과도 같은 것임을 설명해 주는 반성적인 것. 그림과 삶의 모습과 인접한 죽음의 가면에 대한 이야기는, 과거를 서술하고 묘사하는 것은 규칙성(일정함)들과 차이점들을 드러내는 것과 같은 것임을 보여준다: 기호들의 비상대성이 제시하는 차이점들과 이 기호들의 영속성이 보여주는 규칙성들이다. 이 이중성에 대한 확증은 깨질 수 없다. 이 이중성은 이야기와 글쓰기의 동향으로 해석된다. 이야기를 복원으로 정의할 이유는 없지만, 강조할 이유는 있다: 이야기는 이야기 자체가 갖는 양면성과 이야기를 표현할 때 드러나는 양면성을 강조하기 때문에, 이야기는 이야기 행위와 묘사들을 아득한 옛날의 것으로, 또 다양한 회상들로 제시한다――이것은 이야기가 이야기상의 현재와 분리되지 않는, 언제나 진행중인 기억임을 암시하기 위해서이다. 이야기는 이야기상의 현실 안에, 그리고 이야기가 제시하는 아득히 먼 시간 속에 동시에 존재하는 기호들의 공존에 대한 암시이다. 마찬가지로 영화에는 관점 없는 목표, 초월적인 시간의 가시성이 존재한다. 또한 기억의 소멸인 기억이 존재하며, 변화 없는 변화에 대한 재현이 존재한다. 역사는 변화에 대한 구상을 초월하여, 기호들의 동시성에 관한 표현 안에서 회상될 수 있는 것이 되어 버린다. 이것은 역사를 다시 그리는 것이다. 역사는 시간이 갖는 역량의 영향하에 말해진다는 것을 여기서 한 번 더 강조한다. 이것이 바로 이야기가 원칙적으로 지니는, 특히 우리가 이야기를 다시 형상할 때 전이 작용을 반박하는 것이다. 모든 이야기는 실제로, 이야기가 지니는 모든 묘사가 보여주는 바와 같이 시간상의 겹치기들을 통해서만 존재할 뿐이다. 이야기, 이야기 행위, 이야기상 묘사들은 일종의 양면성과 조화를 이룬다: 전이적인 계획을 제시하는 것,

이 계획은 이야기의 독단성에 대한 언급으로, 또 시간과 역사가 거둬들이는 **추측들**(imagines), 또 이중에서 글쓰기를 적용하는 데 적합한 추측——이를테면 《성스러운 샘》에서 인물의 초상——에 대한 재인식으로 이른다고 강조하는 것. 여기서 시간적·역사적 재현과 시간과 역사의 형상성 간의 상호 의존성을 언급해야만 할 것이며, 이 상호 의존성을 사실주의와 형상성 간의 상호 의존성이 해석되었던 방식대로 해석해야 할 것이다. 시간의 역량을 그린다는 것은 형상적인 것의 양상하에 시간을 제시하는 것이자——**폭넓게** 수용되기 위해선 충분히 복잡한 시간에 대한 재현을 산출하는 것——또한 이 형상적인 것을 역사적인 것, 즉 과거에 대해 증명할 수 있는 재현과 분리시키지 않는 것이다——그래서 **일반적으로** 받아들여지는 것이다. 공상과학 소설은 미래로 방향을 튼 이 기법(시간의 역량을 그리는 것)의 과장일 뿐이다. 결과적으로 이 기법은 순수한 상황[8]에 부여된 시간의 역량에 대한 형상화와 그 복잡성의 기능을 정확하게 이용하는 것이다. 다른 세상들에 대한 명백한 표현은, 영화에서 규정되었던 것과 같은 수사학의 장을 어떤 극단으로 가져가는 것이고, 역량과 행위의 사용을 명백히 규정하는 것이다. 결국 다른 것을 노리는 이 역량과 행위의 사용은 확실히 복잡한 양상으로 구성되었기 때문에, 이해할 만한 가치가 있는 것으로 남는다.

따라서 문학에선 두 가지 상호 의존성——사실주의와 형상성 간의 상호 의존성, 역량과 행위 간의 상호 의존성——에 의해, 가시적인 인간과 지각할 수 있는 시간의 불가사의가 설명되어질 수 있다. 불가사의가 존재하는 것은 가시적인 것과 시간에 대한 인용들이 보는 능력과 기억 능력을 가정하게 하는 그대로이기 때문이고, 또한 행위——묘사·이야기·글쓰기 같은 행위——표상——이러한 묘사·이야기·

---

8) '순수한 상황'은 미래를 의미한다. 〔역주〕

글쓰기가 제시하는 읽을거리——동인——작품 자체——그리고 궁극적인 목적을 가정하는 그대로이기 때문이다. 여기서 말하는 궁극적 목적이란, 이 모든 것을 갈등이란 공동의 장——이 두 가지 상호 의존성의 공동의 장——에서 받아들여질 수 있는 계기로 만들어 버리는 것이다. 이 궁극성은 복잡성을 이용——차이점들에 대한 체계적인 사용——하는 것을 조건으로 삼는다. 이같은 복잡성에 대한 이용은, 결코 눈에 보인 적이 없었던 것에 대한 표상을 근거로 한——환상 소설——결코 있을 수 없는 시간에 대한 표상을 근거로 한——공상과학 소설——고유한 이름, 수많은 고유한 이름들과 동일시되는 익명에 대한 표상을 근거로 한 있을 수 있는 추론들에 가해진 한계와 비교되어 해석되어져야만 한다. 상호 의존성은 사실상 문학적 표상을 복잡하게 만드는 방식이며, 문학 작품을 이중의 기능을 갖는 수사학의 무대로 변형시키는 방식이다: 한편으론, 표상의 문제를 고정시키는 것이다; 다른 한편으론, 이 표상을 이중적으로 이해될 수 있는 것으로 바꿔 버리는 것인데, 이는 충분히 폭넓은 수치의 양자택일에 의해서이거나, 혹은 이 양자택일들에 대한 제약에 의해서이다——여기서 꽤 다양한 양자택일들을 제약한다는 것은 사실상 상호 의존성의 작용에 의거하여 이 양자택일들을 재구성하는 것이다.

바로 이 시점에서 강조할 점은 메타포 안에서 의미를 상실하는 것에 대한 예측은 기능적이라는 것이다. 또한 바로 여기서 주장해야 할 것은, 만약 문학이 형상성과 사실주의 간의 상호 의존성에 대한, 혹은 가시적인 인간과 지각할 수 있는 시간의 표상에 대한 그러한 사용을 택한다면 문학은 자체적으로 합리화될 수 없고, 문학 자체의 합리화를 재현할 수 없다는 것이다. 자기 정당화를 벗어난 문학의 유일한 합리화는 사실주의와 형상성 간의 상호 의존성이란 기능 속에 있고, 그리고 이 기능의 복잡한 성향 속에 있다. 결국 이것은 문학이 문학 자신의 권한에 따르는 것도, 헌정의 결여에 따르는 것도 아니라는 것을 강조한다. 표상함에 있어서 꽤 다양한 양자택일의 방식을 사용하고, 표현하고 받아들이는 데 있어서 꽤 폭넓고 일반적인 방식들을 사용하는 것은, 표현 방식이 갖고 있는 가변성을 모든 대상과 주체에게 허용받을 권리를 주는 것으로, 그리고 이 가변성을 수사학적 안정성의 양상하에 소개하는 것으로 만들어 버리는 것이다──별다른 관점 없는 전망이란 패러독스의 패러다임을 만드는 영화라는 무대는 이러한 안정성을 구성하는 듯하다.

문학의 아포리아(논리적 난점)

현대 문학 비평은, 특히 해체주의적인 해석으로 보자면 문학의 아포리아(논리적 난점)들을 동반하는데, 주로 재현에 대한 관점과 언어가 갖는 모순들에 대한 관점에 있어서 그러하다. 현대 문학 비평이 갖고 있는 패러독스는, 비평이 어떤 명백한 이유를 위해 문학적 위상에 있어서, 문학과 언어와의 관계에 있어서 아무것도 변화시키지 않는다는 것을 인정하지 않는 데에 있다: 재현과 언어를 엄밀한 추론적 전략들에 결부하는 것을 제외하곤, 재현과 언어에 대한 비평은 우리가 말해 왔다는 사실과 우리가 언어를 통해서 타인들에 대해, 그리고 세상에 대해 무엇인가를 언급해 왔다는 사실을 전혀 변화시키지 않는다. 이 문학 비평은 일종의 징후로──근대 문학이 갖는 모순들의 징후──그리고 일종의 가면으로──이 모순들의 가면──이해되어야만 할 것이다. 그래서 많은 아포리아들이 존재한다. 그렇지만 이 아포리아들은 본질주의적으로 읽혀서는 안 된다──본질주의적 사고방식은 우리가 이 아포리아들을 언어에 결부시킬 때 우리가 만드는 그것이다. 뿐만 아니라 아포리아들을 사물화함으로써 이해해서도 안 된다──이 사고방식은 우리가 근대 문학을 이 아포리아들의 영속적인 예증으로 다룰 때 우리가 만드는 그것이다. 아포리아들은 변함없는 수사학적 기법의 조건들과 목적들이 갖는 모순들에 결부될 수 있다.

변함없는 수사학적 기법에 의해 세상과 주체들에 대한 표상이 객관적 인식론적 현실에 의거하여, 주관적 존재론에 의거하여 가정된다. 주체는 동시에 자기 자신의 담론·지식·진실·진실에 대한 담론, 그리고 이 담론의 결과에 관한 동인일 수 있다. 그러나 이것은 모순을 만든다: 인식 관점이 원칙적으로 변함없는 수사학적 기법 안에서 일반 담론과 분리될 수 없을 때, 의사소통 가능성의 작용과 진실의 작용이 야기하는 모순을 일컫는다(변함없는 수사학적 기법이 강조된 문학적 담론을 통해서 주로 실현되기 때문에, '원칙적으로'라고 말해야만 하는 것이다). 진리의 표출은 선별을 전제로 하는 것임에 반해, 일반 담론으로 인식하는 행위는 일반적인 전형화를 전제로 하는 것이다. 이 이중적 전개를 주체에 옮겨가는 것을 정당화하는 방식인 주관적 존재론은 이 이중성을 해체하도록 하지 않는다. 이것을 다시 표명하자면, 근대 문학의 수사학적 기법은 서로 다른 두 가지 관점을 조화시킬 수 없다. 이 모순에 대한 가장 단순한 독해는 관점, 화자 그리고 작가에 대한 문제에 근거를 둠으로써 형성될 수 있는 것이다. 작가는 언제나 가정된다. 즉 작가는 화자로 말해지기도 한다. 또한 작가는 화자의 관점으로, 인물들의 관점으로 말해지기도 한다. 이것은 객관성에 의거한, 객관성이 갖는 한계들의 강조에 의거한 표상의 작용으로 규정될 수 있다. 또한 이것은 효과적인 목표 없이 작가의 목표, 화자의 관점이라고 말해질 수도 있다. 이것은 선별과 일반적인 전형화의 모순을 부수지 못한다. 매번 주관적 존재론에 근거를 둔 재현의 목표가 갖는 이중성과, 이 이중성에서 떼어 놓을 수 없는 일반적인 의사소통 가능성의 가설이 존재한다. 해체주의적 비평은 다음의 불균형들을 의미(sens)의 영역으로 바꿔 버린다: 의미의 모든 관점을 배제하는 의미 작용의 목적; 모든 의도적 관점을 배제하는 의도적인 목적, 그리고 이 역설적인 목적을 일종의 진리로 규정하는 의도적인 목적.

　사실주의와 형상성 간의 상호 의존성, 효율성의 우위는 이 이중성
과 그 모순을 보여준다. 문학에 대한 일련의 성격 규정들이 보여주는
바와 같이 말이다. 순수 문학과 순수 문학에 대한 다양한 표명을 거쳐
가는 것은, 위에서 지적된 모순들을 벗어나 문학의 합법성을 마련하
게끔 한다. 이 문학의 합법성은 문학의 절차들을 통해서 설명되고, 문
학과 무관한 진실의 모든 문제를 배제한다──이로 인해 효율성이 갖
는 우월성이 확인된다. 인문사회 과학들이, 이 학문들에 대한 전적으
로 문학적인 해석에 있어서──마르크 오제·폴 리쾨르·리처드 로
티──문학에 대한 그러한 성격 규정에 이르게 되는 것은 주목할 만하
다. 마찬가지로, 문학의 절차와 진실을 동시에 전적으로 받아들이는,
이러한 사조가 문학은 오로지 문학만의 코드에 따른 모든 이와 모든 것
에 관한 인용이라고 규정하는 것은 주목할 만하다. 이 조건들 안에서
우리는 문학과 일반 담론 간의 근접성과 문학의 권리를 언급하는 모순
은 존재하지 않다는 것을 이해하게 된다: 문학은 문학의 규칙들과 절
차들에 의해 변형된 모든 것을 문학의 권리에 결부시킬 수 있다──문
학의 보편화는 문학의 특수화와 함께 가는 것이다. 바로 여기에 그러한
권리와 그러한 힘의 방식과 그 결과였던, 변함없는 수사학적 기법의
극단이 있다: 변함없는 수사학적 기법이 야기하는 문학의 보편화는 전
형화에 대한 정당화이다. 문학을 언어학적으로 인식하는 것은 이 모순
을 해결하기 위한 하나의 시도이다──언어는 공통된 것이며, 진실의
도구이며, 언어만의 진실이며, 전형화의 도구이며, 언어 자체적인 전
형화이다. 해체론과 연관된 비개념성은 재현의 목적이 갖는 이중성에
대한 해석과 확증이다. 이 시점에서, 힘의 관점에서 표명될 수 있는 변
함없는 수사학적 기법의 또 다른 모순이 발견된다.

　문학의 보편화와 특수화 간의 상호적 연관성은, 이러한 보편화와 특
수화의 실행 방식인──특히 자기 반성성에 의해서──변함없는 수

사학적 기법에 의해 우선 설명된다. 그리고 이 상호적 연관성은 다음의 사실들을 불가피한 것으로 만든다: 문학이 모든 담론을 또 하나의 다른 담론에, 그리고 문학만의 담론에 종속시킨다는 사실, 문학은 대개 모든 종류의 표현들에 민감해진다는 사실——그래서 문학은 모든 것을 언급할 수 있다——문학은 모든 종류의 사람들에 접근할 수 있는 것으로 제시된다는 사실——이 사람들이 문학적 담론들에 속하고 또 생산한다는 한에서. 이 보편화와 이 특수화를 통해 모든 종류의 사람들이 결국 문학 속에 연루될 수 있는 것이다. 문학이 만드는 표상과 재현을 평가하는 것이 더 이상 문제가 될 수 없다. 하지만 결국 보편적인 것과 특별한 것의 공통된 코드화인 문학을, 문학의 코드와 변함없는 수사학적 표현이 통치하는 태도와 재현의 영역들 안에서, 보편적인 것과 특별한 것에 대한 사용으로서 어떻게 나타낼 수 있는지가 문제이다.

이 시점에서 예외적 상황의 문학은 자체적인 최종적 아포리아——문학의 자체적인 힘이 갖는 아포리아——를 발견한다. 이 아포리아의 특징을 규정하기 위해서, 문학이 문학성의 영향하에서 언급되었다는 사실을 상기하면 된다. 언어학적·형태적 의미에서 규정될 수 있는 문학성은 문학적 추방을 상기하는 것과 떼어 놓을 수 없는 관계에 있다: 문학은 말하고 쓰는 능력의 당위성 안에서 의미와 외연을 일치시키게끔 시도한다——여기서 말하고 쓰는 능력은 언제나 이 능력 자체로 귀결될 수 있고, 외연된(겉으로 표현된) 것에 대한 포기와 불가분의 관계에 있다. 다시 말해서 예외적 상황의 문학은 끊임없이 결정 불가능한 것들을 제시하는데, 이 결정 불가능한 것들에 관해 문학 작품은 언제나 과잉 상태인 듯해 보인다. 이 결정 불가능한 것들 중에는 문학이, 작품의 의미론이, 작품의 상황이, 그리고 모든 현실이 있는 것이다. 이것을 아포리아를 명확히 보여주는 두 가지를 이해케 한다. **첫번째**: 문학 작품은 작품 자체를 자신만의 외연된 것으로 바꿔 버린다——이 외연된 것은 동시에 작품의 형태이자, 작품의 의미론이자 작품이 자체적으로 인정하는 상황인 것이다. **두번째**: 지금 언급한 바와 같은 실행 안에서 문학 작품은 자신만의 외연된 것을 포기하는 주체일 뿐이다——작품 자신만의 외연된 것이란 작품 자체가 지시하는 의미인 것이다. 이것은 헨리 제임스의 저서 《양탄자 속의 심상》에서 잘 드러나 있다. 따라서 문학 작품은 작품 자체의 견지에서, 모든 외연된 것에 대해 작품이 실천하는 포기를 규정하는 것이다. 여기에는 언어와 문학에 관한 표현주의적 사유가 주는 정확한 결과가 있다: 작품 자체는 언어와 문학에 대한 이 표현주의적 사유가 지니는 추방의 작용에 순응한다. 그래서 형태적으로 정의된 문학과 형태적인 정의가 이루어지지 않는 문학은 상호적인 관계를 맺게 되는 것이다. 이러한 모순은 문학 자체에서 인식되는 능력의 모순으로 여전히 이해되고 있다——바로 여기에 문학의 최종적인 아포리아가 존재하는 것이다.

이 최종적인 아포리아는 특히 수단 없는 끝과 끝없는 수단이란 패러독스에 의해서 강조된다. **끝없는 수단들**: 문학의 도구들은 쉽게 설명된다——형태, 음성적 의미적 수단들의 결합, 문체. 이 수단들의 끝의 부재 또한 쉽게 설명된다. 음성적 수단들과 의미적 수단들의 결합은 발레리를 통해 터득한 바와 같이, 음과 의미의 확실한 조화라기보다는 오히려 음과 의미 간의 상호적인 부조화에 대한 사용이다. 이 사용은 음성적 수단들과 의미적 수단들 간의 공유하는 궁극성을 금지한다. 형태적 수단들이 확실한 완성이고 작품의 궁극적 목적성을 나타내 준다고 하는 것은, 모든 문학적 이야기에 의해 이의가 제기된 가설인 것이다——여기서 알 수 있는 것은, 문학적 이야기는 '재현하는 세상' 과 '재현된 세상' 을 일치시킬 수 없고, '이야기' 와 '주제' 를 일치시킬 수 없다는 것이다. 언어적 수단들이 문체를 통해 이러이러한 작품으로 특정하게 인식될 수 있는 것은 아직은 불확실한 가설이다. 왜냐하면 담론들이 공통된 것들이기 때문에, 문체는 한 개인이 이 공통된 공간에 관련된다고 지시하는 요소로 정의될 수 있는 것과 마찬가지로, 이 공통된 공간을 코드화와 코드 해독화의 작용으로 옮기는 요소로 정의될 수 있다는 이유에서이다. 만약 문체가 결국 유일성(특이성)의 표시라고 한다면, 작가의 유일성을 드러내는 것과 텍스트에서 화자들의 유일성과 그네들의 형상들이 나타내는 유일성을 구별하는 것은 어렵다. 정의할 수 있는 하나의 종말에 입각하여, 작품이 선택하는 수단들이 종말의 도구들이라 할지라도 이 종말로 제한될 수도 없고 종말을 제한할 수도 없게 되는 이상, 작품이 작품의 특별한 수단들을 선택하는 법을 규정하는 것은 미묘한 문제이다. **수단 없는 끝들**: 만약 수단 없는 끝들을 제한하는 끝없는 수단들이 존재한다면, 수단 없는 끝들을 설명해야만 한다. 수단들의 결여는 쉽게 설명된다. 책은 특징을 규정지을 수 있는 단조로운 연속으로 구성된다. 그렇지만 책은 한 권 안에, 책에만 속하는 것이 아닌 기록적 텍스트들과 문학적 텍스트들에서 유래하는 '말해진 것'과 '예전에 말해진 것'들 같은 담론의 요소들로 구성되어 있다. 이러한 문학적 실현은 문학적·언어적 수단들로 제한된 일종의 백과사전일 뿐이다. 이같은 해석은 현대 비평에서 보면, 가장 진부한 상호 텍스트성을 참조하는 의미를 가질 뿐이다. 하지만 문학을 정의함에 있어서 타당성을 상실한 것으로 문학의 수단들을 규정지을 수 있다는 것에 더 큰 비중을 둔다. 이것은 다음의 결론을 짓게 한다. 이는 결국 "문학은 문학의 수단들이 지니는 불명료함 속에서 완성되는 의도일 뿐이다"라는 결론을 내리는 것과 같다. 이는 다음의 생각을 강조하면서 일반화된다: 문학의 실현에 있어서 문학은 문학이 스스로 제시하는 종말에 대한 의도(일종의 목적)일 뿐이다.

이것은 문학의 아포리아란 결과를 명시한다: 효율성에 관해서 강조되었던 것과 마찬가지로 문학은 행위의, 유용성의, 가치의 세계와 무관한 것처럼 존재한다; 그럼에도 불구하고 문학은 이 세계를 보존하는데, 이 세상이 담론들 속에 속해 있다는 한도 내에서, 문학이 자신의 끝없는 수단들과 수단 없는 끝들을 사용할 때 수단과 끝의 형상들로서 제시된다는 한도 내에서 말이다. 이것은 문학을, 담론들을 회복시키는 요소로 그리고 동시에 행위의, 용도의, 가치들의 우선권을 회복시키는 요소로 바꿔 버리는 것과 같고, 또한 문학이 끝없는 수단과 수단 없는 끝을 이용하기 때문에 담론들과 행위·용도·가치에 대한 재현들을 오로지 효율성의 영향하에 설정하는 요소로 바꿔 버리는 것과 같다. 달리 말하자면 19세기부터 비평과 마찬가지로 문학은 일종의 사물화와 과도한 의미 규정을 이중적으로 사용해 오고 있다. 끝없는 수단과 수단 없는 끝을 적용함에 있어서 문학은 담론들의 모든 사물화와 의미 제한(과도한 의미 규정)을 나타낸다——이로 인해서 우리는 문학의 비평적 능력을 정당화했다. 그리고 효율성을 통해서 문학은 모든 담론과 문학 자체를 사물처럼 표출하고, 또 담론들에 대한 의미 제한적인 요약과도 같은 담론으로 바꿔 버린다.

예외적 상황의 문학을 해석하는 방법은 결국 문학의 자체적인 표현 기능에 의거하여 문학을 생각하는 것이 아니라, 문학의 아포리아들로 존재하는 이유들에 의거하여 문학을 생각하는 것이다. 이 이유들 중에서 가장 중요한 이유는 불명확성——특수성을 정확하게 규정할 수 없는 문맥——과 명확성——작품이 제시하는 특별한 대상——의 사용 전환 안에 있고, 그리고 말로 표현할 수 있는 성향이란 특징하에, 또 마치 시간과 역사에 대한 능력을 인식하는 것처럼 표상적·재현적 능력을 동시에 허용하는 의미 제한이란 특징하에 설정된 객관성의 사용 안에 있다. 이 중요한 이유는 세 가지로 설명될 수 있다. **첫째**: 객관성과 의미 제한의 형상화에 의해서다——이 형상화를 통해서 문학은 모든 것에 대해 의문을 제기하는 가능성과 모든 것을 재현하는 가능성을 확립하는데, 인식론적 목적과 주관적 존재론, 그리고 전형화란 모순에 의해 설명되는 문학의 한계 상황과 관계를 끊지 않은 상태에서 확립한다. **둘째**: 재현을 사용함에 있어서 문학이 자체적으로 인식하는 합리성에 의해서, 그리고 이 합리성의 힘을 제한하는 과도한 의미 규정과 관련된 자유에 의해서. **셋째**: 객관성과 의미 제한의 사용에 의해 암시된 최종적인 관점에 의해서이다——여기서 객관성과 의미 제한의 사용은 암시적으로 혹은 명확하게 개괄적인 글쓰기 행위를 유도하고, 그리고 언어적 실현으로서의 문학을 문자 체계적인 실현의 새로운 것으로 생각하게 하며, 또 동시에 이 문자 체계적 실현의 완성으로, 그 종말로, 달리 말해서 사실성의 일반적인 특색들을 표현하고 이해할 수 있는 요소로 생각하게 하는 결과를 이끌어 낸다. 이 시점에서 이야기의 예변법적 기능과 궁극적인 말(파롤)을 강조해야만 한다——이 궁극적인 말이란 서정성이 고유한 말로 제시되고, 서정적인 관례들의 모음집으로 제시되는 한 서정성과 동일시되는 것이다.

작품이 자체적으로 인식하는 모든 의도는, 예외적 문학에 의해 실행되는 그대로의 의미 규정과 과도한 의미 규정의 사용으로, 그리고 포화된 상징의 적용이 전제로 하는 것으로 이와 같이 옮겨갈 수 있는 것이다: 포화된 상징의 적용이 전제로 하는 것은 문학이 갖고 있는, 문학의 자체적인 초월성에 의해 재현하고 의미를 나타낼 수 있는 능력이다. 이 이동은 이중으로 이해된다: 이성——의미 규정——에 의거하여, 자유——과도한 의미 규정——에 의거하여; 작품의 목적——재현처럼——에 의거하여, 비목적에 의거하여——포화된 상징의 사용처럼——; 의미에 의거하여, 그리고 무의미에 의거하여——이는 20세기의 문학에서, 이를테면 카프카에서 블랑쇼에 이르기까지 작품이 역설적으로, 또 명확하게 구성하는 의문 제기에 의해 쉽게 증명된다; 하나의 관점에 의거하여, 관점의 부재에 의거하여——이것은 관점주의들과 이 관점주의들에 필히 전제되어야만 한 일체성의 문제에 이르는 것인데, 이 문제는 특정한 관점의 부재와 같은 것이고 문학이 자체적으로 인식하는 자유와 같은 것이다. 기표·무위·해체의 문학과 비평은 이러한 모호함들과 모순들을 인정하는데, 이것들을 극단적으로 표명하면서, 그리고 작품의 한계 상황을 비작품의 상황과 동일시하면서 인정한다——작품은 의미 제한의 사용으로 인해 분류되지 못한다.

  합리성과 자유에 대한, 의미 규정과 과도한 의미 규정에 대한 앞에 온 설명들은, 포스트모더니즘과 문학의 종말에 관한 토론들을 계기로 현대 비평의 통속성을 설명하도록 한다. 미학적 관점에서 포스트모던 문학은 의미 규정과 과도한 의미 규정의 특징하에서 사유된다. 이 관점은 역사에 대한 사유와 밀접한 관계에 있는데, 이 역사에 대한 사유는 역사의 완성에 의해 고려되는, 다시 말해서 문학을, 문학의 종말을 바탕으로 하여 역사성의 일반적 특색들을 제시할 수 있는 것으로 바꿔 버리는 관점에 의해 역사를 생각하는 사유이다. 소설이라는 사실에 의해 기획되고 새로워지는 상호 추론성을 통해 공통된 역사와 문학사를 말하는 포스트모던 소설들은 예변법의 관점에 의거하여 제시되고, 이 관점과 이 관점에 결부된 상징적 상황들을 강조한다. 문학의 종말에 대한 표명은 더 이상 형태상으로 정의될 수 없는 문학이 하나의 행위임을 의미하고, 결국 문학에 대한 단언은 더 이상 문학의 기반에 대한 가치를 지닐 수 없음을 의미한다. 더 특징적으로 설명하자면, 이 표명은 의미 규정과 과도한 의미 규정의 사용을 극단적으로 실행한다. 이 표명은 별 다른 관점 없는 의미 사용과 전망 없는 목적의 사용에 의해 의미를 나타내는 단순한 능력에 문학을 동일시하는 것을 전제로 한다 ——예외적 상황 밖의 문학에서 사실주의와 형상성 간의 상호 의존성을 허용하는 것과는 반대로, 다른 세상에 대한 당위성을 주장하지 않으면서. 이 역설적인 문학은 문학의 사실성과 사실성을 나타낼 수 있는 것으로 제시된다. 왜냐하면 이 문학은 자신의 예외적 상황 속에서 충만하게 의미하는 종말 자체이기 때문이다. 사실주의와 형상성 간의 상호 의존성은 다음과 같이 다시 해석된다: 이 상호 의존성은 의미 규정과 과도한 의미 규정의 사용의 도구이다; 또한 사실성에 대한 표상의 방법이기도 하다. 따라서 문학은 담론들의 통합이란 양상하에, 그리고 의인법(prosopopoeia)의 양상하에 본보기로 소개된다. **의인법**: 만

약 작품은 관점으로 존재한다는 사실이 작품의 초월성이 될 수 없다
면——포화된 상징의 양면성을 다시 언급해야만 한다——작품은 필
히 하나의 완성된 관점을 작품의 관점으로 바꿔 버리는, 또 작품 대상
의 부재에 입각하여 말하는 담론인 것이다.

　이 모호성들과 모순은 20세기의 비평에 나타나는 해석 방식들의 선
택을 설명해 주며, 거기서 작가와 독자는 매수된 자인 양 존재한다고
설명해 주고 있다. 여기에는 현대 비평이 보여주는 일관된 주장에 대
한 합리화가 있는 것이다: 문학을 향한 일종의 적대감에 의해 문학에
대응하는 방식이 바로 현대 비평의 바탕이 된다. 이 반감은 효율성과
조화를 이루는 이타성에 대한 실용론을 파기한다는 생각에 결부되어
있다. 또한 문학에 대한 이러한 반감은 아주 다양하고 서로 대립되는
시학들과 미학들에서 발견될 수 있다. 그리고 이 시학들과 미학들은
세상에서, 문학과 일상적인 것 사이에서 나타날 수 있는 동등한 관계
에서, 그리고 순수 문학에서 가장 큰 효율성을 문학에 부여한다. 이 문
학에의 반감에 대한 지적은 역설적으로 보일 수 있다. 왜냐하면 작품
안에서 관점과 초월성에 대한 사용은 유한성에 대한 초월로서 이해될
수 있고, 뿐만 아니라 어떤 의미를 나타내고자 하는 의도로서, 자유에
대한 확신으로서, 역사(특히 앞으로 초래할 역사)에 대한 재인식으로서
이해될 수 있기 때문이다. 여기에는 기념비적 창작물과 문헌적 가치만
을 갖는 창작물 간에 존재하는 상대적인 폐쇄성에 대한 극복이 있을
수 있다. 사실상 이것은 바로 문학을 절대적 메타포로, 특히 역사와 시
간에 대한 절대적 메타포로 다시 규정하는 것일 수도 있다. 예변법의
우세함은 이러한 메타포에 대한 반박으로 이해될 수 있다. 그렇지만
이러한 반박은 문학의 예외적 상황을 해체하지 않는다.

　문학이 만드는, 담론의 장이 보여주는 단일성과 의인법은 불가분의
관계에 있다. 담론의 장이 보여주는 단일성은 담론들의 미(未)구분(담
론들에 대한 공유)을 전제로 한다——이것은 포화된 상징이 실현하는

것이다. 이 미구분은 시간적·결과적으론 역사적 재현에 있어서 시간과 역사의 미구분에 대한 상징 체계를 조건으로 삼는데, 이 상징 체계는 예변법과 종말의 관점에 대한 사용과 분리될 수 없다.[9] 문학이 담론들의 분류——특히 이 분류가 역사, 즉 시간과 불가분의 관계에 있을 때——가 초월된 것으로 전제함으로써만 그러한 수사학적 완성을 제시할 수 있다는 정확한 경우에서 문학은 의인법(활유법)이 되는 것이다. 그래서 한편으로, 언어를 작품의 조건을 결정하는 것과 또 의미 제한의 기능에 동일시하는 것은, 사실성과 시간성이 갖는 일반적인 성격들을 언급하도록 허용해 주는 종말에 대한 형상들과 분리되지 못한다. 그래서 다른 한편으론, 언어의 역량에 대한 재인식은 이 언어적 역량이 시간이 갖고 있는 역량으로서 재인식될 수도 있다는 사실과 분리되지 못한다.

이는 현대 문학에서 문학의 명확한 테마화 이전에, 서로 대등한 아주 다양한 방식들로 언급되었다: 빅토르 위고의 메시아 대망론을 통해서; 에밀 졸라의 역사주의를 통해서; 역사의 재개를, 즉 역사의 어떤 순간의 종말을 전제하는 혁명적 주제를 통해서; 현대 역사를 배제하지 않는 역사의 종말을 통해, 이 역사의 종말은 엘리엇의 《황무지》가 잘 보여주고 있는데, 시는 시간의 역량을 지니고 있다고 가정하고 있다. 현대 문학에선 발레리의 작품에 나타나듯이, 본질과 시간의 세상 간에 나타나는 대비가 가져오는 시간적 재현에 의해 테마화될 뿐만 아니라 다음의 방식들을 통해서도 테마화된다; 문학의 종말에 대한 확신을 통해; 무위의 문학 안에 나타나는 서술적 패러독스들을 강조함으로써; 해체론이 야기하는 시간의 연속에 대한 주장을 통해, 이 시간의 연속

---

9) 현대 문학에서 공통적으로 다루어지는 이 주제는 포스트모던의 영역에 속하지 않는 오로지 철학적이고 문학적인 표현들을 갖고 있다. P. Ricœur, 《역사와 진실 *Histoire et vérité*》, Paris, Le Seuil, 1955./F. Kermode, *The Sense of an Ending*, New York, Oxford University Press, 1967.

은 궁극성이 없지만 시간을 초월하는 담론을 전제로 하는데, 우리가 모든 담론이 갖는 시간에 관한 패러독스를 언급하려고 시도할 때 그러하다——시간에 대한 재현은 종말의 형상들과 분리되어야만 하고 모든 시간적·역사적 상징 체계에 대해 파괴적이어야만 한다. 다른 표현에 따르면 수사학적 기법의 규칙성은 과도한 의미 규정과 비교되는 것으로 규정될 수 있는 특수한 시간적 기법을 조건으로 삼는다. 의미하고자 하는 능력이 개별적 자료에 대한 예측, 또 말하고 싶은 의지의 테마화에 대한 예측과 불가분의 관계에 있는 것과 마찬가지로——여기서 말하고자 하는 것은 작품이 지니는 의미 제한의 기능 때문에, 말하고 싶지 않은 의지와 똑같이 표명될 수 있다——작품이 갖는 시간의 역량은 일종의 시간적 오용과 분리될 수 없다. 과도한 의미 규정은 시간과 역사에 대한 우의적 해석(allegorization)과 함께 진행되고, 문학의 실패와도 함께 진행된다: 문학이 의미 규정과 과도한 의미 규정을 실행한다 할지라도, 문학은 시간과 역사에 대한 재현을 합리성과 자유성에 대한 사용에 꼭 들어맞게끔 할 수 없다.

현대 문학은 이러한 실패를 보여주거나——사르트르의 소설들을 떠올리면 된다——혹은 이 실패를 극복하고자 하는 헛된 노력을 보여준다——돈 드릴로[10]가 자신의 소설들에서 발전시켜 나가는 리 오스왈드라는 인물에 대한 우의적 표현을 언급하면 된다. 첫번째의 경우에 있어서 자유성에 대한, 역사에 대한, 의미 제한의 사용에 대한 인식은 자유로운 재현의 대상이 될 수 없는 단독적 인물——주체——에 대한 일종의 예측을 나타내는데, 왜냐하면 이 자유로운 재현은 두 가지 방법으로만 형상화할 수 있기 때문이다: 역사와 집단에 의해서 작품이 지니는 의미 제한이 초래하는, 또 작가의 결정력이기도 한 의미를 나

---

10) Don DeLillo, *Libra*, Paris, Stock, 1989, éd. orig. 1988; *Outremonde*, Arles, Actes Sud, 1999, éd. orig. 1997.

타내고자 하는 의도에 의해서. 두번째의 경우에 있어서 역사적 인물, 즉 케네디 대통령의 암살자에 대한 우의적 표현은 역사 시간과 일치를 보는, 인물에 대한 메타포가 글자 그대로 해석된다는 것을 조건으로 삼는다. 이 작품들에서 언어의 성격을 규정하는, 의미 규정과 과도한 의미 규정의 사용은 다음의 사실에 반대적 입장을 취할 수 없다: 시간 안에서 어떤 것도 완전하게 재현될 수 없다. 의미 규정과 과도한 의미 규정의 사용은 결국, 시간과 역사에 대한 재현을 합리성과 자유성에 꼭 맞게끔 하는 데 있어 실패함으로써 동인들, 시간의 기호들, 그리고 역사를 지칭하는 명사들이 마음대로 교체될 수 있다는 것을 암시한다. 마찬가지로, 우리는 리 오스왈드를 엄밀한 특성으로, 그리고 역사의 전형으로 이해할 수 있고, 혹은 반대로 역사를 리 오스왈드라는 인물에게서 인식할 수 있는 특성으로 이해할 수 있다. 이것이 바로 예외적 상황의 문학이 갖는 마지막 모순인 것이다——이 문학이 변함없는 수사학적 기법을 충분히 사용한다고 가정한다면 말이다: 변함없는 수사학적 기법을 사용한다는 것은, 즉 자신을 말하는 것, 담론을 말하는 것, 사회를 말하는 것, 역사를 말하는 것, 시간을 말하는 것. 마치 문학이 모든 것을 문학 자체에, 또 문학이 나타내는 과도한 의미 규정에 동화시키기라도 하는 것처럼. 또 마치 문학의 사건들과 행위들은 연쇄성을, 시간적 연속성을 형상화할 수 있기라도 한 것처럼, 그리고 결국 문학 자체인 이 형상화와 언어의 역량과 시간의 역량을 합리화하는 것을 나타낼 수 있기라도 한 것처럼.

문학이 현실에 대한 의미와 무의미를 흡수하고 표출하는 일종의 존재론적 여분으로 제시되는 것——모방적 의미로 이해된 재현이 전제로 하는 것이다——은, 문학이 언어의 잠재력에 의거하여 제시되는 것은 문학이 그러한 모방적 성격 규정을 거부할 때, 문학 대상들과 역사와 시간과 대면 방식 덕택에 문학이 변함없는 수사학적 기법을 보존한다는 것이다. 이것은 19세기부터 초현실주의, 도스 파소의 소설들, 또

모리스 블랑쇼가 쓴 이야기와 에세이에 이르기까지 언급된다. 이것은
또한 마르크스주의 미학에 대한 **미메시스**에서 발견되는 모든 것으로
설명된다. 이는 결국 역사성에 관점의 근거를 두는, 역사 속에서의 재
난이나 절대적인 악에 대한 모든 상징 체계로 설명된다. 이러한 대면 방
식은 더욱더 피할 수 없는데, 문학이 문학의 동시대적 상황 안에서, 또
문학의 예외 상황 안에서 담론들의 장의 단일성과 의인법을 확실히 결
합시키기 때문이고, 또 문학이 과도한 의미 규정을 유도하기 때문이다.

문학이 스스로 인정하는 이 상황은, 문학의 자기 합리화라는 모순이
자 문학이 스스로에게 부여하는 힘의 모순인 자체적인 모순을 얻게 된
다. 이로 인해서 우리는 끝없는 수단들의, 또 수단 없는 끝들의 문학
에 이르게 된다. 이는 가장 큰 효율성을 문학에 부여하는 문학적 실현
들과 시학들에서 읽혀지고, 문학을 보편적인 것에서 가장 근접한 데에
위치시키는 문학 비평에서 읽혀진다——보편적인 것에 가장 근접한
것은 사실주의와 형상성 간의 상호 의존성을 축소하려고 하는 모든 관
점들이다.

인식적이고 논쟁적인 예측, 전복적 성향이 있고 비평적인 예측, 혹
은 위반적인 예측의 문학은 효율성의 문학으로 이해된다. 마르크스주
의 미학이 예증하는 바대로의 인식적 관점, 테오도르 아도르노가 예증
하는 바대로의 참여적 관점, 혹은 조르주 바타유가 예증하는 바대로의
위반적 관점은 작품의 위상에 대한 성격 규정을 직접적으로 요구하진
않는다. 이 관점들은 지식의, 담론들의, 인간의, 법칙의 표상에 대한
결과와 같은 것인데, 이 지식, 이 담론들, 인류학적 관점에서 고려되는
이 인간, 이 법칙 이외의 어떤 다른 배경도 갖고 있지 않을 뿐더러 강
요된 객관성에 근거를 두고 있다. 여기서 '강요된'이란 어휘를 사용해
야만 하는 것은 객관성이 실효성에 전적으로 연관되기 때문이다. 당
연히 이 객관성은 세상에 대한 지식을 문학 작품으로 축소시키는——
마르크스주의적 미학의 경우에 있어서——관점과 밀접한 관련을 맺

고, 언어를 언어 자체로 환원시키는——테오도르 아도르노의 경우에
있어서——관점과 밀접한 관계를 맺으며, 또 문학을 언어로 축소시키
는——조르주 바타유의 경우——관점과 밀접한 관계를 맺고, 예술과
문학을 왜곡된 제스처로 축소시키는 경향과 밀접한 관계를 맺고 있다.
매번 효율성에 의해 문학과 작품의 역량이 표출된다. 이 효율성은 문
학의 상황과 기능을 객관화하려는 노력에 상응한다. 여기서 문학의 상
황과 기능은 언제나 문학의 한계 상황에 의해 언급된다——문학의 한
계 상황이란 개별성의 형상화이자 상징적인 추론적 총체들의 형상화
이며, 문학 작품을 시간에 관한 또는 시간을 초월하는 그 무엇에 관한
관점으로 만들어 버리는 초월성의 사용에 의한 사실성에 대한 재현이
다. 비평적 관점에서, 문학 작품이 스스로 인정하는 이 초월성은 의미
규정과 과도한 의미 규정의 사용에 대한 유일한 답변이며, 변함없는
수사학적 기법에 꼭맞는 것으로 제시되는 방법인 것이다: 이 초월성은
변함없는 수사학적 기법의 결과——이 기법은 문학이 하나의 재현적
담론일 수 있음을 보여준다——를, 비평적 힘의 계기로 만들어 버린
다; 여기서 비평적 힘은 언어의 역량이자 언어의 보고로 인식되는 문학
이 갖는 힘과 대조적이면서도 또 동시에 유사한 문학의 힘인 셈이다.

문학적 아포리아를 연습하기

　문학에 대한 문제는 모호성에 이르지 않고, 문학을 의미 규정과 과
도한 의미 규정이라는 단순한 모순으로 바꿔 버리지 않는 문학적 관점
일 수 있는 것에 대한 문제이다. 매번 영화를 참조함으로써 증명되었
던 바대로의 수사학의 무대가 결여되어 있고, 결정 불가능한 것을 가
정해 주는 결정 가능한 것과 결정 가능한 것의 형상화가 결여되어 있
다. 결정 불가능한 것은 과도한 의미 규정의 사용을 벗어나, 가장 광범

위하게 사용되는 양자택일 방식들의 표출이다.

문학의 큰 장르들을 근거로 하여 규정되기 이전에, 이 결정 불가능한 것은 시간을 이용함으로써 설명될 수 있는데, 이 시간의 사용은 시간과 역사 속에 존재하고, 또 현재 진행중인 보통명사들의 형상화와 행동의 자유에 대한 형상화와 밀접한 관계에 있다.

이는 바로 같은 작가가 문학을 두 가지 대립적인 경향으로 이용하는 것과 같다——예를 들자면 카를로스 푸엔테스[11]의 두 저서, 《우리의 땅》과 《크리스토프와 그의 알》이 보여주는 대립이다. 《우리의 땅》은 역사에 대한 총괄적인 재현을 제시한다. 이러한 재현은 시제들의 일정함을 전제로 하고, 모든 순간들간의 상호적인 의미 제한에 의거한, 또 구세계와 신세계의 역사를 명확하게 해석하는 소설체적 동향 안에서의 역사 읽기를 전제로 한다. 만약 여기서 결정 불가능한 성향의 형상이 언급될 수 있다면, 이 형상은 시제들의 일정함의 구상에서 기인하는 것이다. 시제들의 균등성은 역사에 대해 과도하게 의미 규정된 재현과 밀접한 관계를 맺고 있는데, 역사에 대한 이러한 재현은 역사에 결부된 설명과 상징 체계 덕택에 역사에 대한 의미화와 재현인 듯해 보이는 것이다. 저서 《크리스토프와 그의 알》은 역사적 연대기를 역량과 행위에 대한 형상으로서, 실제 행해지는 공동의 모든 결정권을 반박하는 것으로서, 언제나 이미 시작된 것의 양상하에 역사를 알레고리화하는 것으로서 규정한다. 물론 여기서 역사에 대해 불충분하게 의미 규정된 재현도 정의될 수 있다. 그렇지만 이는 시제들의 균등성——동시대적이지 않은 것들의 동시대성——에 대한 구상이라는 결론에 도달하지 않는다. 왜냐하면 이 동시대성은 여기서 불충분한 의미 규정과 과도한 의미 규정의 사용을 요청하기 때문이다. **불충분한 의미 규정:**

---

11) C. Fuentes, *Terra Nostra*, Paris, Gallimard, 1979, éd. orig. 1975; *Christophe et sonœuf*, Paris, Gallimard, 1993, éd. orig. 1987.

멕시코 역사의 시초는 거의 성격상으로 규정될 수 없는 것이다; 멕시코 역사의 시초에 대해 물음을 제시하는 것은 오로지 신대륙 발견과 혁명에 대한 인용만을 요구하는, 너무 많은 답변들을 만들어 내기 때문이다. 신대륙 발견과 혁명에 관한 인용문들은 사실성이라는 기초적인 질문에 관련된 것이다. **과도한 의미 규정**: 과거와 현재에 의해 말해지는 역사는 동시적이지 않은 것들의 동시성에 의거하여 이해되는 사건들과 행위들로 가득 찬 이야기인 것이다; 역사는 역사적 무대가 야기하는 일상적인 문제들을 가지고 있다. 불충분한 의미 규정과 과도한 의미 규정은 비대칭적인 것으로 제시된 셈이다——이 상간에 있을 수 있는 상호적 이해는 존재하지 않는다. 역사는 역사의 비실현화에 관한 알레고리이면서 동시에 역사에 대한 확신의 알레고리인 단 하나의 알레고리만 가질 수 있다——멕시코 역사의 시작은 정확히 말해서 비현실적인데, 왜냐하면 그 시작은 과거이면서 동시에 현재 속에서 또 다른 현재로 존재하기 때문이다: 그럼에도 불구하고 멕시코 역사의 시작은 확실한 사실이다. 이는 역사는 일종의 허위라는 식의 결론을 내리는 것도 아니고, 역사의 재현이 있을 수 있는 허구일 뿐이란 결론을 내리는 것도 아니다——그러한 결론은 어쩌면 《크리스토프와 그의 알》을 너무 간단히 합리화하는 것일 수 있다. 따라서 멕시코 역사의 시작은 규정 능력이 없는 알레고리에서 정의될 수 있다는 결론을 내린다: 이 알레고리는 역사를 불명료한 성향하에, 또 동시에 명료한 성향하에 다시 나타낼 수 있도록 해준다——이는 역량과 행위의 대조인 셈이다. 역량과 행위는 **모체 안에**(in utero) 있는 화자인 인물의 형상 안에서 읽혀진다. 말하는 태아는 본래 있을 수 없다. 이것이 비실현성이라는 양상 하에 놓인 동시대적이지 않은 것들의 동시대성의 형상이다. 비실현성은 불충분한 의미 규정과 과도한 의미 규정의 사용을, 언어로 옮겨가는 모든 가능성을 벗어난 시간의 역량과 역사의 요인을 탄생시키는 개인의 역량을 구상하는 요소로 만들어 버리는데, 여기서 개인은 말하는 하나의 살아 있는 육체인 것이다——이 개인은 결국 다른 이들과 마찬가지로 역사의 역량이다——; 이는 비동시대적인 것들과 하나의 같은 공동체에 속하는 동인들, 그리고 낯선 동인들의 집합체인 역사라는 무대의 형상이다.

결정 가능한 성향은 여기서, 역사가 만드는 맥락을 정확하게 특징짓는 것이 불가능한 상황 속에서 요약되는, 결정 불가능한 성향을 바탕으로 하여 표명된다——역사는 불충분한 의미 규정과 과도한 의미 규정을 허용하는 일종의 불명료성인 것이다. 결정 불가능한 것은 결과적으로, 멕시코 역사를 보통명사들로 돌려보내는 행위 안에서 이루어지는 역사에 대한 보편적인 문제 제기인 것이다——그러니까 사람들이 흔히 알고 있는 신대륙의 발견과 혁명을 말하는 것이다. 결국 보통명사들은 멕시코 역사에 관해 말해진 모든 담론들의 총체이며, 최종적인 공동의 장이 되는 것이다. 그리고 이 공동의 장의 현실성은 이중적 형상을 하고 있다——역사성의 형상과 역사와 국가 발상지라는 보통명사들의 형상을 말한다. 여기서 담론들의 통합에 대한 해체를 언급해야만 한다——이 통합은 예외적 상황의 문학에 관해서 언급되었던 바 있는 보통명사들의 통합과 같은 것이다. 역사성은 역사에 대한 담론들의 불일치들이 지적되는 범위 내에서만 혹은 소설은 역사의 의인화가 아니라 소설에 기재되는 완전한 종말——이 단어는 궁극성 또는 완결이라는 것으로 이해된다——이란 가설을 반박하는 것이라는 범위 내에서만 말로 표현될 수 있다. 그럼에도 불구하고 혁명에 관한 확신이 있다. 이러한 이중적인 형상화 안에서 역사는 행동 능력과 일치된다는 확증에 동의하지 않는 의견 일치로서 이해해야만 한다. 여기서 해체주의적 비평의 습관적인 표현들에 대한 해체를 언급해야만 한다. 의미와 무의미를, 목적과 관점의 결여를 같은 가치로 이해하게끔 하는 것은 언어의 역량과 관련된 것이 아니며, 일련의 기표들과 기의들을 만드는 시간의 모순과 관련된 것도 아니다. 《크리스토프와 그의 알》의 화자는

모체 안에 있다——이는 힘의 반대는 아니지만 행위를 만드는 역량을 가리키는 무력의 형상이다. 역사성과 역사에 관련된 보통명사들은, 이 형상에 의하자면 역사에 대한 모든 추론들과 재구성을 제한하는 것이며, 결국 표현되어야만 하는 공동의 이미지인 것이다. 역사성은 결국 소설의 이야기에서 나타나며, 역사와 혁명에 대한 이미지들 속에서 나타난다. 이러한 표출 작용은 언어에 대한 표현주의적 이론과 문학의 예외적 상황에 결부된, 암호화와 암호 해독의 작용에 대한 정반대이다: 분명히 드러나지만 실제적 시간에 필히 속하는 것이 아닌 것에 의해서만 의미가 존재한다. 바로 여기에 시간의 역량이 갖는 영화적 재현에 해당하는 것이 있다.

혁명과 역사는 혁명에 대한 불충분한 의미 규정의 전개인 과도한 의미 규정, 또 역사에 대한 모든 담론들의 과도한 의미 규정에 대답하는 것이면서 동시에 역사는 계속해서 존재한다는 문제를 보장해 주는 과도한 의미 규정을 통해서만 설명된다. 우리는 예변법에서 벗어나 있다. 마치 예변법의 작용을 반박하는 힘으로 인식되는 이야기 읽기에 있어서, 오늘날 지배적인 세 가지 유형에서 벗어나 있는 것과 마찬가지로——기억의 역량이란 관점에 의한 이야기, 시간의 재형성화의 관점에 의한 이야기, 과거청산의 관점에 따른 이야기.[12] 이 경우들에 있어서 제각기, 기억의 의미 규정과 과도한 의미 규정에 의해, 시간을 다시 정립하는 주체의 의미 규정과 과도한 의미 규정에 의해, 과거 자체가 지니는 의미 규정과 과도한 의미 규정에 의해 이야기의 역량을 말해야만 할 것이다. 이야기에 대한 이러한 특성들의 제각각은 여전히 문학의 힘을 필수 조건으로 갖는다.

문학이란 문제는 결국 문학이 지니는 힘의 파열이란 문제를 뛰어넘

---

12) 각각 들뢰즈 · 리쾨르 · 폴 드 만에 의해 규정된 프루스트적 이야기의 특성을 언급해야만 한다.

어, 변함없는 수사학적 기법을 재사용하는 문제이다. 그래서 문학은 언어의 역량이자 시간의 역량이 더 이상 되지 못한다. 문학은 불충분한 의미 규정과 과도한 의미 규정의 사용인데, 왜냐하면 문학은 시간의 개념 안에서 행해지는 문학 대상들의 대답이기 때문이다. '다를 것 없는 다른 것'의 형상——메타포, 환상 소설, 공상과학 소설, 이근동류시 또한 역사 이야기 등이 이해시켜 주는 형상——은 시간적 양자택일의 형상이다. 따라서 문학이 보여줄 수 있는 역량과 행위의 기능을 다시 언급해야만 한다. 이 작용은 대상의 거리를 복원시킨다; 그러니까 어떤 예변법도 내포하지 않는 시간의 깊이를 복원하는 것이다. 이는 메타포에 관해서 이미 언급되었던 의미 상실에 대한 예측을 참조케 한다——이 예측은 대상에로의 근접성의 상실에 대한, 문학의 자제력을 형성하는 근접성의 상실에 대한 예측으로 말해질 수도 있다. 객관성을 배제하지 않는 대상의 거리감과 시간적 거리감은, 문학의 절대적 권위로 인식될 수 있는 표상과 전형화의 완전한 기능이 파괴되었음을 가정한다. 이러한 파괴는 인간과 작가의 형상인 언어에의 참고가 사라지는 것을 야기하진 않는다. 이 파괴는 지금 언급된 참고와 형상이 전적인 자기 참고적 작용을 벗어나, 문학을 통해 표현되는 것이라 할지라도 문학에 종속됨 없이 객관적으로 제시될 것을 요구한다. 이 시점에선 사실주의에 대한 거부가 필히 형성되는 것은 아니지만, 사실주의와 형성화 간의 상호 의존성의 또 다른 기능이 형성된다. 이는 우리가 영화의 장면과 똑같은 방식으로 이해되는 문학의 수사학적 장면에 관해서 이미 지적했던 바 있다.

예외적 상황의 문학과 역설적 수사학에 의해 아무나 재현하고 또는 무엇이든 재현하고 또는 누구나의 권리를 재현하는 문학, 이렇게 문학이 나누어진다. 이 재현과 관련된 역설적 수사학은 이미 영화를 통해 증명되었던 바 있고, 사실주의와 형상성 간의 상호 의존성의 작용을 통해 증명된 바 있는데, 이는 가장 광범위한 양자택일 양상들의 구상인 것이다. 이러한 문학의 분류는 이 상호 의존성의 두 요점들——소설에 있어서 사실주의, 시에 있어서 형상성——과 대개 관련된 문학의 두 장르들이 어떻게 발전되었는지, 또 어떻게 사유되었는지 그 발달과 방법들을 이해하게 해준다.

소설은 서술적 교류에 대한 표상을 필수 조건으로 한다. 이 표상은 이 교류가 원칙적으로 지니고 있는 타당성의 가설과 밀접한 관계를 맺는다. 이 교류는 소설의 수사학적 장면을 구성한다; 즉 소설이 모든 행동을 재현할 수 있고, 또 어떤 시간에든 어떤 장소에든 재현을 설정할 수 있으며, 또 어떤 현실에서든 씌어질 수 있다는 것을 설명해 준다. 결국 이것이 바로 장르에 있어서 소설의 타당성을 만드는 것이다. 소설적인 양면성, 정확히 말해서 고전주의 시대엔 사실적 이야기(역사)와 우화에 의해, 19세기부터는 사실주의의 모순들에 의해 언급되었던, 사실주의와 형상성 간의 상호 의존성이 보여주는 양면성은 이 일반적 타당성과는 반대로 작용하는데, 물론 이 타당성을 지워 버리진 않는다. 이러한 모순을 모면하기 위해서 소설은 2세기 전부터 소설의 허구적 양상을 강조함으로써 발달되어 오고 있다. 이 소설의 허구적 양상에 대한 강조는 소설의 자기 정당화——성찰적인 소설, 메타픽션——내지는, 일종의 극단적 허구——공상과학 소설——내지는, 소설 대상의 개성과 일반성을 동시에 전제하는 사실주의의 모순 자체——추리 소설——와 연관을 갖는다. 사실주의의 모순을 전적으로 이용하는 소설——추리 소설——과 허구를 전적으로 이용하는 소설——본래 존재하지 않거나 또는 예상할 수 없는 한 시대를 표상하는 것——은 서술적 교류가 가정하는 의사소통에 대한 생각과 어울리는 소설의 타당성을 확립하는데, 이는 결국 소설이 형성하는 생각에 의거한 것이다. 소설이 형성하는 생각이란 것은 다음과 같다: 미리 행해지는 성찰을 떠난 생각——소설만을 위해 부여된 외부 세계——성찰적 생각을 벗어나는 생각——소설의 양면성에 대한 표상에만 관련된 소설——그리

고 공상과학 소설의 장면들이 보여주는 바와 같이, 추리 소설이 익명
인 사람의 정체를 가장 협소하게 또 가장 광범위하게 확인함으로써 사
실주의의 모순을 소개하듯이, 같은 점과 차이점에 따른 생각 등이 소
설이 형성하는 생각들이다.

　주목할 사항은 시는 시가 지니는 정의를 내리는 데 있어서의 난해함
을 부정하지 않는데, 이 시적 난해함은 의미소통적 작용을 규정하는
것과 같다──시적 난해함이란 것은 리듬의 규칙성, 운율의 단위, 각
운, 음성적 구조를 강조하는 것, 비유가 풍부한 언어, 정서적 질서에
따른 수많은 의미소들을 포함하고 의미론적 영역들로 표현된다. 또한
주목할 사항은, 변함없는 수사학적 기법의 구현인 낭만적인 서정주의
의 해체를 바탕으로 하여 시는 사실주의적 동등성과, 한편으론 결정
불가능한 것에 대한 표현들 사이에서, 다른 한편으론 시의 언어적 위
상에 대한 인식 사이에서 동요하고 있다는 것이다. 시란 것은 시인을
이러한 망설임에 결부시키는 것이다. 이것은 시와 시인을 동시에 변
함없는 수사학적 기법의 표현되어진, 또 그 결과에 도달한 모순들의
모음집으로 만들어 버리는 것이다. 시가 이러한 조건들 속에서 쓰는
행위로 인식되고, 또 주체와 세상의 현상학에 결부되는 사실을 현상
학적인 개념으로 이해해선 안 된다. 그러나 변함없는 수사학적 기법이
필수 조건으로 하는 사적인 담론과 공동의 담론과 비슷한 것에 대한
사용을 떠나, 세상과 주체라는 무대에 대한 언어적 재구성에 의해서
이해되어야만 한다. 장 마리 글레즈[13]가 지적했던 바와 같이 시는 결국
세밀한 문학성을 전제로 한다. 시는 글자 그대로 읽힌다는 것을 이해
해야만 한다──이는 시어에 의해서, 시의 형상성에 의해서, 이렇게
구축된 장면에 의해서 시가 읽힌다는 것을 의미하는 것이다. 시가 이

---

13) J.-M. Gleize, 《난해함으로. 시와 문학성 *A noir. Poésie et littéralité*》, Paris,
Le Seuil, 1992, 제5장.

런저런 것의 이해할 수 없는 신비함과 시 자체가 지니는 신비함을 너무 자주 강조하는 것은 필히 어떤 난해한 신비로 결론짓게 하진 않는다. 그러나 눈에 보이는 인간에 관한 영화적 신비함(결국 난해성)과 비교하자면, 또 지각할 수 있는 시간과 세상에 관한 영화적 신비함과 비교하자면 효율성의 사용을 망치는 방법이 존재한다. 시적 사유와 시적 미학들이 지니는 명료함은 종종 이러한 난해성을 반박한다. 그럼에도 불구하고 쓰기와 읽기의 현실은 존속한다. 이로써 난해한 신비감에 대한 언급은 재해석되는 것이다. 이해할 수 없는 신비함은 담론의 양자택일의 상황에 의거한 쓰기와 읽기의 가능성이다——여기서 담론의 양자택일의 경우는 충분히 다양하고 복잡해서 광범위하게 수용되지만, 충분히 축약된 것이어서 일반적으로 받아들여질 수 있다.

문학, 현실을 문학적으로 구축하기, 미학적 양자택일과 문제성

19세기에 구축된 대로의 문학 영역은 오로지 문학 예술에 대한 생각과 실천만을 가정하진 않는다. 문학의 영역은 또한 역설적으로 철학적 수사학적 기법을 조건으로 삼는다: 이 영역은 힘의 실행과 동시에 자기 합리화의 실행을 허용하는데, 이 실행들은 원칙적으로 객관성과 모든 사물과 모든 이에 대한 재인식을 배제하지 않는다. 모순에 대한 명시와 그 해결 방안은 문학의 여러 유형들——예외적 상황을 벗어난——안에서 드러난다. 그리고 이 다양한 문학의 유형들은 이 모순을 그 극단으로 치닫게 하고, 또 가장 다양한 수용도 가장 일반적 인식도 배제하지 않는 담론의 폭넓은 양자택일의 경우들을 사적 담론과 공동 담론 간의 꼭맞는 조화와 바꾼다——게다가 이 두 담론간의 조화는 아주 다양한 방식으로 설명될 수 있는데, 이를테면 낭만주의적 서정주의에 의해, 개별적인 독특한 재현의 실현일 뿐인 사실주의에 의해, 공통된 지식에 의해서이다.

두 세기 전부터 경쟁적인 관계에 있는 문학의 두 유형들을 구별하는 것은 다음과 같은 사실을 강조하는 것과 같다: 한편으로, 예외적 상황의 문학은 현실의 자율적 구성——여러 구성 방식들 중의 한 구성 방식——으로 제시되는 것이다; 또 한편으론, 예외적 상황을 떠나서 문학은 그러한 구성으로 명백히 제시되는 것으로 보이지 않는다——이 근동류시, 환상 소설, 공상과학 소설 등에서 결론지어지는 구성 방식은 어떤 것일까? 이 견해와 이 질문을 통해서 이해해야만 할 것은, 여기서 예외적 상황의 문학에 상반된 문학으로 지적되었던 것은 가장 일반적인 의사소통 능력의 관점과 인식론적 관점 간의 결합과 단절한다는 것이다. 두 관점간의 이러한 결합에선 인식론적 관점이 근본이 되는 첫번째 관점(가장 일반적 의사소통 능력의 관점)의 수단이자 보조 역할을 한다——그렇기 때문에 환상 소설과 공상과학 소설에는, 우리가 갖고 있는 기술적 지식을 근거로 하여 얻어지는 기술적 지식이 될 수 있는 명료한 지식이 있는 것이다: 하지만 이 지식이 우리의 현실에서 어떤 사용 가치를 갖는지는 알 수 없다. 가장 광범위한 의사소통 능력의 목적은 다음과 같이 규정된다: 담론과 재현이 지니는 양자택일 경우들을 체계화하지 않기, 이 경우들을 예측하지 않기, 이 경우들을 내포하지 않기; 이 양자택일들을 체계화될 수 없기에 '다를 것 없는 다른 것'의 형상에 의해서만 규정될 수 있는 공통된 타당성에 의해 이해될 수 있는 것으로 만들어 버리는 것. 여기에는 포화된 상징이란 표현의 전환과 또 정정이 있는 것이다: 이는 외연의 부재 혹은 불분명한 외연을 암시하기 위해 복잡하게 표현되는 상징을 구축하는 문제가 더이상 아니다. 하지만 일반적 동의를 이끌어 내는 이 복잡한 방식을 소개하는 문제인 것이다.

이 일반적 동의는 명백하게 설명될 순 없다——환상 소설에 관하여,

공상과학 소설에 관하여, 동기들이 발견되는 추리 소설에 관하여 자신의 이름하에 보통명사들로 간주될 수 있는 일련의 고유명사들로 스스로를 소개하는 시인에 관하여, 이러한 동의에 대한 설명은 어떤 것일 수 있을까? 이 시점에서 객관성이란 문제로 되돌아가는 방법인 사실주의와 형상성 간의 상호 의존성을 이용하는 특별한 방식, 또한 담론들 간에 양자택일의 가장 광범위한 사용을 확립하는 특별한 방식을 강조해야만 할 것이다. 일반적 수긍은 결국 표명되지 못한다. 왜냐하면 이 수긍은 한편으론 객관성이란 문제로 되돌아가는 것이기 때문이고, 다른 한편으론 이 수긍은 문학 절차들에 의해서 전적으로 결정되고, 생성되기 때문이다——문학 절차들은 결국 객관성의 문제로 통하게 되고, 일반적으로 받아들일 수 있는 표상들에 의거한 재현, 그리고 보일 수 없는 것으로 또 경험할 수 없는 시대로 제시된 재현을 구성한다. 이 일반적 동의를 지향하는 문학 절차들의 효력은 역설적인 의견으로 설명될 수 있다: 진실이 될 수 없는 것에서 있을 법한 것을 증대시키는 것. 이미 언급되었던 바와 같이 이 견해는 믿음을 내포하지 않는다. 이 견해가 의미하는 바는, 예외적 상황 밖의 문학은 해결할 수 있는 것 같은 문제를 드러낸다는 것이고, 뿐만 아니라 문학은 문학적 절차라는 바탕 위에 허용될 수 있는 특별한 재현, 그렇지만 꽤 불명료한 내용으로 된 재현에 의해 스스로를 합리화한다는 것이다. 따라서 우리는 예외적 상황을 벗어난 문학의 의사소통 능력을 언급하는 것이다.

이처럼 예외적 상황 밖의 문학을 의사소통 능력이란 특징하에 설정하는 것은 우리가 예외적 상황의 문학에서, 또 문학을 일반 담론으로 보는 견해에서 이해했던 패러독스와 유사한 패러독스를 발견하게 한다. 예외적 상황 밖의 문학은 의사소통 능력의 사용을 통해서, 문학적 표상에 있어서 포화된 상징과 유사한 불명료함을 야기하는 것 같다. 이 문학은 이근동류시——여러 이름들과 여러 원인들을 갖고 있는 시인의 시——에서, 역량과 행위의 이야기——태아와 같은 화자의 형상을 상기하면 된다——에서 명백한 교훈을 갖고 있다. 그렇지만 이 두 유형의 문학들간의 차이점을 만드는 요소는 존속한다. 혼동을 지향하는 듯하는 예외적 상황 밖의 문학은 외연과 외연의 부재에 대한 사용을 지향하지 않는다——우리 현실에서 태아가 화자가 될 수 없다는 사실은 너무나 명백한 것이고, 또 한 시인이 같은 현실에서 여러 시인이 될 수 없다는 것은 너무 명백한 것이다. 이 문학은 이러한 불가능성들을 언어에 적용하지 않는다. 이는 바로 사실적 목적의 부재, 특히 언어상에 있어서 사실적 목적의 부재와 문학을 언어로 보는 인식의 결여를 강조하는 것이다. 게다가 이는 대상에 대한 거리감 혹은 근접성의 변화에 대한 사용을 떠나——달리 말해서 재현에의 구성주의적 접근을 떠나——하지만 의사소통 능력으로 인한 자율성에 입각하여 사실주의와 형상성 간의 상호 의존성을 규정하는 것을 조건으로 삼는다. 이 자율성은 두 가지를 전제로 한다: 문학이 서로 떨어질 수 없는 인식적 기능과 전형화 기능의 우월함에서 분리되는 것이다. 이는 명백히 변함없는 수사학적 기법을 파괴하는 것이다. 또한 이는 암시적으로는 담론들의 가장 광범위한 양자택일을 배제하지 않는 가장 일반적인 의사소통 능력에 근거하여, 예외적 상황의 문학이 지니는 모순들을 지적하는 것이다.

예외적 상황 밖의 문학이 실행하는 힘의 전환은 의사소통 능력의 기능 안에서, 담론들의 가장 광범위한 양자택일 안에서, 일반적인 수긍 안에서 보편적인 것과 개성적인 것의 사용을, 즉 문학의 보편화 작용을 변화시키는 데에 있다. 이 작용은 변함없는 수사학적 기법의 형상적 · 인식적 의미 제한의 축소와 동일한 효율성의 축소를 통해서 구성되고, 또한 담론들의 가장 폭넓은 양자택일의 가능성과 일반적 수긍의 가능성을 동시에 열어 주는 불충분한 의미 규정과 과도한 의미 규정의 이중성을 통해서 구성된다. 환상 소설 · 공상과학 소설 · 추리 소설이 증명하는 재현에 대한 개혁 이외에, 문학의 큰 장르들의 사용에 대한 유형학은 한 양자택일의 작용에 의해 읽힐 수 있다. **이야기**: 우화와 이야기가 보여주는 이중성은 역량과 행위의 이중성에로 열린다; 시간의 역량은 행위들의 역사, 즉 시간이 지니는 양자택일들에 대한 구상으로 이해되고, 또한 역사의 보통명사들에 따른 일반적 수긍에 대한 구상으로 이해된다. **서정적 시**: 서정적 주체는 바로 자신의 역량이므로 결과적으로는 주체 자신과 양자택일의 상황에 놓인, 그리고 주체를 정의해 주는 불충분한 의미 규정에 따른 모든 다른 이에 대한 표상인 셈이다. **드라마**: 극적 재현과 배우의 담론은 역량과 행위에 대한 확실한 실행이자 형상화이다; 이 확실한 실행과 형상화는 이에 대한 지속적인 양자택일의 상황인 모든 가능성의 본질이다——이는 바로 연극이 세상에 대한 축소 모형이라는 견해에 대한 명확한 해석이 있다는 것을 의미한다. 매번 양자택일의 작용은 같은 문학 장르를, 이같은 장르가 테마화하는 것을 다르게 보도록 하는 데에 의미를 둔다. 이는 아름다운 것의 이상향도 감성이나 그 형상화에 있어서 어떤 특권도 전제로 하지 않지만 메타포가 만드는 것, 결국 역량과 행위의 양상하에 설정된 드라마·서정시·이야기 등이 만드는 것을 전제로 하는 미학적 양자택일이라 일컬어질 수 있다: 별 다를 것 없는 다른 이에 대한 구상.

　담론들의 전달 가능성과 가장 광범위한 양자택일에서, 일반적 수긍에서 부정은 배제되어 있지 않다: 오히려 부정은 기여된다. 환상 소설·공상과학 소설·추리 소설이 거부하는 모든 것은 이 장르들이 테마화하는 것에 포함될 수 있다는 생각이다: 이 세상에 속하지 않는 대상들과 동인들을 지향한다; 이 세상의 시간에 속하지 않는 시간을 지향한다; 단지 우리가 동인에 확실히 부여할 수 있는 동기들과 원인들에 의해서만 존재하지 않는 오류를 지향한다. 그렇지만 부정은 부정 자체를 위해선 아무런 가치를 갖지 못한다. 만약 부정이 부정 자체를 위해서 가치가 있다면, 아마도 부정이 궁극적인 목적으로 제시되어야만 할 것이다. 문학이 일반적인 매체로서 제시될 때——이는 바로 변함없

는 수사학적 기법의 가설이고, 문학이 언어로 동일시된다는 가설이며,
뿐만 아니라 일반적 수긍(이해)을 지향하는 예외적 상황 밖의 문학이란
가설인 것이다——문학은 일반적 삶을 참고하여 형상화되어야만 하
는데, 이러한 참고는 아주 다양하게 이루어져야 한다. 예외적 상황 밖
의 문학에서, 일반적 삶에 기준을 둔 이러한 문학적 참고는, 보편적 삶
이 문학이 가져올 수 있는 모든 관점들로 확대된다는 특징하에서 이루
어진다. 이 모든 관점들은 보편적 삶에 속하기 때문에 이 관점들은 수
용될 수 있다. 바로 여기에 불충분한 의미 규정과 과도한 의미 규정의
사용에 대한 또 다른 합리화가 있는 것이다.

  미학들 · 시학들, 예외적 상황의 문학 사조들이 지니는 모순들은 여
기서 무관하지 않다. 보존되어 온 문학의 동어반복(tautology)이나 문학
속의 신념이 어떠하든간에 이 모순들은 이러한 문학이 일종의 긴박감
을 통과하는 것임을 보여준다——여기서 '긴박감'이라는 표현은 효
율성에 구속되지 않는 문학에 반대되는 문학을 정의하는 표현들과 동
일하다. 그래서 예외적 상황의 문학이 지니는 많은 특성들은 효율성
으로부터 자유로운 문학의 특성들과 비교됨으로써 해석될 수 있다. 이
를 위해선 평범한 것에 대한 재현과 분리될 수 없는 메타재현에 대한
연구, 또 그 난해성을 언급하면 된다. 그래서 헨리 제임스 같은 작가는
효율성의 특성하에 설정된 이야기——이를테면 《양탄자 속의 심상》
——를 제시할 수 있고, 효율성으로부터 자유로운 소설——이를테면
《성스러운 샘》——을 제시할 수 있다. 또한 카를로스 푸엔테스 같은
작가는 시간과 역사에 대한 재현의 불가분성과 관련된 소설——《우
리의 땅》——을 소개하는 것이고, 역량과 행위적 소설——《크리스토
프와 그의 알》——을 소개하는 것이다. 예외적 상황의 작품들과 효율
성에 구애받지 않는 작품들과의 유사성을 통해 문학의 힘에 관해서 이
미 강조했듯이, 근대 문학은 문학의 자율성이 차별화의 기준이며 동시
에 모든 사물 · 동인 · 순간 · 역사를 참고할 수 있는 가능성임을 보여

준다. 이 유사성 자체는 자유롭게 참고할 수 있는 유연성과, 이 유연성
에서 기인하는 역사성에 대한 개방성은 재현에 대한 과도한 의미 규정
의 지속적인 사용을 배제하고, 문학의 문제성(문제를 일으키는 성향)을
요구한다는 사실에 의해 설명된다. 여기서 문학의 문제성은 상징 체계
로의 복귀와 혼동될 수 없고, 또한 이 상징 체계는 자기 참조가 야기하
는 모호함과 함께 제시될 수도 없다.

　양자택일의 명백함을 통해, 문제성에 대한 수용을 통해, 결정 불가능
한 성향에 따른 가장 일반적인 의사소통에 대한 구상을 통해——이 구
상의 주된 수단은 '별 다른 관점 없는 관점'과 '다를 것 없는 다른 것'
을 표출하는 것이다——예외적 상황 밖의 문학은 이타성을 활용하는
관점과 역사적 관점을 문학 자체에 다시 부여하게 된다. 변함없는 수
사학적 기법에 있어 최후의 패러독스는 절대적 파롤(말)을 회복시킴과
동시에 **로고스** 안에서 인간을 사물화하는 것인데, 왜냐하면 인간의 언
어인 이 언어가 자연과 세상의 언어이기도 하기 때문이다. 문학을 언
어의 역량과 동일시하는 현대적 경향은 이 이중성에 대한 극단적인 표
현인 것이다: 마치 문학 자체가 언어의 역량에 의한 최고의 창조자로
말해질 수 있기라도 한 듯, 문학은 창조자 없는 언어에 의해 존재할 수
있다. 문학적 재현과 문학 재현의 불가능함이란 두 주장에 결부된 인
지 능력의 문제는 이 이중성에 대한 또 다른 해석이자, 이 이중성에서
기인한 말하는 인간의 이중적인 이미지에 대한 또 다른 해석일 뿐이
다. 이 이중성과 연관된 모순들은 문학 영역에 만연해 있는데, 이 모순
들은 수많은 자가당착들과 함께, 언어에는 문학을 위한 자리가 더 이
상 없다는 결론——롤랑 바르트——을 내리게 하고, 혹은 언어 규범
과 언어적 해방을 동시에 모순적으로 말하게 하는 결론——폴 드 만
——을 유도한다. 전형화의 문제는 다른 표현으로 제기되지 않는다:
재현하는 권리는 확실히 작가 주체의 권리이며 언어의 권리인 문학의
권리이다. 이를 통해서 우리는 언제나 언어의 역량에 의한, 문학이 지

니는 민주적 사명과 전체주의적 사명을 함께 말할 수 있는 것이다.

　반대로, 양자택일의 명백함은 문학을 모든 사물화와 구별지어 준다. 마치 문학이 다양한 세상들에 의해서 존재한다는 것을 확실히 규정해 주는 것처럼, 또 문학이란 문제가 이 세상과, 인간과 관련이 있을 수 있는 여러 세상들에 대한 표상이라는 것을 정확히 규정해 주는 것처럼 말이다. 이 양자택일에 있어서 문학이 원칙적으로 우리들의 세상과 거의 상관이 없는 세상들을, 결국 공증된 비교를 거부하는 세상들을 표현하는 것은——따라서 우리는 별 다른 관점 없는 관점의 조건이 되는 것의 극단 속에 놓이는 것이다——문학의 무상성(근거 없는 성향)이라는 결론에 도달하도록 강요하지 않고, 교훈의 불가피성이란 결론에 도달하도록 강요하지도 않는다. 여기서 주목해야 할 점은, 문학은 영화와 마찬가지로 표현 불가능함이란 개념에 주의하지 않는다는 것이고, 또는 위에 언급된 세상들에 대해 여러 갈래로 나누어진 추론들을 연구해야만 한다고 주장하지도 않지만, 문학은 문학이 표현하고 재현하고 내포하는 수많은 상황들을 이중적인 특성하에 제시하면서, 보존한다고 주장하지 않는다는 것이다: 서로 연결된 까닭으로 이 여러 세상들이 만드는 공통된 세상이라는 특성하에——우리들의 세상과 거의 상관이 없는 세상들은 환상적 세계의 세상이며, 공상과학의 세상, 이근동류시의 세상, 영화 영역에서 영화가 보여주는 세계의 세상, 또 관람석에서 보는 세상인 것이다. 또한 주목해야 할 점은, 문학은 시간과 공간이란 카테고리들 또는 시각적인 것과 사실성이란 카테고리들을 제외한 공통된 범례들을 가정해야 할 필요 없이, 이 여러 세상들간의 인지적이고 재현적인 상호 침투성이라는 문제를 문학이 제시한다고 주장하지 않는다는 것이다. 이는 또한 다음과 같이 표명될 수 있다: 문학은 낯선 두 세계를——물론 더 많은 낯선 세계들이 존재할 수 있다——각각 상대 세계의 부분으로 만드는데, 이 두 세상들 중 하나도 자신만의 특색을 잃지 않는다. 이것이 의미하는 바는, 문학은 언제나 적어도 두 가지 길을 택한다는 것이다: 문학이 의도로 삼은 것과 적힌 그 대로의 것; 이는 문학이 문학의 여러 세계들 속에서 (무엇인가를) 부여하는 과정들로서 의미하는 것이다. 여기에는 메타포에 대한 성격 규정이 있고, 추리 소설이 갖고 있는 양면성에 대한 성격 규정이 있다. 또한 여기에는 결정 불가능한 것과 결정 가능한 것 간의 역설적인 결합의 이유가 있다. 또한 문학의 역설적인 의사소통 능력에 대해 정의할 수 있는 가능성이 있다: 다른 세상들의 단일성 혹은 공통성은 정보의 착상을 만드는 차이점——아니 오히려 정보의 착상을 실현시키지는 못하나 가능하게 하는 차이점——에 따른 것이다. 여기엔 예외적 상황의 문학의 종말이 있다. 예외적 상황이란 유일한 관점에서 문학의 자기 참조, 그리고 **에토스**와 **로고스** 간의 평등은 정당화될 수 있다. 예외적 상황 밖의 문학은 스스로를 만들어야만 하고, 문학이 구축되게끔 허용하는 조건들, 따라서 여러 세계들간의 차이점들과 함께 다양한 관점들의 확대와 함께 문학을 추구할 수 있는 조건들을 만들어야만 한다. 문학이 이 조건들을 만드는 것은, 폭넓은 재현들을 이해시킬 수 있어야만 하고 이 재현들을 문학적 구분으로 결부시킬 수 있어야만 하는 문학 자체만의 규범들을 스스로 제시함으로써만 가능하다. 하지만 이것 자체는 문학이 문학적 동기가 될 수 있는 모든 이유들과 원인들을 문학과 혼동하게끔 한다는 결론을 이끌어 낼 수는 없다. 그렇기 때문에 보편적인 것일 뿐일 수도 있는 예술과 그 예술을 단순하게 만들어 버리는 것이 부조리한 것인 것처럼, 문학에 대한 정확하고 명료한 생각들 자체가 부조리한 것이 되고 만다.

역자 후기

　불과 몇 년 전부터 우리의 시선은 거침없이 치닫는 테크놀로지의 속력에 차압당하고, 범람하는 영상들의 흡인력에 휩쓸리느라 문자와의 교감을 버거워하게 되었다. 시선을 이끌어 왔던 사유는 공간을 얻지 못한 채 해체되기 일쑤고 고작 긍정/부정이란 이분법적 단순 기능만을 제공할 뿐이다. 이로써 시선의 역량과 사유의 적절한 조화 속에 창안되고 발전되어 왔던 인문학(이것이 너무 거창하다면 문학이라고 해두자)이 고유한 정체성의 상실이란 문제에 직면하게 되었다고들 말한다. 현란한 이미지들의 시대에 밀려나기 시작한 인문학은 한낱 일시적 현상들의 재현인 영상 만들기의 준비 과정으로 전락해 가고 만다. 그야말로 문자의, 문학의 위기가 아닐 수 없다. 그렇다면 이 위기는 지금에서야 포착되는 낯선 현상이란 말인가?

　문자 행위가 시작된 이래로, 각 시대마다 대표적 문학 유형이 정의되고 형성되어 왔다. 반면, 매번 문학은 어느 시기의 고유한 유형을 가질 때마다 그 유형을 전복하려는 의도들을 만나왔다. 매번 문학은 위기에 처해졌고 새로운 형태로 재탄생하였다. 결국 이 생성–전복이란 서클을 통해 문학은 끊임없이 거듭나왔던 것이다. 일종의 회귀와도 같은 이러한 과정을 거쳐서 문학은 오늘날의 문학에까지 이르렀다.

　글쓰기 행위가 문학이란 독자적인 이름을 갖기 시작한 이래로 문학은 자신만의 고유성을 갖는 독자적인 예술의 한 형태로 받아들여져 왔는데, 그 진행 과정은 인류 역사만큼이나 복잡하고 다양하다. 문학의 고고학 속에 펼쳐진 복잡성과 다양성을 장 베시에르가 자신만의 개념들과 어휘들로 정리하여 설명하였다. 그는 20세기초 전후를 기점으로 하여 문학이란 예술 장르에 일어난 긍정적·부정적 현상들을 소개하면서 오늘날 문학이 직면한 문제점들을 지적하였다. 간혹 익숙하지 않은(저자가 만들어 낸) 개념들로 인해 저자의 담론들이 어렵게 여겨지지만 결국 모든 담론들은 "무엇이 과연 문학의 본질인가"라는 문제로 귀결된다. 이는 문학 본질에 대한 탐구라기보다는 우리는 문학을 어떻게 받아들여 왔고, 앞으로 어떻게 받아들여야 하는가에 대한 사유의 공간을 제시해 주는 것이라 할 수 있다. 오늘날 문학은 위기에 직면하였다고들 말하는데——역자조차도——과연 이 위기는 진정 문학을 위협하는 거대한 힘일 수 있는가? 사실, 역자는 오늘날 문학이 고유한 모습을 잃어가고 그 권위가 무너져 간다고 염려하지만 《문학의 위상》 저자인 장 베시에르는 문학이 본연의 목적인 문학적 메시지와 권위만을 주장하는 것이 문학의 위기라고 책을 통해 암시한다. 뿐만 아니라, 문학이 내세우는 다양한 표현성적 동향은 문학 이외의 다양한 예술 영역에 적용되어야 함을 암시한다. 오늘날 구상 예술 및 영상 예술과의 적절한 결합은 문학이 통과 · 극복해야만 할 과정이 된 것이다. 일찍이 문학의 전유물이었던 표현 요소——재현 · 전형화 · 에토스 · 로고스 · 파토스의 균등한 적용을 근거로 한 수사학적 기법——는 다양한 예술 형태들과 나누어야 할 공유물이 된 셈이다. 하지만 이 공유물의 근원지엔 문학이란 기념비가 우뚝 솟아 있음을 숙지해야 할 것이다. 이것이 바로 오늘날 우리가 기대해야 할 문학의 위상인 것이다. 이 결론에 도달하기 위해, 장 베시에르가 다양한 현대 문학 장르와 표현성적 동향들에 대해 세세한 설명을 옮겨 적은 것이 《문학의 위상》이다. 이 저서는 문학의 본질에 대한 사유로 인도해 줄 뿐만 아니라, 현대 문학사에 대한 계보를 짚어 보도록 해준다. 문학 비평을 공부하는 이들에게 좋은 지침서가 될 것이다.

역자는 저자의 깊은 사유에서 나온 철학적 · 비평적 담론들을 흠집 없이 옮겨보고자 노력하였다. 하지만 졸역에 대한 날카로운 지적은 겸허하게 받아들이고 싶다.

2007년 3월 주현진

<h1 style="text-align:center">색 인</h1>

주현진
충남대 불어불문학과 졸업
1997년 프랑스 유학
파리8대학 프랑스현대문학 석사
파리8대학 프랑스현대문학 **DEA**
파리8대학 비교문학 박사
2007년 현재 충남대 강사

문예신서
334

문학의 위상

초판발행 : 2007년 3월 15일

東文選
제10-64호, 78. 12. 16 등록
110-300 서울 종로구 관훈동 74번지
전화 : 737-2795

편집설계 : 李娅롯

ISBN 89-8038-597-3 94800

【東文選 現代新書】

1 21세기를 위한 새로운 엘리트	FORESEEN 연구소 / 김경현	7,000원
2 의지, 의무, 자유 — 주제별 논술	L. 밀러 / 이대희	6,000원
3 사유의 패배	A. 핑켈크로트 / 주태환	7,000원
4 문학이론	J. 컬러 / 이은경 · 임옥희	7,000원
5 불교란 무엇인가	D. 키언 / 고길환	6,000원
6 유대교란 무엇인가	N. 솔로몬 / 최창모	6,000원
7 20세기 프랑스철학	E. 매슈스 / 김종갑	8,000원
8 강의에 대한 강의	P. 부르디외 / 현택수	6,000원
9 텔레비전에 대하여	P. 부르디외 / 현택수	10,000원
10 고고학이란 무엇인가	P. 반 / 박범수	8,000원
11 우리는 무엇을 아는가	T. 나겔 / 오영미	5,000원
12 에쁘롱—니체의 문체들	J. 데리다 / 김다은	7,000원
13 히스테리 사례분석	S. 프로이트 / 태혜숙	7,000원
14 사랑의 지혜	A. 핑켈크로트 / 권유현	6,000원
15 일반미학	R. 카이유와 / 이경자	6,000원
16 본다는 것의 의미	J. 버거 / 박범수	10,000원
17 일본영화사	M. 테시에 / 최은미	7,000원
18 청소년을 위한 철학교실	A. 자카르 / 장혜영	7,000원
19 미술사학 입문	M. 포인턴 / 박범수	8,000원
20 클래식	M. 비어드 · J. 헨더슨 / 박범수	6,000원
21 정치란 무엇인가	K. 미노그 / 이정철	6,000원
22 이미지의 폭력	O. 몽젱 / 이은민	8,000원
23 청소년을 위한 경제학교실	J. C. 드루엥 / 조은미	6,000원
24 순진함의 유혹 〔메디시스賞 수상작〕	P. 브뤼크네르 / 김웅권	9,000원
25 청소년을 위한 이야기 경제학	A. 푸르상 / 이은민	8,000원
26 부르디외 사회학 입문	P. 보네위츠 / 문경자	7,000원
27 돈은 하늘에서 떨어지지 않는다	K. 아른트 / 유영미	6,000원
28 상상력의 세계사	R. 보이아 / 김웅권	9,000원
29 지식을 교환하는 새로운 기술	A. 벵토릴라 外 / 김혜경	6,000원
30 니체 읽기	R. 비어즈워스 / 김웅권	6,000원
31 노동, 교환, 기술 — 주제별 논술	B. 데코사 / 신은영	6,000원
32 미국만들기	R. 로티 / 임옥희	10,000원
33 연극의 이해	A. 쿠프리 / 장혜영	8,000원
34 라틴문학의 이해	J. 가야르 / 김교신	8,000원
35 여성적 가치의 선택	FORESEEN연구소 / 문신원	7,000원
36 동양과 서양 사이	L. 이리가라이 / 이은민	7,000원
37 영화와 문학	R. 리처드슨 / 이형식	8,000원
38 분류하기의 유혹 — 생각하기와 조직하기	G. 비뇨 / 임기대	7,000원
39 사실주의 문학의 이해	G. 라루 / 조성애	8,000원
40 윤리학—악에 대한 의식에 관하여	A. 바디우 / 이종영	7,000원
41 흙과 재 〔소설〕	A. 라히미 / 김주경	6,000원

42 진보의 미래	D. 르쿠르 / 김영선	6,000원
43 중세에 살기	J. 르 고프 外 / 최애리	8,000원
44 쾌락의 횡포·상	J. C. 기유보 / 김웅권	10,000원
45 쾌락의 횡포·하	J. C. 기유보 / 김웅권	10,000원
46 운디네와 지식의 불	B. 데스파냐 / 김웅권	8,000원
47 이성의 한가운데에서—이성과 신앙	A. 퀴노 / 최은영	6,000원
48 도덕적 명령	FORESEEN 연구소 / 우강택	6,000원
49 망각의 형태	M. 오제 / 김수경	6,000원
50 느리게 산다는 것의 의미·1	P. 쌍소 / 김주경	7,000원
51 나만의 자유를 찾아서	C. 토마스 / 문신원	6,000원
52 음악의 예지를 찾아서	M. 존스 / 송인영	10,000원
53 나의 철학 유언	J. 기통 / 권유현	8,000원
54 타르튀프/서민귀족 〔희곡〕	몰리에르 / 덕성여대극예술비교연구회	8,000원
55 판타지 공장	A. 플라워즈 / 박범수	10,000원
56 홍수·상 〔완역판〕	J. M. G. 르 클레지오 / 신미경	8,000원
57 홍수·하 〔완역판〕	J. M. G. 르 클레지오 / 신미경	8,000원
58 일신교—성경과 철학자들	E. 오르티그 / 전광호	6,000원
59 프랑스 시의 이해	A. 바이양 / 김다은·이혜지	8,000원
60 종교철학	J. P. 힉 / 김희수	10,000원
61 고요함의 폭력	V. 포레스테 / 박은영	8,000원
62 고대 그리스의 시민	C. 모세 / 김덕희	7,000원
63 미학개론—예술철학입문	A. 셰퍼드 / 유호전	10,000원
64 논증—담화에서 사고까지	G. 비뇨 / 임기대	6,000원
65 역사—성찰된 시간	F. 도스 / 김미겸	7,000원
66 비교문학개요	F. 클로동·K. 아다-보트링 / 김정란	8,000원
67 남성지배	P. 부르디외 / 김용숙	개정판 10,000원
68 호모사피언스에서 인터렉티브인간으로	FORESEEN 연구소 / 공나리	8,000원
69 상투어 — 언어·담론·사회	R. 아모시·A. H. 피에로 / 조성애	9,000원
70 우주론이란 무엇인가	P. 코올즈 / 송형석	8,000원
71 푸코 읽기	P. 빌루에 / 나길래	8,000원
72 문학논술	J. 파프·D. 로쉬 / 권종분	8,000원
73 한국전통예술개론	沈雨晟	10,000원
74 시학—문학 형식 일반론 입문	D. 퐁텐 / 이용주	8,000원
75 진리의 길	A. 보다르 / 김승철·최정아	9,000원
76 동물성—인간의 위상에 관하여	D. 르스텔 / 김승철	6,000원
77 랑가쥬 이론 서설	L. 옐름슬레우 / 김용숙·김혜련	10,000원
78 잔혹성의 미학	F. 토넬리 / 박형섭	9,000원
79 문학 텍스트의 정신분석	M. J. 벨멩-노엘 / 심재중·최애영	9,000원
80 무관심의 절정	J. 보드리야르 / 이은민	8,000원
81 영원한 황홀	P. 브뤼크네르 / 김웅권	9,000원
82 노동의 종말에 반하여	D. 슈나페르 / 김교신	6,000원
83 프랑스영화사	J. -P. 장콜라 / 김혜련	8,000원

84 조와(弔蛙)	金敎臣 / 노치준·민혜숙	8,000원
85 역사적 관점에서 본 시네마	J. -L. 뢰트라 / 곽노경	8,000원
86 욕망에 대하여	M. 슈벨 / 서민원	8,000원
87 산다는 것의 의미·1—여분의 행복	P. 쌍소 / 김주경	7,000원
88 철학 연습	M. 아롱델-로오 / 최은영	8,000원
89 삶의 기쁨들	D. 노게 / 이은민	6,000원
90 이탈리아영화사	L. 스키파노 / 이주현	8,000원
91 한국문화론	趙興胤	10,000원
92 현대연극미학	M. -A. 샤르보니에 / 홍지화	8,000원
93 느리게 산다는 것의 의미·2	P. 쌍소 / 김주경	7,000원
94 진정한 모럴은 모럴을 비웃는다	A. 에슈고엔 / 김웅권	8,000원
95 한국종교문화론	趙興胤	10,000원
96 근원적 열정	L. 이리가라이 / 박정오	9,000원
97 라캉, 주체 개념의 형성	B. 오질비 / 김 석	9,000원
98 미국식 사회 모델	J. 바이스 / 김종명	7,000원
99 소쉬르와 언어과학	P. 가데 / 김용숙·임정혜	10,000원
100 철학적 기본 개념	R. 페르버 / 조국현	8,000원
101 맞불	P. 부르디외 / 현택수	10,000원
102 글렌 굴드, 피아노 솔로	M. 슈나이더 / 이창실	7,000원
103 문학비평에서의 실험	C. S. 루이스 / 허 종	8,000원
104 코뿔소 〔희곡〕	E. 이오네스코 / 박형섭	8,000원
105 지각—감각에 관하여	R. 바르바라 / 공정아	7,000원
106 철학이란 무엇인가	E. 크레이그 / 최생열	8,000원
107 경제, 거대한 사탄인가?	P. -N. 지로 / 김교신	7,000원
108 딸에게 들려 주는 작은 철학	R. 시몬 셰퍼 / 안상원	7,000원
109 도덕에 관한 에세이	C. 로슈·J. -J. 바레르 / 고수현	6,000원
110 프랑스 고전비극	B. 클레망 / 송민숙	8,000원
111 고전수사학	G. 위딩 / 박성철	10,000원
112 유토피아	T. 파코 / 조성애	7,000원
113 쥐비알	A. 자르댕 / 김남주	7,000원
114 증오의 모호한 대상	J. 아순 / 김승철	8,000원
115 개인—주체철학에 대한 고찰	A. 르노 / 장정아	7,000원
116 이슬람이란 무엇인가	M. 루스벤 / 최생열	8,000원
117 테러리즘의 정신	J. 보드리야르 / 배영달	8,000원
118 역사란 무엇인가	존 H. 아널드 / 최생열	8,000원
119 느리게 산다는 것의 의미·3	P. 쌍소 / 김주경	7,000원
120 문학과 정치 사상	P. 페티티에 / 이종민	8,000원
121 가장 아름다운 하나님 이야기	A. 보테르 外 / 주태환	8,000원
122 시민 교육	P. 카니베즈 / 박주원	9,000원
123 스페인영화사	J.- C. 스갱 / 정동섭	8,000원
124 인터넷상에서—행동하는 지성	H. L. 드레퓌스 / 정혜욱	9,000원
125 내 몸의 신비—세상에서 가장 큰 기적	A. 지오르당 / 이규식	7,000원

126	세 가지 생태학	F. 가타리 / 윤수종	8,000원
127	모리스 블랑쇼에 대하여	E. 레비나스 / 박규현	9,000원
128	위뷔 왕 〔희곡〕	A. 자리 / 박형섭	8,000원
129	번영의 비참	P. 브뤼크네르 / 이창실	8,000원
130	무사도란 무엇인가	新渡戶稻造 / 沈雨晟	7,000원
131	꿈과 공포의 미로 〔소설〕	A. 라히미 / 김주경	8,000원
132	문학은 무슨 소용이 있는가?	D. 살나브 / 김교신	7,000원
133	종교에 대하여―행동하는 지성	존 D. 카푸토 / 최생열	9,000원
134	노동사회학	M. 스트루방 / 박주원	8,000원
135	맞불 · 2	P. 부르디외 / 김교신	10,000원
136	믿음에 대하여―행동하는 지성	S. 지제크 / 최생열	9,000원
137	법, 정의, 국가	A. 기그 / 민혜숙	8,000원
138	인식, 상상력, 예술	E. 아카마츄 / 최돈호	근간
139	위기의 대학	ARESER / 김교신	10,000원
140	카오스모제	F. 가타리 / 윤수종	10,000원
141	코란이란 무엇인가	M. 쿡 / 이강훈	9,000원
142	신학이란 무엇인가	D. 포드 / 강혜원 · 노치준	9,000원
143	누보 로망, 누보 시네마	C. 뮈르시아 / 이창실	8,000원
144	지능이란 무엇인가	I J. 디어리 / 송형석	10,000원
145	죽음―유한성에 관하여	F. 다스튀르 / 나길래	8,000원
146	철학에 입문하기	Y. 카탱 / 박선주	8,000원
147	지옥의 힘	J. 보드리야르 / 배영달	8,000원
148	철학 기초 강의	F. 로피 / 공나리	8,000원
149	시네마토그래프에 대한 단상	R. 브레송 / 오일환 · 김경온	9,000원
150	성서란 무엇인가	J. 리치스 / 최생열	10,000원
151	프랑스 문학사회학	신미경	8,000원
152	잡사와 문학	F. 에브라르 / 최정아	10,000원
153	세계의 폭력	J. 보드리야르 · E. 모랭 / 배영달	9,000원
154	잠수복과 나비	J. -D. 보비 / 양영란	6,000원
155	고전 할리우드 영화	J. 나카시 / 최은영	10,000원
156	마지막 말, 마지막 미소	B. 드 카스텔바자크 / 김승철 · 장정아	근간
157	몸의 시학	J. 피죠 / 김선미	10,000원
158	철학의 기원에 관하여	C. 콜로베르 / 김정란	8,000원
159	지혜에 대한 숙고	J. -M. 베스니에르 / 곽노경	8,000원
160	자연주의 미학과 시학	조성애	10,000원
161	소설 분석―현대적 방법론과 기법	B. 발레트 / 조성애	10,000원
162	사회학이란 무엇인가	S. 브루스 / 김경안	10,000원
163	인도철학입문	S. 헤밀턴 / 고길환	10,000원
164	심리학이란 무엇인가	G. 버틀러 · F. 맥마누스 / 이재현	10,000원
165	발자크 비평	J. 글레즈 / 이정민	10,000원
166	결별을 위하여	G. 마츠네프 / 권은희 · 최은희	10,000원
167	인류학이란 무엇인가	J. 모나한 · P. 저스트 / 김경안	10,000원

168 세계화의 불안　　　　　　　　　　　Z. 라이디 / 김종명　　　　　　8,000원
169 음악이란 무엇인가　　　　　　　　　　N. 쿡 / 장호연　　　　　　　10,000원
170 사랑과 우연의 장난 〔희곡〕　　　　　마리보 / 박형섭　　　　　　　10,000원
171 사진의 이해　　　　　　　　　　　　G. 보레 / 박은영　　　　　　　10,000원
172 현대인의 사랑과 성　　　　　　　　　현택수　　　　　　　　　　　9,000원
173 성해방은 진행중인가?　　　　　　　　M. 이아퀴브 / 권은희　　　　10,000원
174 교육은 자기 교육이다　　　　　　　　H. -G. 가다머 / 손승남　　　10,000원
175 밤 끝으로의 여행　　　　　　　　　　L. -F. 쎌린느 / 이형식　　　19,000원
176 프랑스 지성인들의 ‘12월’　　　　　　J. 뒤발 外 / 김영모　　　　　10,000원
177 환대에 대하여　　　　　　　　　　　J. 데리다 / 남수인　　　　　　13,000원
178 언어철학　　　　　　　　　　　　　　J. P. 레스베베르 / 이경래　　10,000원
179 푸코와 광기　　　　　　　　　　　　F. 그로 / 김웅권　　　　　　　10,000원
180 사물들과 철학하기　　　　　　　　　R. -P. 드루아 / 박선주　　　　10,000원
181 청소년이 알아야 할 사회경제학자들　　　J. -C. 드루앵 / 김종명　　8,000원
182 서양의 유혹　　　　　　　　　　　　A. 말로 / 김웅권　　　　　　　10,000원
183 중세의 예술과 사회　　　　　　　　　G. 뒤비 / 김웅권　　　　　　　10,000원
184 새로운 충견들　　　　　　　　　　　S. 알리미 / 김영모　　　　　　10,000원
185 초현실주의　　　　　　　　　　　　G. 세바 / 최정아　　　　　　　10,000원
186 프로이트 읽기　　　　　　　　　　　P. 랜드맨 / 민혜숙　　　　　　10,000원
187 예술 작품—작품 존재론 시론　　　　M. 아르 / 공정아　　　　　　　10,000원
188 평화—국가의 이성과 지혜　　　　　　M. 카스티요 / 장정아　　　　　10,000원
189 히로시마 내 사랑　　　　　　　　　　M. 뒤라스 / 이용주　　　　　　10,000원
190 연극 텍스트의 분석　　　　　　　　　M. 프뤼네르 / 김덕희　　　　　10,000원
191 청소년을 위한 철학길잡이　　　　　　A. 콩트-스퐁빌 / 공정아　　　10,000원
192 행복—기쁨에 관한 소고　　　　　　　R. 미스라이 / 김영선　　　　　10,000원
193 조사와 방법론—면접법　　　　　　　A. 블랑셰 · A. 고트만 / 최정아　10,000원
194 하늘에 관하여—잃어버린 공간, 되찾은 시간　M. 카세 / 박선주　10,000원
195 청소년이 알아야 할 세계화　　　　　J. -P. 폴레 / 김종명　　　　　9,000원
196 약물이란 무엇인가　　　　　　　　　L. 아이버슨 / 김정숙　　　　　10,000원
197 폭력—‘폭력적 인간’에 대하여　　　　R. 다둔 / 최윤주　　　　　　　10,000원
198 암호　　　　　　　　　　　　　　　J. 보드리야르 / 배영달　　　　10,000원
199 느리게 산다는 것의 의미 · 4　　　　　P. 쌍소 / 김선미 · 한상철　　7,000원
300 아이들에게 설명하는 이혼　　　　　　P. 루카스 · S. 르로이 / 이은민　8,000원
301 아이들에게 들려주는 인도주의　　　　J. 마무 / 이은민　　　　　　　근간
302 아이들에게 설명하는 죽음　　　　　　E. 위스망 페랭 / 김미정　　　8,000원
303 아이들에게 들려주는 선사시대 이야기　　J. 클로드 / 김교신　　　　8,000원
304 아이들에게 들려주는 이슬람 이야기　　　T. 벤 젤룬 / 김교신　　　　8,000원
305 아이들에게 설명하는 테러리즘　　　　M. -C. 그로 / 우강택　　　　8,000원
306 아이들에게 들려주는 철학 이야기　　　R. -P. 드루아 / 이창실　　　8,000원

【東文選 文藝新書】
　1 저주받은 詩人들　　　　　　　　　　A. 뻬이르 / 최수철 · 김종호　　개정근간

2 민속문화론서설	沈雨晟	40,000원
3 인형극의 기술	A. 훼도토프 / 沈雨晟	8,000원
4 전위연극론	J. 로스 에반스 / 沈雨晟	12,000원
5 남사당패연구	沈雨晟	19,000원
6 현대영미희곡선(전4권)	N. 코워드 外 / 李辰洙	절판
7 행위예술	L. 골드버그 / 沈雨晟	절판
8 문예미학	蔡 儀 / 姜慶鎬	절판
9 神의 起源	何 新 / 洪 熹	16,000원
10 중국예술정신	徐復觀 / 權德周 外	24,000원
11 中國古代書史	錢存訓 / 金允子	14,000원
12 이미지 — 시각과 미디어	J. 버거 / 편집부	15,000원
13 연극의 역사	P. 하트놀 / 沈雨晟	절판
14 詩 論	朱光潛 / 鄭相泓	22,000원
15 탄트라	A. 무케르지 / 金龜山	16,000원
16 조선민족무용기본	최승희	15,000원
17 몽고문화사	D. 마이달 / 金龜山	8,000원
18 신화 미술 제사	張光直 / 李 徹	절판
19 아시아 무용의 인류학	宮尾慈良 / 沈雨晟	20,000원
20 아시아 민족음악순례	藤井知昭 / 沈雨晟	5,000원
21 華夏美學	李澤厚 / 權 瑚	20,000원
22 道	張立文 / 權 瑚	18,000원
23 朝鮮의 占卜과 豫言	村山智順 / 金禧慶	28,000원
24 원시미술	L. 아담 / 金仁煥	16,000원
25 朝鮮民俗誌	秋葉隆 / 沈雨晟	12,000원
26 타자로서 자기 자신	P. 리쾨르 / 김웅권	29,000원
27 原始佛敎	中村元 / 鄭泰爀	8,000원
28 朝鮮女俗考	李能和 / 金尙憶	24,000원
29 朝鮮解語花史(조선기생사)	李能和 / 李在崑	25,000원
30 조선창극사	鄭魯湜	17,000원
31 동양회화미학	崔炳植	18,000원
32 性과 결혼의 민족학	和田正平 / 沈雨晟	9,000원
33 農漁俗談辭典	宋在璇	12,000원
34 朝鮮의 鬼神	村山智順 / 金禧慶	12,000원
35 道敎와 中國文化	葛兆光 / 沈揆昊	15,000원
36 禪宗과 中國文化	葛兆光 / 鄭相泓·任炳權	8,000원
37 오페라의 역사	L. 오레이 / 류연희	절판
38 인도종교미술	A. 무케르지 / 崔炳植	14,000원
39 힌두교의 그림언어	안넬리제 外 / 全在星	9,000원
40 중국고대사회	許進雄 / 洪 熹	30,000원
41 중국문화개론	李宗桂 / 李宰碩	23,000원
42 龍鳳文化源流	王大有 / 林東錫	25,000원
43 甲骨學通論	王宇信 / 李宰碩	40,000원

44	朝鮮巫俗考	李能和 / 李在崑	20,000원
45	미술과 페미니즘	N. 부루드 外 / 扈承喜	9,000원
46	아프리카미술	P. 윌레뜨 / 崔炳植	절판
47	美의 歷程	李澤厚 / 尹壽榮	28,000원
48	曼荼羅의 神들	立川武藏 / 金龜山	19,000원
49	朝鮮歲時記	洪錫謨 外/李錫浩	30,000원
50	하 상	蘇曉康 外 / 洪 熹	절판
51	武藝圖譜通志 實技解題	正 祖 / 沈雨晟·金光錫	15,000원
52	古文字學첫걸음	李學勤 / 河永三	14,000원
53	體育美學	胡小明 / 閔永淑	18,000원
54	아시아 美術의 再發見	崔炳植	9,000원
55	曆과 占의 科學	永田久 / 沈雨晟	8,000원
56	中國小學史	胡奇光 / 李宰碩	20,000원
57	中國甲骨學史	吳浩坤 外 / 梁東淑	35,000원
58	꿈의 철학	劉文英 / 河永三	22,000원
59	女神들의 인도	立川武藏 / 金龜山	19,000원
60	性의 역사	J. L. 플랑드렝 / 편집부	18,000원
61	쉬르섹슈얼리티	W. 챠드윅 / 편집부	10,000원
62	여성속담사전	宋在璇	18,000원
63	박재서희곡선	朴栽緒	10,000원
64	東北民族源流	孫進己 / 林東錫	13,000원
65	朝鮮巫俗의 硏究(상·하)	赤松智城·秋葉隆 / 沈雨晟	28,000원
66	中國文學 속의 孤獨感	斯波六郎 / 尹壽榮	8,000원
67	한국사회주의 연극운동사	李康列	8,000원
68	스포츠인류학	K. 블랑챠드 外 / 박기동 外	12,000원
69	리조복식도감	리팔찬	20,000원
70	娼 婦	A. 꼬르벵 / 李宗旼	22,000원
71	조선민요연구	高晶玉	30,000원
72	楚文化史	張正明 / 南宗鎭	26,000원
73	시간, 욕망, 그리고 공포	A. 코르뱅 / 변기찬	18,000원
74	本國劍	金光錫	40,000원
75	노트와 반노트	E. 이오네스코 / 박형섭	20,000원
76	朝鮮美術史研究	尹喜淳	7,000원
77	拳法要訣	金光錫	30,000원
78	艸衣選集	艸衣意恂 / 林鍾旭	20,000원
79	漢語音韻學講義	董少文 / 林東錫	10,000원
80	이오네스코 연극미학	C. 위베르 / 박형섭	9,000원
81	중국문자훈고학사전	全廣鎭 편역	23,000원
82	상말속담사전	宋在璇	10,000원
83	書法論叢	沈尹默 / 郭魯鳳	16,000원
84	침실의 문화사	P. 디비 / 편집부	9,000원
85	禮의 精神	柳 肅 / 洪 熹	20,000원

86 조선공예개관	沈雨晟 편역	30,000원
87 性愛의 社會史	J. 솔레 / 李宗旼	18,000원
88 러시아미술사	A. I. 조토프 / 이건수	22,000원
89 中國書藝論文選	郭魯鳳 選譯	25,000원
90 朝鮮美術史	關野貞 / 沈雨晟	30,000원
91 美術版 탄트라	P. 로슨 / 편집부	8,000원
92 군달리니	A. 무케르지 / 편집부	9,000원
93 카마수트라	바쨔야나 / 鄭泰爀	18,000원
94 중국언어학총론	J. 노먼 / 全廣鎭	28,000원
95 運氣學說	任應秋 / 李宰碩	15,000원
96 동물속담사전	宋在璇	20,000원
97 자본주의의 아비투스	P. 부르디외 / 최종철	10,000원
98 宗敎學入門	F. 막스 뮐러 / 金龜山	10,000원
99 변 화	P. 바츨라빅크 外 / 박인철	10,000원
100 우리나라 민속놀이	沈雨晟	15,000원
101 歌訣(중국역대명언경구집)	李宰碩 편역	20,000원
102 아니마와 아니무스	A. 융 / 박해순	8,000원
103 나, 너, 우리	L. 이리가라이 / 박정오	12,000원
104 베케트연극론	M. 푸크레 / 박형섭	8,000원
105 포르노그래피	A. 드워킨 / 유혜련	12,000원
106 셸 링	M. 하이데거 / 최상욱	12,000원
107 프랑수아 비용	宋 勉	18,000원
108 중국서예 80제	郭魯鳳 편역	16,000원
109 性과 미디어	W. B. 키 / 박해순	12,000원
110 中國正史朝鮮列國傳(전2권)	金聲九 편역	120,000원
111 질병의 기원	T. 매큐언 / 서 일 · 박종연	12,000원
112 과학과 젠더	E. F. 켈러 / 민경숙 · 이현주	10,000원
113 물질문명 · 경제 · 자본주의	F. 브로델 / 이문숙 外	절판
114 이탈리아인 태고의 지혜	G. 비코 / 李源斗	8,000원
115 中國武俠史	陳 山 / 姜鳳求	18,000원
116 공포의 권력	J. 크리스테바 / 서민원	23,000원
117 주색잡기속담사전	宋在璇	15,000원
118 죽음 앞에 선 인간(상 · 하)	P. 아리에스 / 劉仙子	각권 15,000원
119 철학에 대하여	L. 알튀세르 / 서관모 · 백승욱	12,000원
120 다른 곳	J. 데리다 / 김다은 · 이혜지	10,000원
121 문학비평방법론	D. 베르제 外 / 민혜숙	12,000원
122 자기의 테크놀로지	M. 푸코 / 이희원	16,000원
123 새로운 학문	G. 비코 / 李源斗	22,000원
124 천재와 광기	P. 브르노 / 김웅권	13,000원
125 중국은사문화	馬 華 · 陳正宏 / 강경범 · 천현경	12,000원
126 푸코와 페미니즘	C. 라마자노글루 外 / 최 영 外	16,000원
127 역사주의	P. 해밀턴 / 임옥희	12,000원

128 中國書藝美學	宋 民 / 郭魯鳳	16,000원
129 죽음의 역사	P. 아리에스 / 이종민	18,000원
130 돈속담사전	宋在璇 편	15,000원
131 동양극장과 연극인들	김영무	15,000원
132 生育神과 性巫術	宋兆麟 / 洪 熹	20,000원
133 미학의 핵심	M. M. 이턴 / 유호전	20,000원
134 전사와 농민	J. 뒤비 / 최생열	18,000원
135 여성의 상태	N. 에니크 / 서민원	22,000원
136 중세의 지식인들	J. 르 고프 / 최애리	18,000원
137 구조주의의 역사(전4권)	F. 도스 / 김웅권 外 I · II · IV 15,000원 / III	18,000원
138 글쓰기의 문제해결전략	L. 플라워 / 원진숙 · 황정현	20,000원
139 음식속담사전	宋在璇 편	16,000원
140 고전수필개론	權 瑚	16,000원
141 예술의 규칙	P. 부르디외 / 하태환	23,000원
142 "사회를 보호해야 한다"	M. 푸코 / 박정자	20,000원
143 페미니즘사전	L. 터틀 / 호승희 · 유혜련	26,000원
144 여성심벌사전	B. G. 워커 / 정소영	근간
145 모데르니테 모데르니테	H. 메쇼닉 / 김다은	20,000원
146 눈물의 역사	A. 벵상뷔포 / 이자경	18,000원
147 모더니티입문	H. 르페브르 / 이종민	24,000원
148 재생산	P. 부르디외 / 이상호	23,000원
149 종교철학의 핵심	W. J. 웨인라이트 / 김희수	18,000원
150 기호와 몽상	A. 시몽 / 박형섭	22,000원
151 융분석비평사전	A. 새뮤얼 外 / 민혜숙	16,000원
152 운보 김기창 예술론연구	최병식	14,000원
153 시적 언어의 혁명	J. 크리스테바 / 김인환	20,000원
154 예술의 위기	Y. 미쇼 / 하태환	15,000원
155 프랑스사회사	G. 뒤프 / 박 단	16,000원
156 중국문예심리학사	劉偉林 / 沈揆昊	30,000원
157 무지카 프라티카	M. 캐넌 / 김혜중	25,000원
158 불교산책	鄭泰爀	20,000원
159 인간과 죽음	E. 모랭 / 김명숙	23,000원
160 地中海	F. 브로델 / 李宗旼	근간
161 漢語文字學史	黃德實 · 陳秉新 / 河永三	24,000원
162 글쓰기와 차이	J. 데리다 / 남수인	28,000원
163 朝鮮神事誌	李能和 / 李在崑	근간
164 영국제국주의	S. C. 스미스 / 이태숙 · 김종원	16,000원
165 영화서술학	A. 고드로 · F. 조스트 / 송지연	17,000원
166 美學辭典	사사키 겡이치 / 민주식	22,000원
167 하나이지 않은 성	L. 이리가라이 / 이은민	18,000원
168 中國歷代書論	郭魯鳳 譯註	25,000원
169 요가수트라	鄭泰爀	15,000원

170	비정상인들	M. 푸코 / 박정자	25,000원
171	미친 진실	J. 크리스테바 外 / 서민원	25,000원
172	玉樞經 研究	具重會	19,000원
173	세계의 비참(전3권)	P. 부르디외 外 / 김주경	각권 26,000원
174	수묵의 사상과 역사	崔炳植	근간
175	파스칼적 명상	P. 부르디외 / 김웅권	22,000원
176	지방의 계몽주의	D. 로슈 / 주명철	30,000원
177	이혼의 역사	R. 필립스 / 박범수	25,000원
178	사랑의 단상	R. 바르트 / 김희영	20,000원
179	中國書藝理論體系	熊秉明 / 郭魯鳳	23,000원
180	미술시장과 경영	崔炳植	16,000원
181	카프카―소수적인 문학을 위하여	G. 들뢰즈 · F. 가타리 / 이진경	18,000원
182	이미지의 힘―영상과 섹슈얼리티	A. 쿤 / 이형식	13,000원
183	공간의 시학	G. 바슐라르 / 곽광수	23,000원
184	랑데부―이미지와의 만남	J. 버거 / 임옥희 · 이은경	18,000원
185	푸코와 문학―글쓰기의 계보학을 향하여	S. 듀링 / 오경심 · 홍유미	26,000원
186	각색, 연극에서 영화로	A. 엘보 / 이선형	16,000원
187	폭력과 여성들	C. 도펭 外 / 이은민	18,000원
188	하드 바디―할리우드 영화에 나타난 남성성	S. 제퍼드 / 이형식	18,000원
189	영화의 환상성	J. -L. 뢰트라 / 김경온 · 오일환	18,000원
190	번역과 제국	D. 로빈슨 / 정혜욱	16,000원
191	그라마톨로지에 대하여	J. 데리다 / 김웅권	35,000원
192	보건 유토피아	R. 브로만 外 / 서민원	20,000원
193	현대의 신화	R. 바르트 / 이화여대기호학연구소	20,000원
194	회화백문백답	湯兆基 / 郭魯鳳	20,000원
195	고서화감정개론	徐邦達 / 郭魯鳳	30,000원
196	상상의 박물관	A. 말로 / 김웅권	26,000원
197	부빈의 일요일	J. 뒤비 / 최생열	22,000원
198	아인슈타인의 최대 실수	D. 골드스미스 / 박범수	16,000원
199	유인원, 사이보그, 그리고 여자	D. 해러웨이 / 민경숙	25,000원
200	공동 생활 속의 개인주의	F. 드 생글리 / 최은영	20,000원
201	기식자	M. 세르 / 김웅권	24,000원
202	연극미학―플라톤에서 브레히트까지의 텍스트들	J. 셰레 外 / 홍지화	24,000원
203	철학자들의 신	W. 바이셰델 / 최상욱	34,000원
204	고대 세계의 정치	모제스 I. 핀레이 / 최생열	16,000원
205	프란츠 카프카의 고독	M. 로베르 / 이창실	18,000원
206	문화 학습―실천적 입문서	J. 자일스 · T. 미들턴 / 장성희	24,000원
207	호모 아카데미쿠스	P. 부르디외 / 임기대	29,000원
208	朝鮮槍棒教程	金光錫	40,000원
209	자유의 순간	P. M. 코헨 / 최하영	16,000원
210	밀교의 세계	鄭泰爀	16,000원
211	토탈 스크린	J. 보드리야르 / 배영달	19,000원

212 영화와 문학의 서술학	F. 바누아 / 송지연	22,000원
213 텍스트의 즐거움	R. 바르트 / 김희영	15,000원
214 영화의 직업들	B. 라트롱슈 / 김경온 · 오일환	16,000원
215 소설과 신화	이용주	15,000원
216 문화와 계급—부르디외와 한국 사회	홍성민 外	18,000원
217 작은 사건들	R. 바르트 / 김주경	14,000원
218 연극분석입문	J. -P. 링가르 / 박형섭	18,000원
219 푸코	G. 들뢰즈 / 허 경	17,000원
220 우리나라 도자기와 가마터	宋在璇	30,000원
221 보이는 것과 보이지 않는 것	M. 퐁티 / 남수인 · 최의영	30,000원
222 메두사의 웃음/출구	H. 식수 / 박혜영	19,000원
223 담화 속의 논증	R. 아모시 / 장인봉	20,000원
224 포켓의 형태	J. 버거 / 이영주	16,000원
225 이미지심벌사전	A. 드 브리스 / 이원두	근간
226 이데올로기	D. 호크스 / 고길환	16,000원
227 영화의 이론	B. 발라즈 / 이형식	20,000원
228 건축과 철학	J. 보드리야르 · J. 누벨 / 배영달	16,000원
229 폴 리쾨르—삶의 의미들	F. 도스 / 이봉지 外	38,000원
230 서양철학사	A. 케니 / 이영주	29,000원
231 근대성과 육체의 정치학	D. 르 브르통 / 홍성민	20,000원
232 허난설헌	金成南	16,000원
233 인터넷 철학	G. 그레이엄 / 이영주	15,000원
234 사회학의 문제들	P. 부르디외 / 신미경	23,000원
235 의학적 추론	A. 시쿠렐 / 서민원	20,000원
236 튜링—인공지능 창시자	J. 라세구 / 임기대	16,000원
237 이성의 역사	F. 샤틀레 / 심세광	16,000원
238 朝鮮演劇史	金在喆	22,000원
239 미학이란 무엇인가	M. 지므네즈 / 김웅권	23,000원
240 古文字類編	高 明	40,000원
241 부르디외 사회학 이론	L. 핀토 / 김용숙 · 김은희	20,000원
242 문학은 무슨 생각을 하는가?	P. 마슈레 / 서민원	23,000원
243 행복해지기 위해 무엇을 배워야 하는가?	A. 우지오 外 / 김교신	18,000원
244 영화와 회화: 탈배치	P. 보니체 / 홍지화	18,000원
245 영화 학습—실천적 지표들	F. 바누아 外 / 문신원	16,000원
246 회화 학습—실천적 지표들	F. 기블레 / 고수현	근간
247 영화미학	J. 오몽 外 / 이용주	24,000원
248 시—형식과 기능	J. L. 주베르 / 김경온	근간
249 우리나라 옹기	宋在璇	40,000원
250 검은 태양	J. 크리스테바 / 김인환	27,000원
251 어떻게 더불어 살 것인가	R. 바르트 / 김웅권	28,000원
252 일반 교양 강좌	E. 코바 / 송대영	23,000원
253 나무의 철학	R. 뒤마 / 송형석	29,000원

1004 모차르트: 주피터 교향곡	E. 시스먼 / 김지순	18,000원
1005 바흐: 브란덴부르크 협주곡	M. 보이드 / 김지순	18,000원
1006 바흐: B단조 미사	J. 버트 / 김지순	18,000원
1007 하이든: 현악4중주곡 Op.50	W. 딘 주트클리페 / 김지순	18,000원
1008 헨델: 메시아	D. 버로우 / 김지순	18,000원
1009 비발디: 〈사계〉와 Op.8	P. 에버렛 / 김지순	18,000원
2001 우리 아이들에게 어떤 지표를 주어야 할까?	J. L. 오베르 / 이창실	16,000원
2002 상처받은 아이들	N. 파브르 / 김주경	16,000원
2003 엄마 아빠, 꿈꿀 시간을 주세요!	E. 부젱 / 박주원	16,000원
2004 부모가 알아야 할 유치원의 모든 것들	N. 뒤 소수아 / 전재민	18,000원
2005 부모들이여, '안 돼'라고 말하라!	P. 들라로슈 / 김주경	19,000원
2006 엄마 아빠, 전 못하겠어요!	E. 리공 / 이창실	18,000원
2007 사랑, 아이, 일 사이에서	A. 가트셀·C. 르누치 / 김교신	19,000원
2008 요람에서 학교까지	J.-L. 오베르 / 전재민	19,000원
3001 〈새〉	C. 파글리아 / 이형식	13,000원
3002 〈시민 케인〉	L. 멀비 / 이형식	13,000원
3101 〈제7의 봉인〉 비평 연구	E. 그랑조르주 / 이은민	17,000원
3102 〈쥘과 짐〉 비평 연구	C. 르 베르 / 이은민	18,000원
3103 〈시민 케인〉 비평 연구	J. 루아 / 이용주	15,000원
3104 〈센소〉 비평 연구	M. 라니 / 이수원	18,000원
3105 〈경멸〉 비평 연구	M. 마리 / 이용주	18,000원

【기 타】

모드의 체계	R. 바르트 / 이화여대기호학연구소	18,000원
라신에 관하여	R. 바르트 / 남수인	10,000원
說 苑 (上·下)	林東錫 譯註	각권 30,000원
晏子春秋	林東錫 譯註	30,000원
西京雜記	林東錫 譯註	20,000원
搜神記 (上·下)	林東錫 譯註	각권 30,000원
경제적 공포〔메디치賞 수상작〕	V. 포레스테 / 김주경	7,000원
古陶文字徵	高 明·葛英會	20,000원
그리하여 어느날 사랑이여	이외수 편	4,000원
너무한 당신, 노무현	현택수 칼럼집	9,000원
노력을 대신하는 것은 없다	R. 쉬이 / 유혜련	5,000원
노블레스 오블리주	현택수 사회비평집	7,500원
딸에게 들려 주는 작은 지혜	N. 레흐레이트너 / 양영란	6,500원
떠나고 싶은 나라—사회문화비평집	현택수	9,000원
미래를 원한다	J. D. 로스네 / 문 선·김덕희	8,500원
바람의 자식들—정치시사칼럼집	현택수	8,000원
사랑의 존재	한용운	3,000원
산이 높으면 마땅히 우러러볼 일이다	유 향 / 임동석	5,000원
서기 1000년과 서기 2000년 그 두려움의 흔적들	J. 뒤비 / 양영란	8,000원

■ 서비스는 유행을 타지 않는다　B. 바게트 / 정소영　　　　　　　5,000원
■ 선종이야기　　　　　　　　홍 희 편저　　　　　　　　　8,000원
■ 섬으로 흐르는 역사　　　　　김영회　　　　　　　　　　10,000원
■ 세계사상　　　　　　　　　창간호~3호: 각권 10,000원 / 4호: 14,000원
■ 손가락 하나의 사랑 1, 2, 3　D. 글로슈 / 서민원　　　　각권 7,500원
■ 십이속상도안집　　　　　　편집부　　　　　　　　　　8,000원
■ 얀 이야기 ① 얀과 카와카마스　마치다 준 / 김은진 · 한인숙　　8,000원
■ 어린이 수묵화의 첫걸음(전6권)　趙 陽 / 편집부　　　　　각권 5,000원
■ 오늘 다 못다한 말은　　　　이외수 편　　　　　　　　　7,000원
■ 오블라디 오블라다, 인생은 브래지어 위를 흐른다　무라카미 하루키 / 김난주　7,000원
■ 이젠 다시 유혹하지 않으련다　P. 쌍소 / 서민원　　　　　　9,000원
■ 인생은 앞유리를 통해서 보라　B. 바게트 / 박해순　　　　　5,000원
■ 자기를 다스리는 지혜　　　　한인숙 편저　　　　　　　　10,000원
■ 천연기념물이 된 바보　　　　최병식　　　　　　　　　　7,800원
■ 原本 武藝圖譜通志　　　　　正祖 命撰　　　　　　　　　60,000원
■ 테오의 여행 (전5권)　　　　C. 클레망 / 양영란　　　　각권 6,000원
■ 한글 설원 (상 · 중 · 하)　　임동석 옮김　　　　　　　각권 7,000원
■ 한글 안자춘추　　　　　　　임동석 옮김　　　　　　　　8,000원
■ 한글 수신기 (상 · 하)　　　임동석 옮김　　　　　　　각권 8,000원

【만 화】

■ 동물학　　　　　　　　　　C. 세르　　　　　　　　　14,000원
■ 블랙 유머와 흰 가운의 의료인들 C. 세르　　　　　　　　14,000원
■ 비스 콩프리　　　　　　　　C. 세르　　　　　　　　　14,000원
■ 세르(평전)　　　　　　　　Y. 프레미옹 / 서민원　　　　16,000원
■ 자가 수리공　　　　　　　　C. 세르　　　　　　　　　14,000원
▨ 못말리는 제임스　　　　　　M. 톤라 / 이영주　　　　　12,000원
▨ 레드와 로버　　　　　　　　B. 바세트 / 이영주　　　　12,000원
▨ 나탈리의 별난 세계 여행　　S. 살마 / 서민원　　　　각권 10,000원

【동문선 주네스】

■ 고독하지 않은 홀로되기　　　P. 들레름 · M. 들레름 / 박정오　8,000원
■ 이젠 나도 느껴요!　　　　　이사벨 주니오 그림　　　　　14,000원
■ 이젠 나도 알아요!　　　　　도로테 드 몽프리드 그림　　　16,000원

【조병화 작품집】

■ 공존의 이유　　　　　　　　제11시집　　　　　　　　　5,000원
■ 그리운 사람이 있다는 것은　　제45시집　　　　　　　　　5,000원
■ 길　　　　　　　　　　　　애송시모음집　　　　　　　10,000원
■ 개구리의 명상　　　　　　　제40시집　　　　　　　　　3,000원
■ 그리움　　　　　　　　　　애송시화집　　　　　　　　7,000원
■ 꿈　　　　　　　　　　　　고희기념자선시집　　　　　10,000원

東文選 文藝新書 185

푸코와 문학

시몬 듀링

오경심 · 홍유미 옮김

프랑스 사학자이자 문학비평가 및 철학자인 미셸 푸코에 대한 글쓰기는 1970년대 후반부터 문학 연구 발달에 있어 상당한 중요성을 가진다.

그는 어느 누구보다도 현재 국제 문학 연구를 지배하는 '새로운 역사주의'와 '문화적인 유물론'의 배후에 있는 인물이다.

시몬 듀링은 푸코의 작품 전체에 대해, 특히 그의 문학 이론에 대해 상세한 소개를 제공한다.

듀링은 사드와 아르토에서부터 1960년대 프랑스의 '새로운 소설가들(누보로망 작가들)'에 이르기까지 '위반하기 쉬운' 글쓰기에 대한 푸코 초기의 연구와, 사회 통제와 생산에 관한 특수하고 역사적인 메커니즘 내에서의 글쓰기 및 이론화, 저자/지식인의 계보학에 대한 푸코 후기의 관심사를 탐구하고 있다.

《푸코와 문학》은 푸코와 동시에 그에 의해 영향을 받은 문학 연구에 대한 비평을 제안하고, 후기 푸코식 문학/문화 분석에 대한 새로운 방법론을 발전시키기 위해 계속 나아간다.

이 책은 문학 이론, 문학 평론 및 문화 연구에 대해서 학자들과 대학생에게 흥미를 일으킬 것이 틀림없다.

東文選 文藝新書 212

영화와 문학의 서술학

문자의 서술, 영화의 서술

프랑시스 바누아

송지연 옮김

《영화와 문학의 서술학》은 영화 서술과 문학 서술에 분석의 도구를 제공하는 책이다. 이 책은 문자와 영화의 차이점을 살펴보고, 이 두 가지 표현 양식이 사용하는 서술의 기본적인 양상들을——인물·시간성·시점·묘사·대화——검토한다.

이 책은 다양한 작품에 대한 구체적인 분석을 통해 문제에 접근한다. 영화에서는 르누아르에서 히치콕, 부뉴엘에서 트뤼포까지, 문학에서는 발자크에서 해밋, 모파상에서 로브 그리예에 이르는 수많은 작품들이 인용되어 있다.

분명한 교육 목적을 가지고 집필된 이 책은 서술 이론과 영화의 문제에 대한 훌륭한 입문서가 될 것이다. 이 책을 읽는 데는 특별한 전문 지식이 필요없기 때문이다. 또한 앙드레 고드로와 프랑수아 조스트의 《영화서술학》은 독자에게 영화 서술 이론의 최근의 발전에 대해 심화된 지식을 제공한다.

東文選 文藝新書 223

담화 속의 논증

루스 아모시

장인봉 [외] 옮김

  어떻게 상대방을 설득할 것인가? 이는 사용하는 형태나 수단에 관계 없이 모든 의사 소통이 공통적으로 추구하는 바이다. 특히 언어 활동을 통한 의사 소통에서는 나와 의견이 다르거나 무관심하던 '그들'을 나에게 공감하는 '우리'로 만들기 위해 끊임없이 언어로부터 풍부한 자원을 끌어온다.

  전통적으로 고대 그리스의 수사학은 이런 설득술을 중시하였다. 하지만 수 세기를 거치면서 수사학은 논증 차원이 배제되고 표현에만 치중하는 말장난으로 폄하되는 수모를 감수해야 했다. 다행히 뒤늦게나마 20세기 중반부터 시작된 수사학에 대한 재평가와 함께 논증에 대한 연구도 활성화되고 있다. 이 책의 저자 루스 아모시 교수는 수사학적 전통과 화용론을 토대로 논증을 연구한다. 화자에 의한 언어 활동으로서의 '담화' 안에서 진행되는 논증 작용을 보여 주기 위해 다양한 장르의 담화를 분석 대상으로 삼는다. 국회 연설, 여성 운동 전단지, 신문이나 잡지에 실린 논쟁, 문학 작품에 이르기까지 그 대상은 다양하다. 따라서 논증에 쓰인 발화 작용 장치를 연구하는 화용론뿐 아니라, 청중을 설득하고자 하는 정치·법정·광고 등 각 분야에서 참고할 만한 좋은 읽을 거리를 제공할 것이다.

東文選 文藝新書 239

미학이란 무엇인가

마르크 지므네즈

김웅권 옮김

미학이 다시 한 번 시사성 있는 철학적 주제가 되고 있다. 예술의 선언된 종말과 싸우도록 압박을 받고 있는 우리 시대는 이 학문의 대상이 분명하다고 간주한다. 그런데 미학은 상대적으로 최근에 태어난 것이다. 왜냐하면 예술에 대한 성찰이 합리성의 역사와 나란히 한 역사이기 때문이다. 마르크 지므네즈는 여기서 이 역사의 전개 과정을 재추적하고 있다.

미학이 자율화되고 학문으로서 자격을 획득하는 때는 의미와 진리에의 접근으로서 미의 문제가 초미의 관심사가 되는 계몽주의의 세기이다. 그리하여 다양한 길들이 열린다. 미의 과학은 칸트의 판단력도 아니고, 헤겔이 전통과 근대성 사이에서 상상한 예술철학도 아닌 것이다. 이로부터 20세기에 이루어진 대(大)변화들이 비롯된다. 니체가 시작한 철학의 미학적 전환, 미학의 정치적 전환(특히 루카치·하이데거·벤야민·아도르노), 미학의 문화적 전환(굿맨·당토 등)이 그런 변화들이다.

예술이 철학에 여전히 본질적 문제인 상황에서 과거로부터 오늘날까지 미학에 대해 이 저서만큼 정확하고 유용한 파노라마를 제시한 경우는 드물다.

마르크 지므네즈는 파리I대학 교수로서 조형 예술 및 예술학부에서 미학을 강의하고 있다. 박사과정 책임교수이자 미학연구센터 소장이다.

東文選 文藝新書 295

에로티시즘을 즐기기 위한 100가지 기본 용어

장 클레 마르탱

김웅권 옮김

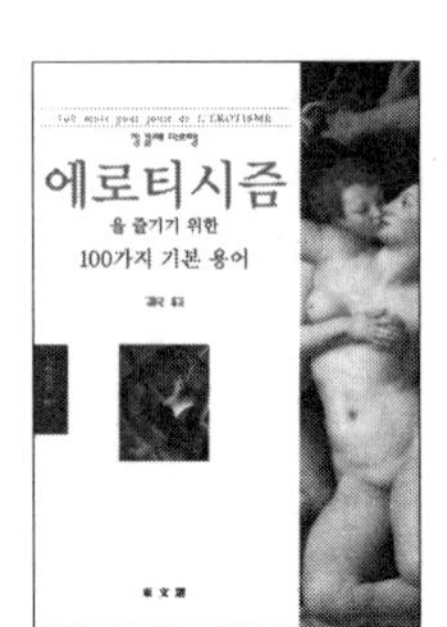

즐기면서 음미해야 할 본서는 각각의 용어가 에로티시즘을 설명하는 대신에 그것을 존재하게 하며, 느끼게 만들고, 떨리게 하는 그런 사랑의 여로를 구현시킨다. 에로티시즘을 이해하는 게 중요한 게 아니라 그것을 즐기고, 도취·유혹·매력·우아함 같은 것들로 구성된 에로티시즘의 미로 속에 들어가는 게 중요하다. 각각의 용어는 그 자체가 영혼의 전율이고, 바스락거림이며, 애무이고, 실천이나 쾌락의 실습이다. 극단적으로 살균된 비아그라보다는 아프로디테를 찬양해야 한다.

이 책은 들뢰즈 철학을 연구한 저자가 100개의 용어를 뽑아 문화적으로 전환된 유동적 리비도, 곧 에로티시즘과 접속시켜 고품격의 단상들을 생산해 내고 있다.

에로티시즘이 각각의 용어와 결합할 때 마법적 연금술이 작동하고, 이로부터 솟아오르는 스냅 사진 같은 정신의 편린들이 격조 높은 유희를 담아내면서 독자에게 다가온다. 한 철학자의 방대한 지적 스펙트럼 속에서 에로스와 사물들이 부딪쳐 일어나는 스파크들이 놀라운 관능적 쾌락을 뿌려내는 이 한 권의 책을 수준 높은 고급 독자에게 권한다. '텍스트의 즐거움'을 함께 나누고자 한다.

장 클레 마르탱은 프랑스의 철학자로서 활발한 저술 활동을 펴고 있으며, 저서로는 《변화들. 질 들뢰즈의 철학》(들뢰즈 서문 수록)과 《반 고흐. 사물들의 눈》 등이 있다.

東文選 文藝新書 239

미학이란 무엇인가

마르크 지므네즈

김웅권 옮김

　미학이 다시 한 번 시사성 있는 철학적 주제가 되고 있다. 예술의 선언된 종말과 싸우도록 압박을 받고 있는 우리 시대는 이 학문의 대상이 분명하다고 간주한다. 그런데 미학은 상대적으로 최근에 태어난 것이다. 왜냐하면 예술에 대한 성찰이 합리성의 역사와 나란히 한 역사이기 때문이다. 마르크 지므네즈는 여기서 이 역사의 전개 과정을 재추적하고 있다.

　미학이 자율화되고 학문으로서 자격을 획득하는 때는 의미와 진리에의 접근으로서 미의 문제가 초미의 관심사가 되는 계몽주의의 세기이다. 그리하여 다양한 길들이 열린다. 미의 과학은 칸트의 판단력도 아니고, 헤겔이 전통과 근대성 사이에서 상상한 예술철학도 아닌 것이다. 이로부터 20세기에 이루어진 대(大)변화들이 비롯된다. 니체가 시작한 철학의 미학적 전환, 미학의 정치적 전환(특히 루카치 · 하이데거 · 벤야민 · 아도르노), 미학의 문화적 전환(굿맨 · 당토 등)이 그런 변화들이다.

　예술이 철학에 여전히 본질적 문제인 상황에서 과거로부터 오늘날까지 미학에 대해 이 저서만큼 정확하고 유용한 파노라마를 제시한 경우는 드물다.

　마르크 지므네즈는 파리I대학 교수로서 조형 예술 및 예술학부에서 미학을 강의하고 있다. 박사과정 책임교수이자 미학연구센터 소장이다.

東文選 文藝新書 295

에로티시즘을 즐기기 위한 100가지 기본 용어

장 클레 마르탱

김웅권 옮김

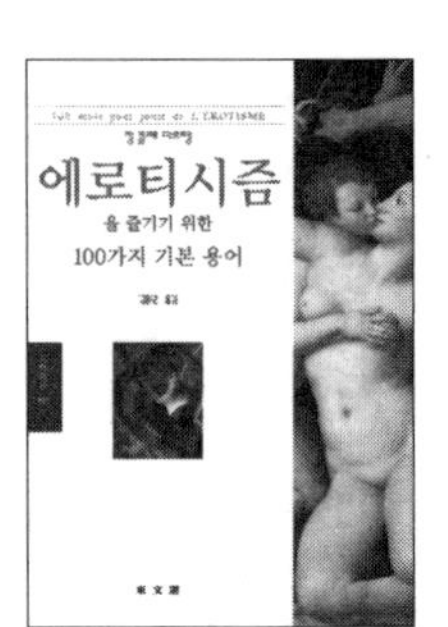

즐기면서 음미해야 할 본서는 각각의 용어가 에로티시즘을 설명하는 대신에 그것을 존재하게 하며, 느끼게 만들고, 떨리게 하는 그런 사랑의 여로를 구현시킨다. 에로티시즘을 이해하는 게 중요한 게 아니라 그것을 즐기고, 도취·유혹·매력·우아함 같은 것들로 구성된 에로티시즘의 미로 속에 들어가는 게 중요하다. 각각의 용어는 그 자체가 영혼의 전율이고, 바스락거림이며, 애무이고, 실천이나 쾌락의 실습이다. 극단적으로 살균된 비아그라보다는 아프로디테를 찬양해야 한다.

이 책은 들뢰즈 철학을 연구한 저자가 100개의 용어를 뽑아 문화적으로 전환된 유동적 리비도, 곧 에로티시즘과 접속시켜 고품격의 단상들을 생산해 내고 있다.

에로티시즘이 각각의 용어와 결합할 때 마법적 연금술이 작동하고, 이로부터 솟아오르는 스냅 사진 같은 정신의 편린들이 격조 높은 유희를 담아내면서 독자에게 다가온다. 한 철학자의 방대한 지적 스펙트럼 속에서 에로스와 사물들이 부딪쳐 일어나는 스파크들이 놀라운 관능적 쾌락을 뿌려내는 이 한 권의 책을 수준 높은 고급 독자에게 권한다. '텍스트의 즐거움'을 함께 나누고자 한다.

장 클레 마르탱은 프랑스의 철학자로서 활발한 저술 활동을 펴고 있으며, 저서로는 《변화들. 질 들뢰즈의 철학》(들뢰즈 서문 수록)과 《반 고흐. 사물들의 눈》 등이 있다.

東文選 文藝新書 303

L'Art poétique de Nicolas Boileau

부알로의 시학

곽동준
편역 및 주석

《부알로의 시학》은 문고판으로 31페이지에 불과한 책이다. 그러나 31페이지에 불과한 이 책은 그 당시 프랑스 고전주의의 이론을 제시한 '위대한' 텍스트였다. 여기서 '위대하다'는 것은 부알로가 고전주의 이론가로서 당대 최고 권력 비평가였음을 의미하는 동시에 아리스토텔레스의 《시학》과 호라티우스의 《시학》을 계승하는 프랑스 고전주의 《시학》의 완성자로서 그 의미를 부여할 수 있다는 것이다.

부알로는 고대 그리스와 로마의 《시학》을 인용하고 암시함으로써 자신이 고전문학의 계승자로서 자신의 정통성을 찾고자 했음을 보여준다. 이러한 정통성을 바탕으로 그는 근대적 이성과 양식, 균형과 절도와 질서, 간결하고 명쾌한 문체와 엄격한 형식을 요구하는 고전주의 이론과 고전희곡에서 삼단일의 원칙을 완성했던 것이다. "마침내 말레르브가 왔다"고 한 부알로의 이 말은 프랑스 고전주의의 선언으로 유명하다.

원전의 두 배에 달하는 주석은 《부알로의 시학》을 이해하는 데 도움이 될 것이며, 또한 상당량에 달하는 이 책의 분석서는 《부알로의 시학》을 제대로 평가하는 데에도 기여할 것으로 확신한다. 부알로의 비평 권력에 희생된 수많은 작가들이 오늘날 프레시오지테, 뷔를레스크, 전원, 서정과 서사 장르에서 그 문학적 독창성과 상상력을 인정받고 있기 때문이다.

東文選 文藝新書 217

작은 사건들
— INCIDENTS

롤랑 바르트
김주경 옮김

　이 책의 출간은 많은 스캔들을 불러일으켰는데, 바르트의 동성애가 처음으로 공공연하게 알려졌기 때문이다.

　116쪽(원서)의 짧은 책은 4편의 텍스트로 구성되었으며, 그 중 2편은 미발표의 글로 1968년과 1969년에 씌어진 수필 모로코에서의 〈작은 사건들〉과 1979년 8월과 9월에 씌어진 일기 〈파리의 저녁 만남〉이 그것이다. 1980년 당시 사회당 당수였던 프랑수아 미테랑과의 회식에 참석한 후 걸어서 귀가하던 중 작은 트럭에 치여 병원으로 이송되었으나 한 달 만인 3월 26일 사망한 바르트는, 처음에는 심각하지 않은 것으로 알려졌지만 회복을 위해 별 노력을 기울이지 않았다 하여 한때 자살이라는 소문이 돌기도 하였다. 〈파리의 저녁 만남〉에 실린 1979년 9월 17일자 일기의 마지막 대목은 그래서 가슴에 남는다. "피아노를 연주한 다음, 일할 것이 있다는 말로 그를 돌려보냈다. 이젠 끝났음을 알았기 때문이다. 그와의 관계만이 아니라 그 무엇인가도 함께 끝이 났다. 젊은이와의 사랑이 끝난 것이다."

　바르트의 유작 관리 책임을 맡은 프랑수아 발은 "여기 있는 텍스트들을 한 책에 실을 수 있게 만든 연결점, 그것은 글쓰기를 통해 순간을 포착하려고 노력했다는 점이다"라고 〈편집인의 글〉을 시작하고 있다.